Valerie
Rückkehr nach Cotton Fields

Valerie

Band 1: Erbin von Cotton Fields
Band 2: Herrin auf Cotton Fields
Band 3: Wolken über Cotton Fields
Band 4: Gefangen auf Cotton Fields
Band 5: Flammen über Cotton Fields
Band 6: Rückkehr nach Cotton Fields

Der Autor

Mit einer Gesamtauflage in Deutschland von fast 6 Millionen zählt Rainer M. Schröder, alias Ashley Carrington, zu den erfolgreichsten deutschsprachigen Schriftstellern von Jugendbüchern sowie historischen Gesellschaftsromanen für Erwachsene. Letztere erscheinen seit 1984 unter seinem zweiten, im Pass eingetragenen Namen Ashley Carrington.

Rainer M. Schröder lebt in Atlanta in den USA.

Mehr über den Autor erfahren Sie unter rainermschroeder.com.

Ashley Carrington

Valerie
Rückkehr nach Cotton Fields

Roman

Weltbild

Die Originalausgabe des Romans *Valerie – Rückkehr nach Cotton Fields* von Ashley Carrington erschien 1991 in der Verlagsgruppe Droemer Knaur GmbH & Co. KG, München

Besuchen Sie uns im Internet:
www.weltbild.de

Genehmigte Lizenzausgabe für die Weltbild Retail GmbH & Co. KG,
Steinerne Furt, 86167 Augsburg
Copyright © 2015 by Rainer M. Schröder (www.rainermschroeder.com)
Dieses Werk wurde vermittelt durch AVA international GmbH, München.
www.ava-international.de
Umschlaggestaltung: *zeichenpool, München
Umschlagmotiv: www.shutterstock.com
Druck und Bindung: CPI Moravia Books s.r.o., Pohorelice
Printed in the EU
ISBN 978-3-95569-690-0

2018   2017   2016   2015
Die letzte Jahreszahl gibt die aktuelle Ausgabe an.

Für R. M. S.,

dessen Glaube und Vertrauen
die Flügel meiner Phantasie sind.

1

Die vierzehn Reiter, die sich im Schutz der Nacht eine gute Meile parallel zum Zypressensumpf bewegten und dann den Wald durchquerten, wo das spanische Moos in langen, verfilzten Schleiern von den knorrigen Ästen der Lebenseichen hing, hatten längst das Reden und Scherzen eingestellt. In der Stille der Nacht drangen die Geräusche von Mensch und Tier weit. Bis zum größten Baumwollfeld von COTTON FIELDS am Westwood Creek waren es keine zwei Meilen mehr, und wenn es auch sehr unwahrscheinlich war, so konnten sie doch nicht völlig ausschließen, dass Valerie noch immer Wachen aufgestellt hatte, obwohl seit dem letzten Überfall viele Monate verstrichen waren.

Stephen Duvall ritt an der Spitze. Die Luft war warm. Sie trug den Geruch des ausgedörrten Unterholzes und des nahen Mississippi mit sich. Er schmeckte Schweiß auf seinen Lippen. Es war nicht allein die nächtliche Wärme Louisianas in dieser letzten Nacht im September, die ihm den Schweiß aus den Poren trieb, sondern vielmehr die innere Anspannung.

Als ihr Weg sie über eine kleine Lichtung führte, drehte er sich kurz im Sattel um. Auf seinem ebenmäßigen Gesicht, dessen Züge fast schon feminin zu nennen waren, zeigte sich ein Lächeln, das eine merkwürdige Mischung aus Hass und freudiger Erregung war. Seine Freunde – Dick, Wade, Colin, Billy, Edmund, Jeff und James und all die anderen jungen Männer, ausnahmslos Söhne wohlhabender Kaufleute aus

New Orleans und Plantagenbesitzer aus der Umgebung – folgten ihm dichtauf. Und sie hielten sich an seine Anweisungen, wie er mit selbstgefälliger Zufriedenheit feststellte. Niemand rauchte, keiner sprach, jedes unnötige Geräusch wurde vermieden, als hinge ihr Leben davon ab.

Ein nächtlicher Stoßtrupp unserer Truppen in Virginia gegen die Yankees könnte sich nicht disziplinierter verhalten!, fuhr es ihm durch den Sinn.

Kein Hufschlag kündigte das Nahen der Reitergruppe an, denn die Männer hatten die Hufe ihrer Pferde mit Jutelappen umwickelt, die zusammen mit dem weichen Waldboden jedes verräterische Geräusch schluckten. Nicht weniger sorgfältig hatten sie auch ihre Waffen, das Gepäck auf den vier Packpferden, die sie mit sich führten, sowie alle Teile des Zaumzeugs, die klappern und klirren konnten, gesichert und mit Tuchstreifen umwickelt.

Die Lichtung, die im fahlen Licht einer scharfen Mondsichel lag, war rasch passiert, und sie tauchten wieder in die Schwärze des Waldes ein.

Stephen Duvall brachte die Reiter, die unter seiner Anführung Valeries Herrschaft auf COTTON FIELDS in dieser Nacht ein brutales Ende bereiten wollten, mit traumwandlerischer Sicherheit durch den Wald am Westwood Creek. Auf den Ländereien der Baumwollplantage kannte er sich so gut aus wie kein anderer. Hier war er geboren und aufgewachsen – und hier würde er bald Master sein, so wie es ihm eigentlich schon gleich nach dem Tode seines Vaters zugestanden hätte.

Bei dem Gedanken an seinen Vater spuckte er voller Hass und Verachtung aus. Dass dieser sich als junger Mann in eine Schwarze verliebt und Valerie mit ihr gezeugt hatte, dafür hätte er Verständnis gehabt. So eine heimliche Affäre war auf den Plantagen nichts Ungewöhnliches, davon zeugten schon die vielen milchkaffeebraunen Bankerts. Diese Alisha, der sein Vater verfallen gewesen war, musste auch ein sehr hellhäutiges und bildhübsches Samboweib gewesen sein. Denn wer es nicht wusste, würde niemals vermuten, dass eine atemberaubende Schönheit wie Valerie tatsächlich Niggerblut in den Adern hatte. Und diesem Bastard hatte sein Vater Henry Duvall COTTON FIELDS vermacht!

Alles hätte er ihm verzeihen können, unter Umständen sogar die abstoßende moralische Verfehlung, dass er seine Sklavin Alisha freigelassen, rechtmäßig zu seiner Frau gemacht und diese Tatsache vor seiner Mutter Catherine, die nach Alishas Tod seine zweite Frau und Mistress auf COTTON FIELDS wurde, verschwiegen hatte. Jedoch absolut unverzeihlich, ja von geradezu grotesker Perversion war, dass er Valerie, die in England aufgewachsen und zwanzig Jahre nichts von ihrer wahren Herkunft gewusst hatte, zur Erbin der Plantage bestimmt hatte, einer Plantage, die zu den bedeutendsten im Umkreis von einer Tagesreise zählte. Dafür würde er ihn verfluchen, solange er lebte! Und seit jenem skandalösen und katastrophalen Gerichtsurteil, das Valerie tatsächlich zur Herrin von COTTON FIELDS gemacht hatte, hatte es nicht einen Tag gegeben, an dem er seinen Schwur nicht erneuert hätte, ihr die Plantage wieder zu entreißen, koste es, was es wolle. Jedes Mittel war ihm recht, auch jedes verbrecherische. Welch eine Schande, dass der gedungene Mörder, den seine Mutter damals angeheuert hatte, nicht Charakter genug besessen hatte, seine Arbeit richtig zu erledigen. Dann wäre es nie zum Erbschaftsprozess gekommen – und er wäre nicht gezwungen gewesen, sich raffiniertere Methoden auszudenken, wie Valerie zu vernichten und zum Verkauf von COTTON FIELDS zu bewegen war.

Sie hatte bisher eine Menge Glück gehabt. Und wenn ihr nicht Captain Melville und Travis Kendrik, dieses Rattengesicht von einem raffinierten Niggeranwalt, beigestanden hätten, wäre Valerie schon längst erledigt gewesen. Aber ihre Glückssträhne würde in dieser Nacht ihr jähes Ende finden, daran hegte er nicht den geringsten Zweifel. Zu gut hatte er alles geplant, als dass jetzt noch etwas schiefgehen konnte. Die Schlinge lag schon um ihren Hals, auch wenn sie diese noch nicht spürte, und er würde sie ganz langsam zuziehen.

Er lächelte.

Wenig später erreichten sie den Westwood Creek, ein kleines Flüsschen, das sich nach den langen, heißen Sommermonaten kaum mehr als knöcheltief und wenige Yards breit durch den Wald schlängelte.

Stephen Duvall gab das Zeichen zum Halt, zügelte sein Pferd und schwang sich aus dem Sattel. Seine Stiefel sanken in den moosigen Boden ein wie in eine dicke Lage Baumwolle.

»Wie weit ist es noch?«, fragte Edmund Leffy, ein Mann von untersetzter bulliger Statur.

»Das Feld liegt keine viertel Meile von hier«, unterrichtete Stephen seine Freunde, die ihre Pferde am Zügel hielten und einen Halbkreis um ihn bildeten.

»Na dann, bringen wir ein bisschen Licht in die Nacht!«, rief der hagere Colin gedämpft und mit unverhohlener Ungeduld in der Stimme.

»Wir dürfen nichts überstürzen, Freunde! Und jeder muss sich exakt an die Absprachen halten!«, ermahnte Stephen sie.

»Keine Angst, du kannst dich auf uns verlassen. Das mit der Sklavensiedlung haben wir doch auch erstklassig hingekriegt, oder?«, fragte Billy.

Leises, zustimmendes Gelächter erhob sich.

Stephen nickte. »Sicher, aber diesmal geht es um mehr. Heute Nacht müssen wir an drei Stellen zuschlagen, und da muss die Reihenfolge stimmen.«

James Tanglewood, der hochgewachsene und drittgeborene Sohn eines Pflanzers in Lafayette, holte eine Flasche Brandy aus der Satteltasche. »Wir haben das zehnmal durchgekaut, Stephen, und ich denke, jeder von uns kennt seinen Part wie sein liebstes Paar Stiefel«, sagte er auf seine gedehnte Art. Er zog den Korken aus der Flasche, nahm einen guten Schluck und reichte den Brandy weiter. »Machen wir uns also an die Arbeit!«

Auch Stephen gönnte sich einen kräftigen Schluck. Dann nahmen sie die letzte viertel Meile in Angriff. Schließlich lag das Baumwollfeld vor ihnen. Auf COTTON FIELDS, wie auch auf allen anderen Plantagen, hatte die Ernte gerade erst begonnen. Die hüfthohen Stauden, aus deren aufgeplatzten Kapseln das weiße Gold des Südens in hühnereigroßen Flocken hervorquoll, bildeten scheinbar endlos lange Reihen. Im fahlen Licht einer umwölkten Mondsichel schimmerte das Feld, das sich meilenweit erstreckte, wie ein weiß schäumendes Meer bei sanfter Dünung. Aus Osten kam ein leichter Wind, der jedoch keine nennenswerte Abkühlung brachte. Aus dem Boden stieg noch immer die Wärme, die

die Erde während der heißen Tagesstunden in sich gespeichert hatte.

»Weit und breit keine Wachen zu sehen, zumindest nicht auf dieser Seite des Feldes«, stellte James zufrieden fest. »Es wird ein Kinderspiel.«

»Seit dieser Engländer Sir Rupert Berrington die Baumwolle auf dem Halm gekauft und ihr damit die Ernte vorfinanziert hat, fühlt sie sich sicher. Das wird ein böses Erwachen für sie geben«, meinte Colin hämisch.

Stephen lachte leise auf. »Worauf du dich verlassen kannst!«

Valerie hatte geglaubt, nicht einmal er würde es wagen, einen Skandal und möglicherweise sogar einen internationalen Konflikt heraufzubeschwören, indem er sich am Besitz eines adligen Engländers verging, der als Finanzier bei ihr eingestiegen war und sie vor dem finanziellen Bankrott gerettet hatte. Bis vor Kurzem waren ihm deshalb tatsächlich die Hände gebunden gewesen. Denn der Süden war nach dem Ausbruch des Bürgerkriegs auf das Wohlwollen und die Unterstützung Frankreichs und Englands angewiesen gewesen. Doch seit die konföderierten Truppen den Yankees bei Manassas in Virginia, unweit von Washington, eine vernichtende Niederlage zugefügt hatten, brauchte man auf Engländer und Franzosen keine Rücksicht mehr zu nehmen. Auch ohne deren Hilfe würden die Südstaaten, die sich aus der Union gelöst hatten, den Krieg gewinnen und dem Niggerfreund Lincoln die Lektion seines Lebens erteilen. Aber erst einmal war Valerie an der Reihe.

Stephen wandte sich Edmund zu, der mit vier weiteren Leuten hier am Baumwollfeld zurückbleiben würde. »Denk daran, dass die ersten Brandpfeile in der Mitte des Feldes landen müssen, damit sich das Feuer auch von innen ausbreitet und nicht mehr unter Kontrolle zu bekommen ist!«, erinnerte er ihn noch einmal. »Wenn die Flammen dort hochschlagen, nehmt ihr die Pechfackeln und setzt die ganze Ostseite in Brand. Der Wind wird das Feuer weiter ins Feld treiben. Nicht mal eine Armee von Sklaven wird den Brand dann noch löschen können.«

Edmund grinste. »Ist nicht schwer zu behalten, Stephen. Du kannst dich auf uns verlassen. Es wird hier ein verdammt lustiges Feuerchen geben.«

»Wenn ihr damit fertig seid, stoßt ihr zu uns. Wie ein gut geschmiertes Uhrwerk müssen die einzelnen Aktionen ineinandergreifen.«

»Können sich auf uns verlassen, General Duvall«, scherzte Edmund.

Stephen erwiderte das Grinsen. »Gut, dann lass uns jetzt die Uhren vergleichen.« Er zog seine silberne Taschenuhr hervor und ließ den Deckel aufspringen. »Zwei Uhr dreiundvierzig. Gebt uns vierzig Minuten. Dann schlagt ihr los.«

Edmund nickte. »In Ordnung. Um kurz vor halb vier fliegen hier die ersten Brandpfeile.«

Stephen zog mit dem Rest der Gruppe weiter. Es war kurz nach drei, als sie das schmale Waldstück erreichten, das zwischen dem Herrenhaus und der Sklavensiedlung lag. Hier ließ er auf der Höhe des Verwalterhauses Colin mit weiteren vier Mann zurück.

»Ihr nehmt euch Jonathan Burke vor. Er ist der Einzige auf COTTON FIELDS, der uns gefährlich werden könnte. So-

13

wie ihr Feuerschein seht, stürmt ihr ins Haus. Schlagt ihn nieder und fesselt ihn, aber lasst ihn leben. Immerhin ist er ein Weißer. Einen Mord darf es nicht geben, vergesst das bloß nicht. Wenn ihr ihn verschnürt habt, steckt ihr die Siedlung in Brand!«, trug Stephen ihnen auf.

»Mir soll's recht sein«, meinte Jeff und fügte spöttisch hinzu: »Allmählich kriegen wir darin ja Routine.«

»Und passt auf, dass keiner eure Gesichter erkennen kann!«

Mit James, Wade und Dick machte sich Stephen Duvall nun auf den kurzen Weg hinüber zum Herrenhaus, das sich am Ende einer langen Allee herrlicher alter Roteichen erhob, deren zusammengewachsene Kronen über der Straße ein dichtes Blätterdach bildeten. Folgte man der Allee, die sich fast anderthalb Meilen wie ein Tunnel aus knorrigen Stämmen und Blattwerk erstreckte, gelangte man zur Landstraße.

Sogar bei Dunkelheit bot das Herrenhaus mit seinen sechs Säulen vor dem Portal einen beeindruckenden Anblick. Es war ein wahrhaftig herrschaftliches Gebäude, das all das symbolisierte, was die Pflanzeraristokratie des Südens an Macht und Arroganz, aber auch an Lebensfreude und Kultur sowie an Gastfreundschaft kennzeichnete.

Sie führten ihre Pferde am Zügel hinter das Küchenhaus und banden sie an. Stephen schob sich eine Peitsche, dessen neun Lederriemen um das Griffstück gewickelt waren, hinter den Gürtel. Dann holte er einen Revolver und eine schwarze Kapuze mit Schlitzen für Mund und Augen aus der Satteltasche.

»Dick, Wade ... ihr haltet euch hier bereit. Legt schon alles zurecht, damit nachher keine Zeit verlorengeht. Und vergesst die Kapuzen nicht!«, raunte Stephen. »Sheriff Russell soll später auch guten Gewissens sagen können, dass es keine Spuren und keine Beschreibungen der Täter gibt.«

Dick lachte glucksend. »Wenn er könnte, würde Stuart Russell doch noch selbst mit Hand anlegen.«

»Dennoch!«

»Keine Sorge«, sagte Wade und zerrte ein kleines Fass, an das noch ein leichter Sack gebunden war, vom Rücken des Packpferdes.

»Willst du dein Elternhaus tatsächlich niederbrennen?«, vergewisserte sich Dick noch einmal. Seine zweifelnde Stimme verriet, dass dies ein Teil von Stephen Duvalls Plan war, den er beim besten Willen nicht begreifen konnte.

»Ja, ich werde es in Schutt und Asche legen!«, zischte Stephen. Nichts sollte ihn mehr an seinen Vater erinnern! Er würde ein neues, noch imposanteres Herrenhaus errichten lassen. Seine Mutter hatte Geld genug, und wenn sie in wenigen Wochen Justin Darby heiratete, dessen Gastfreundschaft sie seit ihrer Vertreibung von ihrem Land mit gemischten Gefühlen genossen, dann würde er bei dessen Tod auch noch die an COTTON FIELDS angrenzende DARBY PLANTATION erben.

»Tja, dann wird wohl nicht mehr viel von COTTON FIELDS übrig bleiben«, brummte Dick verständnislos.

»Du irrst, mir bleibt das Wichtigste: die Sklaven und das Land!«, erwiderte Stephen. »Alles andere baue ich wieder auf, wenn ich mit diesem Bastard Valerie abgerechnet habe!«

»Zwölf nach drei«, mahnte James, der sich schon seine Kapuze über den Kopf gestülpt hatte und eine kurze doppelläufige Schrotflinte in der Armbeuge hielt.

15

Stephen nickte. »Du hast recht, es wird Zeit für uns. Also komm!«

In ihrer dunklen Kleidung verschmolzen sie förmlich mit der konturlosen Dunkelheit der Nacht, als sie in gebückter Haltung und den Schutz der Magnolienbüsche ausnutzend zum Herrenhaus hinüberschlichen.

Als Stephen die Treppe erreichte, die mit fünf Stufen auf die untere Galerie und zum Portal des Hauses führte, und als er seine Hand auf das Geländer legte, dessen Zwischenstäbe kunstvoll geschnitzte Baumwollstauden im Zustand der Erntereife darstellten, erfüllte ihn ein Triumphgefühl, das von unbändigem Hass genährt wurde.

Seine Geduld war quälend lange strapaziert worden, und nie würde er vergessen, wie viele versteckte Demütigungen und wie viel öffentlichen Spott sie hatten hinnehmen müssen, seine Mutter Catherine, seine Schwester Rhonda und er. Mehr als ein Jahr hatten unbändiger Hass und Ohnmacht wie eine bösartige Geschwulst in ihm gewuchert und ihn fast von innen zerfressen. Dennoch hatte er nie daran gezweifelt, dass er diese Schande ausmerzen und die Stunde der Vergeltung eines Tages kommen würde.

Nun war es endlich so weit!

2

Das einzige Licht in der weitläufigen Halle kam von zwei Kerzenleuchtern, die mit ruhiger Flamme ihren warmen Schein auf die Seidenteppiche und Gemälde warfen. Dass sich kein Diener und kein Hausmädchen zeigten, verwunderte ihn nicht. Valerie hatte sie alle weggeschickt, auch ihre treue Zofe Fanny, denn sie erwartete ihn, Travis Kendrik, hatte sie doch endlich erkannt, dass sie füreinander bestimmt waren. Valerie gehörte ihm, so wie er ihr gehörte. Und er spürte ihre Gegenwart, noch bevor sein Blick sie auf halber Höhe der herrschaftlichen Treppe erfasste.

»Valerie!« Seine Stimme war kaum mehr als ein heiseres Flüstern.

»Travis!« Auch ihre Stimme war wie ein Hauch, doch voll sinnlicher Verheißung.

Sie trug ein Gewand aus weißer Spitze. Hauchzart wie ein Hochzeitsschleier umfloss es ihren anmutigen Körper, zeichnete die erregenden Linien ihrer vollen, hohen Brüste nach und ließ den dunklen Lockenbusch, der ihren Schoß bedeckte, verführerisch hindurchschimmern.

Das Lächeln auf ihrem Gesicht verriet ihr Verlangen. Es war das Gesicht, das er wie nichts auf der Welt liebte und in dem alle Linien und Proportionen auf das Betörendste miteinander harmonierten. Der Schwung ihrer vollen Lippen stand in wunderbarem Einklang mit ihrer Nase, ihren sanft gebogenen Brauen über dichten schwarzen Wimpern und der Ausdruckskraft ihrer grauen Augen, in denen winzige

Goldsplitter zu leuchten schienen. Ihr langes schwarzes Haar, dem das Kerzenlicht einen Blauschimmer entlockte, fiel ihr bis auf die Schultern. Und bei keiner Frau hatte er solch eine Haut gesehen, so zart und so leicht getönt wie Creme, als hätte man einen Tropfen flüssiger Schokolade mit frischer Milch vermischt.

Ohne den Blick von ihr zu nehmen, eilte er die Treppe zu ihr hoch. Er konnte sich nicht satt an ihr sehen und das Blut schoss ihm in die Lenden.

»O Valerie! Endlich!«

»Travis, mein Liebster!« Sie streckte die Hand nach ihm aus. »Komm!«

Sie gingen nach oben. Ihm war, als schwebten sie in ihr Schlafzimmer. Sie sank mit einem Lächeln rücklings auf das Bett. Ihr hauchdünnes Nachthemd verrutschte und entblößte ihren Schoß.

»Lass mich nicht zu lange warten, Travis!«, forderte sie ihn auf. »Ich sehne mich nach dir! Wir haben viel zu viel Zeit vertan! Komm, lass mich dich spüren, mein Geliebter.«

Fast riss er sich die Kleider vom Körper, so erregt und ungeduldig war er. Seine Männlichkeit hatte sich zu schmerzhafter Härte versteift. Endlich hatte er sich aller Kleidungsstücke entledigt und kam zu ihr. Er spürte, wie seine Erregung immer stärker wurde. Rasch streifte er ihr das Gewand von den Schultern. Verlangend fuhren seine Hände über ihren nackten Körper. Dann beugte er sich über sie und küsste ihre Brüste, während seine Fingerspitzen über die Innenseiten ihrer Schenkel fuhren. Sie zog ihn in ihre Arme und drängte ihm ihren Schoß entgegen.

»Ich kann mich nicht länger zurückhalten!«, keuchte er,

als sie seine Zärtlichkeiten erwiderte und ihn streichelte. Seine Männlichkeit pochte in ihren Händen.

»Das musst du auch nicht, mein Liebster«, sagte sie zärtlich. »Ich bin dein ... also nimm mich! Warte nicht! Ich will dich in mir spüren, Travis!«

»O Valerie!« Er drang in sie ein und schon Augenblicke später übermannte ihn die Wollust. Ein fast verzweifeltes Stöhnen entrang sich seiner Kehle, während er seinen Samen in der feuchten Enge ihres Schoßes verströmte.

Er krümmte sich auf ihr und wollte sie küssen. Doch in dem Moment löste sich Valerie unter ihm in nichts auf. Da, wo gerade noch ihr verklärtes Gesicht zwischen seinen Händen gewesen war, trafen seine Lippen auf weißen Stoff.

Entsetzt schrie er auf. »Valerie!«

Sein eigener Schrei brachte Travis Kendrik jäh aus der Welt seiner wollüstigen Träume in die Wirklichkeit zurück. Er riss die Augen auf und brauchte einen Augenblick, um die schläfrige Benommenheit abzuschütteln und in die bewusste Realität der warmen Septembernacht zurückzufinden. Schwer atmend lag er auf dem Bauch und hielt sein Kopfkissen mit beiden Armen umschlungen.

Als er sich auf die Seite drehte, wurde er sich der feuchten Wärme auf seinem Bauch bewusst. Seine Hand glitt nach unten und er fand seinen Verdacht bestätigt: Er hatte wieder einmal von Valerie geträumt und dabei einen Erguss gehabt.

Er empfand diese Reaktion seines Körpers wie einen Verrat und schleuderte die Decke wütend von sich. Rasch ging er ins Waschkabinett hinüber, goss kaltes Wasser aus der Kanne in die Porzellanschüssel und säuberte sich.

19

Er war zu aufgewühlt und zudem hellwach, um sich sofort wieder zu Bett zu begeben. An Schlaf war jetzt so schnell nicht zu denken. Er konnte Licht machen und ein Buch zur Hand nehmen, doch er wusste, dass er sich noch nicht einmal auf die leichteste Lektüre würde konzentrieren können. Zwei, drei anständige Drinks waren jetzt das Einzige, was ihm die nötige Bettschwere bringen und den bitteren Geschmack aus seinem Mund vertreiben konnte.

Travis Kendrik griff nach seinem Hausmantel, der aus schwarzer Seide mit goldenen Drachenmotiven gearbeitet und damit so extravagant war wie auch die Kleidung, die er tagsüber bevorzugte.

Seine überragende Intelligenz und seine Scharfzüngigkeit waren ebenso berühmt wie berüchtigt. Und die Überheblichkeit, die er nicht selten an den Tag legte, konnte er sich seiner Ansicht nach erlauben, denn er war unbestritten ein außergewöhnlicher Mann mit außergewöhnlichen Fähigkeiten – was sogar seine schärfsten Kontrahenten zähneknirschend einräumen mussten. Was seinen Geist betraf, so hatte ihn die Natur wahrhaftig überreichlich beschenkt, wofür er dankbar war. Dennoch haderte er gelegentlich mit ihr und seinem Schicksal. Denn was sein Aussehen anging, so hatte Mutter Natur auf diesem Gebiet nicht viel Mühe auf ihn verwandt.

Der Anwalt war von kleiner, gedrungener Gestalt und hatte schon mit seinen dreißig Jahren den Kampf gegen das Übergewicht aufgegeben. Sein dunkles Haar war widerspenstig und nur mit einer gehörigen Portion Pomade zu bändigen. Aber das fiel nicht so stark auf der Negativseite ins Gewicht wie sein schmales Gesicht mit der zu breiten

Nase, den zu dünnen Lippen und den zu nahe beieinander-
stehenden Augen. Man sagte ihm nach, einer Spitzmaus
nicht unähnlich zu sehen. Und da er ein Mann war, der den
Dingen stets scharf ins Auge blickte, machte er sich nichts
vor. Die Leute hatten nicht ganz unrecht. Er brauchte ja
bloß selbst in den Spiegel zu schauen, um zu sehen, dass die
Proportionen in seinem Gesicht wahrlich nicht dem Goldenen Schnitt entsprachen.

Dennoch waren ihm Minderwertigkeitsgefühle fremd.
Die äußeren Benachteiligungen hatten vielmehr dazu geführt, den Ehrgeiz in ihm zu wecken, der Beste zu sein und
stets als Sieger hervorzugehen, was immer er in Angriff
nahm. Und bisher war ihm das auch gelungen.

»Bis auf Valerie«, murmelte er gedankenverloren vor sich
hin, während er den Seidenmantel schloss und den Gürtel
zu einer Schleife band. »Aber auch dieses Ziel werde ich erreichen, jetzt, da ich nicht mehr gegen Captain Melville antreten muss.« Es war ihm noch immer unverständlich, was
Matthew Melville veranlasst hatte, sich mit dieser Madeleine Harcourt einzulassen und alles aufs Spiel zu setzen, was
ihn und Valerie verbunden hatte. Nun, er hatte verloren,
Valeries Liebe auf ewig. Aber was sollte ihn das kümmern.
Captain Melville war wohl wirklich besser an Deck seines
schnellen Baltimoreclippers und Blockadebrechers ALABAMA
oder in den Kasinoräumen seines Mississippiraddampfers
RIVER QUEEN aufgehoben als an der Seite einer Frau wie
Valerie, die COTTON FIELDS so sehr liebte wie Captain
Melville anscheinend nur die See.

Leise, um niemanden im Haus zu wecken, trat Travis
Kendrik aus seinem Zimmer auf den Flur und ging den

Gang hinunter. Seine Gedanken kamen nicht von Valerie los.

Valerie war die erste Frau, die er gleichermaßen mit dem Körper wie mit der Seele begehrte. Bis zu jenem Tag im vergangenen Jahr, als sie sein Anwaltsbüro betreten und ihm die Prozessführung ihres Erbschaftsstreits um COTTON FIELDS angetragen hatte, waren Frauen kein bestimmendes Element seines Lebens gewesen. Der Gedanke an die Ehe war ihm nie gekommen. Im Gegenteil. Im Kreis seiner Freunde und Bekannten hatte er zur Genüge miterleben können, dass eine Ehefrau zweifellos das Leben eines Mannes bereicherte. Doch diese Bereicherung stellte sich in den seltensten Fällen als eine angenehme heraus. Zumeist wurde das Leben eines Ehemannes nur mehr reicher an gesellschaftlichen Zwängen, häuslichen Ärgernissen und bitteren Enttäuschungen im Schlafzimmer. Deshalb hatte er stets unverbindlichen, zeitlich begrenzten Beziehungen zu Frauen den Vorzug gegeben.

Er hatte sich auch nicht vorstellen können, dass ihn eine Frau einmal körperlich wie geistig derart faszinieren würde, dass in ihm der Wunsch, geschweige denn das verzehrende Verlangen erwachen könnte, sein exzentrisches Leben mit einer Frau teilen und sich auf ihre Bedürfnisse einstellen zu wollen. Nie hätte er, ein Zyniker aus Überzeugung, so etwas für möglich gehalten. Die Frau, die ihn dazu veranlassen konnte, sein Leben freiwillig so von Grund auf zu ändern, musste Schönheit mit Sinnlichkeit, Geist mit Einfallsreichtum und Charakterstärke mit praktischer Intelligenz in sich vereinen – und eine solche Frau gab es nicht!

Zumindest war er dieser Überzeugung gewesen. Bis er Valerie kennengelernt hatte. Sie hatte seine zynischen Ansichten über Frauen nachhaltig erschüttert und seinem Ehrgeiz, der von einer ebenso überragenden Intelligenz wie Arroganz gespeist wurde, ein neues Ziel gegeben. Schon nach den ersten Begegnungen hatte er sich von seinem bisherigen Standpunkt verabschiedet, dass die Ehe ein öder Hafen und nur den Dummköpfen und Schwächlingen vorbehalten sei, die den wechselhaften Winden und Gewässern der offenen See nicht gewachsen waren, und er hatte den Entschluss gefasst, sie zu seiner Frau zu machen.

Valerie gehörte zu ihm und zu niemandem sonst! Und er wusste, dass er eines nicht allzu fernen Tages ihre Liebe erringen würde, so wie er jetzt schon ihre tiefe Zuneigung besaß.

Als er die breite Treppe in die dunkle Halle hinunterging, überlegte er, ob er seine für morgen geplante Abreise vielleicht nicht doch besser verschieben und noch bis nach der Baumwollernte bleiben sollte. Jede Stunde, die er nicht in ihrer Nähe sein konnte, schmerzte ihn. Andererseits war es aber sicherlich kein falscher Schachzug, sich eine Weile rar zu machen. Zweifellos würde ihr erst dann nachdrücklich zu Bewusstsein kommen, wie sehr sie an seine Gegenwart und seinen Beistand gewöhnt war – und wie leer und trostlos ein Haus ohne Liebe war.

Bei dem letzten Gedanken verzog er selbstironisch das Gesicht. Früher hatte sich bei ihm nie das Gefühl eingestellt, dass sein Haus in der Middleton Street leer und trostlos war, nur weil unter seinem Dach keine Frau lebte, die ihn liebte. Er hatte es vielmehr als großen Vorzug und Ausdruck persönlicher Freiheit betrachtet, sein Leben mit keinem teilen zu müssen. Nun, diese Zeit gehörte der Vergangenheit an.

»Mein Freund, du kommst offenbar ins gefährliche Alter, wo scheinbar unerschütterliche und lieb gewonnene Überzeugungen plötzlich ins Wanken geraten«, machte er sich über sich selbst lustig und betrat den Salon, in dem der Barschrank stand.

Ohne ein Licht anzuzünden, fand er die Karaffe. Gut zwei Finger hoch goss er sich den Pfirsichbrandy ins schwere Kristallglas. Er nahm einen ersten Schluck, der ihm auf der Zunge zerging, und setzte sich dann neben dem Kamin in einen der tiefen und bequemen Sessel, die mit rauchblauem Chintz bezogen waren.

Er ließ seinen Gedanken freien Lauf, während er an seinem Drink nippte. Es gab viel zu bedenken. Nicht nur was Valerie betraf. In letzter Zeit hatte er seine Anwaltskanzlei in New Orleans sträflichst vernachlässigt. Und es galt auch, Vorsorge für den Fall zu treffen, dass der Krieg nicht den von ihm erwarteten Ausgang nahm. Seine diskreten Investitionen im Norden und seine Aktien ...

Travis führte den Gedankengang nicht zu Ende, denn in diesem Moment bewegte sich ein Flügel der Tür, und eine Gestalt betrat den Raum. Obwohl er in der Dunkelheit des Zimmers nur vage Umrisse erkennen konnte, wusste er sofort, dass es Valerie war. Der dezente und doch unverkennbare Duft, der ihr vorauseilte, verriet es ihm. Er haftete all ihren Kleidern an. Das Parfüm, das sie benutzte, hatte nichts Schweres und Süßliches an sich, sondern verbreitete den herrlich frischen Duft eines blühenden Fliederstrauches.

Er verhielt sich still und beobachtete, wie sie mit fast zögernden Schritten durch den Raum ging, so als wäre sie sich nicht sicher, was sie hier wollte. Sie trug einen safranfarbe-

nen Morgenmantel mit breiter Schärpe, von dem sich ihr ja-
deschwarzes Haar wunderbar abhob. Der Stoff raschelte
leise, und er ertappte sich bei dem Gedanken, wie es wohl
sein mochte, wenn sein Traum endlich Wirklichkeit wurde
und er sie in seinen Armen hielt.

Valerie ging zur Kommode aus Rosenholz hinüber, und
obwohl Travis von seinem Platz aus nicht genau sehen
konnte, was sie dort tat, wusste er doch sofort, dass es der
Inhalt der Silberschale war, der sie zur Kommode geführt
hatte. Ein gutes Dutzend noch nicht entkernter Baumwoll-
flocken, die er in aller Herrgottsfrühe auf dem riesigen Feld
am Westwood Creek gepflückt und mit denen er sie zum
Frühstück überrascht hatte, lag in dieser Schale. Das be-
rühmte weiße Gold des Südens.

Er spürte förmlich, dass sich ihre Fingerspitzen in die federleichten, weichen Bäusche pressten, und er schämte sich
plötzlich, so still im Dunkeln dazusitzen und sie wie ein Vo-
yeur zu beobachten.

»Es ist ein Wunder, nicht wahr?«, machte er sich bemerkbar und erhob sich aus dem Sessel.

Valerie fuhr herum und gab einen unterdrückten Laut des
Erschreckens von sich. »Travis ...? Sind Sie es?«, stieß sie
dann verstört hervor.

»Ja. Es tut mir leid, dass ich Sie erschreckt habe. Es lag
wirklich nicht in meiner Absicht. Doch ich hielt es nicht
länger für statthaft, Ihnen meine Anwesenheit in diesem
Raum zu verschweigen.«

»Sitzen Sie schon lange hier?«, fragte sie.

»Nein, erst ein paar Minuten. Ich bin aus einem sehr ...
nun, sehr aufwühlenden Traum aufgewacht und konnte

nicht wieder einschlafen. Ich hielt es für ratsamer, mir einen anständigen Brandy zuzugestehen, als den Schlaf mit einer Dosis Laudanum zu erzwingen.«

»Dann sind Sie es also gewesen, den ich gehört habe«, sagte Valerie.

»Sie haben mich hinuntergehen gehört?«, fragte er verwundert.

»Ja, so muss es gewesen sein, Travis. Ich habe wohl genauso schlecht wie Sie geschlafen, und als ich dann dieses Geräusch gehört habe, hatte ich das Gefühl, einfach nachsehen zu müssen, was das war.«

»Ich bin untröstlich, Valerie, dass ich Sie aus dem Schlaf geholt habe. Und dabei dachte ich, mich absolut lautlos bewegt zu haben.«

Sie lachte leise auf. »Ach, irgendwo knarrt in so einem Haus doch immer ein Dielenbrett, Travis. Aber Sie brauchen sich wirklich keine Vorwürfe zu machen. Sie haben mich nicht aus dem Schlaf geholt. Ich lag schon wach im Bett. In letzter Zeit habe ich überhaupt einen sehr leichten Schlaf.«

Er versuchte, in ihrem Gesicht zu lesen, doch die Dunkelheit verbarg ihre Züge vor ihm. »Soll ich uns nun nicht etwas Licht machen? Und vielleicht leisten Sie mir bei einem Glas Port oder Likör eine Weile Gesellschaft, was meinen Sie?«

»Warum eigentlich nicht?«, nahm sie seinen Vorschlag sofort bereitwillig an. »Hier mit Ihnen ein wenig zu reden ist immer ein Vergnügen, Travis, und um einiges angenehmer, als allein im Bett zu liegen und ruhelos auf den Schlaf zu warten, der sich dann natürlich erst recht nicht einstellt.

Vielleicht bringt mir ein Glas Port tatsächlich die erwünschte Bettschwere.«

»Ganz bestimmt«, versicherte er, und während er ein Zündholz anriss und eine Kerze auf dem Kaminsims ansteckte, dachte er mit einem Hauch von Wehmut: Keiner von uns beiden müsste allein im Bett liegen und mit Schlaflosigkeit kämpfen. Und statt Port und Brandy gäbe es etwas anderes, das uns ermattet in den Schlaf sinken lassen könnte.

Valerie machte es sich in einem der Sessel bequem, und als Travis ihr den Port reichte, fragte sie: »Was haben Sie gemeint, als Sie gerade sagten, es sei ein Wunder?«

Er bemühte sich, nicht auf den Ausschnitt ihres Morgenmantels zu blicken, in dem sich der Spitzeneinsatz ihres Nachthemdes abzeichnete. Und er versuchte, auch nicht daran zu denken, dass unter diesem dünnen Stoff ein junger, betörend schöner Körper darauf wartete, leidenschaftlich geliebt und zum Gipfel der Lust gebracht zu werden. Es fiel ihm schwer, denn noch nie zuvor hatten sie sich in einer solch intimen Situation befunden.

»Ich meinte das Wunder der Baumwolle«, antwortete er und deutete zur Kommode hinüber. »Auf diesen federleichten Flocken gründet sich der Reichtum des Südens. Und dieser ›König Baumwolle‹ ist Fluch und Segen zugleich.«

»Sie vergessen die Sklaven. Denn eigentlich sind sie es doch, die dem Süden diesen Reichtum beschert haben«, wandte Valerie ein.

»Oberflächlich betrachtet scheint das zu stimmen. Aber in Wirklichkeit ist die ›besondere Institution‹, wie die Sklavenhaltung hier bei uns doch sehr euphemistisch bezeichnet wird, eher ein wirtschaftlicher Hemmschuh als ein Vorteil«, widersprach er ihr. »Und das macht den unseligen Bürgerkrieg ja gerade so absurd, einmal vom Wahnwitz des Blutvergießens ganz abgesehen.«

»Sie meinen, ohne die Sklaverei stände der Süden kaum schlechter da?«

»Kaum schlechter? Ich wage zu behaupten, dass er bedeutend besser und gesünder dastehen würde, wenn er davon endlich Abschied nähme. Die Behauptung, dass der Norden im Gegensatz zum Süden die Befreiung der Sklaven sehr gut verkraften könne, da der Anteil der Schwarzen an der Bevölkerung nur knappe sieben Prozent betrage, ist reiner Unsinn. Der wirtschaftliche Aufschwung im Norden ist enorm – und ohne Sklaverei erreicht worden. Ich will nicht der krassen Ausbeutung der Arbeiter in den Fabriken das Wort reden, aber einen ordentlichen Lohn zu zahlen ist letztendlich immer noch wirtschaftlicher, als Sklaven einzusetzen.«

Valerie seufzte. »Bedauerlicherweise sind nicht nur die Politiker, sondern wohl auch die überwiegende Mehrzahl der Pflanzer und Kaufleute hier im Süden ganz anderer Meinung.«

Travis machte eine geringschätzige Handbewegung. »Es ist ihr übersteigerter Stolz, der sie blind für die Realitäten macht! Und ihr fataler Hang, an Traditionen festzuhalten, die die Zeit schon längst als anachronistisch überholt hat. Bereits vor Jahren ist nachgewiesen worden, dass Zuckerrohr- und Baumwollplantagen viel gewinnträchtiger bewirtschaftet werden könnten, wenn man statt Sklaven Lohnarbeiter beschäftigen würde. Sehen Sie sich doch COTTON FIELDS an. Wie viele Sklaven leben auf Ihrer Plantage?«

»Über dreihundertzwanzig«, antwortete Valerie.

»Und wie viele davon sind Kleinkinder, Alte und Kranke? Mindestens ein Drittel!«, gab sich Travis selbst die Antwort, denn mit den Gegebenheiten auf COTTON FIELDS war er so gut vertraut wie Valerie und ihr Verwalter Jonathan Burke. »Sie müssen diese Sklaven genauso durchfüttern und mit Kleidung und Unterkünften versorgen wie diejenigen, die auf dem Feld, in den Werkstätten und im Haus einen guten Lohn wert wären. Aber sogar die Männer und Frauen, die in der Blüte ihrer Arbeitskraft stehen, benötigen Sie nicht zu allen Jahreszeiten in dieser Anzahl.«

»Jetzt zur Baumwollernte wird jede Hand auf den Feldern gebraucht, aber danach sieht es natürlich anders aus«, pflichtete sie ihm bei.

»So ist es! Ich sage Ihnen, Sie und jeder andere Pflanzer käme besser weg, wenn er denjenigen Männern und Frauen, die er wirklich braucht, einen anständigen Lohn zahlt und bestimmen kann, wann und wie lange er sie auf seine Lohnliste setzt, statt ein gewaltiges Kapital in den Kauf von Sklaven zu investieren und dort zu binden. Ach, es ist ein Wahnwitz, dass der Süden sich von der Union gelöst und diesen Krieg vom Zaun gebrochen hat, um ausgerechnet diese Sklavenhaltung mit der Waffe in der Hand zu verteidigen!«

»Nun, vielleicht ist der Krieg ja schon bald vorbei«, meinte Valerie hoffnungsvoll. »Nach dem glänzenden Sieg, den die Konföderation bei Manassas ...«

»Vergessen Sie Manassas!«, fiel er ihr ins Wort. »Und begraben Sie Ihre Hoffnung auf ein schnelles Ende dieses Bruderkriegs. Eine gewonnene Schlacht ist noch kein gewonnener Krieg. Der Norden hat sich die Sache zu leicht vorgestellt, schlecht trainierte und unerfahrene Truppen in die Schlacht geschickt und eine empfindliche Schlappe einstecken müssen, in der Tat. Aber Lincoln und seine Generäle werden daraus die notwendigen Lehren ziehen. Und gegen das ungeheure Potential an Menschen und industrieller Macht wird der Süden auch bei allem Heldenmut und zähem Kampfeswillen letztlich nichts ausrichten können. Ich habe lange genug im Norden gelebt. Ich weiß sehr gut, wovon ich spreche.«

»Ich weiß nicht, ob ich darüber froh oder betrübt sein soll«, sagte Valerie nachdenklich, denn ihre Liebe galt diesem Land, auch wenn sie wie Travis eine Gegnerin der Sklaverei war, hatte sie doch selbst schon auf dem Block eines Sklavenauktionators gestanden und am eigenen Leib erfahren, was es bedeutete, der Willkür eines weißen Aufsehers oder Masters ausgesetzt zu sein.

Er zuckte die Achseln. »Mit diesen zwiespältigen Gefühlen werden wir wohl noch lange leben müssen, egal was passiert. Obgleich ich persönlich nicht daran zweifle, dass wir in New Orleans nicht mehr lange das Sternenbanner der Konföderation werden wehen sehen.«

»Sie meinen, Kommodore Farragut wird mit seiner Flotte einen Angriff auf New Orleans wagen?« Valerie hatte bei dieser Vorstellung ein flaues Gefühl, denn COTTON FIELDS lag zu nahe bei New Orleans, um bei Gefechten zwischen den Grauen, wie die Konföderierten genannt wurden, und den Blauen aus dem Norden ungeschoren davonkommen zu können.

»Das ist nur eine Frage der Zeit. Die vorgeschobenen Forts werden bei einem massierten Angriff die feindliche

Flotte kaum davon abhalten können, den Mississippi fluss-aufwärts zu kommen – und dann ist New Orleans verloren. Wie es heißt, soll Farraguts Blockadeflotte vor der Mündung des Mississippi letzte Woche noch einmal verstärkt worden sein, sodass es immer weniger Seglern gelingt, den Blockadering zu durchbrechen«, erklärte Travis und wünschte im selben Augenblick, er hätte das Gespräch nicht ausgerechnet auf Farraguts Flotte und die Blockadebrecher gebracht, unter denen Matthew Melville mittlerweile einen geradezu legendären Ruf genoss. Niemand war tollkühner und erfolgreicher als er. Es ging sogar das Gerücht, dass die Yankees ein hohes Kopfgeld auf den Captain der ALABAMA ausgesetzt hatten. Wie weit Valerie darüber informiert war, vermochte er nicht zu sagen. Aber er sah ihrem plötzlich angespannten Gesichtsausdruck an, dass er mit der Erwähnung der Blockadebrecher ihrem Gespräch keine allzu glückliche Wendung gegeben hatte.

Es war, wie Travis vermutete: Valerie dachte augenblicklich an Matthew, und die damit in ihr hochsteigende Erinnerung an seinen schändlichen Verrat war wie eine scharfe Klinge, die sich in eine schwärende Wunde bohrte. Zugleich mischte sich Zorn in ihren Schmerz, dass sie diese bitterste Enttäuschung ihres Lebens auch nach über einem halben Jahr noch immer nicht verwunden hatte. Wann würde sie endlich darüber hinwegkommen?

»Nun, wir können nichts tun, als uns mit den Dingen abzufinden und uns so gut wie möglich nach unseren Überzeugungen zu arrangieren, was den Krieg betrifft«, sagte Travis in das bedrückte Schweigen, das einen Augenblick im Salon herrschte. »Zum Glück gibt es ja nicht nur schlechte

Nachrichten, Valerie. Freuen wir uns, dass die Baumwolle so prächtig auf dem Halm steht und COTTON FIELDS eine gute Ernte gewiss ist. Damit sind Sie endlich Ihrer finanziellen Sorgen enthoben. Mister Marlowe wird ein blendendes Geschäft machen und Sir Rupert natürlich auch.«

Ihr Gesicht entspannte sich. »Ja, ich hoffe, Sir Rupert lässt sich die Ernte nicht entgehen. Er wollte doch zugegen sein, wenn wir auf COTTON FIELDS mit dem Pflücken beginnen. Er hat sich in letzter Zeit ungewöhnlich rar gemacht. Sein letzter Besuch liegt jetzt schon einige Wochen zurück. Davor war er so häufig bei uns zu Gast, dass ich mir fast Sorgen um ihn mache.«

Dass Valerie »bei uns zu Gast« gesagt hatte, nahm er insgeheim mit großer Zufriedenheit auf. Sie hatte nicht darüber nachgedacht, gewiss nicht, aber gerade deshalb bedeutete ihm dieser Satz sehr viel, verriet er doch, wie eng sie sich mit ihm verbunden fühlte, dass sie COTTON FIELDS auch schon als sein Zuhause betrachtete. Ja, er konnte morgen wirklich beruhigt nach New Orleans abreisen. Die Saat seiner Bemühungen, seine unaufdringliche Gegenwart und Bereitschaft, ihr mit Rat und Tat zur Seite zu stehen, wann immer sie seines Beistandes bedurfte, trug Früchte.

Er lächelte sie an. »Ich glaube nicht, dass wir uns um Sir Rupert Sorgen machen müssen. Aber ich werde ihm gleich morgen in New Orleans einen Besuch abstatten und ihm vom Beginn der Ernte berichten, wenn Sie das beruhigt, Valerie.«

»Das wäre reizend von Ihnen, Travis.«

»Wenn ich Ihnen einen Wunsch erfüllen kann, tue ich es gerne. Sie wissen doch, dass ich Ihnen am liebsten alle Wünsche von den Augen ablesen würde und Wirklichkeit werden lassen möchte«, sagte er mit zärtlichem Unterton.

Valerie lächelte berührt und verlegen zugleich. »Ich weiß«, sagte sie leise und senkte den Kopf, als suchte sie im Bodensatz ihres Portweins nach den Antworten auf die Fragen, die sie beschäftigten. »Doch geben Sie den Dingen Zeit.«

»Ich gebe Ihnen alle Zeit der Welt, Valerie«, versicherte er ernst und langsam. »Deshalb kehre ich morgen auch nach New Orleans zurück. Sie sollen Zeit und Ruhe haben, in sich zu forschen, welchen Platz Sie mir in Ihrem Leben einräumen wollen. Was Sie mir bedeuten, brauche ich Ihnen nicht noch einmal zu sagen. Ich habe es gestern Abend wohl deutlich genug zum Ausdruck gebracht ...«

»Ja, das haben Sie«, sagte sie leise mit belegter Stimme. Zum ersten Mal und mit ruhiger Eindringlichkeit hatte er ihr seine Liebe gestanden und ihr erklärt, dass er sie begehrte und sich kein größeres Glück vorstellen könne, als sie zu seiner Frau zu haben. Gleichzeitig war er so klug und einfühlsam gewesen, dieses Geständnis nicht mit einem direkten Heiratsantrag zu verbinden.

»Nur vergessen Sie nicht, dass die Natur unserem Leben natürliche Grenzen gesetzt hat, die Zeit zu etwas sehr Kostbarem machen«, fügte er hinzu.

»Ich werde ...«, setzte Valerie zu einer Antwort an, brach jedoch mitten im Satz ab und blickte mit gerunzelter Stirn in Richtung Tür. »Haben Sie das auch gehört?«

»Ja.«

»Was war das?«

Travis zuckte mit den Schultern und stellte sein Glas ab. »Da hat draußen auf der Galerie irgendetwas geknarrt. Ver-

33

mutlich ein Bohlenbrett. Sie wissen ja, Holz lebt und verzieht sich. Vielleicht ist auch ein Waschbär oder ein Opossum über die Veranda gelaufen. Ich sehe mal nach, damit Sie beruhigt sind.«

Er verließ den Salon, ging durch die Halle und schob die Riegel von der schweren Haustür zurück, mit den Gedanken noch ganz bei Valerie.

Wir sind füreinander geschaffen. Jeder ist die harmonische Ergänzung des anderen. Sie spürt es schon längst, doch bald wird sie es auch erkennen und vor sich eingestehen, ging es ihm durch den Kopf, während er die Tür öffnete und auf die Veranda hinaustrat.

Die Gestalt, die im nächsten Moment auf ihn zusprang, war von Kopf bis Fuß in Schwarz gehüllt und schien sich von einer Sekunde auf die andere aus den Schatten der Nacht zu einem Wesen aus Fleisch und Blut verwandelt zu haben. Eine Hand krallte sich über der Brust in die Seide seines Morgenmantels, während sich das kühle Metall eines Revolverlaufs unter seinem Kinn in den Hals presste.

»Wenn du schreist, blase ich dir das Gehirn aus dem Schädel, du Ratte!«

Travis wurde steif wie ein Brett und starrte zu Tode erschrocken auf den hellen Augenschlitz in der schwarzen Maske, der er sich gegenübersah und die fast sein ganzes Blickfeld ausfüllte.

»Wirklich reizend von dir, dass du uns die Tür aufmachst und uns durch das Portal ins Haus lässt, du Niggeranwalt!«, zischte Stephen Duvall höhnisch, und seine Stimme wurde noch zusätzlich von der Kapuze gedämpft. »Eigentlich hatten wir ja vorgehabt, den Hintereingang zu nehmen. Aber so macht es natürlich noch mehr Freude. Freude wirst du diese Nacht eine Menge haben, das verspreche ich dir. Und jetzt wollen wir Valerie unsere Aufwartung machen und diesem Niggerbastard eine unvergessliche Nacht bescheren.« Und über die Schulter forderte er James auf: »Nimm du ihn! Ich muss die Hände frei haben für den Nigger!«

Travis wurde übel vor Entsetzen.

3

Der glockenhelle Klang der französischen Kaminuhr, die mit ihrem Schlag die halbe Stunde einläutete, hing noch wie ein Nachhall im Salon, als die Türen aufflogen.

Erschrocken sprang Valerie aus dem Sessel auf und fuhr herum. Das Glas entglitt ihrer Hand und zerschellte zu ihren Füßen. Das Blut wich aus ihrem Gesicht, als sie die beiden ganz in Schwarz gekleideten und mit Kapuzen maskierten Männer hereinstürmen sah. Der eine von ihnen zerrte Travis mit sich. Er hatte seine linke Hand brutal ins Haar gegraben, den Kopf des Anwalts in den Nacken gerissen und ihm die Mündungen der Schrotflinte aufs rechte Ohr gesetzt.

Für einen Moment stand sie wie gelähmt, und ihr war, als hätte ein Eishauch von extrem arktischer Kälte all ihre Gedanken urplötzlich zum Erstarren gebracht. Auch ihr Herzschlag schien auszusetzen.

Travis gab einen gequälten, erstickten Schrei von sich, als James ihn zur Seite zerrte, um die Tür und die dahinterliegende Halle besser im Auge behalten zu können.

Der Laut des Schmerzes brach den Bann. Die Lähmung fiel von Valerie ab. Sie wankte zurück, grenzenlose Angst in den Augen. »Was ... was wollen Sie ...? Gehen Sie ...! Lassen Sie Mister Kendrik frei!«, stieß sie hervor und wusste selbst, wie lächerlich ihre Aufforderung klang.

»Schau an! Du hast dir das Kommandieren auf COTTON FIELDS ja verdammt schnell angewöhnt. Scheint dir eine

Menge Spaß zu bereiten, dich hier wie eine richtige Mistress aufzuführen, ja?«, stieß Stephen hervor. »Aber da hast du dir die falsche Rolle ausgesucht, du Bastard. Dein Platz ist in einer dreckigen Sklavenhütte und auf dem Feld bei den anderen Sambos. Und wir sind gekommen, um dafür zu sorgen, dass ein Nigger wie du nicht vergisst, wohin er gehört!«

Er gab sich nicht viel Mühe, seine Stimme zu verstellen. Es würde später genügend Zeugen dafür geben, dass er zur Zeit des Überfalls mit seinen Freunden auf STANLEY HALL gefeiert hatte. Zudem war Sheriff Russell nicht der Mann, der es sich mit den Pflanzern in seinem Bezirk verderben wollte. Er würde daher die Untersuchung mit der notwendigen Umsicht vornehmen, wie schon vor einem halben Jahr, als sie die alte Sklavensiedlung in Schutt und Asche gelegt hatten. Das Ergebnis stand daher schon im Voraus fest: Für den Überfall würde man, genau wie damals, marodierende Anhänger des Nordens verantwortlich machen.

»Ich ... ich weiß, wer du bist!«, rief Valerie und wurde von panischem Entsetzen gepackt. »Du bist Stephen Duvall! Du ... Du kannst dich zehnmal maskieren ...! Ich erkenne dich an deiner Stimme!«

Stephen lachte höhnisch. »Stephen Duvall? Ich kenne keinen, der so heißt, Nigger. Mein Name ist Abraham Lincoln und das ist mein Freund James Brown. So, und jetzt kommst du mit uns nach draußen, sonst verpasst du noch das Beste, und das wäre wirklich traurig, haben wir uns die Mühe doch allein deinetwegen gemacht.«

Valerie wich vor ihm zurück, während die Angst sie zu überwältigen drohte. Sie musste einen klaren Kopf bewahren und Zeit gewinnen. Lange konnte es nicht mehr dauern, bis jemand im Haus die Stimmen hörte und begriff, dass sie Hilfe brauchte. Wo blieben sie nur?

Stephen genoss das Spiel. Er hätte mit einem Sprung bei ihr sein können. Doch er fühlte sich seiner Sache sicher. COTTON FIELDS war in ihrer Hand, und diese Stunde wollte er bis zum Letzten auskosten – ganz besonders Valeries Angst, ihre Demütigung, ihre Ohnmacht, ihre Verzweiflung und ihre Schmerzen.

»Niemand wird dir helfen, Valerie. Unsere Männer sind überall: draußen vor dem Haus, bei der Sklavensiedlung und am Westwood Creek. Ich schätze, da werden jetzt die ersten Flammen im Feld hochschlagen. Gehen wir vor das Haus. Da können wir das Feuer gleich viel besser sehen«, sagte er und streckte die Hand aus, als hätte er sie gebeten, ihm den nächsten Tanz zu gewähren.

Valeries Gesicht verzerrte sich vor ungläubigem Entsetzen, und sie schüttelte den Kopf, dass ihre Haare flogen. »Nein!«, keuchte sie. »Nein ...! Das würdest du nicht wagen ...! Sir Rupert ... ihm gehört die Baumwolle!«

»Zum Teufel mit Sir Rupert! Seine Baumwolle geht in Flammen auf. Das Einzige, was von der Ernte übrig bleiben wird, sind Asche und ein verbranntes Stoppelfeld. Und jetzt komm endlich her!«, fuhr Stephen sie an. »Oder mein Freund jagt dieser Ratte von einem Niggeranwalt eine Schrotladung ins Knie – für den Anfang! Und entwischen kannst du mir ja doch nicht. Also was soll das Geziere?«

»Kümmern Sie sich nicht um mich!«, krächzte Travis.

James spannte mit dem Daumen den Hahn des rechten Laufs. Mit einem metallischen Klacken rastete er ein.

»O Gott«, stieß Valerie hervor. »Tun Sie ihm nichts!«

Stephen trat auf sie zu und Valerie bewegte sich nicht von der Stelle. Er packte ihr rechtes Handgelenk, und sein Gesicht kam ihr so nahe, dass sie seinen Atem durch den Schlitz in der Maske spüren konnte. »Auf diesen Tag habe ich lange genug gewartet, du Bankert!«, zischte er hasserfüllt und so leise, dass nur sie ihn verstehen konnte. »Jetzt wirst du für alles bezahlen, was du uns angetan hast!«

Der scheppernde Klang der rostigen Triangel, die in der Sklavensiedlung neben dem Brunnen vom untersten Ast einer verwachsenen Eiche hing, drang durch die Nacht zum Herrenhaus herüber.

»Es geht los!«, rief James, und seiner Stimme war nun eine gewisse Nervosität anzuhören.

»Ganz ruhig. Wir haben alles im Griff. Wir haben Valerie und den Anwalt. Keiner wird es wagen, uns auch nur nahe zu kommen!«, beruhigte Stephen ihn, und zu Valerie sagte er: »Los! Beweg dich!«

In der Halle stießen sie auf Fanny Marsh, Valeries englische Zofe, die ihr auch eine treue Freundin und Vertraute war, seit sie in ihren Diensten stand. Nicht einen Moment hatte sie damals gezögert, Valerie nach Amerika zu begleiten. Fanny war Ende zwanzig, von kleiner, molliger Figur und gewöhnlich von lebensfrohem Wesen. Eine weiße Betthaube mit gerüschtem Rand verbarg ihre rote Lockenpracht. Sie kam mit einer kleinen Lampe in der Hand die Treppe herunter – und stieß einen Schrei aus, als sie ihre Herrin und Travis Kendrik in der Gewalt der beiden Kapuzenmänner sah.

»Miss Valerie ...! Allmächtiger!«, schrie sie und griff nach dem Geländer.

Stephen zerrte Valerie zur Tür, während er der Zofe zurief: »Hol alle aus den Betten! Sie sollen vor das Haus kommen! Aber dass sich ja keiner einfallen lässt, mit einer Waffe zu erscheinen! Dann ist das Leben von Valerie und ihrem Anwalt keinen Cent mehr wert, hast du verstanden?«

Fanny war zu keiner Antwort fähig, nickte jedoch mit wachsbleichem Gesicht. Im Obergeschoss schlugen schon Türen und wurden aufgeregte Stimmen laut.

Valerie versuchte, sich auf der Veranda loszureißen, doch Stephen hielt ihr Handgelenk mit eisernem Griff umklammert und stieß sie die Stufen hinunter. Seine Freunde hatten auf dem großen Vorplatz zwischen Allee und Herrenhaus mehrere Pechfackeln in den Rasen gerammt, die nun mit hellem Schein brannten. Breitbeinig, ihre Gesichter hinter den schwarzen Kapuzen verborgen und mit schussbereiten Gewehren standen sie bei den lodernden Fackeln.

Valerie verlor ihre Hausschuhe, als Stephen sie brutal vom Haus weg auf die große Rasenfläche zu den Fackeln zerrte. Das mittlerweile lichterloh brennende Baumwollfeld am Westwood Creek hellte die Nacht mit unruhigem Flammenschein auf. Und auch jenseits des Waldstücks schossen Feuerzungen in den Himmel, als zwei Scheunen und immer mehr Sklavenhütten in Flammen aufgingen. Schreie gellten durch die Nacht.

»Niemand wagt sich von der Veranda herunter!«, brüllte Stephen, als die ersten Haussklaven aus dem Haus gerannt kamen. »Wer den Fuß auf die Treppe setzt, wird erschossen!«

Augenblicke später jagte Colin mit seinen Männern heran. »Die Siedlung brennt – und das Feld am Westwood Creek ebenfalls!«, rief er Stephen zu.

»Ist auch nicht zu übersehen«, antwortete dieser. »Haltet uns den Rücken frei. Wer den Helden spielen will, bekommt eine Kugel verpasst!«

»Worauf du dich verlassen kannst ...! Verteilt euch!«, rief Colin seinen Freunden zu. »Die Arbeit ist erledigt. Jetzt kommen wir zum unterhaltsamen Teil!«

Höhnisches Gelächter folgte seinen Worten, während die vermummten Reiter einen weiten Halbkreis bildeten, sodass sie den Vorplatz und das Herrenhaus gut überblicken konnten. Es würde nicht lange dauern, bis auch Edmund mit seiner Gruppe bei ihnen wäre.

James hatte Travis zu Boden gestoßen. Er kniete vor ihm im Gras. Unsägliche Qual und Angst entstellten sein Gesicht, das von kaltem Angstschweiß glänzte. »Ihr dürft ihr nichts tun ...! Wie könnt ihr euch an einer wehrlosen Frau vergreifen ...? Die Baumwolle brennt ... und die Sklavensiedlung!«, stieß er abgehackt hervor. »Mein Gott, reicht das denn nicht?«

»Nein, das reicht längst nicht!«, antwortete Stephen voller Hass und befahl James: »Fessel dem Niggeranwalt die Hände auf den Rücken und binde ihn drüben an den Magnolienbaum! Du musst mir gleich helfen, und ich will nicht, dass er etwas verpasst.«

»Wäre wirklich eine Schande«, stimmte James ihm spöttisch zu.

»Nun fang schon endlich an!«, rief einer der Reiter ungeduldig.

»Mit Vergnügen«, antwortete Stephen und riss Valerie zu sich herum. »Runter mit den Sachen! Ein Niggerbastard wie du hat nicht Samt und Seide zu tragen, als wäre er eine weiße Mistress. Du bist ein dreckiges Hurenkind! Grobes Leinen ist gut genug für dich!«

Valerie schüttelte den Kopf. »Nein ...« Ihre Stimme versagte ihr fast den Dienst.

»Was zierst du dich? Gib doch zu, dass es dir gefällt, dich hier allen nackt zu zeigen. Eine Niggerhure wie du genießt es doch. Mach uns doch nichts vor ...! Was, du willst nicht? Also gut, dann werde ich dir ein bisschen zur Hand gehen, wenn du Schwierigkeiten mit dem Ausziehen hast«, höhnte er, griff ihr in den Ausschnitt und zerrte an ihrem Morgenrock. Er bekam ihr dünnes Nachthemd gleich mit zu fassen. Der Stoff riss unter seinem brutalen Griff wie Papier. In Fetzen hingen ihr Morgenrock und Nachtgewand vor der Brust hinunter.

Instinktiv legte Valerie die Arme schützend vor ihren entblößten Busen. Die Angst in ihr schwoll zu einer gewaltigen Woge an und drohte im nächsten Moment über ihr zusammenzuschlagen. Sie hörte durch das Rauschen in ihren Ohren trommelnden Hufschlag, raues Lachen und die entsetzten Ausrufe der Schwarzen auf der Veranda. Der Nachthimmel schien in Flammen zu stehen. Die neu errichtete Sklavensiedlung! Die Baumwollernte! Alles ging in Flammen auf. Dies konnte nicht Wirklichkeit sein, sondern ein grässlicher Albtraum, aus dem sie jeden Moment erwachen würde!

Doch es gab kein Erwachen für sie. Der entsetzliche Albtraum dauerte an, ja begann jetzt erst richtig.

»Nimm die Arme runter!«

Valerie reagierte nicht. Im nächsten Moment traf sie ein Schlag ins Gesicht. Sie hörte sich aufschreien und stürzte ins

Gras, mit dem Gesicht nach unten. Noch bevor sie sich auf-
rappeln konnte, hatte Stephen sein Messer gezogen. Die
frisch geschärfte Klinge schnitt Morgenmantel und Nachthemd auf dem Rücken der Länge nach durch. Mit brutaler
Gewalt riss er ihr die Fetzen vom Leib, sodass sie dabei im
Gras um ihre eigene Achse gewirbelt wurde.

Schreiend schlug sie um sich, bekam einen Teil ihres ba-
tistenen Nachthemdes zu fassen und presste es mit dem Mut
der Verzweiflung an sich.

Er zerrte sie hoch und zum zweiten Mal traf sie sein
Handrücken mit aller Kraft ins Gesicht. Der Schlag ließ ihre
Oberlippe aufplatzen und riss ihr den Kopf in den Nacken,
während sie nach hinten geschleudert wurde. Sie war schon
so gut wie nackt, doch sie ließ nicht los. Es war, als hinge ihr
Überleben einzig und allein von diesem Fetzen Batist ab.

»Ich wusste, dass du ein zäher Nigger bist. Bastarde haben
das so an sich, wie ich mir hab' sagen lassen. Mir soll es recht
sein. Ich werde dir schon beibringen, was es heißt, sich dem
Befehl eines Weißen zu widersetzen. Das haben wir gleich!«

Valerie hörte Travis entsetzt aufschreien. Sie schmeckte
Blut, wandte den Kopf und blickte benommen zu Stephen
auf. Dann sprang auch sie das blanke Entsetzen an. Ihr ver-
brecherischer Halbbruder hielt eine Peitsche in der Hand
und ließ gerade die neun langen Lederriemen durch die Finger gleiten. Sie konnte im Licht der Fackeln kaum mehr als
seine Augenpartie erkennen, aber das genügte ihr. Unbarm-
herzige Grausamkeit stand in ihnen.

»Sag, dass du ein Bastard bist, eine dreckige Niggerhure,
die sich COTTON FIELDS erschlichen hat! Sag es!«, forderte er
sie auf.

Mit angsterfüllten, weit aufgerissenen Augen blickte sie ihn an und schüttelte den Kopf.

Die Peitsche schnitt durch die Luft und die geschmeidigen Riemen wickelten sich mit einem hässlichen Klatschen um ihren nackten Leib.

Valerie krümmte sich vor Schmerzen. »Nein!«, schrie sie und streckte den linken Arm abwehrend aus, als könnte sie sich damit vor seinen Schlägen schützen.

»Ich bin ein Bastard! Eine dreckige Niggerhure! Sag es! Ich will es aus deinem Mund hören!«, forderte Stephen sie auf, doch kein Wort kam über ihre Lippen.

Der nächste Peitschenhieb hinterließ blutrote Striemen auf Arm und Schulter. Das gequälte Aufstöhnen von Travis, Fannys verzweifeltes Weinen und die entsetzten Laute der Schwarzen, die sich auf der Veranda nicht von der Stelle zu rühren wagten und die im Schutz der Dunkelheit mit ohnmächtiger Wut und Hilflosigkeit dem schrecklichen Treiben zusehen mussten, gingen in Valeries Schreien unter.

Sie versuchte, von ihm wegzukriechen, doch Stephen folgte ihr mit der Peitsche. Immer und immer wieder ließ er sie auf sie niedersausen, auf Rücken und Schultern, auf Arme und Beine, auf ihr Gesäß und auch auf ihre Brüste, wann immer sich ihm eine Gelegenheit dazu darbot.

Valeries schrille Schreie gingen rasch in ein Wimmern über, während sie sich am Boden wand und vergeblich Schutz vor seinen Peitschenschlägen suchte.

»Sag es!«, keuchte Stephen. Er war ins Schwitzen geraten. Der Schweiß rann ihm unter der Kapuze über das Gesicht. »Sag es, wenn du nicht willst, dass ich dich in ein blutiges Stück Fleisch verwandle!«

Valerie hatte keine Kraft mehr, keinen Stolz und keinen eigenen Willen. Sie war halb wahnsinnig vor Schmerzen und kannte nur noch einen Wunsch, nämlich dass das Ende schnell kam und sie erlöste.

Sie lag auf der Seite, die Beine bis zur Brust angezogen und die Finger in die Erde gekrallt. »Ich ... bin ... ein ... Bastard ... eine ... dreckige ... Niggerhure«, kam es stoßartig über ihre Lippen.

»Lauter! Es sollen doch alle hören, was du uns zu sagen hast!«, verlangte er unerbittlich, beugte sich zu ihr hinunter und packte in ihr langes Haar, um sie auf die Füße zu ziehen.

Valerie befand sich am Rande der Bewusstlosigkeit. Sie nahm ihre Umgebung nicht mehr richtig wahr. Flammen tanzten vor ihren Augen.

»Ich ... bin ein ... Bastard! Dreckige Niggerhure!«, stieß sie mit letzter Kraft hervor.

»Bravo! Allmählich lernst du deine Lektion!« Stephen weidete sich an ihrem nackten, blutbefleckten Körper. »Und ich werde dafür sorgen, dass du sie auch nicht vergisst, Nigger! Bis ans Ende deiner Tage nicht!«

Travis kauerte am Magnolienbaum. Ein Weinkrampf schüttelte seinen Körper, während ihm die Tränen über das Gesicht liefen.

Stephen klemmte sich die Peitsche hinter den Gürtel und winkte James heran. »Mir scheint, es gefällt ihr nicht, sich uns so schamlos nackt zu präsentieren, Freunde«, höhnte er. »Ob nun Hure oder nicht, wir sollten etwas dagegen unternehmen. Niemand soll später sagen können, wir hätten nicht gewusst, was wir einem Niggerbastard schuldig sind, der so gern Mistress auf COTTON FIELDS sein möchte. Also tun wir unsere Pflicht!«

»Du sagst es«, stimmte James ihm lachend bei. Er warf Stephen ein Paar Stulpenhandschuhe zu und rollte dann das kleine Fass heran, während Colin den Sack holte und sich bereit hielt, jedoch aus gutem Grund auf Distanz bedacht.

James zog den fast faustdicken Verschluss aus dem Deckel des Fasses und wuchtete es sich auf die Schulter. »Von mir aus kann's losgehen!«

»Nur zu!«, rief Stephen, der Valerie noch immer an den Haaren aufrecht hielt.

James trat mit dem Fass auf der Schulter näher. Er überragte Valerie gut um Kopfeslänge. Als er das Fass kippte, ergoss sich ein Schwall schwarzer, zähflüssiger und penetrant stinkender Brühe aus dem Spundloch. Es war Teer, und der erste Schwall schoss ihr mitten ins Gesicht, ergoss sich über ihre Schultern und bedeckte ihren geschundenen Körper im Handumdrehen.

Valerie wurde unter wildem Gejohle der Kapuzenmänner geteert und gefedert!

Es war ein einziger, kollektiver Laut der inneren Qual und des Abscheus, der sich den Kehlen der Zuschauer entrang. So manch einer schlug erschüttert die Hände vors Gesicht und wandte sich ab, um nicht länger Zeuge dieser grausamen Tortur sein zu müssen. Der alte Samuel, der neben Fanny stand und ihre Hand ergriffen hatte, betete mit leiser, zitternder Stimme.

James übergoss sie mit der Teerbrühe, bis nichts mehr aus dem Fass floss. Dann kam Colin mit dem Jutesack, der mit

46

Federn gefüllt war. Er schüttete ihn über ihr aus. Ein Feder-regen ging auf Valerie nieder.

»Das ist das Kleid, das du verdient hast, Niggerbastard!«, rief Stephen voll höhnischer Genugtuung und klatschte ihr die Federn ins Gesicht, auf die Brüste und zwischen die Beine.

Valerie merkte davon schon nichts mehr. Gnädige Be-wusstlosigkeit umfing sie. Wie eine leblose Puppe sackte sie in die Lache aus Pech und Federn, die sich zu ihren Füßen gebildet hatte.

Stephen zog sein Messer, ging neben ihr in die Hocke und schnitt ihr das lange Haar ab, so knapp über der Kopfhaut, wie es ihm möglich war.

»Ich denke, damit haben wir uns einen bleibenden Platz in ihrer Erinnerung gesichert, Freunde!«, rief er seinen Kom-plizen zu und hielt ihren Haarschopf triumphierend wie eine Kampfestrophäe in der erhobenen Hand.

Er erntete begeistertes Gegröle bei seinen Freunden, stopfte sich das lange Haarbüschel in die Tasche und riss eine der Fackeln aus der Erde.

»Los, runter von der Veranda! Platz da! ... Verschwindet, Niggerpack, sonst geht es euch auch noch an den Kragen!«, schrie er Fanny und den Hausklaven zu, während Colin und James seinem Beispiel folgten und sich gleichfalls eine brennende Fackel griffen.

Die Schwarzen stoben in panischer Angst auseinander, sprangen zu beiden Seiten über das Geländer und rannten schreiend davon, als die drei Kapuzenmänner die Treppe hochliefen und über die Veranda stürmten.

Im selben Augenblick krachte ein Gewehr. Der Schuss kam aus dem Wald bei der Sklavensiedlung, die ein einziges

Flammenmeer war. Einer der vermummten Reiter, die sich an dieser Flanke postiert hatten, schrie getroffen auf. »O Gott! Mich hat's erwischt ...! Mein Arm!«

»Los, raus aus dem Lichtschein der Fackeln!«, gellte Edmunds Stimme über den Platz.

Wieder kam ein Gewehrschuss aus dem Wald. Die Kugel sirrte über die Veranda und traf auf der anderen Seite einen Geländerpfosten.

Stephen wirbelte herum. »Verdammt, wer ist das?«, stieß er verstört hervor.

»Ich weiß nicht«, antwortete Colin bestürzt.

»Das kann doch bloß dieser verfluchte Jonathan Burke sein!«, stieß James erschrocken hervor. »Nur der Aufseher weiß so gut mit einem Gewehr umzugehen!«

»Aber wir haben ihn bewusstlos geschlagen und gefesselt!«, begehrte Colin auf.

»Wie gut, das sehen wir ja!«, fauchte James.

»Wir schnappen ihn uns!«

»Bist du verrückt geworden? Wie willst du bei Nacht im Wald einen Heckenschützen stellen?«, fuhr Stephen ihn an. »Wir sind hier wie auf dem Präsentierteller. Der Aufseher ist es nicht wert, dass wir einen Toten riskieren. Dann fliegt unsere Tarnung auf. Gebt mir eure Fackeln und haltet mein Pferd bereit. Wir sind hier fertig. Sagt den anderen Bescheid, dass sie bloß nichts riskieren sollen!«

Er nahm ihre Fackeln an sich und rannte ins Haus. Jetzt galt es, sich zu beeilen. Die erste Fackel schleuderte er die Treppe hoch. Die zweite warf er in den Salon, während er mit der dritten die Vorhänge und den Teppich in der Halle in Brand setzte. Dann flog sie in hohem Bogen den Flur hinunter.

Er hörte hinter sich schon das Prasseln der Flammen, als er zur Verandaseite hinüberrannte, die dem Wald abgekehrt war. James und Colin warteten dort schon mit seinem Pferd auf ihn. Seine anderen Komplizen feuerten blindlings in die Richtung, aus der die Schüsse aus dem Wald gekommen waren.

Stephen sprang auf das Geländer und von dort direkt in den Sattel, packte die Zügel und riss das Pferd herum. »Wenn das Fest auf seinem Höhepunkt ist, soll man sich vom Gastgeber verabschieden! Halten wir uns an diese goldene Regel des guten Benimms, Freunde!«, rief er und trieb sein Tier an.

Johlend galoppierte die Meute davon.

Bevor der Wald sie verschluckte, warf Stephen noch einen Blick zurück. Heller Feuerschein überzog den Himmel und auch aus dem Herrenhaus schlugen schon die ersten Flammen in die Nacht. Er glaubte nicht, dass das Haus noch zu retten war. Seine Mutter würde vermutlich toben, wenn sie hörte, dass er sein eigenes Elternhaus in Brand gesteckt hatte. Aber das war es ihm wert. Er hatte sich geschworen, keine halben Sachen mehr zu machen, und er hatte sich daran gehalten.

Lachend riss er sich die Kapuze vom Kopf und schleuderte sie zwischen die Bäume. Die Baumwollernte war vernichtet, die Sklavensiedlung niedergebrannt und das Herrenhaus ein Opfer der Flammen.

Valerie war erledigt. In jeder Hinsicht. Endgültig!

4

Guten Morgen, Justin«, begrüßte Catherine Duvall ihren zukünftigen Ehemann, den seit Langem verwitweten Besitzer von DARBY PLANTATION. Er war von mittelgroßer, kräftiger Statur und ging auf die sechzig zu. Doch erst wenige graue Strähnen durchzogen sein noch volles dunkles Haar. Und sein ansprechendes, offenes Gesicht besaß eine noch fast jugendlich frische Farbe.

Er hatte schon am Frühstückstisch Platz genommen. Die Seide ihres perlgrauen Kleides mit dem hochgeschlossenen Kragen raschelte, als sie sich zu ihm beugte und ihm einen flüchtigen Kuss auf die Wange gab.

Justin Darby lächelte liebevoll und legte seine Hand kurz auf ihren Unterarm. Er spürte die gestärkten Rüschen, die ihren Ärmel säumten, unter seinen Fingerspitzen. Der Gedanke, dass sie bald seine Frau sein würde, erfüllte ihn mit ebenso viel Stolz wie Glück. DARBY PLANTATION würde nach so vielen Jahren endlich wieder eine Mistress haben – und er einen geliebten Menschen, mit dem er alles teilen konnte, was das Leben an Freuden für Mann und Frau bereithielt. »Guten Morgen, Catherine.«

»Entschuldige, dass ich dich habe warten lassen. Ich wäre schon längst fertig gewesen, wenn Esther nicht ständig mit ihren Gedanken woanders gewesen wäre«, sagte Catherine und setzte sich. Dass sie vierzig war, sah man ihr nicht an, obwohl sie einen strengen konservativen Stil pflegte, was Frisur und Kleidung betraf. Und wenn sie auch nicht die blonde, schlanke Schönheit ihrer Jugend bewahrt hatte, so galt sie doch als überaus attraktive Erscheinung. Ihr exklusiver Geschmack trug noch dazu bei, die Attraktivität einer reifen und selbstbewussten Frau zu unterstreichen.

»Aber, meine Liebe«, sagte er mit mildem Tadel, »das ist doch wirklich nicht der Rede wert. Und wenn du mich tatsächlich einmal warten lassen würdest, kann das doch nur meine Vorfreude steigern. Auf eine Frau wie dich würde jeder Mann, der etwas wert ist, mit Freuden warten.«

Für seine galante Antwort bedankte sie sich mit einem Lächeln, das ihrem schmalen Gesicht die strenge Note nahm. Justin fand, dass sie mit diesem Lächeln viel zu sparsam umging. »Ach, Justin, du verstehst es, einem den Tag zu versüßen! Wie oft habe ich mich in den letzten Monaten schon gefragt, was ich in dieser schweren Zeit nur ohne deinen Beistand getan hätte«, sagte sie mit ehrlicher Dankbarkeit und faltete ihre Serviette auseinander.

»Du hättest dich genauso tapfer behauptet und deine Ehre bewahrt, denn du bist eine starke Frau, die ihresgleichen sucht«, erwiderte er voll Bewunderung und fügte mit einem Augenzwinkern hinzu: »Ich habe mich bei den meisten alleinstehenden Pflanzern und vermögenden Geschäftsleuten in unserem Bezirk sehr unbeliebt gemacht, weißt du das? Es gibt sogar alte Freunde, die mir regelrecht gram sind.«

Sie hob spöttisch die Brauen, ahnte sie doch, worauf er hinauswollte. »Wirklich? Das kann ich mir bei einem so umgänglichen Gentleman wie dir beim besten Willen nicht vorstellen. Was sollst du ihnen denn getan haben?«

51

Er schmunzelte. »Sie nehmen es mir übel, dass ausgerechnet mir das große Glück vergönnt ist, deine Liebe zu erringen und dich zu meiner Frau zu machen. Denn damit sind all ihre geheimen Hoffnungen, dich zu erobern, für immer zunichte gemacht. Ich verstehe schon, dass mir viele mein Glück neiden, denn so schön die Lilie auch sein mag, die man recht häufig findet, so hält sie doch mit der seltenen Orchidee keinen Vergleich stand.«

Catherine lachte amüsiert. »Mein Gott, Justin! Du verstehst dich auf die Kunst des Schmeichelns ja fast noch besser als unser junger Freund Edward Larmont. Und vor Männern, die einer Frau vor dem Bund der Ehe zu viele Komplimente machen, soll man auf der Hut sein. Das hat mir schon meine Mutter geraten.«

»Komplimente?«, gab er sich ahnungslos. »Ich bringe nur in schlichten Worten zum Ausdruck, was ich sehe – und was mein Herz mir sagt.«

»Du bist wirklich unverbesserlich«, erwiderte Catherine und fragte sich, wo Rhonda bloß wieder blieb. Ihre achtzehnjährige Tochter kam in letzter Zeit morgens schlecht aus dem Bett. Wie zu häufig machte sie einen regelrecht übernächtigten Eindruck, als hätte sie kaum Schlaf gefunden.

»Das hoffe ich doch auch.« Justin gab der schwarzen Bediensteten den Wink, ihr Kaffee einzugießen. Ihre Gegenwart bei einem derart persönlichen Gespräch kümmerte ihn genauso wenig wie Catherine. Obwohl er bei seinen Schwarzen den Ruf genoss, ein verträglicher und gerechter Master zu sein, war er letztlich doch ein typischer Verfechter der Sklaverei. Dazu gehörte auch die von Kindesbeinen an verinnerlichte Einstellung, dass man nicht einmal ein sehr persönliches Gespräch unterbrach, wenn ein Haussklave den Raum betrat. Was so jemand dachte und fühlte, war nicht einmal eine Überlegung wert. Ein Sklave war so etwas wie ein hilfreiches Stück Möbel, dessen man sich der eigenen Bequemlichkeit halber gern bediente – was auch im Gesetz seinen Niederschlag gefunden hatte, das einen Sklaven als unpersönliche Sache, als Gegenstand seines Besitzers definierte.

Sie warteten nicht auf Rhonda, sondern begannen schon mit dem Frühstück. Justin ließ sich über die Baumwollernte, die auch auf Darby Plantation eingesetzt hatte, und die voraussichtlich guten Erträge aus.

»Wenn mich nicht alles trügt, werden wir diesmal fast an die ungewöhnlich gute Ernte von vor vier Jahren herankommen, was auch Eustatius meint, und der hat dafür ein noch besseres Auge als ich. Marlowe wird dieses Jahr seine Lagerhallen also bis unter das Dach vollbekommen«, sagte er und reichte ihr die Orangenkonfitüre. »Das dürfte ihn mit genauso viel Freude wie Sorgen erfüllen.«

»So? Weshalb?«, fragte Catherine. James Marlowe galt in New Orleans und auf den Plantagen bis hoch nach Baton Rouge als der Baumwollbaron. Kein anderer Agent konnte ihm das Wasser reichen. Zahlreiche Pflanzer hatten ihre Ernte schon an ihn verkauft, noch bevor die Stauden erkennen ließen, wie reich die weiße Frucht ihrer Kapseln sein würde.

»Nun, was die Erträge betrifft, wird sich seine Spekulation dieses Jahr prächtig auszahlen, und jeder, der es vorgezogen hat, das Risiko bis zur Ernte selber zu tragen, wird

53

sich beglückwünschen. Nur steht Marlowe diesmal vor dem Problem, wie er die viele Baumwolle aus New Orleans herausbekommen soll«, erklärte er. »Jetzt werden die Fracht- und Versicherungsagenten sowie die Blockadebrecher ihre goldene Zeit erleben. Die Frachtkosten werden in astronomische Höhen steigen.«

»Aber auch die Profite.«

»Fürwahr!« Er lächelte. »Vielleicht sollten wir unsere Hochzeit doch zu einem großartigen Fest machen, was meinst du?«

Sie schüttelte den Kopf. »Nein, mir ist es lieber, es bleibt bei einer stillen Zeremonie und einer Feier im kleinsten Kreis, wie wir es abgesprochen haben. Ich denke, in unserem reifen Alter steht uns das besser zu Gesicht, Justin.«

»Natürlich, du hast recht«, gab er die Idee sofort auf, wenn auch mit ein wenig Bedauern. »Eine große Gesellschaft mit all dem Drum und Dran ist wirklich nur etwas für junge Leute. Wenn Rhonda und Edward Larmont nächstes Jahr heiraten, wird es ja ein solches Fest geben. Bis dahin wird der Krieg gewiss beigelegt sein.«

»Ja, davon ist auch Edward Larmont überzeugt, und ein so vielversprechender junger Politiker wie er wird es ja wohl wissen.«

Augenblicke später gesellte sich Rhonda zu ihnen, gekleidet in einen Traum aus türkisfarbenem Taft, dessen Rock ein halbes Dutzend Unterröcke bauschten. Im Gegensatz zu ihrer Mutter hielt sie nichts von hochgeschlossenen Kleidern, und der Ausschnitt, der einen Gutteil ihrer Brüste unbedeckt ließ, bewies es. Mit ihren fast puppenhaft schönen Zügen, der bienenschlanken Taille und den blonden Korkenzieherlocken, die ihr blasses Gesicht umrahmten, entsprach sie vollkommen dem Schönheitsideal des Südens. Dass dieses bildhübsche, scheinbar unschuldige Geschöpf von dunklen, verbotenen Trieben beherrscht wurde, ahnte niemand – bis auf ihren Bruder. Allein Stephen kannte ihr schändliches Geheimnis und wusste, dass sie ihre Unschuld schon längst in den Armen schwarzer Liebhaber verloren hatte, die sie zu willfährigen Werkzeugen ihrer zügellosen Lust zu formen verstand.

Rhonda murmelte einen kurzen Gruß und trug der Schwarzen wenig freundlich auf, ihr Kakao und ein Omelett mit Pilzen zu bringen. Dann gähnte sie hinter vorgehaltener Hand.

»Du machst mir Sorgen, mein Kind«, sagte Catherine und bedachte sie mit einem strengen Blick.

»Ich ...? Wieso, Mom? Mir geht es bestens«, beeilte sich Rhonda zu versichern und bemühte sich um eine fröhliche Miene.

»Diesen Eindruck habe ich aber nicht«, erwiderte Catherine. »Es vergeht kaum ein Morgen, an dem du nicht übernächtigt zum Frühstück erscheinst. Dir fehlt es offenbar an Schlaf, mein Kind, und ich wüsste zu gern, was dich nachts so beschäftigt.«

Rhonda sah Jamies nackten schwarzen Körper vor sich, die Haut wie glänzendes Ebenholz. Sie erinnerte sich daran, wie er ihren Körper mit Händen, Lippen, Zunge und mit seiner prallen Männlichkeit in sexuelle Verzückung gebracht hatte, dass es ihr schwergefallen war, sich im Rausch der Wollust nicht zu vergessen. Hitze strömte bei dem Gedanken an seine Kraft und Ausdauer, die er in ihren Armen be-

55

wies, in ihren Unterleib. Ein vertrautes, erregendes Ziehen meldete sich in ihrem Schoß. Fast war ihr, als könnte sie ihn noch immer in sich spüren. Noch nie hatte sie jemand so sehr befriedigt und nach mehr verlangen lassen wie dieser Stallknecht. Wen immer sie sich bis dahin zu ihrem schwarzen Liebhaber ausgewählt und ihn sich zu Willen gemacht hatte, er war für sie stets nur ein aufregendes Spielzeug gewesen, ein Hengst, der sie bestieg, wenn sie es brauchte, und ein Opfer ihrer grenzenlosen Launenhaftigkeit.

Doch mit Jamie war es anders. Nicht von Anfang an. Erst hatte sie gedacht, sich seiner genauso bedienen zu können, wie sie es mit seinen Vorgängern auf COTTON FIELDS getan hatte. Aber dann war irgendetwas passiert, was sie selbst zutiefst verstörte: Wenn er nicht bei ihr war, verlangte es sie nicht nur nach ihm, nein, sie sehnte ihn sich förmlich herbei! Es war nicht länger ausschließlich pure Lust, die sie in seinen Armen suchte und fand, sondern etwas, was viel tiefer ging.

Rhonda wagte es nicht, vor sich selbst von Liebe zu einem Schwarzen zu sprechen. Aber Jamie war der Erste, dem sie nicht nur erlaubt hatte, sie zu küssen, wenn sie es zusammen trieben, sondern seine Küsse ließen ihre Leidenschaft erst richtig entflammen. Sie *wollte*, dass er sie küsste und streichelte, dass er sie mit seinem Glied ausfüllte und sie immer wieder zum Höhepunkt trieb. War es möglich, dass sie ihn liebte, dass sie einem *Nigger* verfallen war?

Dieser Gedanke faszinierte Rhonda so sehr, wie er sie erschreckte. Denn wenn es sich wirklich so verhielt, würde viel Schmerz und Hoffnungslosigkeit und Verzweiflung auf sie warten, war sie erst Edward Larmonts Ehefrau.

Wie sollte sie einen Weg finden, um sowohl Justin Darby als auch ihrem Ehemann einsichtig zu machen, dass sie ausgerechnet auf so einen gewöhnlichen Stallknecht nicht verzichten konnte und ihn mit nach Baton Rouge nehmen wollte? Wenn es sich um eine Zofe gehandelt hätte, ja, da hätte es nicht vieler Worte bedurft. Aber bei einem jungen Stallknecht? Es war von vornherein aussichtslos. Verließ sie DARBY PLANTATION, würde Jamie zurückbleiben. Und dieses Wissen quälte sie von Tag zu Tag mehr – ganz besonders aber in den Nächten, in denen sich Jamie nicht zu ihr ins Zimmer schleichen konnte, weil es zu gefährlich war.

»Es ist wirklich nichts, Mom«, bequemte sich Rhonda widerwillig zu einer Antwort. »Ich schlafe nur nicht so gut wie sonst. Bestimmt hängt das mit der Hitze der vergangenen Wochen zusammen ... und mit all dem anderen, was uns zugestoßen ist.« Der Verlust von COTTON FIELDS und der gesellschaftliche Skandal, der damit Hand in Hand gegangen war, boten sich als Ausflucht geradezu an.

Catherines Gesicht nahm einen mitfühlenden Ausdruck an. »Es ist schlimm, was ... man uns an Unrecht aufgebürdet hat«, räumte sie ein und vermied es, den Namen ihres verstorbenen Ehemannes zu nennen, der sie so schändlichst verraten und erniedrigt hatte. »Aber wir lassen uns nicht unterkriegen, Rhonda. Und dazu gehört auch, dass du auf deine Gesundheit achtest. Immerhin wirst du bald die Ehefrau eines einflussreichen Politikers und an seiner Seite in Baton Rouge dementsprechende Pflichten übernehmen müssen. Vielleicht sollten wir einen wirklich guten Arzt in New Orleans konsultieren.«

»Das ist völlig unnötig!«, versicherte Rhonda hastig. »Mir geht es bestens. Es war wirklich nur das drückende Wetter der letzten Wochen. Wenn die Nächte jetzt endlich kühler werden, kann ich auch bestimmt wieder gut schlafen.«

»Immerhin hat sie einen gesunden Appetit«, warf Justin ein. »Und das ist doch ein gutes Zeichen. Ich glaube nicht, dass ihr etwas fehlt. Was ihren schlechten Schlaf betrifft, so gibt es da doch bewährte Hausmittel. Ein Baldriantee vor dem Zubettgehen wirkt zumeist Wunder.«

Rhonda warf ihm ein dankbares Lächeln zu. »Ja, das glaube ich auch. Und ich werde auch wieder mehr ausreiten, was ich in letzter Zeit doch sehr vernachlässigt habe«, sagte sie eilfertig. »Vielleicht bin ich auch deshalb abends nicht mehr so müde wie sonst.«

»Ich will es hoffen«, erwiderte Catherine, doch ihr mütterlicher Instinkt war nicht ganz überzeugt, dass die Schlaflosigkeit ihrer Tochter etwas mit mangelnder körperlicher Betätigung zu tun hatte. Vorerst ließ sie es jedoch dabei bewenden, fasste aber den Entschluss, ein schärferes Auge auf Rhonda zu halten.

»Wann fahren wir nach New Orleans zur Schneiderin?«, fragte Rhonda, um das Gespräch auf ein anderes Thema zu lenken. »Das Kleid, das ich bei eurer Hochzeit tragen werde, muss doch längst ...« Sie führte den Satz nicht zu Ende, denn es klopfte.

»Ja, bitte?«, rief Justin.

Sein Diener Wilbert zeigte sich in der Tür. »Master Duvall ist eingetroffen«, meldete er.

Im nächsten Augenblick schob Stephen ihn schon zur Seite und trat schwungvoll ins Zimmer. Er trug einen ele-

ganten Anzug mit einer Seidenkrawatte und war sichtlich
bester Stimmung, was in den vergangenen Monaten nicht
eben häufig der Fall gewesen war. »Schon gut, Wilbert.
Einen blendend schönen Morgen allerseits«, wünschte er
Justin und seiner Familie, während er dem Diener Reitpeit-
sche und Handschuhe in die Hand drückte.

Catherine zeigte sich überrascht. »Du bist schon zurück? Ich
dachte, du wolltest ein paar Tage auf STANLEY HALL bleiben?«

»Ein Gedeck, Wilbert«, sagte Justin.

Stephen setzte sich mit einem breiten Grinsen zu ihnen
an den Tisch. »Ich habe es mir anders überlegt, denn ich
wollte nicht, dass ihr die freudige Nachricht von einem anderen als mir erfahrt.«

»Was für eine freudige Nachricht?«, wollte Rhonda wissen, froh darüber, dass sie nicht länger im Zentrum der Aufmerksamkeit ihrer Mutter stand.

»Die Sache mit COTTON FIELDS«, sagte er bewusst ge-
heimnisvoll.

»Was ist mit COTTON FIELDS?«, fragte Catherine ungeduldig.

»Mach es bloß nicht zu spannend!«

»Es muss da gestern Nacht hoch hergegangen sein. Eine
Gruppe vermummter Reiter hat Valerie einen unerwarteten
Besuch abgestattet und ihr eine Lektion erteilt, von der sie
sich kaum erholen wird«, berichtete er höhnisch. »Zuerst
einmal ist das Baumwollfeld am Westwood Creek in Flammen aufgegangen. Da steht jetzt keine Staude mehr.«

Catherine machte große Augen. »Ist das dein Ernst?«

Stephen verzog das Gesicht und sah sie fast beleidigt an.
»Sehe ich so aus, als würde ich Scherze machen, wenn es um

59

diesen Niggerbastard geht?«, fragte er zurück. »Baumwolle im Wert von siebzig-, achtzigtausend Dollar ist in Rauch und Asche aufgegangen. Aber das ist noch nicht alles. Die Sklavensiedlung, die sie erst vor Kurzem neu hat errichten lassen, existiert gleichfalls nicht mehr. Auch da gibt es bloß noch verbrannte Erde und ein paar klägliche Trümmer.«

»Mein Gott!« Catherine lächelte. »Dann ist sie ruiniert!« Stephens selbstgefälliges Grinsen wurde noch breiter. »Und ob sie ruiniert ist!«, bekräftigte er.

»Ich möchte bloß wissen, wer hinter dieser Sache steckt. Das muss doch jemand getan haben, der sich gut auf COTTON FIELDS auskennt und der Valerie aus tiefster Seele hasst«, sagte Rhonda gedehnt. »Aber du hast bestimmt nicht den Schimmer eines Verdachts, um wen es sich bei diesen vermummten Reitern gehandelt haben könnte, nicht wahr? Du bist völlig ahnungslos, stimmt's?«

»Du hast es erfasst, Schwesterherz. Ich war die ganze Nacht mit meinen Freunden auf STANLEY HALL. Wir haben mächtig gefeiert und werden zur Aufklärung dieses nächtlichen Überfalls leider nicht das Geringste beitragen können. Ich vermute aber, dass Yankeepack sich da ausgetobt hat«, antwortete er und wusste, dass ihm das niemand am Tisch abnahm. Ihnen allen war klar, dass er dafür verantwortlich war.

»Das wird eine Menge Ärger geben«, sagte Justin nun mit verschlossenem Gesicht, das seine Missbilligung ausdrückte. Sympathie hegte er für Valerie keine, aber er war ein erklärter Gegner von jeglicher Gewalt. »Denn es war doch dieser Engländer, der ihre Baumwolle aufgekauft hat.«

Stephen machte eine geringschätzige Handbewegung, als

wollte er Justins Einwand vom Tisch fegen. »Sir Rupert Berrington hat unser Land schon verlassen, recht überstürzt, wie man mir erzählt hat.« Er zwinkerte seiner Mutter verschwörerisch zu. »Außerdem hat er die Baumwolle gar nicht wirklich gekauft. Er war nur der Strohmann für einen einheimischen Agenten, der das Geschäft mit ihr machen, es sich aber gleichzeitig nicht mit all seinen anderen Geschäftspartnern verderben wollte. Er wird sich hüten, die Geschichte an die große Glocke zu hängen.«

Catherines Augen leuchteten auf. »Stimmt das wirklich?«, fragte sie eindringlich.

»Du hast mein Wort, Mom. Mir ist der Gedanke gekommen, dass wir diesem Agenten einen Besuch abstatten und ihm die Wechsel abkaufen sollten. Wir werden ihm damit einen großen Gefallen tun, denn er wird schlecht Ansprüche an Valerie stellen können, ohne sich selbst in aller Öffentlichkeit zu entlarven«, sagte er sarkastisch. »Natürlich wird sich dieser Gefallen, nämlich Stillschweigen über seine hinterhältige Geschäftsbeziehung zu Valerie zu bewahren, sehr nachhaltig auf den Preis auswirken.«

»Und wer ist dieser Agent?«, erkundigte sich Justin.

»Mein Ehrgefühl legt mir die Pflicht auf, den Namen für mich zu behalten«, drückte sich Stephen vor einer direkten Antwort. »Ach ja, das hätte ich fast noch vergessen zu erzählen. Valerie selbst ist übrigens auch nicht ganz ungeschoren davongekommen. Es heißt, die Männer hätten ihr die Peitsche zu schmecken gegeben und sie dann auch noch geteert und gefedert. Eine recht grobe Art der Behandlung, aber wenn ich ehrlich sein soll, so ist das etwas, was man schon längst mit ihr hätte machen sollen.«

Justin schluckte, faltete seine Serviette zusammen und erhob sich. Er hatte genug gehört. Es reichte ihm. Für solch abscheuliche Übergriffe hatte er nicht das geringste Verständnis. Allein die Tatsache, dass es sich bei Stephen um den Sohn seiner zukünftigen Frau handelte, hielt ihn davor zurück, ihm in aller Klarheit die Meinung zu sagen. Doch solch eine hässliche Szene wollte er ihnen allen ersparen. »Ihr entschuldigt mich bitte. Ich muss mich noch mit meinem Aufseher besprechen«, sagte er knapp, nickte Catherine zu und verließ den Raum.

Mit spöttischer Miene blickte Stephen ihm nach. »Komisch. Und ich dachte, er würde so viel Anteil an deinem Schicksal nehmen, Mom, dass er sich über diese Nachrichten freuen würde. Aber dem scheint nicht so zu sein. Dein lieber Justin muss zartbesaiteter sein, als ich vermutet habe. Vielleicht hegt er für den Bankert sogar noch heimliche Sympathien, wer weiß?«

»Lass Justin aus dem Spiel!«, rief Catherine gedämpft, aber scharf und sah ihn eindringlich an. »Gib zu, dass du diesen Überfall geplant und mit deinen Freunden ausgeführt hast!«

»Sicher, wer denn sonst«, meinte Rhonda spöttisch. »So etwas Gemeines kann sich doch nur mein lieber Bruder ausgedacht haben.«

»Ich habe endlich das Richtige getan, um Valerie im wahrsten Sinne des Wortes auszuräuchern und in die Knie zu zwingen!«, verteidigte sich Stephen vehement. »Und was ich getan habe, war richtig! COTTON FIELDS gehört uns, den Duvalls und niemandem sonst!«

»Auch wenn dieser Engländer außer Landes ist und der

Agent sich mit uns arrangiert, wird der Überfall eine Menge Staub aufwirbeln«, meinte Catherine, zwischen Begeisterung und Besorgnis hin- und hergerissen. Valerie ruiniert, ausgepeitscht und dazu noch geteert und gefedert! Sie wünschte, sie hätte dabei sein und auch einmal die Peitsche schwingen können. Ihr Hass auf diese Frau, die sie um die Plantage und ihren guten Familiennamen betrogen hatte, war fast so verzehrend wie der ihres Sohnes. »Gut möglich, dass man Sheriff Russell den Fall aus der Hand nehmen wird. Und das könnte gefährlich werden.«

»Für uns?« Stephen lachte abfällig. »Mach dir keine Sorge. Wir haben Kapuzen getragen. Niemand hat unsere Gesichter gesehen. Es gibt keine Zeugen, während wir ein wasserdichtes Alibi haben. Wir waren auf STANLEY HALL. Außerdem: Wer würde mich verdächtigen, mein Elternhaus in Schutt und Asche gelegt zu haben?« Insgeheim hielt er den Atem an.

Rhonda sah ihn verständnislos an.

Catherine wurde blass. »*Was* hast du getan?«, stieß sie ungläubig hervor.

Sein Lächeln bekam einen leicht schiefen Zug. »Ich fürchte, vom Herrenhaus ist auch nicht mehr viel übrig geblieben. Mit Sicherheit kann ich es nicht sagen, aber als wir abzogen, brannte es auch im Haus recht ordentlich.«

»Bist du des Wahnsinns?«, schrie sie ihn an. »Wie kannst du so etwas tun? Wer gibt dir das Recht ...?«

»Ich bin der erstgeborene Sohn und einzig rechtmäßige Erbe von COTTON FIELDS! Das gibt mir alles Recht, das ich brauche!«, fiel er ihr nicht weniger erregt ins Wort. »Zum Teufel mit dem Herrenhaus! Soll es doch bis auf seine

Grundmauern abbrennen! Ich weine ihm keine Träne nach. Ich will COTTON FIELDS um jeden Preis, Mom. Da ist mir dieses Opfer nicht zu groß. Und wenn wir Valerie endlich vertrieben haben, werden wir ein neues Herrenhaus bauen. Also, was regst du dich auf? Ich dachte, du würdest dich freuen, dass wir Valerie doch noch ruiniert haben. Denn nun muss sie verkaufen, wenn wir erst die Wechsel in der Hand haben!«

Catherine holte tief Luft und öffnete die zu Fäusten geballten Hände. Ihre verkniffene Miene glättete sich und fast resignierend sagte sie: »Vielleicht hast du recht, dass dies der Preis ist, den wir dafür zahlen müssen ... für deine Sicherheit und den Sieg über Valerie. Aber es kommt mich dennoch bitter an, das Haus niedergebrannt zu wissen. Ich habe euch dort das Leben geschenkt ...«

»Und dort ist auch Valerie zur Welt gekommen, und dort hat auch Vater das Testament aufgesetzt, das uns von COTTON FIELDS vertrieben hat!«, hielt er ihr voll Bitterkeit vor. »Nein, ich bereue es wahrlich nicht. Wir haben uns geschworen, Valerie zu ruinieren und die Plantage wieder in unseren rechtmäßigen Besitz zu bringen – und genau das habe ich mit dem Überfall gestern Nacht erreicht. Valerie ist erledigt.«

Catherine nickte und ein erstes Lächeln zuckte um ihre Mundwinkel. »Und wer ist der Agent, der sich dieses Engländers als Strohmann bedient hat?«

Stephen atmete innerlich auf. Seine Mutter hatte sich damit abgefunden. Jetzt ging es nur noch um die Abwicklung der finanziellen Seite. »Du wirst es nicht glauben: der Baumwollbaron höchstpersönlich!«

»Marlowe?«, vergewisserte sich Catherine verblüfft.

Er nickte. »Ja, kein Geringerer als James Marlowe.«

Catherines Schultern strafften sich und ein zynisches Lächeln umspielte ihren Mund. »Interessant. Ich habe noch nie mit ihm zu tun gehabt. Doch ich bin sicher, dass mir das Gespräch, das wir wohl recht bald mit ihm führen werden, sehr viel Vergnügen bereiten dürfte.«

Stephen nahm ihr Lächeln auf. »Ich fürchte für Marlowe, dass es sich dabei um ein recht einseitiges Vergnügen handeln wird.«

5

Verbranntes Land!

Mit den langsamen Bewegungen eines müden, auch psychisch erschöpften Mannes wickelte Travis die Zügel um die Metallhalterung für die Peitsche, und genauso schwerfällig stieg er vom Einspänner.

Sein Blick ging über das Feld am Westwood Creek, das in guten Erntejahren mit über tausendzweihundert Ballen Baumwolle auf der Ertragsseite von COTTON FIELDS zu Buche geschlagen hatte. Doch wo noch vor einem halben Tag die weiße Pracht des Südens geleuchtet, wo ein Meer von flockiger Baumwolle sich meilenweit erstreckt und wo ein Heer von Sklaven von Sonnenaufgang bis Sonnenuntergang sich schmerzende Rücken und lahme Arme beim ersten *picking* geholt hatte, ohne dass sich die Flut der aus den Kapseln quellenden Flocken zu verringern schien, dort zeigte die Erde jetzt nur noch kahles, verbranntes Land.

Travis stand eine ganze Weile am Rand des Feldes. Sein Gesicht hatte die graue Farbe von Asche. Der Überfall und die Stunden, die ihm gefolgt waren, hatten ihre Spuren hinterlassen. Tiefe Schatten lagen unter den Augen, und es hatten sich scharfe Linien in seine Züge gegraben, die am Abend zuvor noch nicht im Gesicht des Anwalts zu finden gewesen waren.

Er ging nun auf das niedergebrannte Feld. Rasch überzogen schwarze Erde und schmutzig graue Asche seine rehbraunen Stiefel. An vielen Stellen schwelte die Erde noch.

Rauch stieg in dünnen Fäden in die warme Oktoberluft, in der sich noch der Geruch des nächtlichen Feuers bis weit in den Tag gehalten hatte. Er stieß auf eine verkohlte Fackel. Sie brach auseinander, als er mit der Stiefelspitze dagegen trat. Am nördlichen Rand ragten noch einige einsame Stauden, die nicht bis zur Erde niedergebrannt waren, wie Skelette aus dem Boden.

Mindestens tausend Ballen hätte das Feld in diesem Jahr abgeworfen. Bei einem aktuellen Marktpreis von vierundsiebzig Dollar pro Ballen hatte das Feuer Baumwolle für rund achtzigtausend Dollar vernichtet! Ein Vermögen war in Rauch und Asche aufgegangen – und mit ihm jegliche Hoffnung für Valerie, dem finanziellen Engpass zu entrinnen und die Bewirtschaftung von COTTON FIELDS auf gesunde Beine zu stellen. Dieses Feuer hatte mehr als nur die Arbeit von einem Jahr vernichtet.

Abrupt wandte sich Travis um und kehrte zum Einspänner zurück. Er schwang sich auf den Sitz und ruckte kurz an dem Zügel, um den Braunen in Bewegung zu setzen. Mit zusammengekniffenen Lippen fuhr er am Feld entlang, dem noch der Geruch des Verbrannten entströmte wie die fauligen Gase einem verwesenden Kadaver.

Früher hätte er sich angesichts dieser Katastrophe vielleicht zu einer zynischen Äußerung wie »Aus allem Toten entsteht wieder neues Leben!« hinreißen lassen. Doch die Nacht hatte ihn verändert.

Die Sonne des späten Nachmittags hing wie eine reife Orange tief im Westen, als Travis die Sklavensiedlung passierte. Sie war eine Stätte totaler Zerstörung – sowie der Ratlosigkeit und Angst, die in den Gesichtern der Schwarzen stand. Gerade ein halbes Dutzend Hütten war dem Feuer entkommen. Von den Scheunen und Schuppen, die sich ein Stück weiter oberhalb um das Haus des Verwalters gruppiert hatten, standen nur noch die Schmiede und ein Geräteschuppen sowie das Haus von Jonathan Burke, das jedoch starke Brandspuren aufwies.

Obwohl er wusste, was ihn erwartete, als er den Einspänner um die Waldzunge zum Herz von COTTON FIELDS lenkte, zog sich ihm der Magen zusammen, als das Herrenhaus in sein Blickfeld kam.

Hätten Stephen Duvall und seine Komplizen ihr verbrecherisches Werk ungestört vollenden können, wäre wohl nur noch eine ausgebrannte Ruine übrig geblieben. Zum Glück war es dazu nicht gekommen. Dennoch waren die Schäden, die das Feuer verursacht hatte, schlimm genug.

Der hintere Teil des Obergeschosses war nicht mehr zu retten gewesen, obwohl nach dem plötzlichen Abzug der Bande sofort mit den Löscharbeiten begonnen worden war. Das Feuer hatte schon das Dach in Brand gesetzt, und es war fast ein Wunder, dass es ihnen gelungen war, das Feuer doch noch unter Kontrolle zu bringen. Die halb verkohlten Balken des Dachstuhls gaben ein beredtes Zeugnis davon ab, gegen welch eine Feuersbrunst sie hatten ankämpfen müssen.

Aber auch der vordere Teil des Herrenhauses hatte schwer Schaden genommen. Der Salon war völlig ausgebrannt. Die Hitze hatte die Fensterscheiben bersten lassen und die Flammen hatten gierig an der Außenwand hochgeleckt und das Feuer weitertragen wollen. Die Halle hatte gleichfalls lichterloh gebrannt.

Wortlos überließ Travis den Einspänner einem Stallburschen, dessen Gesicht Brandspuren aufwies, was er mit vielen anderen Männern und Frauen gemeinsam hatte, die mit dem Mut der Verzweiflung die Flammen bekämpft hatten.

Mit schweren Schritten ging er die Stufen hinauf. Eine unwirkliche Stille lastete über dem Herrenhaus. Nirgends war eine laute Stimme zu hören, auch kein Klappern von Töpfen und Geschirr und kein Schlagen von Türen. Jeder bewegte sich so leise, als fürchtete er, mit einem lauten Geräusch noch mehr Unglück heraufzubeschwören. Es war, als streckte der Tod seine Hand nach COTTON FIELDS aus – und als hielte alles angstvoll den Atem an, ob er sie auch wirklich auf Valerie legen würde.

Travis hatte sich für die Rundfahrt viel Zeit gelassen. Doch der Grund dafür war nicht so sehr der Wunsch gewesen, sich von den Verwüstungen mit eigenen Augen zu überzeugen, als der Drang, dieser beklemmenden Stille für eine Weile zu entfliehen.

In der Halle waren Boden und Wände vom Feuer und von den Löscharbeiten gezeichnet. Sie hatte nichts Herrschaftliches mehr an sich, sondern wirkte so bedrückend wie eine Gruft.

Als er die Treppe hinaufschritt, hörte er ersticktes Schluchzen. Es war Fanny, die weinte. Er fand sie gleich im ersten Zimmer rechts vom Treppenabsatz. Sie hockte auf einer Wäschetruhe, die Hände vor dem Gesicht, und wiegte sich vor und zurück. An ihren Fingern klebte Teer und ihr Kleid war verschwitzt und fleckig.

Travis trat zu ihr und legte ihr seine Hand auf die Schulter.

Er wusste nur zu gut, was Fanny durchgemacht hatte, seit die Männer Valerie aus dem Haus gezerrt hatten.

»Wie geht es ihr?«, fragte er leise, und trotz größter Beherrschung war seiner Stimme anzuhören, wie sehr auch er litt.

»Lettie und Theda ... haben mich abgelöst. Ich konnte nicht mehr ... Ich konnte es nicht länger ... ertragen, ihr so ... so wehtun zu müssen.«

»Du brauchst dir keine Vorwürfe zu machen, Fanny. Niemand hätte mehr für sie tun können, als du getan hast. Du musst dir jetzt Ruhe gönnen, damit du später wieder für Valerie da sein kannst. Es ist zu viel für dich, alles allein tun zu wollen. Lettie hat viel Erfahrung mit Kranken. Valerie ist bei ihr und Theda in besten Händen«, beruhigte er sie.

»O Gott ... es ... es ... ist so schrecklich ... so unmenschlich, was sie erdulden muss«, brachte Fanny nur stockend und mit tränenerstickter Stimme hervor.

»Ja, ich weiß.«

»Der Teer ... er klebt an der Haut ... Er ... er geht so entsetzlich schwer ... von der Haut ... trotz dieses Lösungsmittels ... und dann die offenen Wunden.« Sie brach ab und schüttelte verzweifelt den Kopf. »O Jesus, wie kann man nur so ... so grausam sein ... wie die Tiere sind sie gewesen!«

»Nein, Tiere sind zu solchen Grausamkeiten nicht fähig, Fanny«, sagte er leise.

»Diese Schmerzen, diese entsetzlichen Schmerzen, die sie ertragen muss! Sie ... sie schreit, wenn wir ihr nicht genug Laudanum geben.«

»Es ist eine unmenschliche Tortur, aber Valerie wird sie überstehen und leben«, sagte er, auch um sich selber Mut zu machen und Kraft zu geben.

Fanny richtete sich auf und fuhr sich mit dem Ärmel über die Augen. Sie riss sich zusammen. »Ich hätte es fast vergessen. Mister Burke ... er wartet in der Bibliothek auf Sie.« Travis nickte. »Es wird nicht so dringend sein, was er mir zu sagen hat. Und jetzt leg dich hin, und versuche, ein paar Stunden zu schlafen.«

»Ja«, murmelte die Zofe.

Travis ging in die Bibliothek hinüber, die glücklicherweise vom Feuer verschont geblieben war, denn Valerie liebte diesen Raum ganz besonders, gleich ihrem Vater, der ihn deshalb auch zu seinem Arbeitszimmer gemacht hatte. Eingebaute Bücherwände aus dunklem, warmem Rosenholz reichten bis unter die stuckverzierte Decke. Die vielseitige Sammlung ledergebundener Bücher, zum Teil von verglasten Türen geschützt, war so kostbar wie die Seidenteppiche auf dem Parkett. Zu beiden Seiten des Kamins führten doppelflügelige Türen auf die obere Galerie hinaus.

Jonathan Burke stand an einem der Fenster und blickte gedankenversunken in den Garten. Neben ihm auf dem Kaminsims stand eine Flasche.

Sie war noch nicht angebrochen, wie Travis sofort mit Erleichterung feststellte. Wenn Burke jetzt zur Flasche griff, war mit ihm in den nächsten drei, vier Tagen nicht zu rechnen. Denn er war ein Quartalssäufer, der wochenlang trocken bleiben konnte, um plötzlich im Suff zu versacken. Doch er war ein tüchtiger Verwalter – und zudem der einzige Weiße, der es gewagt hatte, die Stellung auf COTTON FIELDS anzutreten. Denn er war ein Ausgestoßener wie Valerie.

»Ich hoffe, ich habe Sie nicht zu lange warten lassen, Mis-

71

ter Burke«, sprach Travis ihn an und schloss die Tür hinter sich.

Der Verwalter, ein Mann von großer und hagerer Gestalt, der man die Zähigkeit seines sehnigen Körpers nicht ansah, fuhr zusammen und drehte sich um. »Oh, Mister Kendrik ...! Nein, ich habe keine Eile. Wahrlich nicht. Es wäre auch ohne Belang. Denn was ist nach dieser Nacht schon noch von Bedeutung?«

»Ich denke doch eine ganze Menge.«

Sogar an seinen guten Tagen sah Jonathan Burke, der Anfang vierzig war, gut zehn Jahre älter aus. An diesem Spätnachmittag machte er einen erschreckend alten und verbrauchten Eindruck. Sein Gesicht, dessen zahlreiche geplatzten Äderchen den Trinker in ihm verrieten, war noch hohlwangiger und knöchriger als sonst. Dunkle Hautflecken überzogen seine Wangen. Müdigkeit stand in den grauen Augen, die unter borstigen, angeflämmten Brauen lagen. Seine Nase, platt geschlagen und aus der Mitte verschoben, war die eines gescheiterten Faustkämpfers, der stets nur hatte einstecken müssen und nie das Format gehabt hatte, einen Sieg zu erringen. Davon schien auch sein lückenhaftes Gebiss ein Zeugnis abzulegen. Einzig der buschige Walrossbart gab seinem Gesicht eine freundliche Note.

»Als ich die Chance hatte, wirklich etwas für Miss Duvall zu tun, habe ich sie verpasst«, sagte er niedergeschlagen, und die Erschöpfung sprach aus seinen Worten, seinen Augen und seiner ganzen Haltung. »Mir ist es noch nicht einmal gelungen, einen von diesen Schweinehunden zur Hölle zu schicken!«

»Dafür hätten Sie auch ein Meisterschütze sein müssen, um auf diese Entfernung und dann auch noch bei Nacht einen Volltreffer zu erzielen. Werten Sie Ihr Eingreifen nicht zu gering. Wenn es Ihnen nicht gelungen wäre, sich noch rechtzeitig von den Fesseln zu befreien und das Feuer zu eröffnen, wären auch von diesem Haus hier nur noch verkohlte Trümmer übrig geblieben.«

Burke verzog das Gesicht. »Ich habe es eben doch nicht rechtzeitig genug geschafft. Denn dann hätte ich es vielleicht noch verhindern können, dass sie Miss Duvall teeren und federn. Ich hatte es in der Hand, Mister Kendrik! Doch ich habe es nicht geschafft«, machte er sich Selbstvorwürfe und fügte bitter hinzu: »Wie ich so vieles in meinem verpfuschten Leben nicht geschafft habe.«

»Reden Sie nicht so ein dummes Gewäsch daher!«, platzte es aus Travis heraus, und es war nicht so sehr der Ärger über das Lamentieren des Verwalters, der diesen Ausbruch bei ihm verursachte, sondern vielmehr sein eigenes Schuldgefühl. Es quälte ihn, seit man ihn an den Baum gefesselt und zur Ohnmacht verdammt hatte. »Wenn einer Grund hat, sich zu bemitleiden, dann bin ich das wohl! Ich habe keine fünf Schritte von ihr entfernt tatenlos zusehen müssen, was sie mit ihr machten. Zum Teufel, ich liebe diese Frau! Wissen Sie, was das bedeutet? Nein, natürlich nicht. Wie können Sie auch. Mein Gott, nehmen Sie schon die Flasche, und ertränken Sie Ihr Selbstmitleid im Suff!« Er machte eine unbeherrschte Gebärde, als wollte er ihm die Tür weisen, und sackte dann in einen der Ohrensessel. Er hatte Mühe, das Zittern seiner Hände zu unterdrücken.

Burke reagierte anders als erwartet. Er schwieg einen Augenblick. Dann verzog ein merkwürdiges Lächeln seine Lippen und hob die Enden seines Bartes. »Sie haben recht, Mister Kendrik. Ich hatte wirklich den einfachsten Part. Entschuldigen Sie, dass ich mich so habe gehenlassen. Es wird die Müdigkeit sein.«

»Ach was, ich habe mich zu entschuldigen«, entgegnete Travis, der seine groben Worte schon bereute, hatten sie doch mehr von ihm preisgegeben, als ihm lieb war. »Mir sind die Nerven durchgegangen. Vergessen Sie, was ich gesagt habe.«

»Einverstanden. Reden wir also darüber, wie es weitergehen soll«, sagte er und nahm ihm gegenüber Platz.

Verblüfft blickte Travis ihn an. »Heißt das, Sie wollen trotz allem auf COTTON FIELDS bleiben?«

»Sie haben es erfasst. Ich habe den Schwanz nicht eingezogen, als mich die Schweine das letzte Mal in die Mangel genommen haben, und ich werde ihnen auch jetzt den Gefallen nicht tun!«, erklärte er mit zorniger Entschlossenheit. »Außerdem hat mir Miss Duvall ein Jahresgehalt im Voraus bezahlt. Und ich stehe zu meinem Wort.«

Ein schwaches Lächeln trat kurz auf Travis' Lippen. »So gefallen Sie mir schon besser.«

»Ich habe vorhin mit Lettie gesprochen, diese schwarze Kräuterhexe. Es wird etwas dauern, bis Miss Duvall sich wieder … erholt hat. Darüber können Wochen vergehen. Sie haben jetzt das Kommando auf COTTON FIELDS, Mister Kendrik. Stecken Sie also die Richtung ab, in die wir marschieren wollen!«, forderte Burke ihn auf.

»Da gibt es nichts groß abzustecken, Mister Burke. Zuerst

einmal muss dafür gesorgt werden, dass die Schwarzen ein Dach über dem Kopf haben und nicht unter freiem Himmel schlafen müssen, denn genügend neue Hütten zu errichten wird einige Zeit in Anspruch nehmen. Was haben Sie dazu vorzuschlagen?«

»Wir werden einen Teil der Stallungen und die beiden angrenzenden Scheunen räumen. Etwa fünfzig Sklaven können wir in provisorischen Zelten unterbringen. Ein Teil der Frauen kann im Küchenhaus unterkommen. Es wird überall sehr beengt zugehen, aber wenn wir die Mehrzahl der Arbeitskräfte für den Wiederaufbau der Sklavensiedlung einsetzen, können die ersten Familien schon in ein paar Tagen in ihre neuen Unterkünfte umziehen und so die Enge rasch mildern.«

Travis gab sein Einverständnis durch ein Nicken. »Gleichzeitig muss aber auch mit der Reparatur am Dach begonnen werden. Stellen Sie dafür so viel Männer ab, wie nötig sind, um den Schaden so schnell wie möglich zu beheben!«

»Ich werde Joseph damit beauftragen. Er ist der beste Zimmermann auf COTTON FIELDS. Er soll sich seinen Arbeitstrupp am besten selbst zusammenstellen.«

»Wie Sie das regeln, ist Ihre Sache. Dafür sind Sie der Verwalter«, sagte Travis und ging mit ihm noch einige andere Dinge durch, die unverzüglich in Angriff genommen werden mussten. Darunter fiel auch der Wachdienst, der neu zu organisieren war.

»Wir hätten die nächtlichen Wachen nicht abziehen dürfen«, bedauerte Burke. »Zwar hätten wir den Überfall wohl auch dann nicht verhindern können, aber die Folgen wären nicht so verheerend gewesen.«

75

»Mit Sir Rupert haben wir uns einfach zu sicher ge-fühlt. Das Versäumnis, die Situation nach der Schlacht von Manassas neu zu bewerten, muss ich mir anlasten«, entgegnete Travis. »Ich hätte darauf kommen müssen, dass wir uns nicht länger in Sicherheit wiegen konnten. Natürlich denkt jemand wie Stephen Duvall nach diesem Sieg, die Konföderation hätte damit schon den Krieg gewonnen.«

Burke furchte die Augenbrauen. »Sind Sie da vielleicht anderer Meinung?«

»In der Tat, Mister Burke. Ich könnte Ihnen einen langen Vortrag halten, warum die Konföderation den Krieg niemals gewinnen *kann* und weshalb die Sezession ein von Anfang an totgeborenes Kind gewesen ist. Aber dazu fehlt mir heute der Antrieb, und ich denke auch nicht, dass Sie so begierig darauf sind, sich von mir Ihre Illusionen zerstören zu lassen«, sagte der Anwalt trocken.

»Und ich glaube nicht, dass Sie damit Erfolg hätten«, erwiderte der Verwalter ungehalten. »Mit den verdammten Yankees werden wir schon fertig!«

»Sicher, der Süden nimmt es notfalls mit der ganzen Welt auf«, sagte Travis mit müdem Sarkasmus. »Aber lassen wir das. Wir haben hier wichtigere Probleme.« Er erhob sich, denn fürs Erste hatten sie alles besprochen, was von Dringlichkeit war.

Burke stemmte sich gleichfalls aus dem Sessel. »Eine Frage hätte ich noch, Mister Kendrik ...«

»Und die wäre?«

»Wird Miss Duvall aufgeben?«

Travis zuckte unter dem eindringlichen Blick des Verwalters nicht mit der Wimper. Einen winzigen Moment zögerte er mit seiner Antwort. »Wenn sie das täte, müsste ich mich sehr in ihr getäuscht haben. Das wäre dann das erste Mal, dass mich meine Menschenkenntnis im Stich gelassen hätte, und daran kann ich nicht glauben.«

Burke lächelte ein wenig. Valeries Schicksal war eng mit seinem verknüpft. »Ich hoffe, es ist so, wie Sie sagen.«

Travis nickte ihm zu und verließ die Bibliothek. Die Antwort, die er dem Verwalter gegeben hatte, entsprach seiner ehrlichen Überzeugung. Dennoch war sie eine diplomatische Antwort gewesen, die am Kern vorbeiging. Denn Burke hatte ihm die falsche Frage gestellt. Entscheidend war nicht, ob Valerie nach dieser grausamen Tortur noch die Kraft fand, einen neuen Anfang zu machen und allen Widerständen zu trotzen. Die kritische Frage lautete ganz anders, nämlich ob sie überhaupt noch die Wahl hatte. Denn mit dem Verlust der Baumwollernte war jetzt James Marlowe am Zug. Und die geheimen Verträge sicherten ihm einen direkten Zugriff auf Cotton Fields zu, wenn es Valerie nicht gelang, den Kredit, der sich mit Sir Ruperts Beteiligung auf über vierzigtausend Dollar belief, bis zum Jahresende zurückzuzahlen. Und wie sollte sie?

Travis verdrängte diese bedrückenden Gedanken und suchte Valerie auf. Sie lag auf der linken Seite, in einem betäubenden Laudanum-Schlaf, und sah schrecklich zugerichtet aus, dass es ihm bei ihrem Anblick das Herz zusammenpresste. Sie war total kahl auf dem Kopf, denn Theda und Lettie hatten sie rasieren müssen. Den Teer hätten sie nicht aus den Haaren und von der Kopfhaut bekommen. Im Gesicht, an den Armen und sicherlich noch überall am Körper hatte sie auch jetzt noch Flecken, die sich der Behandlung mit dem Lösungsmittel widersetzt hatten. Ihre Haut hatte darunter sehr gelitten – von den offenen Wunden auf dem Rücken ganz zu schweigen.

»Ich möchte eine Weile mit ihr allein sein, Lettie«, sagte er mit belegter Stimme zu der alten Schwarzen.

Wie ein Schatten huschte Lettie aus dem Zimmer.

Travis setzte sich zu Valerie ans Bett, ergriff ihre Hand und streichelte sie. Seine Augen füllten sich mit Tränen. Stumm saß er da und weinte, während die Dämmerung hereinbrach.

Vier Tage später ließ er seine prächtige Equipage vorfahren und brachte Valerie in sein Haus nach New Orleans. Sie brauchte intensive ärztliche Betreuung, denn die Rückenwunden hatten sich entzündet und ihr ein gefährlich hohes Fieber beschert. Zudem konnte er ihre Sicherheit in seinem Haus in der Middleton Street besser gewährleisten als auf Cotton Fields. Fanny kam mit ihnen. Es wurde die längste Fahrt seines Lebens.

6

Schwarz wogte die See unter einem schiefergrauen Himmel in der Stunde zwischen Nacht und Tag, in der die Konturen sich in einem diffusen Licht aufzulösen schienen.

Unter Vollzeug und auf Steuerbordbug segelnd, jagte die ALABAMA nach Westen. Der steife Wind blähte das Segeltuch bis an die Grenze der Belastbarkeit. Aus dem Rigg kam ein hohes Singen, und mehr als einer der Seeleute wartete nur darauf, dass die ersten Segel mit lautem Knall bersten und ihre Fetzen im Wind wie Pistolenschüsse knattern würden. Aber vom Wind zerfetzte Segel waren das geringste Übel, das ihnen drohte. Ihnen saßen die HARTFORD und die PENSACOLA im Nacken. Allein die Kanonen der HARTFORD konnten den Baltimoreclipper in Stücke schießen, wenn es den Yankees gelang, sie einzuholen und sie mit Breitseiten unter Beschuss zu nehmen.

»Gray!«, brüllte Captain Melville. »Lassen Sie auch noch den letzten Fetzen Tuch setzen!«

Der Erste Offizier sah ihn besorgt an. »Nur eine Böe, und der Hauptmast knickt uns weg wie ein Kienspan!«

»Das Risiko müssen wir eingehen. Und dass uns eine Böe erwischt, ist im Augenblick nicht so wahrscheinlich wie die Gefahr, dass die HARTFORD uns einholt und über uns herfällt. Was uns dann blüht, brauche ich Ihnen ja wohl nicht zu sagen.«

»Sie werden Kleinholz aus der ALABAMA machen und Sie hängen, falls Sie danach noch am Leben sind«, erwiderte der

Erste grimmig. »Auf das, was wir da getan haben, steht auch im Krieg der Tod durch den Strick.«

»Noch ist es nicht an der Zeit, sich Sorgen um meinen Hals zu machen, Gray«, sagte Captain Melville mit leichtem Spott zu seinem Ersten Offizier, mit dem ihn eine tiefe und langjährige Freundschaft verband. »Vorausgesetzt, Sie holen auch wirklich das Letzte aus der ALABAMA heraus.«

Lewis Gray zögerte nun nicht länger und schickte die Männer in die Wanten.

Breitbeinig und die Arme auf dem Rücken verschränkt, der ihren Verfolgern zugewandt war, stand Matthew Melville auf der Back, scheinbar unerschütterlich wie ein Fels in der Brandung, ein Mann von großer, schlanker Gestalt. Er hatte die blaue Uniformjacke, die ihn als Offizier der Nordstaaten auswies, aufgeknöpft. Der Wind zerrte an ihr wie an seinem Haar. Anspannung und Konzentration prägten den Ausdruck seines sehr markanten, männlichen Gesichts. In seiner Miene fand sich jedoch auch der Anflug eines herausfordernden Lächelns. Jeder an Bord wusste, dass der Captain im Angesicht der Gefahr ganz in seinem Element war. Sie waren stolz auf ihn, doch manchmal erschreckte seine Tollkühnheit sogar sie, und dabei stand die Mannschaft der ALABAMA unter Blockadebrechern in dem Ruf, weder Tod noch Teufel zu fürchten.

Kanonendonner rollte über das Meer. Es war das Buggeschütz der HARTFORD, das schon die ganze Zeit auf sie feuerte. Das Geschoss lag noch immer zu kurz. Aber es würde nicht mehr lange dauern, bis sie sich in Reichweite der gegnerischen Kanonen befanden. Wenn sie nicht früh genug in den Feuerschutz von Fort Saint-Philippe und Fort Jackson gelangten, die der Yankeeflotte bisher erfolgreich das Vordringen auf dem Mississippi verwehrt hatten, sah es düster aus. Normalerweise wäre der Clipper der HARTFORD mit Leichtigkeit davongesegelt. Doch diesmal hatte die ALABAMA besonders schwer geladen und lag tief im Wasser, was nun gefährlich an ihre Geschwindigkeitsreserven ging.

»Drei Strich Steuerbord!«, befahl Melville dem Rudergänger nach kurzem Zögern.

»Aye, aye, Captain.« Die ALABAMA ging noch stärker in den Wind. Das Deck war nun so schräg geneigt, dass es den Anschein hatte, als müsste die Reling an Steuerbord jeden Moment in die dunkle, vorbeirauschende See eintauchen.

Er musste einfach alles auf eine Karte setzen. Er hatte seine Mannschaft in falsche Uniformen gesteckt, die Yankees mit ihrer eigenen Flagge getäuscht und die ALABAMA für das Unionsschiff CITY OF BOSTON ausgegeben, die in Wirklichkeit mit einem schweren Sturmschaden die Bahamas hatte anlaufen müssen. Fiel er den Yankees in die Hände, drohte ihm ein Kriegsgericht, das ihn zweifellos zum Tod durch den Strang verurteilen würde. Aber zum Teufel, was hatte er denn schon zu verlieren?

»Wir nehmen ihnen den Wind aus den Segeln«, stellte Lewis Gray, den Blick auf ihre Verfolger gerichtet, eine nervenzehrende halbe Stunde später fest. Während die PENSACOLA weit zurückgefallen war, hatte die HARTFORD eine Zeit lang unerbittlich aufgeholt. Die Einschläge der Kanonenkugeln waren bis auf eine halbe Schiffslänge an das Heck des Dreimasters herangekommen. Jetzt wuchs der Abstand wieder. »Und die Forts liegen nur noch wenige Meilen voraus.«

Spöttisch verzog Captain Melville die Lippen. »Geben Sie nun zu, dass die Yankeeuniformen und die Flagge mit den *Stars and Stripes*, die ich auf den Bahamas günstig erstanden habe, sich prächtig ausgezahlt haben? Sie haben uns tatsächlich für die City of Boston gehalten, die gekommen ist, um die Blockadeflotte zu verstärken.«

»Es war ein verdammt hohes Risiko!«

»Nicht für Sie und auch nicht für die Mannschaft. Ich habe Ihnen doch das Schreiben gegeben, mit dem Sie im schlimmsten Fall hätten beweisen können, dass Offiziere und Mannschaft nur unter Androhung von Gewalt meinen diesbezüglichen Befehlen gefolgt sind.«

»Niemand hat diesen Freibrief verlangt«, brummte Lewis Gray. »Sie wissen, dass die Männer hinter Ihnen stehen. Aber mir wäre es lieber gewesen, wir hätten es auf andere Art versucht.«

Der Captain zuckte die Achseln. »So ein Täuschungsmanöver gelingt einem auch nur einmal. Doch dafür beginnt jetzt ja die nebelige Jahreszeit. Und das nächste Mal werde ich mich hüten, der Alabama einen solchen Tiefgang zuzumuten.«

Der neue Tag dämmerte gerade herauf, als sie endlich in die Reichweite der Kanonen von Fort Saint-Philippe und Fort Jackson gelangten – und damit die Blockade erfolgreich durchbrochen hatten. Sofort ließen die Festungen ihre Geschütze sprechen, und sie spuckten Feuer und Eisen. Ein dichter Geschosshagel ging hinter der Alabama nieder, die noch immer unter Vollzeug, aber schon längst wieder mit flatternder Südstaatenflagge segelte, und zwang die Hartford zur Aufgabe. Sie wechselte den Kurs und beeilte sich, genügend freie See zwischen sich und der geballten Feuerkraft der beiden Batterien zu bringen.

Jubel brach auf der ALABAMA aus.

»Wir haben es mal wieder geschafft, wenn auch reichlich knapp«, sagte Lewis Gray seufzend, doch auch auf seinem Gesicht zeigte sich Stolz. »Auf der HARTFORD und der PENSACOLA werden sie jetzt vor Wut schäumen.«

»Auch die Yankees werden ihre siegreichen Tage haben«, erwiderte Matthew ahnungsvoll. Seine Treue galt dem Süden, und als es zum Krieg gekommen war, hatte er nicht eine Sekunde gezögert, für seine Heimat Partei zu ergreifen und unter die Blockadebrecher zu gehen. Dass er die Sezession für einen verhängnisvollen Fehler hielt und wenig Hoffnung hatte, dass die Konföderation dem Norden auf Dauer würde trotzen können, änderte nichts an seiner Bereitschaft, für den Süden einzustehen – nur nicht mit der Waffe in der Hand.

Die Tücken der Strömung und der zahlreichen Untiefen, für die der Mississippi berüchtigt war, nahmen seine Aufmerksamkeit während der nächsten Stunden in Anspruch. Der weiche Schein der Nachmittagssonne lag schon über der Stadt, als New Orleans schließlich in Sicht kam.

»Erledigen Sie die Formalitäten mit dem Zollinspektor und dem Frachtagenten«, sagte Matthew zu seinem Ersten und begab sich in seine Kajüte.

Tiefe Niedergeschlagenheit befiel ihn, wie das immer der Fall war, wenn die Gefahr hinter ihm lag und nichts ihn mehr von seinem tiefen Schmerz ablenkte. Schon jetzt konnte er es nicht erwarten, Fracht an Bord zu nehmen und wieder hinaus auf See zu kommen.

Valerie!

Wann immer er eine ruhige Minute hatte, quälten ihn seine Gedanken und die Erinnerung an das, was vor einem halben Jahr in einer einsamen Jagdhütte namens WILLOW GROVE auf der anderen Seite des Flusses vorgefallen war. Das Entsetzen und den fassungslosen Schmerz in Valeries Augen würde er nie vergessen, wie alt er auch werden mochte. Er glaubte zu wissen, was in ihr vorgegangen war, als sie ihn dort mit Madeleine im Bett gesehen hatte.

Ich hätte besser mein Wort gebrochen und mich ehrlos bezichtigen lassen, als Valeries Liebe und Vertrauen zu verlieren! Madeleine hatte kein Recht, einen so hohen Preis von mir zu verlangen, was immer sie auch für uns getan hat, quälte er sich zum ungezählten Mal mit Selbstvorwürfen. Ich hätte dieser Erpressung niemals nachgeben dürfen.

Valerie hatte ihm hinterher noch nicht einmal die Chance gegeben, ihr zu erklären, warum er mit der Tochter des Richters in jener Hütte zusammen gewesen war. Sie hatte ihn von COTTON FIELDS verjagen lassen und die Annahme seiner Briefe verweigert. Alle Versuche, sie zu einer Aussprache zu bitten oder zu zwingen, waren gescheitert. Und dann hatte sie ihm diese wenigen Zeilen geschrieben, die ihm die letzte Hoffnung auf Versöhnung geraubt und ihn in tiefste Verzweiflung gestürzt hatten. Knapp und vernichtend wie ein wuchtiger Säbelhieb auf den ungeschützten Nacken eines Gegners war ihre Nachricht gewesen. Er kannte sie auswendig:

Belästige mich nicht länger! Ich will Dich nie wieder sehen, noch von Dir hören. Ich habe Dich aus meinem Leben gestrichen. Für mich könntest Du ebenso gut tot sein!

Und wie tot fühlte er sich oft genug auch, innerlich tot. Darum sah er der Gefahr, in die er sich immer wieder begab, ja die er sogar regelrecht suchte, auch ohne Furcht ins Auge. Er forderte das Schicksal heraus. Doch je länger er das riskante Leben eines tollkühnen Blockadebrechers führte, desto weniger half es ihm, vor seinen Depressionen und Schuldgefühlen zu fliehen. Auch Gefahr und Angst nutzen sich mit der Zeit ab, um dann zum Alltag zu werden.

Der Alkohol bot gleichfalls keinen Ausweg, höchstens kurzzeitiges Vergessen, dem die Ernüchterung jedoch in jeder Hinsicht gleich auf dem Fuß folgte.

Aber eine bessere Alternative wusste er nicht und so unternahm er nach Einbruch der Dunkelheit einen Streifzug durch die Tavernen am Hafen. Das Problem war nur, dass es gar nicht so leicht war, sich einen Rausch anzutrinken, wenn man Whiskey der Marke Wild Turkey gewöhnt war und noch sicher auf den Beinen stand, wenn andere schon erledigt unter dem Tisch lagen.

Allmählich aber taten Gin und Whiskey ihre Wirkung, und er wusste später nicht mehr zu sagen, wie er ins PALAIS ROSÉ gekommen war, das zu den ersten Adressen unter den Freudenhäusern der Stadt zählte. Es interessierte ihn auch wenig. Zum Teufel, es war sein gutes Recht, sich in jeder Hinsicht zu vergnügen, nach dem, was hinter ihm lag. Und dass Valerie ihn aus ihrem Dasein gestrichen hatte, war schrecklich genug. Nein, er dachte nicht daran, das Leben eines Mönchs zu führen!

Madame Rosé, wie sich die Bordellmutter nannte, achtete streng darauf, dass in ihrem Haus auch Kunden mit höchsten Ansprüchen nicht den geringsten Grund zur Klage hatten.

Die Einrichtung der unteren Räume wie der Zimmer im Obergeschoss war ebenso geschmackvoll und exquisit wie die zwölf jungen Frauen, die sie beschäftigte und von denen jede den Namen eines Monats trug. Und so wie der kühle Januar einen ganz anderen Reiz besaß als der heiße August, so unterschiedlich waren auch ihre Mädchen in Temperament und Aussehen.

Madame Rosé wollte ihn in den großen Salon führen, um ihn mit der dort versammelten ausgelassenen Gesellschaft durchweg geachteter Bürger als Helden zu feiern. Doch Matthew stand nicht der Sinn danach.

»Ich war zu lange auf See, um jetzt viel für großartiges Gerede und bewunderndes Schulterklopfen übrig zu haben«, teilte er ihr mit schwerer Zunge mit und fixierte ein blondes Geschöpf, das auf halber Höhe der Treppe stand und ihn verführerisch anlächelte. Sie trug unter einem durchsichtigen Gewand aus jadegrünem Chiffon nur ein nicht weniger hauchzartes Mieder sowie ein dünnes Rüschenhöschen. »Für sie könnte ich mich schon eher begeistern.«

Madame Rosé lächelte. »Es ist lange her, seit Sie uns das letzte Mal die Ehre Ihres Besuchs gegeben haben, Captain«, sagte sie mit sanftem Tadel, als hätte er sich einer gesellschaftlichen Nachlässigkeit schuldig gemacht. »Doch es beruhigt mich, feststellen zu können, dass Ihr guter Geschmack in dieser langen Zeit nicht gelitten hat.«

»Über welchen Monat reden wir?«, fragte er spöttisch.

»Oktober, Captain. Ihre Wahl hätte kaum trefflicher ausfallen können.«

»Na prächtig! Widmen wir uns also dem sonnigen Oktober«, sagte Matthew und begab sich mit ihr nach oben.

Ihr Zimmer war ganz in den braungoldenen Tönen des Herbstes gehalten. Die Seidenbespannung der Wände leuchtete in einem warmen Honiggelb, während das breite Bett mit den vier Pfosten und dem gefältelten Baldachin mit glänzendem Satin bezogen war, dessen Tongebung an rotbraun verfärbte Ahornblätter, kurz bevor der Wind das Laub von den Bäumen fegt, erinnerte.

Auf seinen Wunsch brachte Oktober ihm einen großzügig bemessenen Whiskey. »Alle Getränke gehen auf Kosten des Hauses, solange Sie mit mir zusammen sind, Captain«, sagte sie mit einer Stimme, die so leicht und beschwingt war, dass sie eher zu einem lebhaften Kolibri im Frühling gepasst hätte.

»Das ist mir bekannt, Oktober. Und solange wir das Bett und einiges andere miteinander teilen, bleiben der Captain und sonstige Förmlichkeiten draußen vor der Tür«, erwiderte er, nahm einen Schluck und zog die Stiefel aus.

»Lass mich dir dabei helfen«, bot sie sich sogleich an.

»Es wird eine Menge geben, wobei du mir helfen kannst«, sagte er leise und schob seine Hand unter ihr dünnes Gewand. Er strich über den glatten Stoff, der ihre Brüste wie eine zweite Haut umschloss.

Bereitwillig ließ er sich von ihr entkleiden, während er weiterhin kräftig dem Whiskey zusprach und auch ihren Körper mit seinen Händen erkundete.

Anfänglich hielt sich seine Erregung in Grenzen. Er empfand nicht dieses unbändige Verlangen nach Zärtlichkeit und diese alles versengende Glut der Leidenschaft, wie Valerie sie allein schon durch eine flüchtige Berührung in ihm zu erwecken vermocht hatte.

Doch Oktober verstand es, die Lust in ihm zu erregen. Ihre Hände streichelten und massierten ihn am ganzen Körper. Und dann folgten Zunge und Lippen dem Weg, den ihre Hände genommen hatten, und verstärkten, was diese in Wallung versetzt hatten.

Sie nahm sich Zeit, und sie tat so, als zierte sie sich, die wenigen Kleidungsstücke, die sie trug und die mehr der Enthüllung ihres Körpers als der Bekleidung dienten, abzustreifen und sich ihm in ganzer Nacktheit zu zeigen. Und dieses raffinierte Spiel verfehlte seine Wirkung nicht.

Schließlich öffnete sie die Schleife des schmalen Seidenbandes, das ihr Höschen auf den schlanken Hüften hielt. Es glitt an ihren Beinen hinunter.

»Mach alle Lichter aus, und dann komm«, verlangte er.

Sie ließ sich ihre Verwunderung nicht anmerken, löschte bereitwillig die beiden Lampen im Zimmer und kam dann zu ihm aufs Bett. »Sag mir all deine Wünsche, und ich werde sie dir erfüllen«, raunte sie und beugte sich über ihn. Ihre Lippen öffneten sich für ihn und umschlossen ihn.

»Sag kein Wort!«, bat er sie und schloss auch noch die Augen, obwohl die Dunkelheit im Zimmer ihn kaum ihre Umrisse erkennen ließ.

Seine Hände tasteten nach ihr, glitten über ihr Gesäß und zogen sie auf sich. Ihre Brüste lagen in seinen Handflächen, als ihr Schoß sich auf ihn senkte und er tief in sie hineinglitt.

Er versuchte zu vergessen, dass der nackte Körper, der sich auf ihm zu bewegen begann, und die Brüste, die er küsste, nicht der Frau gehörten, die er liebte. Der viele Alkohol, den er in sich hineingeschüttet hatte, half ihm ein wenig, vor der

Wirklichkeit in eine Welt der Illusion zu flüchten, in der Valerie es war, die sich ihm entgegendrängte und ihm diese Lust verschaffte.

Matthew schlang seine Arme um ihren Körper und erstickte sein wollüstiges Stöhnen an ihrer Brust, als er sich in ihr verströmte. Und sowie die Lust abebbte, stellte sich das Gefühl der Leere und des Selbstekels ein, das immer auf ihn wartete, wenn sein Körper in den Armen einer käuflichen Frau vom sexuellen Drang erlöst war.

Der Schlaf befreite ihn von allem, was ihn peinigte. Als er wieder aufwachte, war es noch dunkel. Oktober lag neben ihm eingerollt wie eine junge Katze und schlief fest. Sie wachte auch nicht auf, als er sich aus dem Bett schwang und sich leise anzog. Er fühlte sich wie zerschlagen und der viele Whiskey machte sich mit dumpfen Kopfschmerzen bemerkbar. Bevor er aus dem Zimmer schlich, ließ er auf der Kommode ein großzügiges Trinkgeld für Oktober zurück.

Seine Uhr zeigte an, dass es halb fünf war, und die Straßen waren ausgestorben, während sich ein wolkenloser Nachthimmel mit Myriaden von Sternen über New Orleans spannte. Die Luft war wunderbar frisch und half ein wenig gegen die Benommenheit, die ihn noch umfangen hielt.

Das Gehen tat ihm gut und er ließ sich Zeit. Als er das Hafenviertel erreichte, stieß er hier und da auf späte Zecher, und aus einigen Tavernen drangen Licht, Qualm und Gelächter auf die Straßen.

Er machte einen Bogen um all diese Plätze und lenkte seine Schritte dann zum Kai, an dem sein Flussdampfer vertäut lag. Wie nicht anders erwartet, erstrahlten die drei

schneeweißen Decks und die leuchtend roten Schaufelrad-
kästen der RIVER QUEEN im Glanz unzähliger Lichter, die
sich im Wasser widerspiegelten, als schwämmen dort tausend Teelichter. Auf einem schwimmenden Kasino wie der
RIVER QUEEN endete die Nacht tatsächlich mit dem An-
bruch des neuen Tages, und es gab immer wieder ganz un-
ermüdliche Spieler, die Karten, Würfel und Spieljetons erst
aus der Hand legten, wenn schon das erste Licht die tiefen
Schatten auf dem Fluss aufgelöst hatte und der Hafen längst
zu neuem, geschäftigem Treiben erwachte.

Anders als sonst, regte sich diesmal kein Stolz in Matthew,
als sein Blick nach langer Abwesenheit wieder auf der RIVER
QUEEN ruhte. Sein Leben lang war er ein Unruhegeist und
Abenteurer gewesen, und wie hart hatte er all die Jahre geschuftet, um sich seinen Traum, ein eigenes Schiff zu besitzen, erfüllen zu können. Kein Risiko und keine Plackerei
hatte er gescheut, um dieses Ziel zu erreichen. Und er hatte
mehr als das erreicht. Er besaß *zwei* Schiffe: einen der präch-
tigsten Raddampfer, die zwischen New Orleans und St.
Louis den Strom der Ströme befuhren, sowie den eleganten
Clipper ALABAMA, der im Krieg wie im Frieden eine Klasse
für sich war und ihm genauso viel Ruhm wie Profit einbrachte.

Ja, früher hatte es ihn mit Stolz erfüllt, all dies erreicht zu
haben und sein eigen zu nennen. Er hatte geglaubt, dass sich
damit nicht nur Anerkennung und Wohlstand einstellen
würden, sondern auch Glück. Doch sein Irrtum hätte nicht
größer sein können, wie ihm klar geworden war. Glück lag
in einer völlig anderen Dimension. Glück – das war Valerie.
Und er hatte dieses Glück verspielt, so leichtfertig wie die

Gäste, die an den Spieltischen der RIVER QUEEN tausend Dollar auf eine Zahl setzten und verloren.

Seine Lippen formten ihren Namen. Valerie. Nein, er hatte sie noch nicht verloren gegeben, denn das hätte bedeutet, auch sich selbst aufzugeben!

7

Sidney Cooke brachte ein Lebendgewicht von zweihundertvierzig Pfund auf die Waage, so er sich ihr überhaupt noch stellte, und er liebte jedes Pfund an sich, so wie ein Soldat mit Stolz seine Auszeichnungen für besondere Tapferkeit an der Brust trug. Seiner Überzeugung nach hatte jeder, der in dem knochenharten Frachtgewerbe als einer der besten galt, das gute Recht, sich auch äußerlich eine entsprechend gewichtige Statur zu leisten. Und Sidney Cooke gehörte nicht nur zu den besten Frachtagenten von New Orleans, sondern er war unbestritten *der* Mann ganz oben an der Spitze, und das schon seit vielen Jahren.

Dass er an diesem späten Vormittag im holzgetäfelten und mit exquisiten Möbeln eingerichteten Büro des Baumwollbarons James Marlowe saß, war kein Zufall, sondern Routine. Sie schätzten einander, weil jeder auf seinem Gebiet alle anderen Konkurrenten weit hinter sich gelassen hatte, und sicherten sich ihre Vormachtstellung, indem sie auch geschäftlich eng zusammenarbeiteten. Beide hatten früh erkannt, dass sie unschlagbar waren, wenn sich der eine des Einflusses des anderen bedienen konnte.

Gewöhnlich hatten sie keine Schwierigkeiten, Probleme aus dem Weg zu räumen, die ihren Geschäften hinderlich sein konnten. Doch auch ihrer Macht waren Grenzen gesetzt.

»Ich fürchte, wir müssen uns auf einen zeitweiligen Engpass einrichten, James«, sagte der Frachtagent mit bedrückter Miene.

James Marlowe, ein kräftiger und stets elegant gekleideter Mann Anfang fünfzig, runzelte ungehalten die Stirn und nahm die Zigarre aus dem Mund. »Engpass? Ich kann mir im Augenblick keinen Engpass leisten, Sid! Hast du dir mal meine Lagerhäuser angesehen?«

»Sicher, James ...«

»Die Ballen stapeln sich schon im Freien! Die Baumwolle muss weg, und du bist mein Frachtagent, verdammt noch mal. Also sorge gefälligst dafür, dass ich zumindest die Halle an der Jureau Pier leer bekomme! Ich bin fest davon ausgegangen, diese Halle geräumt vorzufinden, wenn ich von meiner Reise wieder zurückkomme. Aber das Einzige, was ich nach diesen Wochen vorfinde, sind Hiobsbotschaften.« Und er dachte dabei insbesondere an die vernichtete Ernte auf Cotton Fields, die ihn um einen beträchtlichen Profit brachte und ihm noch einigen Ärger bereiten würde. »Ich habe mehr Baumwolle, als ich im Augenblick lagern kann! Und das hat mit Engpass nichts mehr zu tun. Ein gottverdammtes Gewitter, und ich kann gleich einige tausend Dollar buchstäblich in den Dreck werfen!«

Sidney hob beschwichtigend die Hand, an deren Finger zwei protzige Diamantringe funkelten. »Nun reg dich doch nicht gleich auf, James. Wir bekommen die Situation schon in den Griff, du hast mein Wort.«

»Ich brauche keine Beschwichtigungen, sondern Frachtraum!«, knurrte James Marlowe.

»Mein Gott, willst du mir die Schuld geben, dass die verfluchten Yankees die Dixie in Stücke geschossen und die Old Dominion sowie die Magnolia of the Sea im Golf aufgebracht haben?«, verteidigte sich der dickleibige Frachtagent. »Ich habe fest damit gerechnet, dass sie es schaffen und diese Woche neue Fracht übernehmen würden. Aber jetzt kann ich alle drei Schiffe von meinem Frachtplan streichen. Meinst du, mir macht das Vergnügen?«

Die Augen des Baumwollbarons, die von einem fast so hellen Grau waren wie sein Schnurrbart, zogen sich zu einem Ausdruck des Ärgers zusammen. »Wir haben Krieg, Sid!«

»Damit erzählst du mir wahrlich nichts Neues«, brummte dieser grimmig.

»Offenbar doch, denn sonst hättest du solche Ausfälle von vornherein in deine Rechnung mit einbezogen und dafür gesorgt, dass in jedem Fall ausreichend Frachtraum vorhanden ist!«, hielt Marlowe ihm vor.

»Ich stehe mit einigen Captains in Verhandlungen«, versuchte der Frachtagent ihn zu beschwichtigen. »Es sieht auch gar nicht so schlecht aus. Ich bin nachher mit Captain Moody von der ALBION verabredet. Und Captain Herb Peck von der SILOH hat mir schon avisiert, dass er seinen Kontrakt mit Mortimer nicht verlängern wird.«

»Heißt das, dass ich mit der ALBION und der SILOH fest rechnen kann?«

»Ja, aber mit der SILOH erst in ein paar Wochen. Denn Captain Peck muss noch eine Fahrt zu den Bahamas machen, um seinen alten Kontrakt zu erfüllen.«

»Mit der ALBION allein ist mir nicht geholfen. Ein gutes Schiff mit einem guten Captain, doch viel zu geringer Tonnage. Damit bekomme ich gerade die Ballen weg, die ich im Freien gelagert habe, aber längst nicht genug Platz in meinen Hallen. Dabei ist die Ernte noch in vollem Gang.

Nein, ich brauche einen wirklich großen Segler, der mir Luft schafft. Und das nicht erst in ein paar Monaten!«

»Ich tue, was ich kann, James.«

James Marlowe schüttelte den Kopf und lehnte sich mit einem schweren Seufzer in seinem ledergepolsterten Armsessel zurück. Er drehte die Zigarre zwischen den Lippen und stieß zwei, drei Rauchwolken aus, die über seinen Schreibtisch trieben und den Frachtagenten in einen blauen Schleier würzigen Zigarrenrauchs hüllten.

»Was ist mit der ALABAMA?«, fragte er.

»Die steht im Augenblick leider nicht zur Disposition, James. Sie liegt in der Armitage-Werft. Captain Melville lässt den Algen- und Muschelbelag entfernen und einige andere Ausbesserungen vornehmen. Zudem arbeitet er meistens mit Dennis Vaugham zusammen.«

»Aber er steht bei ihm nicht unter Kontrakt, oder?«

»Nein, Captain Melville zeichnet immer nur für eine Fahrt. Er kann es sich leisten, sich die Rosinen aus dem Kuchen zu picken.«

»Na wunderbar. Dann wirst du ihm eben eine fettere Rosine anbieten als Vaugham«, sagte Marlowe kurz entschlossen. »Und zwar eine so fette, dass er ihr nicht widerstehen kann. Setz dich mit ihm in Verbindung, Sid! Und was immer die Konkurrenz ihm bietet, du verdoppelst es!«

»Bei aller Freundschaft, aber ich habe nicht die Absicht, mich zu ruinieren!«, protestierte Sidney Cooke.

»Das sollte dir auch schwerfallen«, erwiderte Marlowe sarkastisch. »Aber damit du deiner Familie demnächst nicht Wasser und trocken Brot zumuten musst, will ich dir entgegenkommen und den Aufschlag mit dir teilen. Ich denke, das ist in Anbetracht der Lage, in die du mich gebracht hast, mehr als nur fair.«

»Es ist eine Überlegung wert«, räumte Sidney Cooke zurückhaltend ein. »Auf jeden Fall werde ich mit Captain Melville sprechen. Vielleicht kann ich ihn wirklich dazu bewegen, nur die allernötigsten Arbeiten ausführen zu lassen und bald wieder in See zu stechen.«

»Wenn du das schaffst, bin ich wieder überzeugt, dass dir kein anderer das Wasser reichen kann, Sid.«

Die unterschwellige Drohung, die in Marlowes Worten mitschwang, beunruhigte Sidney Cooke, auch wenn er sich das nicht anmerken ließ. Wenn es ihm nicht gelang, rasch ausreichend Frachtraum für ihn zu organisieren, würde er kaum zögern, die Dienste anderer Frachtagenten in Anspruch zu nehmen. Das musste er um jeden Preis verhindern.

»Die Vergangenheit hat wohl zur Genüge bewiesen, dass du mit mir noch immer am besten gefahren bist, James.«

»In der Vergangenheit war das in der Tat so. Aber wir leben nun mal in der Gegenwart, mein Bester, und keiner von uns kann sich auf den Lorbeeren vergangener Zeiten ausruhen, es sei denn, er möchte sich aus dem Geschäft zurückziehen«, entgegnete Marlowe bissig.

»Wer mich ausbooten will, muss erst noch geboren werden!«, sagte Sidney Cooke gereizt, aber mit ungebrochenem Selbstbewusstsein. »Ich werde schon dafür sorgen, dass du auf deiner Baumwolle nicht sitzen bleibst.«

»Das sollte mich freuen – für uns beide.«

Es klopfte, und der Kontorvorsteher von Marlowe's Cotton Company steckte den Kopf zur Tür herein. »Ihre Kutsche, die Sie für zwölf bestellt haben, Sir.«

»Oh, ist es schon so spät?«, fragte der Baumwollbaron überrascht. »Ist in Ordnung, Simon. Ich komme gleich.« Und zu Sidney Cooke gewandt sagte er: »Du wirst mich jetzt entschuldigen, denn ich habe eine Verabredung zum Essen. Und was zu bereden war, haben wir ja eingehend besprochen.«

Der Frachtagent stemmte sich aus dem Sessel. »Gewiss. Und du weißt, ich stehe zu meinem Wort.«

»Richtig, darauf war bisher immer Verlass«, erwiderte er nicht ohne Hintersinn und geleitete ihn aus seinem Büro. »Soll ich dich mitnehmen, Sid?«

»Nein, danke«, sagte der Frachtagent verdrossen.

»Nun, manchmal wirkt ein bisschen Bewegung wirklich überaus belebend und inspirierend«, versetzte James Marlowe ihm einen letzten Stich und stieg in die Kutsche.

Mit einem zufriedenen Lächeln lehnte er sich auf der weich gepolsterten Bank bequem zurück. Er hatte Sid ganz schön Dampf gemacht, wohl auch zu Recht, wie er fand. Der Dicke wusste, dass er eine scharfe Linie zwischen persönlicher Freundschaft und Geschäft zog. Er würde sich jetzt deshalb auch mächtig ins Zeug legen, um ihm genügend Frachtraum für seine Baumwolle zu beschaffen. Notfalls würde er auch draufzahlen, um ihn bei Laune zu halten. Wenn er sich herausgefordert fühlte, war Sid immer am besten. Er konnte also zuversichtlich sein, diesen »Engpass« in Kürze überwunden zu haben.

Während die Kutsche sich einen Weg durch das geschäftige Treiben am Hafen bahnte, den Uferdamm über die breite Rampe passierte und sich dann am Jackson Square in den nicht weniger dichten Verkehr auf der Saint Peter Street einreihte, beschäftigten sich seine Gedanken mit den verschiedensten geschäftlichen Belangen, die nach seiner gut dreiwöchigen Reise nach Thibodeaux und Lafayette darauf warteten, dass er sich ihrer annahm. Und einige davon verlangten von ihm Entscheidungen mit viel Fingerspitzengefühl, wie etwa die Sache mit COTTON FIELDS. Da musste er sehr geschickt vorgehen, und er wünschte jetzt, er hätte die Finger von der Finanzierung der Ernte gelassen. Und das Dumme war, dass er sich noch nicht einmal mit einem seiner Freunde besprechen konnte. Nicht einmal mit Charles Wickfield, mit dem er an diesem Tag wie an jedem zweiten Freitag im Monat zum Mittagessen verabredet war. Charles war selbst Pflanzer. Seine Plantage lag zwanzig Meilen flussaufwärts am rechten Ufer. Und wenn er auch nicht gerade zu Valerie Duvalls Nachbarn zählte, so deckte sich seine geringschätzige Meinung über den Abkömmling einer frei gelassenen Sklavin und eines Plantagenbesitzers, der zu seiner Zeit einer der einflussreichsten war, doch mit der jener Pflanzer, die im Bezirk von Rocky Mount ihre Plantagen hatten.

Es war eine vertrackte Situation. Er hatte schon an Sir Rupert geschrieben und ihn um ein Treffen gebeten, um eine gemeinsame Linie zu finden. Doch noch stand die Antwort des Engländers aus. Vielleicht war es sogar ratsam, diesen Niggeranwalt und auch Captain Melville zu diesem Gespräch hinzuziehen. Er durfte in dieser Angelegenheit nicht den geringsten Fehler machen. Seine Weste musste unter allen Umständen weiß bleiben.

James Marlowe war nicht eben bester Stimmung, als die Kutsche ihn wenig später auf der Royal Street vor dem

ANDREW'S absetzte und er das exklusive Restaurant betrat, das ein beliebter Treffpunkt der vermögenden Gesellschaft war. Der Maître begrüßte ihn respektvoll und geleitete ihn zu seinem Tisch, der stets für ihn reserviert war.

Charles war noch nicht eingetroffen. Auch gut. Das gab ihm Zeit, sich mit einem Drink vorweg in Schwung zu bringen. Denn Charles war ein Mann von sehr lebhafter, übersprudelnder Natur, was zu einer Strapaze werden konnte, wenn einem nicht der Sinn nach derartigem Geplauder stand.

»Einen doppelten Bourbon, Claude«, bestellte er, noch bevor er Platz nahm.

»Sehr wohl, Mister Marlowe, kommt sofort.«

Er hatte gerade den ersten Schluck genommen und zur Karte gegriffen, um sich schon mal über das Angebot der Küche an diesem Tag zu informieren, als eine sehr attraktive und elegant gekleidete Dame auf seinen Tisch zukam. Sie befand sich in Begleitung eines jungen Mannes, dessen Garderobe beinahe schon dandyhaft zu nennen war.

»Mister Marlowe?«, sprach sie ihn an.

Der Baumwollbaron blickte auf. »Ja, bitte?«, fragte er höflich.

»Wir haben einiges zu bereden, Mister Marlowe«, teilte sie ihm zu seiner Verwunderung mit kühler, fast aggressiver Stimme mit.

Ein Anflug von Ärger über diese Taktlosigkeit zeigte sich auf seinem Gesicht. »Entschuldigen Sie bitte, aber im Augenblick wird das leider nicht möglich sein. Ich bin mit einem Geschäftsfreund verabredet, der jeden Moment eintreffen muss. Wenn Sie ein Gespräch mit mir wünschen, dann ...«

Der junge Mann fiel ihm reichlich barsch ins Wort. »Sie sind mit uns verabredet, Mister Marlowe. Nur haben Sie das bis jetzt noch nicht gewusst. Der Gesellschaft von Mister Wickfield werden Sie heute entsagen müssen. Er war so nett, zu unseren Gunsten zu verzichten. Aber ich garantiere Ihnen, dass Ihr Mittagessen nicht weniger kurzweilig und anregend verlaufen wird, was unser Gespräch betrifft«, erklärte er sarkastisch, zog einen Stuhl zurück, machte eine einladende Handbewegung und sagte mit veränderter, galanter Stimme: »Bitte, Mom, nimm doch Platz.«

Marlowe war im ersten Moment so verblüfft über diese Unverschämtheit, dass ihm die Sprache wegblieb. Als er zu einem Protest ansetzte, sagte die ihm unbekannte Dame: »Ich glaube, ich vergaß, mich Ihnen vorzustellen, Mister Marlowe. Ich bin Catherine Duvall, und das ist mein Sohn Stephen.«

Der Protest blieb Marlowe im Hals stecken, und er sackte auf seinen Stuhl zurück, von dem er sich schon halb erhoben hatte, um seiner Empörung besser Ausdruck verleihen zu können. Die Duvalls von Cotton Fields! Der Schreck fuhr ihm in die Glieder und sein Gesicht verlor ein wenig von seiner frischen Farbe.

Jetzt setzte sich auch Stephen. »Es ist uns ein außerordentliches Vergnügen, Ihre Bekanntschaft zu machen, Mister Marlowe. Zumal sich unsere Interessen, wie wir festgestellt haben, gewissermaßen decken«, sagte er mit beißendem Spott.

Marlowe fand seine äußere Fassung wieder. »Ich nehme an, Sie meinen die Baumwolle, junger Mann«, antwortete er und gab sich ahnungslos. Zuerst musste er herausbe-

100

kommen, wie viel sie wussten. Nur jetzt keinen Fehler machen!

»Gewiss, mit Baumwolle hat es auch zu tun, aber eben mit einer ganz bestimmten Baumwolle – und zwar mit der von COTTON FIELDS.«

»COTTON FIELDS? Ich verstehe nicht ganz«, sagte Marlowe angeblich irritiert und nahm einen Schluck Bourbon. Er musste sich zwingen, nur zu nippen, statt das Glas auf einen Zug zu leeren.

Catherine, die ihn bis dahin nur scharf gemustert und ihrem Sohn das Reden überlassen hatte, sagte nun mit kalter Verachtung: »Sie sind ein Lügner, Mister Marlowe! Und noch dazu ein schlechter!«

»Diesen Ton lasse ich mir von keinem bieten! Nicht einmal von einer Dame!«, brauste er auf, um seine Stimme aber sofort wieder zu senken. »Ich fordere Sie auf, sich unverzüglich zu entfernen!«

»Einen Dreck werden wir tun!«, erwiderte Stephen grob.

»Also gut, dann werde ich gehen!«, drohte Marlowe. »Ich habe nicht die Absicht, mich hier anpöbeln zu lassen. Bitte, der Tisch gehört Ihnen!«

»Blasen Sie sich nicht so auf, Marlowe! Sie bleiben sitzen und werden mit uns reden! Es sei denn, Sie sind ganz versessen darauf, dass es hier zu einem Skandal kommt!«, zischte Stephen drohend. »Die Leute hier hätten bestimmt über Mittag eine Menge zu reden, wenn ich Sie jetzt laut und deutlich beschuldige, mit dem Niggerbastard Valerie gemeinsame Sache gemacht zu haben und damit an allem, wofür der Süden jetzt kämpft, zum Verräter geworden zu sein. Wenn Sie scharf darauf sind – nur zu, stehen Sie auf und gehen Sie.«

101

»Verräter? Sie sind ja verrückt!«, stieß der Baumwollbaron mit rauer Stimme hervor, machte jedoch keine Anstalten, sich zu erheben. Seine schlimmsten Befürchtungen schienen sich zu bestätigen.

»So? Weshalb gehen Sie dann nicht?«, höhnte Stephen.

James Marlowe schwieg und umklammerte sein Glas, während er fieberhaft überlegte, wie er sich verhalten sollte und seinen Hals aus der Schlinge ziehen konnte.

»Sie haben Valerie die Ernte finanziert!«, sagte Catherine ihm nun auf den Kopf zu.

»Unsinn! Jeder weiß, dass Sir Rupert Berrington dieser Person den Kredit eingeräumt und ihre Baumwollernte schon auf dem Halm gekauft hat«, wies er die Beschuldigung voller Empörung zurück.

Stephen lachte abfällig. »Ja, das haben wir bis vor wenigen Wochen auch geglaubt. Wirklich nicht schlecht, wie Sie das gemacht haben. Ein beinahe perfekter Schachzug, sich eines adligen Engländers als Strohmann zu bedienen. Aber der Sieg unserer Truppen hat Ihnen einen Strich durch die Rechnung gemacht.«

Marlowe schluckte schwer, dachte jedoch noch immer nicht daran, sich geschlagen zu geben. Und wenn sie zehnmal die Wahrheit wussten, so nutzte sie ihnen doch wenig, wenn sie ihre Anschuldigungen nicht beweisen konnten. Aber die einzig relevanten Beweise, nämlich die von Valerie Duvall unterzeichneten Wechsel, befanden sich in seinem Besitz. Und Sir Rupert hegte große Sympathien für diese Frau, sodass er ihr niemals in den Rücken fallen würde. »Ihre Anschuldigungen sind genauso grotesk wie lächerlich! Und wenn Sie diese Verleumdungen in der Öffentlichkeit wiederholen, werde ich Sie verklagen und Sie für jeden Schaden haftbar machen, der mir aus Ihren haarsträubenden Beschuldigungen entsteht!«

»Sie zappeln noch recht ordentlich, das muss man Ihnen lassen«, verhöhnte Stephen ihn, der jede Sekunde dieses Gesprächs auskostete. »Aber Sie haben nicht die geringste Chance, vom Haken zu kommen. Dafür sitzt er Ihnen schon viel zu tief in der Kehle. Und wenn wir wollten, könnten wir Sie mühelos abschlachten.«

»Was erdreistest du dich, du ... du Rotznase!«, fuhr Marlowe wutentbrannt auf.

»Schluss jetzt!«, befahl Catherine mit leiser, aber nichtsdestotrotz schneidender Stimme. »Zeig ihm die Papiere, Stephen! Ich möchte mir sein verlogenes Gerede nicht länger anhören, sondern endlich zur Sache kommen!«

»Ganz wie du willst, Mom«, sagte Stephen nicht ohne Bedauern und zog einige gefaltete Papiere aus seiner Jackentasche. Er warf sie auf den Tisch. »Es ist nur eine Abschrift, damit Sie erst gar nicht auf dumme Gedanken kommen. Unterzeichnet hat Sir Rupert jedoch beide.«

Zögernd griff Marlowe nach den Papieren und überflog den Text. Schon nach den ersten Zeilen hatte er das Gefühl, sein Magen sacke in einen Abgrund. Das Blut wich ihm aus dem Gesicht. Sir Rupert hatte haarklein die Transaktion, wie Valerie an den Kredit gelangt war, beschrieben. Er hatte auch nicht ein Detail ausgelassen. Und diese verhängnisvolle Niederschrift war nicht nur von ihm unterzeichnet worden, sondern trug auch noch Siegel und Unterschrift eines Notars in Baton Rouge, der damit beglaubigte, dass Sir Rupert

Berrington diese Niederschrift in seiner Kanzlei aus freien Stücken vorgenommen hatte.

»Ich schätze, damit haben wir Ihre Erinnerung sicherlich ein bisschen belebt, nicht wahr?«, erkundigte sich Stephen höhnisch.

»Was haben Sie mit Sir Rupert gemacht?«

»Es tut mir leid, es Ihnen sagen zu müssen, aber er hat keinen sehr tapferen Eindruck bei meinen Freunden und mir hinterlassen. Er ist nun mal nicht zum Helden geboren«, sagte Stephen und weidete sich an der Bestürzung des Baumwollbarons, dessen Macht plötzlich auf sehr tönernen Füßen stand.

Catherine machte eine knappe, ungehaltene Kopfbewegung. »Ersparen wir uns die Details, Stephen!«, ergriff sie das Wort, um die Angelegenheit in ihrem Sinne voranzutreiben. »Es ist nicht nur dieses Geständnis, was wir gegen Sie in der Hand halten, Mister Marlowe! Sir Rupert hat natürlich auch seine Anteilscheine, mit denen Sie ihn an diesem schändlichen Geschäft beteiligt hatten, an uns verkauft. Ich denke, all das reicht völlig aus, um Ihnen den Hals zu brechen und Sie zum Paria in dieser Stadt, ja im ganzen Süden zu machen. Oder sehen Sie das vielleicht anders?«

Marlowe brach der Schweiß aus. Das Restaurant schien sich in einen Brutofen verwandelt zu haben. Seine Hand ging schon zur Krawatte hoch, um sie zu lockern, damit er freier atmen konnte. Doch im letzten Moment ertappte er sich dabei, und er rückte nur an der Krawatte, als wäre sie verrutscht. Er verfluchte seine Gier, die ihn dazu verführt hatte, sich dieses scheinbar todsichere Geschäft nicht entgehen zu lassen. Wären seine Lagerhallen niedergebrannt, hätte ihn das nicht halb so sehr getroffen wie die Tatsache, dass die Duvalls ihm nicht nur auf die Schliche gekommen waren, sondern sich auch im Besitz hieb- und stichfester Beweise befanden. Gelangten sie an die Öffentlichkeit, war er zweifellos erledigt. Kein Pflanzer würde dann noch Geschäfte mit ihm machen, und dasselbe galt für die Frachtagenten und alle anderen Geschäftsleute, mit denen er zu tun hatte. Aber er wäre nicht allein geschäftlich ruiniert, sondern auch für die Gesellschaft ein toter Mann. Sir Ruperts Aussage hing wie ein Damoklesschwert über seinem Kopf.

»Hat es Ihnen die Sprache verschlagen, Marlowe?«, erkundigte sich Stephen voller Häme. »Das wäre aber zu bedauerlich, denn ganz ohne Ihre Beteiligung können wir diese Angelegenheit kaum zu unserer beiderseitigen Zufriedenheit regeln.«

Marlowe brauchte ihnen nicht länger etwas vorzumachen. Mit zitternder Hand griff er zu seinem Glas und kippte den Bourbon auf einmal hinunter. »Was ... was verlangen Sie?«, stieß er dann mit mühsam beherrschter Stimme hervor.

»Die Wechsel!«, lautete Catherines knappe Antwort.

Er nickte. »Gut, ich verkaufe sie Ihnen.«

Stephen lächelte. »Wir werden Ihnen ein großzügiges Angebot machen, von dem wir sicher sind, dass Sie es zu würdigen wissen werden. Ein Duvall hat sich noch nie lumpen lassen, und daran wird sich auch in Zukunft nichts ändern.«

»Die Summe der Wechsel beläuft sich ...« Stephen fiel ihm ins Wort. »Wir wissen, wie viel Geld sie dem Nigger geliehen haben, nämlich dreißigtausend.«

»Aber das ist nicht alles!«, wandte Marlowe sofort ein. »Der Vertrag beinhaltet auch noch einen wichtigen Passus, der sich auf meinen Gewinnausfall bezieht, sollte die Ernte vernichtet werden.«

»Auch darüber sind wir unterrichtet, Mister Marlowe. Sie haben da wirklich eine clevere Idee gehabt, sich in jedem Fall auch noch einen Mindestgewinn von dreißigtausend Dollar zu sichern.«

»Ich hätte mein Geld ja auch in weniger riskante Geschäfte investieren können. Und was nutzt es mir, wenn ich zwar meinen Kredit zurückerhalten hätte, während mir aber die Profite, die ich in diesem Jahr mit jedem anderen Pflanzer todsicher hätte machen können, durch die Lappen gegangen wären«, meinte Marlowe sich verteidigen zu müssen. »Immerhin habe ich einen Teil meines Kapitals auf COTTON FIELDS gebunden. Und jedes Risiko hat seinen Preis.«

Stephen lächelte dünn. »In der Tat, Mister Marlowe. Dass wir nicht bereit sind, Ihnen auch die entgangenen Profite zu bezahlen, dafür werden Sie gewiss Verständnis haben.«

»Die Wechsel sind vor jedem Gericht der Welt ihre sechzigtausend Dollar wert!«, betonte der Baumwollbaron, denn er wusste, dass er Spielraum zum Pokern brauchte.

»Doch da Sie aus einsichtigen Gründen nur an uns verkaufen können, werden Sie sich mit weniger begnügen müssen. Aber natürlich wollen wir Ihnen nicht zumuten, dass Sie einen schmerzlichen Verlust erleiden, Mister Marlowe.«

Catherine nickte ihrem Sohn mit einem kaum merklichen Lächeln zu. Sie war überaus zufrieden damit, wie er die Verhandlungen führte und wie herzerwärmend sarkastisch er mit dem Baumwollbaron umsprang.

»Wir bieten Ihnen fünfundvierzigtausend Dollar«, fuhr Stephen nach einer bewussten Pause fort. »Diese Summe enthält dann alle Zinsen und Ausgaben, die Sie für Sir Rupert gehabt haben – und sogar noch einige tausend Dollar Profit. Wie ich vorhin schon erwähnte, ein Duvall weiß, was er seinem guten Ruf schuldig ist, und zeigt sich stets von seiner großzügigen Seite. Es macht sich immer bezahlt, wenn letztlich beide Seiten zufrieden sind.«

Marlowe atmete innerlich auf. Er hatte nicht geglaubt, dass er so billig davonkommen würde. Er würde nicht nur ohne einen Cent Verlust aus dieser brisanten Affäre herauskommen, sondern tatsächlich auch noch einige tausend Dollar Profit machen. Allein das konnte man schon als ein Wunder bezeichnen. »Damit kann ich leben, Mister Stephen. Ich bin mit Ihrem Angebot einverstanden. Wenn Sie möchten, können wir die Formalitäten sofort in meinem Büro regeln.«

»Mit dem allergrößten Vergnügen«, sagte Stephen und fügte dann mit einem hinterhältigen Lächeln hinzu: »Aber vorher sollten wir uns doch noch über den Preis einigen, den Sie für Sir Ruperts Anteilscheine und seine interessanten Ausführungen zu zahlen bereit sind.«

Der Baumwollbaron presste die Lippen zusammen und seine innere Erleichterung wich erneuter Anspannung. Er hätte sich denken können, dass sie es ihm nicht so leicht machen würden. Er hatte den jungen Duvall unterschätzt und für naiver gehalten, als er es offensichtlich war. Ihm dämmerte, dass von dem Profit letztlich nichts mehr bleiben würde.

»Sir Rupert hat seine Provision beim Abschluss des Geschäftes von mir erhalten. Die Anteilscheine bezogen sich nur auf einen möglichen Gewinn. Doch da die gesamte Ernte vernichtet ist, ist diese Vereinbarung für ihn ohne jede Bedeutung.«

»Das mag sein«, räumte Stephen lässig ein. »Aber seine Niederschrift müsste Ihnen doch etwas wert sein – wie auch die Beglaubigung durch den Notar in Baton Rouge. Immerhin hängt davon Ihr guter Ruf ab, und der sollte Ihnen doch ausgesprochen kostbar sein.«

Marlowe begann den jungen Mann, der ihn so in die Zange nahm, allmählich widerwärtig zu finden. Er entpuppte sich mehr und mehr als hinterhältige Schlange. »Also gut, ich lasse Ihnen die Wechsel für glatte vierzigtausend.«

Stephen schüttelte mit scheinbar betrübter Miene den Kopf. »Aber Mister Marlowe!«, sagte er mit rügendem Tonfall. »Sie sollten Ihr Licht doch nicht so unter den Scheffel stellen. Sie sind wirklich zu bescheiden. Ihr guter Ruf ist doch nicht nur fünftausend Dollar wert. Man nennt Sie den Baumwollbaron. Sie sind eine Größe, und ich denke, Ihr Angebot an uns sollte diese Tatsache berücksichtigen.«

»Zehntausend!«, stieß Marlowe grimmig hervor und zwang sich im nächsten Moment wieder zu einem konzilianten Ton. »Ich lasse Ihnen volle zehntausend Dollar nach.«

»Zehntausend«, wiederholte Stephen gedehnt, als müsse er diese Zahl auf der Zunge zergehen lassen, um zu entscheiden, ob er Geschmack daran fand.

»Ich denke, das ist ein stolzer Preis für eine Fahrt nach Baton Rouge und die Unterschrift und das Siegel eines Notars«, bekräftigte Marlowe.

»Ich weiß nicht, Marlowe. Aber irgendwie fehlt Ihren Witzen die rechte Würze.«

Irritiert sah ihn der Baumwollbaron an. »Wie bitte? Ich verstehe nicht ganz ...«

Stephen Duvall setzte ein unverschämtes Lächeln auf, doch seiner Stimme fehlte jegliche Freundlichkeit. Sie war ätzend wie Säure. »Wir halten nicht sehr viel von Ihnen, Marlowe. Wer mit Niggerpack gemeinsame Sache macht, verdient in unseren Augen eigentlich genau dieselbe Behandlung, die Valerie widerfahren ist. Aber das hindert uns nicht daran, den Wert Ihres guten Rufs realistisch einzuschätzen.«

Marlowe rang bei dieser Unverschämtheit förmlich nach Luft, erhielt jedoch keine Gelegenheit, darauf etwas zu erwidern, denn Stephen fuhr sogleich fort: »Wir haben uns wirklich gewissenhaft Gedanken darüber gemacht. Und wir sind zu dem Ergebnis gekommen, dass der Wert Ihres guten, unbefleckten Rufs irgendwo zwischen zweihunderttausend und einer halben Million liegen dürfte – bei sehr konservativer Schätzung.«

»Aber was hat das ...«

Stephen fuhr ihm augenblicklich ins Wort. »Deshalb werden Sie mir doch wohl zustimmen, dass wir uns von einer überaus großzügigen Seite zeigen und zudem auch noch Großmut walten lassen, wenn wir Ihnen diese brisanten Papiere für den Spottpreis von achtzigtausend Dollar überlassen.«

»Achtzigtausend? Ich soll noch vierzigtausend Dollar drauflegen?«, stieß Marlowe ungläubig hervor.

Stephen grinste. »Ja, keine vierhunderttausend, sondern

109

nur vierzigtausend. Jetzt sind Sie natürlich fassungslos, dass Sie so billig davonkommen, nicht wahr?«

Marlowe war wirklich fassungslos. Wie vom Donner gerührt saß er da und wollte nicht glauben, dass Stephen Duvall es ernst meinte.

»Ein besseres Geschäft haben Sie garantiert noch nie gemacht – und werden es auch in Zukunft nicht. Sie kriegen etwas für zwanzigtausend Dollar, das mindestens das Zehnfache wert ist. Das nennt man das Geschäft seines Lebens. Aber freuen Sie sich nur. Wir gönnen es Ihnen von Herzen«, sagte er voller Häme.

»Stephen«, mahnte Catherine ihren Sohn leise, es nicht zu übertreiben.

Eine unbändige Wut auf diesen arroganten jungen Burschen, der ihn so zu verhöhnen und zu demütigen wagte, drohte Marlowe die Beherrschung verlieren zu lassen. Die Wut ließ ihn im Gesicht hochrot anlaufen und über der Stirn schwoll die Ader an. »Du mieses kleines Dreckstück!«, keuchte er. »Ich kann dir mit einer Hand das Genick brechen!«

Stephen sah ihm kalt in die Augen, sich seiner Macht bis in die letzte Faser seines Körpers bewusst. »Das kostet Sie Niggerfreund weitere zehntausend Dollar. Also nur zu! Es ist ja Ihr Geld, das Sie da für jede unfreundliche Bemerkung dieser Art werden zusätzlich zahlen müssen. Ich habe nichts dagegen, notfalls auch hunderttausend für die Papiere zu nehmen.«

Marlowe zitterte vor ohnmächtiger Wut. Er stand kurz davor, die Nerven zu verlieren und sich auf ihn zu stürzen. Es gelang der Stimme seiner Vernunft jedoch, sich gegen diese Aufwallung von mörderischem Hass durchzusetzen und die Kontrolle zu übernehmen. Sie hatten ihn in der Hand, und sie konnten ihn wahrhaftig bluten lassen, wenn ihnen daran lag, ohne dass er etwas dagegen zu unternehmen vermochte. Sir Ruperts Aussage würde ihn ruinieren, wenn sie an die Öffentlichkeit gelangte, gerade in dieser Zeit des fanatischen Yankeehasses und des übersteigerten Nationalbewusstseins. Ihm blieb keine andere Wahl, als sich dieser Erpressung zu beugen und den Preis zu akzeptieren, den sie verlangten.

Stephen sah, wie die Schultern seines Gegenübers kraftlos heruntersackten. Marlowe hatte aufgegeben. Sie hatten gewonnen! Triumph erfüllte ihn. »Also einigen wir uns darauf, dass wir Ihnen beide Niederschriften plus Sir Ruperts Anteilscheine aushändigen und Sie uns im Gegenzug die Wechsel sowie fünfzigtausend Dollar übergeben, Mister Marlowe?«, erkundigte er sich mit einer aufgesetzten Liebenswürdigkeit, die fast noch verletzender war als sein beißender Hohn.

Marlowe fürchtete, seine Stimme könnte ihm in seinem jetzigen Zustand der Erregung den Dienst versagen. Ihm war regelrecht übel vor Wut und Erniedrigung. Deshalb beschränkte er sich darauf, sein Einverständnis durch ein Nicken zu geben.

»Wunderbar!« Stephen klatschte wie ein Kind in die Hände. »Es ist wirklich ein Vergnügen, mit Ihnen Geschäfte zu machen, Mister Marlowe.«

Catherine erhob sich. »Wir erwarten Sie morgen um elf Uhr auf Darby Plantation, Mister Marlowe«, teilte sie ihm mit und gab ihm dabei das Gefühl, nicht viel mehr als ein Boy zu sein, der auf ihr Wort hin zu springen hatte. Und das war schlimmer als alles, was ihr Sohn zu ihm gesagt hatte. »Ich darf Ihnen versichern, dass wir uns schon jetzt auf Ihren Besuch freuen. Einen schönen Tag noch.«

8

Das ungeduldige, stakkatokurze Tuten eines Fährdampfers, der sich von einem trägen Lastschiff behindert wähnte, drang über den Fluss. Die Antwort des plumpen Frachtbootes, das ebenfalls unter Dampf lief und nicht daran dachte, sich von dem eiligen Captain des Raddampfers scheuchen zu lassen, bestand aus einem lang gezogenen, tiefen Sirenenton. Geringschätziger konnte man mit dem Dampfhorn kaum ein »Du kannst mich mal!« ausdrücken, und mit unbeirrbarer Starrköpfigkeit kreuzte das Frachtschiff den Kurs des Fährdampfers keine zwei Schiffslängen vor dessen Bug. Dicke schwarze Rauchwolken quollen aus seinem Schornstein. Der Raddampfer schickte dem mühsam davonstampfenden Frachter noch eine letzte Verwünschung mit der Dampfsirene hinterher.

»Nun? Was halten Sie davon, Captain?«

Matthew kehrte dem Fenster seines privaten Salons, das zum Fluss hinausging, den Rücken und wandte sich wieder seinem Besucher zu. »Ein recht interessantes Angebot, das Sie mir da unterbreiten, Mister Cooke«, räumte er mit wohlbedachter Zurückhaltung ein.

»Interessant? Das scheint mir kaum das richtige Wort für meine Offerte zu sein, Captain Melville!«, sagte der Frachtagent sichtlich enttäuscht über den Mangel an Enthusiasmus. »Ich glaube nicht, dass man Ihnen bisher eine bessere Frachtrate angeboten hat!«

Matthew lächelte verhalten. »Vor dem Krieg sicher nicht«,

antwortete er. »Aber seit der Hafen unter Blockade steht, ist Frachtraum knapp geworden.«

»Ich liege mit meiner Offerte dennoch weit über dem, was im Augenblick auf dem Frachtmarkt geboten wird!«, stellte Sidney Cooke noch einmal nachdrücklich fest. »Vielen meiner Kollegen ist es egal, welches Schiff sie unter Vertrag nehmen, denn das Risiko des Verlustes durch ein Aufbringen durch die Yankees deckt ja die Versicherung. Aber ich sehe das anders.«

Matthew hob nur die Augenbrauen.

»Ein schnelles Schiff, das sich unter einem fähigen Captain bewährt hat, ist mir einen höheren Preis allemal wert«, fuhr der Frachtagent eifrig fort. »Die Interessen meiner Kunden mache ich zu den meinigen, und denen ist es immer noch lieber, ihre Fracht trifft sicher im vorbestimmten Hafen ein, als dass sie ihre Vertragspartner in Übersee enttäuschen und sich zudem auch noch mit dem Versicherungsagenten herumschlagen müssen. Man weiß ja, wie schwer diese Burschen es einem machen, an sein Geld heranzukommen. So schnell und freundlich sie beim Einkassieren der Prämie sind, so langsam und widerwillig sind sie beim Auszahlen.«

Ein leichtes Schmunzeln über das Engagement, das der Agent an den Tag legte, huschte über Matthews Gesicht. »Da ist sicher etwas dran, Mister Cooke, und ich gebe zu, dass Ihr Angebot in der Tat recht verlockend klingt ...«

»*Ist*, Captain Melville! Es *ist* ein verlockendes Angebot!«, betonte Sidney Cooke.

»Ja, aber bedauerlicherweise liegt mein Schiff zurzeit im Dock, und ich werde so schnell nicht in der Lage sein, Fracht zu übernehmen und auszulaufen.«

»Mit der Säuberung des Unterwasserschiffes sind Sie in zwei, drei Tagen fertig. Und von den anderen Ausbesserungsarbeiten, die Sie in Auftrag gegeben haben, ist doch nichts so wichtig, dass die Seetüchtigkeit Ihres Schiffes gefährdet wäre, würden die Arbeiten erst zu einem späteren Zeitpunkt ausgeführt werden.«

Matthew zeigte sich ehrlich überrascht. »Sie scheinen ja bestens informiert zu sein, Mister Cooke.«

»Ich war so frei, einige Erkundigungen einzuziehen, bevor ich Sie um dieses Gespräch bat, Captain. Ich wollte sicher sein, dass ich Ihnen auch nicht die Zeit stehle mit einem Angebot, das Sie tatsächlich nicht anzunehmen in der Lage sind«, antwortete der Frachtagent mit diplomatischem Geschick und einem Lächeln, das einem selbstlosen Wohltäter gut zu Gesicht gestanden hätte.

»Sie möchten also, dass ich die ALABAMA vorzeitig aus dem Dock hole, ja?«

»Ihr Schaden wird es gewiss nicht sein.«

Matthew überlegte kurz. Die Frachtrate, die Sidney Cooke ihm angeboten hatte, lag tatsächlich um einiges über den derzeitig gültigen Preisen. Das bedeutete, dass er schwer in der Klemme saß, denn Sidney Cooke war nicht bekannt dafür, dass er Großzügigkeit zum Motto seines geschäftlichen Handelns gemacht hätte. Vielleicht war mit ein wenig Hinhaltetaktik noch etwas mehr aus dem Dicken herauszuholen. Warum sollte er nicht ein bisschen pokern? Denn wirklich eilig, schon so schnell wieder in See zu stechen, hatte er es nicht.

»Ich werde mir Ihr Angebot in aller Ruhe durch den Kopf gehen lassen, Mister Cooke. Doch große Hoffnungen kann ich Ihnen nicht machen. Es war meine feste Absicht, mir und meiner Crew ein paar Wochen Ruhe zu gönnen, bevor wir uns wieder mit Farraguts Blockadeflotte und all den anderen Kriegsschiffen der Union anlegen, die im Golf und im Atlantik nur darauf warten, dass ihnen ein Schiff unter konföderierter Flagge vor die Kanonen kommt.«

»Sie gehören zu den erfahrensten und erfolgreichsten Blockadebrechern und kein Yankeekriegsschiff nimmt Ihnen auf See den Wind aus den Segeln. Mit der ALABAMA segeln Sie doch dem Teufel noch beide Ohren ab«, schmeichelte er ihm. »Unter Umständen wäre ich sogar bereit, Ihnen noch eine Sonderprämie zur Verfügung zu stellen, um Ihrer Mannschaft das vorzeitige Auslaufen schmackhaft zu machen.«

Matthew nickte wohlwollend. »Wie gesagt, ich werde darüber nachdenken.«

Sidney Cooke verstand. Captain Melville hielt ihr Gespräch vorerst für beendet und war nicht gewillt, sich jetzt schon auf eine Zusage oder Ablehnung festzulegen. Doch das wertete er bereits als Erfolg. »Gut, denken Sie darüber nach. Sie wissen ja, wo Sie mich erreichen können. Aber viel Bedenkzeit kann ich Ihnen nicht einräumen, Captain. Ich sehe mich leider nicht in der Lage, meine Offerte länger als zehn Tage für Sie aufrechtzuerhalten.«

»Ich werde Ihnen Bescheid geben, Mister Cooke«, sagte Matthew und begleitete ihn aus seinen Privatquartieren, die sich im obersten Deck der RIVER QUEEN befanden.

In seinen Salon zurückgekehrt, trat er an das Fenster, das zur Hafenseite hinausging. Auf den Kais und Schiffen sowie in den Lagerhallen, Werkstätten und Kontoren herrschte zu dieser Vormittagsstunde Hochbetrieb. Gedämpft drangen der rhythmische Schlag eines Hammers, das Quietschen von Seilwinden und Flaschenzügen, das Rumpeln und Rattern von Kutschen, offenen Einspännern und schwer beladenen Fuhrwerken sowie der Lärm vieler Stimmen zu ihm hoch.

Eigentlich sollte er sich ins Dock begeben, sich von den Fortschritten der Reparaturarbeiten überzeugen und sich dann mit Gray besprechen, was Sidney Cookes lukratives Angebot betraf. Doch dazu verspürte er jetzt nicht die geringste Lust. Er hatte zehn Tage Zeit, sich die Sache durch den Kopf gehen zu lassen. Und was die Arbeiten im Dock anging, so würde sein Erster ein äußerst scharfes und kritisches Auge darauf halten, dass nicht gepfuscht wurde.

Seit seiner Ankunft in New Orleans, die nun schon über eine Woche zurücklag, rang er mit sich selbst, was er bloß wegen Valerie tun sollte. Ein gutes Dutzend Mal hatte er sich an seinen Sekretär gesetzt und einen Brief an sie begonnen. Doch genauso oft hatte er das Blatt schon nach wenigen Zeilen zusammengeknüllt und in den Papierkorb geworfen. Er war einfach kein Mann der Feder. Außerdem würde sie seinen Brief ungelesen zerreißen oder ihn ungeöffnet an ihn zurückschicken, wie sie es auch damals mit seinen Briefen getan hatte. Aber auch wenn sie ihre unversöhnliche Reaktion mittlerweile bereute und jetzt wieder bereit sein sollte, mit ihm zu sprechen und ihn anzuhören, konnte er nicht ausschließen, dass Travis Kendrik seine Briefe abfing. Das traute er dem Anwalt ohne Weiteres zu.

Es gab nur eine Möglichkeit, Gewissheit zu bekommen: Er musste zu ihr nach COTTON FIELDS fahren. Nur so konnte er herausfinden, ob Valerie ihn tatsächlich aus ihrem Leben gestrichen hatte und nie wieder etwas mit ihm zu tun haben wollte. Und gerade deshalb hatte er Angst vor dieser Fahrt, denn sie konnte das Ende jeglicher Hoffnung bringen. Aber länger hinauszuzögern durfte er es auch nicht, denn dann beraubte er sich seiner letzten Chance. Er musste sich der Wirklichkeit stellen!

Matthew rief Timboy zu sich, seinen langjährigen schwarzen Diener, der sich um seine persönlichen Belange kümmerte, wenn er sich an Bord der River Queen befand.

»Lauf zum Mietstall rüber und sorg dafür, dass meine Kutsche gleich bereitsteht!«, trug er dem baumlangen Neger auf.

»Yessuh, Massa. Wo soll's denn hingehen?«, fragte er erwartungsvoll.

»Als ob du das nicht wüsstest«, brummte Matthew.

Timboy grinste. »Nach Cotton Fields?«

»Du hast es erraten.«

Die Augen des Schwarzen leuchteten voller Freude. »Endlich werden Sie vernünftig, Massa. Hat aber auch mächtig lange gedauert, bis Sie sich ein Herz genommen haben. Dachte schon, Sie hätten nur Mut, wenn Sie sich mit den Yankees anlegen können.«

»Deine vorlauten Kommentare sind nicht immer dazu geeignet, mich in Stimmung zu bringen, Timboy!«, erwiderte Matthew ungehalten. »Manchmal denke ich, es war reine Dummheit von mir, dir die Freiheit zu geben.«

Der Tadel beeindruckte Timboy nicht im Geringsten, dazu kannte er Matthew viel zu gut. »Es gibt ganz andere Dummheiten, über die Sie sich den Kopf zerbrechen sollten, Massa«, antwortete er ungerührt. »Dass Sie so eine einzigartige Lady wie Missis Valerie ...«

»Das reicht, Timboy!«, fuhr er ihm nun scharf ins Wort. »Mach, dass du zum Mietstall kommst!«

»Yessuh, Massa Melville. Bin schon auf dem Weg. Wird 'ne mächtig schöne Fahrt nach COTTON FIELDS«, versicherte er fröhlich und eilte davon.

Für Matthew war die Kutschfahrt alles andere als ein Vergnügen. Schuldgefühle und bange Erwartung quälten ihn. Würde man ihn wieder von der Plantage jagen wie damals? Oder würde sich Valerie endlich erweichen lassen, ihm gegenüberzutreten und mit ihm zu sprechen? Er konnte es nicht erwarten, über den Fluss zu kommen und die Meilen auf der Landstraße hinter sich zu bringen.

Endlich gelangten sie zur Abzweigung, wo zwei brusthohe, quadratische Säulen aus gemauerten Ziegelsteinen den Zufahrtsweg nach COTTON FIELDS markierten. Auf jeder Säule thronte ein Löwe, der drei Baumwollstauden mit aufgeplatzten Kapseln in seinen Klauen hielt.

Die Kutsche folgte der Allee. Die Roteichen hatten den größten Teil ihres verfärbten Laubkleides schon verloren. Ein bewölkter Himmel zeigte sich jenseits der ineinander verflochtenen Kronen.

Matthew wartete nicht ab, dass Timboy ihm den Schlag öffnete, als die Räder vor dem Herrenhaus zum Stillstand kamen. Ihm war beinahe schlecht vor innerer Anspannung, als er aus der Kutsche sprang und die Stufen zum Portal mit einem Satz nahm. Er hatte sich fest vorgenommen, sich diesmal von keinem die Tür weisen zu lassen, schon gar nicht von Travis Kendrik. Der Anwalt sollte ihn kennenlernen!

Die Tür öffnete sich und er sah sich dem alten Samuel Spencer gegenüber. Das erschien ihm als ein gutes Zeichen, denn mit ihm hatte er sich immer gut verstanden, wenn er auf COTTON FIELDS gewesen war.

»Captain Melville?«, rief der grauhaarige alte Mann, der Valeries Vater mehr als nur ein guter Diener gewesen war.

Matthew versuchte seine Anspannung hinter einem Scherz zu verbergen. »Überrascht, Samuel? Nun, ich dachte, ich schau' mal wieder herein.« Und mit leiser Stimme fragte er: »Ist Mister Kendrik hier?«

»Nein, er ist in New Orleans, schon seit etlichen Wochen, und ...«

»Umso besser«, fiel Matthew ihm erleichtert ins Wort und trat ins Haus. »Ich glaube, es ist klüger, du bittest Miss Duvall hinunter, ohne ihr zu sagen, wer ...« Er ließ den Satz unvollendet, denn sein Blick fiel nun auf die Brandspuren in der Halle. Und als er den Kopf wandte, sah er hinüber in den Salon. Er war völlig ausgeräumt, und zwei Arbeiter waren damit beschäftigt, neue Wandpaneele einzusetzen. Auch dort bemerkte er Anzeichen eines Feuers. »Mein Gott, was ist denn hier passiert?«

»Es hat gebrannt auf COTTON FIELDS, Captain«, teilte Samuel ihm mit, und der Schmerz stand ihm im Gesicht, wie er auch in seiner Stimme mitschwang. »Überall. Sie haben die ganze Ernte vernichtet, die Siedlung dem Erdboden gleichgemacht und dann auch noch das Herrenhaus in Brand gesteckt.«

Matthew sah ihn bestürzt an. »Um Gottes willen ...! Wer hat das getan?«

Ein bitteres Lächeln verzog die faltigen Lippen des alten Mannes. »Können Sie sich das nicht denken?«

»Stephen Duvall?«, stieß Matthew hervor.

Samuel nickte. »Ja, Master Stephen. Er kam mit einer ganzen Horde von Männern angeritten. Mit über einem Dutzend Reitern ist er über uns hergefallen! Aber sie waren alle vermummt, Captain, trugen Kapuzen mit Schlitzen, die nicht viel von ihnen erkennen ließen. Und Sheriff Russell hat zu Mister Burke gesagt, dass es eine gefährliche Verleumdung sei, Master Stephen zu beschuldigen, mit diesem Überfall irgendetwas zu tun zu haben. Er soll mit seinen Freunden in jener Nacht nämlich auf STANLEY HALL gewesen sein. Aber das ist eine schändliche Lüge, denn er war es, der die Bande weißer Männer angeführt hat, auch wenn es niemand beweisen kann.«

»Dieser hinterhältige, verbrecherische Schweinehund! Wenn ich es nur über mich bringen könnte, würde ich ihm eine Kugel in den Kopf jagen! Er hätte es zehnmal verdient!«, stieß Matthew zornig hervor.

»Ja, das hätte er fürwahr! Möge der Herrgott ihn für seine gottlosen Taten strafen.«

»Du sagst, die ganze Ernte ist vernichtet?«, fragte Matthew nach. Erst jetzt drang es in sein Bewusstsein, was das für Valerie bedeutete.

»Ja, alles bis auf die Stoppeln niedergebrannt.«

Fassungslos schüttelte Matthew den Kopf.

Samuel räusperte sich, als hätte er etwas in der Kehle sitzen.

»Aber ...«

»Ja?«

»Das ... das ist noch nicht alles, Captain«, erklärte Samuel mit gequältem Gesichtsausdruck. »Bei diesem Überfall ...

Also, sie haben ... sie haben sich auch an der Mistress ... vergriffen«, sagte er stockend.

Matthew erstarrte. Die Angst raubte ihm beinahe die Sprache. Er packte Samuel am Arm, als bräuchte er einen Halt. »Was ist mit Valerie?«, keuchte er. »Was haben sie mit ihr gemacht, Samuel?«

»Sie lebt, Captain ...«

»Oh, Gott sei Dank«, stöhnte er auf.

»Aber es hätte nicht viel gefehlt, und sie hätten sie auf dem Gewissen gehabt.« Samuel senkte den Blick und mit leiser, zitternder Stimme sagte er: »Sie ... sie haben sie ausgepeitscht ... bis aufs Blut ... und dann ... dann haben sie sie geteert und gefedert, Captain. Es war entsetzlich ... für uns, die wir es mit ansehen mussten ... doch für sie muss es die Hölle gewesen sein.«

Eisiges Entsetzen packte Matthew. Bleich und ungläubig starrte er Samuel an. »Ausgepeitscht und geteert ... und ... gefedert?«, stieß er krächzend hervor.

»Ja, auf dem Rasen vor dem Haus. Bitte ersparen Sie es mir, Ihnen die Einzelheiten erzählen zu müssen!«, flehte Samuel ihn an. »Obwohl es jetzt schon fast sechs Wochen her ist, verfolgen mich diese entsetzlichen Bilder noch immer im Schlaf ... und sicherlich nicht nur mich.«

Matthew war verstört, zutiefst erschüttert und entsetzt. Es dauerte eine geraume Weile, bis er sich gefangen hatte. Samuel berichtete ihm dann auf seine Fragen hin, dass Travis Kendrik sie und Fanny nach New Orleans in sein Haus gebracht hatte, weil sie dort sicherer aufgehoben und eine bessere medizinische Pflege möglich sei.

»Die Mistress soll mittlerweile das Schlimmste überstanden haben und sich auf dem Weg der Besserung befinden, wie Mister Kendrik uns bei seinem letzten Besuch versichert hat. Dafür müssen wir dem Herrgott dankbar sein – wenn es auch wenig genug ist, was er uns an Gutem zukommen lässt«, schloss Samuel mit einem spürbaren ohnmächtigen Groll auf den Allmächtigen, der dieses entsetzliche Unrecht zugelassen hatte.

Matthew fühlte sich wie betäubt, als er aus dem Haus trat. Timboy erschrak, als er sein blasses Gesicht und den Ausdruck seiner Augen sah.

»Massa ...«, setzte er zu einer erschrockenen Frage an.

Mit einer fahrigen Handbewegung brachte Matthew ihn zum Schweigen. »Frag nicht! Zurück nach New Orleans, zum Haus des Anwalts, Middleton Street!«, trug er ihm auf und knallte den Schlag hinter sich zu.

Ausgepeitscht und dann geteert und gefedert!

Ein Schauer durchlief ihn, während sich ihm grauenhafte Bilder von schrecklicher Eindringlichkeit aufdrängten. Zwar war er selbst noch nie Zeuge einer solch barbarischen Behandlung gewesen, doch war er gut genug darüber informiert, um sich eine Vorstellung von den Qualen machen zu können, die man Valerie zugefügt hatte. Dafür hatte Stephen den Tod verdient!

Matthew war auf der Rückfahrt mehr als einmal versucht, Timboy die Anweisung zu geben, die Kutsche nach DARBY PLANTATION zu lenken. Hätte der Zufall ihm Stephen Duvall über den Weg geführt, er hätte Timboys Messer genommen und ihn ohne jedes Erbarmen umgebracht. Doch wann immer ihn das Verlangen nach Vergeltung zu übermannen drohte, sagte ihm seine Stimme der Vernunft, dass er Valerie

123

nicht im Mindesten half, wenn er ihn umbrachte – und dafür am Galgen endete. Stephen war im Augenblick auch nicht wichtig. Später würde er Zeit genug haben, sich zu überlegen, wie er ihn zur Rechenschaft ziehen konnte. Jetzt drängte es ihn stärker denn je, Valerie wiederzusehen und sich mit ihr zu versöhnen, war sie doch die einzige Frau, die er liebte. Er hatte für seinen Fehler bezahlt in den schrecklich langen Monaten, die seit jener entsetzlichen Szene in Madeleines Jagdhaus vergangen waren. Er hatte innere Qualen ausgestanden, auch wenn keine Peitsche seine Haut blutig gerissen hatte. Diese Strafe hätte er um ein Vielfaches leichter ertragen als die Angst, Valerie wirklich für immer verloren zu haben.

Es war bereits früher Nachmittag, als die Kutsche in die Middleton Street einbog und schließlich vor dem Haus Nummer 13 hielt.

Mit einem flauen Gefühl im Magen stieg Matthew aus, ging durch die offen stehende Gartenpforte des schmiedeeisernen, brusthohen Zauns und musterte mit zusammengekniffenen Augen das schmale Haus, das so gar nicht zum sonst so selbstbewussten Gebaren des Anwalts zu passen schien. Das Grundstück jedoch war überaus großzügig bemessen, mit Bäumen und Büschen bepflanzt, und hätte eine Verdoppelung der Wohnfläche mit Leichtigkeit möglich gemacht, ohne dass die Weitläufigkeit des Gartens groß darunter gelitten hätte.

Aber was soll ein Junggeselle und Eigenbrötler wie Travis Kendrik auch mit einem riesigen Haus!, sagte er sich und versuchte, den peinigenden Gedanken zu ignorieren, dass Travis nicht länger die Absicht hatte, das Leben eines Junggesellen zu führen – und dass Valerie nun ausgerechnet unter seinem Dach lebte, als wäre damit etwas vorweggenommen, was er immer wieder in seinen Albträumen durchlitt, nämlich dass Valerie aus blinder Enttäuschung in die Ehe mit ihm geflüchtet war.

Kalter Schweiß brach ihm bei diesem Gedanken aus. Mit zögerlichen Schritten ging er auf die Tür zu. Er hoffte inständig, dass der Anwalt außer Haus war und Fanny ihm öffnen möge. Die Zofe war ihm zwar auch nicht gerade wohlgesinnt, aber mit ihr würde er notfalls doch klarkommen.

Er gab sich einen Ruck und betätigte den Türklopfer. Augenblicke später sah er sich dem Anwalt gegenüber, der sich wieder einmal bewundernswert unter Kontrolle hatte. Nicht mit einem leisen Wimpernzucken zeigte er seine Überraschung. Seine Selbstbeherrschung erlaubte es ihm sogar, ihn mit der Andeutung eines gleichmütigen Lächelns und den spöttischen Worten zu begrüßen: »Sind Sie sicher, dass Sie sich nicht in der Adresse geirrt haben, Captain? Ich kann mir nicht denken, dass ein so heldenhafter Blockadebrecher wie Sie der Hilfe eines Niggeranwalts bedarf.«

»Sie wissen ganz genau, weshalb ich gekommen bin, Mister Kendrik«, antwortete Matthew mit dem festen Vorsatz, sich zu beherrschen und sich nicht von ihm provozieren zu lassen.

Travis legte den Kopf ein wenig auf die Seite und tat so, als überlegte er angestrengt, was wohl der Grund für den Besuch seines Rivalen sein könnte. »Hm, ja, mir kommt da so eine vage Ahnung, Captain. Obwohl ich nicht verhehlen will, dass mich Ihre Beweggründe in der Vergangenheit schon des Öfteren vor große Rätsel gestellt haben.«

Nur ruhig Blut!, sagte sich Matthew und fragte beherrscht: »Haben Sie die Absicht, mich hier vor der Tür abzufertigen? Oder haben Sie sich noch Anstand genug bewahrt, dass Sie mir erlauben, das Gespräch mit Ihnen im Haus fortzusetzen?«

»Mir ist nicht bekannt, dass es für uns beide einen triftigen Grund für ein Gespräch gibt, Captain«, erwiderte der Anwalt kühl. »Was wir uns zu sagen haben, ist wohl von uns beiden schon zur Genüge ausgesprochen worden. Ich schlage vor, wir belassen es dabei, statt uns in Wiederholungen zu ergehen.«

Matthew kochte innerlich, doch es gelang ihm, sich seine Wut nicht anmerken zu lassen. Diesmal würde er seine Beherrschung nicht verlieren. »Haben Sie vielleicht Angst, Mister Kendrik? Ich weiß, dass Valerie mit ihrer Zofe bei Ihnen wohnt. Und ich weiß auch, dass Sie hier noch mehr als auf COTTON FIELDS das Recht haben, mir den Zutritt zu verweigern. Aber Sie können mich nicht ewig daran hindern, mit Valerie zu sprechen.«

Travis zögerte einen Augenblick, dann trat er zurück und gab die Tür frei. »Sie sind ein Narr, wenn Sie glauben, Sie hätten auch nur den Schimmer einer Chance, Captain. Aber wenn Ihnen so viel daran liegt, sich noch einmal eine Abfuhr zu holen, will ich Sie nicht davon abhalten. Bitte, treten Sie ein.«

Matthew folgte ihm in einen Raum, der eine Mischung aus Salon und Bibliothek darstellte. Es gab eine bequeme Sitzgruppe mit lederbezogenen Sesseln und eine Couch, die im Ton zu den Nussholzschränken passten, hinter deren Glastüren Bücher jeden verfügbaren Platz ausfüllten.

Travis bat ihn nicht, sich zu setzen, sondern sah ihn nur erwartungsvoll an.

»Ich habe erst vor einigen Stunden erfahren, was auf COTTON FIELDS passiert ist und ... was man Valerie angetan hat«, sagte Matthew und hasste den Anwalt dafür, dass er ihm das Gefühl gab, ein Bittsteller zu sein.

Travis dachte nicht daran, ihm darauf eine Antwort, geschweige denn eine Erklärung über Valeries Befinden zu geben. »Und?«, fragte er nur knapp.

»Ich möchte wissen, wie es ihr geht!«

»Also gut, ich will es Ihnen sagen, obwohl Sie nicht mal einen moralischen Anspruch darauf haben, denn Valeries Wohlbefinden hat Sie ja nie in dem Maße interessiert, wie sie es damals von Ihnen hätte erwarten dürfen. Aber lassen wir das.« Er machte eine kurze Pause. Mit kühler, sachlicher Stimme fuhr er dann fort: »Ihr ist es denkbar schlecht ergangen, Captain. Sie hat lange mit dem Fieber gekämpft, es aber Gott sei Dank besiegt. Doch die seelischen Wunden, die das Auspeitschen, Teeren und Federn in ihr hinterlassen haben, sind noch längst nicht verheilt. Genügt Ihnen das?«

Matthew schluckte seinen Zorn hinunter. »Das muss es wohl. Was wird aus COTTON FIELDS?«

»Ich verstehe Ihre Frage nicht, Captain. Was soll schon aus der Plantage werden?«, fragte Travis zynisch zurück.

»Die Ernte ist vernichtet, damit ist Valerie ruiniert. Mister Marlowe hat zwar Takt genug, uns nicht sofort die Wechsel zu präsentieren, aber das ändert ja wohl nichts an der Tatsache, dass die anderen Duvalls nun doch noch ihr Ziel erreichen werden.«

»Ich entnehme Ihren Worten, dass Sie nicht fähig oder willens sind, eine entsprechende Summe aus Ihrem Vermögen zur Deckung der Wechsel bereitzustellen. Ich jedoch wäre sehr wohl willens wie auch in der Lage, das Geld aufzubringen, das Valerie Mister Marlowe schuldet!«

Ein geringschätziges Lächeln zuckte um die schmalen Lippen des Anwalts. »In welcher Welt leben Sie, Captain? Und ich habe Sie immer für einen Realisten gehalten. Sehen Sie den Tatsachen ins Auge: Sie haben Valerie endgültig verloren! Sie will nichts mehr mit Ihnen zu tun haben. Ihre Annahme, sie würde von Ihnen auch nur einen Cent nehmen, ist geradezu lachhaft!«

»Zum Teufel, dann nehmen Sie es wenigstens!«, stieß Matthew aufgebracht hervor. »Sie brauchen Ihr ja nicht zu sagen, woher Sie das Geld haben! Aber Sie können dann COTTON FIELDS retten!«

»Es wird Ihnen nicht gefallen, Captain Melville, doch ich teile mit Valerie viele Interessen und Prinzipien. Dazu gehört auch, dass ich mir eher beide Hände brechen lassen würde, als von Ihnen auch nur einen Cent anzunehmen!«

Matthew funkelte ihn an. »Dann sind Sie der größere Narr, Mister Kendrik! Denn Sie stellen Ihre persönlichen Gefühle höher als Valeries Interessen. Sie rühren nicht den kleinsten Finger, um COTTON FIELDS in ihrem Besitz zu halten. Wissen Sie, was ich glaube?«

»Was Sie glauben oder nicht, interessiert mich so wenig wie die Namen Ihrer wechselnden Geliebten!«

Matthew blieb seinem Vorsatz treu, sich nicht von ihm reizen zu lassen. »Ich glaube, dass es Ihnen mittlerweile ganz gelegen kommt, dass Valerie ruiniert ist und COTTON FIELDS verkaufen muss. Das macht es Ihnen leichter, sie in Ihr Netz einzuspinnen. Aber Ihre Rechnung wird nicht aufgehen! Valerie wird Sie durchschauen, auch wenn es etwas dauern wird.«

Travis musterte ihn mit höhnischem Lächeln. »Warum sagen Sie ihr das nicht selber?«

Verblüffung trat auf Matthews Gesicht.

»Sie wollen Valerie doch sprechen, nicht wahr?«, fragte Travis nach.

»Ja, natürlich«, sagte Matthew verwirrt von seiner Bereitschaft, ein Zusammentreffen mit Valerie zuzulassen. Er hatte mit seinem erbitterten Widerstand gerechnet.

»Also gut, teilen wir Valerie doch mit, dass Sie uns das ganz eigene Vergnügen Ihres Besuchs geben und sie zu sprechen wünschen«, sagte er, öffnete die Tür und rief die Treppe hinauf: »Fanny?«

Oben wurde eine Tür geöffnet. »Ja, Mister Kendrik?«

»Hier ist Besuch für Valerie. Hättest du bitte die Freundlichkeit, sie davon zu unterrichten?«

»Wer ist es denn, Mister Kendrik?«

»Ein gewisser Captain Melville.«

Matthew stand neben ihm im Flur, die Hände zu Fäusten geballt, den Atem angehalten.

»Oh!«, machte die Zofe. Es klang fast erschrocken.

»Fanny, sag Valerie bitte, dass ich sie unbedingt sprechen muss. Sie muss mir diese eine Chance geben. Ich liebe sie noch immer, und ich muss ihr erklären ...«, sprudelte Matthew hastig hervor, vermochte seinen Satz jedoch nicht zu beenden, was er ihr denn erklären wollte, denn in dem Moment kam Valeries emotionslose Stimme von oben.

»Ich kenne niemanden mit dem Namen Captain Melville. Teilen Sie ihm mit, dass es mich nicht interessiert, was er mir zu sagen hat. Komm, Fanny.«

»Valerie!«, schrie Matthew in abgrundtiefer Verzweiflung, das Gesicht eine verzerrte Maske der Fassungslosigkeit und des Schmerzes.

Travis legte ihm eine Hand auf die Schulter. »Erlauben Sie, dass ich Sie zur Tür begleite, Captain?« Er lächelte mitleidig.

9

Die Gardinen aus schwerem burgunderroten Samt waren zugezogen und im Kamin brannte ein kleines Feuer. Die Holzscheite knackten dann und wann. Sonst war nur das leise Klacken der Dominosteine zu hören, die sich auf dem hellen Eibetisch zu rechtwinkligen Zickzacklinien aneinanderreihten. Von der Straße hörte man ab und zu einmal das Rattern einer vorbeifahrenden Kutsche. Weiter oben auf der Straße bellte ein Hund. Das einzige Licht, das sich zu dem schwachen Schein des Kaminfeuers gesellte, kam von einer Lampe mit bunt bemaltem Porzellanschirm. Der Docht war jedoch so weit heruntergedreht, dass die Lampe nur wenig Helligkeit verbreitete.

Fanny gab sich den Anschein, als überlegte sie, welchen Stein sie wo anlegen sollte. In Wirklichkeit musterte sie ihre Herrin verstohlen und voller Sorge. Valerie, die ihr am ovalen Eibetisch gegenübersaß, sah noch immer schmal und blass im Gesicht aus. Noch nicht einmal der wunderschöne gesteppte Morgenmantel, der in einem herrlichen Bronzeton leuchtete, vermochte ihrem Gesicht Farbe zu geben. Es versetzte ihr einen Stich, als ihr Blick kurz zum Haarschopf ging. Valeries Haar war langsam nachgewachsen. Doch sie hatte es auch mehrfach nachschneiden müssen, um so etwas wie eine Frisur zu erreichen. Es war jetzt gerade fingerlang und sie hatte den Haarschnitt eines Jungen. Es würde wohl ein Jahr ins Land gehen, bis ihr wieder eine blauschwarze Flut bis auf die Schultern fiel.

Fanny hoffte jedoch inständig, dass es nicht so lange dauern würde, bis Valerie sich wieder seelisch von der grausamen Tortur auf COTTON FIELDS erholt hatte. Die Wunden, die ihr die Peitsche zugefügt hatte, waren verheilt. Aber psychisch hatte sie die Grausamkeiten jener Nacht noch längst nicht verkraftet. Noch immer bestand sie darauf, das Leben einer Kranken zu führen. Am liebsten hätte sie sich in ihrem Schlafzimmer eingeschlossen und das Bett nicht verlassen.

Es hatte sie viel Überredungskunst gekostet, Valerie dazu zu bringen, aufzustehen, sich anzukleiden und sich im Nebenzimmer mit Spielen, Handarbeiten oder Lesen zu beschäftigen. Travis Kendrik hatte viel dazu beigetragen, dass Valerie sich allmählich aus ihrem Schneckenhaus herauswagte, in das sie sich verkrochen hatte. Aber auch ihm war es bislang nicht gelungen, sie dazu zu bewegen, das Haus für einen kleinen Spaziergang um den Block zu verlassen oder mit ihm eine Ausfahrt zu unternehmen. Valerie weigerte sich standhaft und behauptete, dafür noch nicht kräftig genug zu sein. Doch in Wirklichkeit waren es nicht ihre körperlichen Kräfte, an denen es ihr mangelte. Sie litt unter Schwermut. Und Captain Melvilles Auftauchen vor zwei Tagen hatte wahrlich nicht dazu beigetragen, diesen Zustand zu bessern. Im Gegenteil. Valerie hatte sich in ihr abgedunkeltes Zimmer zurückgezogen und war stundenlang nicht ansprechbar gewesen. Und sie war sicher, dass ihre Herrin auch geweint hatte. Dass Mister Kendrik ihn überhaupt ins Haus gelassen hatte, konnte sie nicht verstehen, besaß er doch sonst ein so ausgeprägtes Fingerspitzengefühl für das richtige Wort zur richtigen Zeit und bemühte sich in aufopfernder und vorbildlicher Weise um Valeries Genesung.

»Das geht nicht, Miss Valerie«, sagte Fanny wenig später, als ihre Herrin an der Reihe war, ein Dominoplättchen anzulegen. »Das ist ein Fünferstein.«

Valerie runzelte die Stirn und blickte verwundert auf die Steine, als sähe sie diese jetzt zum ersten Mal. »Oh, ja, natürlich. Tut mir leid, Fanny. Ich bin wohl nicht ganz bei der Sache. Vielleicht sollten wir es gut sein lassen.« Ihre Stimme klang müde.

»Aber warum denn? Im Eifer des Gefechts passiert mir so etwas doch auch von Zeit zu Zeit«, erwiderte Fanny betont fröhlich.

Es klopfte. Travis gesellte sich zu ihnen. Mit innerer Genugtuung stellte die Zofe fest, dass er einen gedeckten Anzug und eine dazu passende dezente Krawatte trug. Es war ganz offensichtlich, dass er sich in letzter Zeit darum bemühte, seinem Hang zu überaus exotischer Kleidung und Farbzusammenstellung nicht länger nachzugeben. Ihre kritischen, aber höflich verpackten Bemerkungen, die sie dann und wann über seine unmögliche Kleidung gemacht hatte, waren bei ihm wohl auf fruchtbaren Boden gefallen. Es war gut, dass er eingesehen hatte, wie unpassend sich ein schillernder Papagei neben einem stolzen, bezaubernden Schwan ausnahm.

»Ah, ihr spielt Domino?«, stellte er aufgeräumt fest. »Ich hoffe, Sie lassen sich nicht wieder von Ihrer Zofe in die Verteidigung drängen, Valerie.«

»Fanny gewinnt sowieso beinah immer«, antwortete Valerie fast gleichgültig.

»Das würde ich ihr an Ihrer Stelle aber nicht durchgehen lassen. Ich bin sicher, dass Sie Fanny haushoch schlagen, wenn Sie nur den Willen dazu haben – und vielleicht auch ein bisschen mehr Licht«, sagte er und trat zum Fenster. »Wir haben heute wieder einen schönen Tag, etwas kühler als gestern, aber doch wunderbar sonnig. Wir sollten eine kleine Ausfahrt unternehmen. Die frische Luft täte Ihnen bestimmt gut.«

Fast erschrocken fuhr Valerie herum und hob abwehrend die Hände. »Nein! Tun Sie es nicht, Travis! Bitte lassen Sie die Gardinen geschlossen!«, flehte sie ihn an. »Ich vertrage das helle Licht noch nicht.«

»Ach was! Sie vertragen es sehr gut«, widersprach er mit sanfter Entschlossenheit. »Und Sie können doch nicht ewig im Halbdunkel sitzen.«

»Bitte nicht, Travis!«, bat sie mit zitternder Stimme.

Die Hand schon am Vorhang, hielt er inne. »Jede Blume braucht Licht, Valerie. Besonders wenn sie zu neuen Kräften kommen will«, sagte er eindringlich. »Verstecken Sie sich nicht länger in dunklen Zimmern. Die Natur hat Sie mit einer Schönheit gesegnet, die bewundert werden will.«

»Ich bin nicht schön ... ich bin hässlich«, entgegnete Valerie leise und fuhr sich unwillkürlich über das kurze Haar.

Travis lächelte sie zärtlich an. »Sie sind schön, bezaubernd und liebenswert – auch mit kurzem Haar, das zudem ja mit jedem Tag länger wird«, erwiderte er langsam. »Und bevor Sie darauf etwas sagen, beantworten Sie mir bitte eine Frage: Habe ich Sie jemals angelogen?«

Valerie senkte den Blick. »Nein«, murmelte sie.

»Dann glauben Sie mir jetzt auch, dass ich das nicht einfach so dahersage, weil ich Sie trösten will, sondern weil ich jedes Wort so meine, wie ich es ausgesprochen habe?«

»Ja«, flüsterte sie.

»Also darf ich die Vorhänge jetzt ein wenig öffnen, Valerie?«, stellte Travis nun die entscheidende Frage.

Fanny hielt die Luft an. Wenn es ihm gelang, ihre Zustimmung zu erhalten, bedeutete das einen großen Schritt auf dem Weg der Besserung. Denn bisher hatte sie es strikt abgelehnt, sich in einem Raum aufzuhalten, in dem es auch nur halbwegs hell war.

Valerie presste ihre Hände im Schoß ineinander und rang sichtlich mit ihren widerstrebenden Gefühlen. Dann aber nickte sie kaum merklich und sagte leise: »Ja ... aber bitte nicht ganz aufmachen.«

»Einverstanden.« Travis tauschte einen freudig erleichterten Blick mit der Zofe, denn sie wussten beide, dass sie damit einen Sieg über die Schatten der Schwermut errungen hatten, die Valerie noch in ihren Händen hielt.

Er zog die Vorhänge halb auf und helles Tageslicht flutete ins Zimmer. Valerie setzte sich schnell mit dem Rücken zum Fenster. Doch zum ersten Mal seit vielen Wochen stellte sie sich dem Sonnenlicht.

»Gibt es Einspruch, wenn ich darum bitte, mein Glück im Domino auch einmal versuchen zu dürfen?«, fragte Travis und setzte sich zu ihnen an den Tisch.

»Nein, natürlich nicht, Travis«, sagte Valerie. »Aber Sie haben doch bestimmt wichtigere Dinge zu tun, als mit uns Domino zu spielen.«

»Was kann es für einen Mann von Gefühl und Charakter noch Wichtigeres geben, als sich der Gesellschaft schöner Frauen zu widmen und zu erfreuen?«, fragte er liebevoll zurück.

Ein schwaches Lächeln zeigte sich auf Valeries Gesicht. »Ach, Travis!«, sagte sie nur, doch in diesem Seufzer lag eine ganze Portion Dankbarkeit und Wärme.

Fanny bedachte den Anwalt mit einem herzlichen Lächeln, als sie nun gemeinsam mehrere Runden Domino spielten. Sie mochte ihn sehr, auch wenn man ihn nicht gerade der Schönheit Offenbarung nennen konnte. Doch was zählte das schon im Vergleich zu seiner Verlässlichkeit, Integrität und überragenden Intelligenz. Wer war denn stets zur Stelle gewesen, wenn Valerie Hilfe brauchte? Doch nur er! Von Anfang an hatte sie gewusst, dass er ein wahrer Gentleman und der richtige Mann für ihre Herrin war. Das mit Captain Melville war eine unselige Verfehlung gewesen und hatte sich, ganz wie von ihr befürchtet, als ein leidenschaftliches Abenteuer erwiesen, dessen unglücklicher Ausgang zwangsläufig gewesen war. Gott sei Dank war Valerie wenigstens konsequent geblieben und hatte es strikt abgelehnt, noch ein Wort mit ihm zu wechseln. Valerie und der Anwalt gehörten zusammen, und wenn die schwere Zeit, die sie alle durchzustehen hatten, erst hinter ihnen lag, würde diese Zusammengehörigkeit auch dazu führen, dass er ihr den Ehering an den Finger steckte, daran hegte sie nicht den geringsten Zweifel.

Eine gute halbe Stunde später bat Lester, ein hagerer Mann mit einem Zwicker auf der Nase und als Kanzleischreiber bei Travis Kendrik angestellt, den Anwalt vor die Tür.

»Was ist, Lester?«

»Soeben ist geschäftlicher Besuch für Sie eingetroffen, Mister Kendrik.«

Travis runzelte die Stirn. »Ich kann mich nicht erinnern, für heute einen Termin mit einem Klienten vereinbart zu haben.« Da er als Niggeranwalt nicht gerade unter Arbeitsüberlastung litt, konnte er die wenigen Termine noch gut im Kopf behalten.

»Es ist der junge Duvall mit seiner Mutter!«, teilte Lester ihm mit gedämpfter Stimme mit.

Scharf sog Travis die Luft ein. »Die haben mir gerade noch gefehlt!«, stöhnte er leise auf.

»Soll ich sie wegschicken?«

»Nein, damit wäre nichts gewonnen«, seufzte Travis. »Gut, ich komme.«

»Ich habe sie gebeten, unten im Salon zu warten.«

»Kein Wort zu den Frauen, Lester!«, trug er ihm auf. »Weder jetzt noch irgendwann später!«

»Ich werde mich daran halten. Sie haben mein Wort, Mister Kendrik«, versicherte Lester.

Travis schritt langsam die Treppe hinunter. Es war ihm mehr als zuwider, den Duvalls jetzt gegenüberzutreten zu müssen, und er hätte viel darum gegeben, wenn ihm das erspart geblieben wäre. Täglich hatte er damit gerechnet, dass James Marlowe ihn aufsuchen und ihm die Wechsel präsentieren würde. Das Erscheinen der Duvalls legte jedoch die Vermutung nahe, dass der Baumwollbaron keine Zeit verloren hatte, um auf dem direkten Weg zu seinem Geld zu kommen.

»Verdammte Geldsäcke!«, murmelte er grimmig vor sich hin. Dann straffte sich seine Gestalt und mit dem für ihn typischen Ausdruck selbstgefälliger Überheblichkeit betrat er den Salon.

»Dieser Frauenschänder verlässt sofort mein Haus!«, sagte er anstelle einer Begrüßung und zeigte auf Stephen Duvall, der mit seinem Spazierstock spielte, dessen Knauf versilbert und mit einer kunstvollen Ziselierung versehen war.

Stephen grinste ihn herausfordernd an. »Sie scheinen mich nicht zu mögen, Mister Kendrik. Aber das gibt Ihnen noch längst nicht das Recht ...«

Travis ließ ihn nicht ausreden. »Als Schauspieler sind Sie fast so abstoßend schlecht wie Ihr Charakter! Entweder Sie verlassen freiwillig und auf der Stelle mein Haus oder ich lege Sie um wie einen tollwütigen Hund! Und diesmal werde ich genügend Zeugen aufbringen, die bestätigen werden, dass Sie mich bedroht haben und ich in Notwehr gehandelt habe – so wie Sie sich Ihr Alibi erkauft haben, während Sie Cotton Fields überfallen und Ihrer perversen Lust gefrönt haben, eine wehrlose Frau zu quälen!« Seine Stimme war so eisig wie sein Blick.

»Blasen Sie sich nicht so auf!«, zischte Catherine.

Travis ging zu einem Schrank hinüber, zog die Schublade mit einem Ruck auf und holte einen Revolver heraus. »Das ist meine letzte Warnung! Abschaum, gleich welcher Herkunft, hat in meinem Haus nichts zu suchen!«

»Sie bluffen doch bloß, Sie Niggerfreund!«, stieß Stephen hervor, aber seinem Gesicht fehlte die Überzeugung seiner Worte.

»Du gehst besser, Stephen«, sagte Catherine. »Viel gibt es ja mit ... dieser Person nicht zu reden. Nun geh schon. So einem wie ihm ist jede Dummheit zuzutrauen.«

Es gefiel Stephen gar nicht, dass er gehen und bei dem Gespräch, auf das er sich schon so hämisch gefreut hatte, nicht zugegen sein sollte. Wut flammte in seinen Augen auf, aber er fügte sich. »Irgendwann bist du auch fällig. Dann kriegst du dieselbe Vorzugsbehandlung wie dein Niggerbastard, mit dem du hier herumhurst!«, rief er noch in der Tür und knallte sie schnell hinter sich zu.

»Wollen Sie mich auch damit bedrohen?«, fragte Catherine scharf und machte eine verächtliche Handbewegung in Richtung des Revolvers. Das hochgeschlossene eisblaue Seidenkleid, das sie trug, unterstrich ihre unnahbare arrogante Haltung.

»Ich habe nicht die Absicht, Ihrem verkommenen Sohn nachzueifern«, erwiderte Travis.

Es zuckte um ihre Mundwinkel. »Sie ermüden mich mit Ihren lächerlichen Anschuldigungen ...«

»Und Sie und Ihre verbrecherische Sippschaft ekeln mich an, wie sie jeden anekeln müssen, wenn er sich auch nur noch einen Funken Ehrgefühl bewahrt hat!«, konterte er, und sein Abscheu kam aus tiefstem Herzen und tiefster Seele. »Und jetzt machen Sie es kurz! Was wollen Sie, Missis Duvall?«

»Missis Darby!«, korrigierte sie ihn.

»Richten Sie Ihrem Mann mein tiefstes Beileid aus. Mister Darby ist viel zu sehr ein Ehrenmann, als dass er es verdient hätte, mit Ihnen und Ihren Kindern geschlagen zu sein.«

Nun zeigten die Worte des Anwalts doch Wirkung bei ihr. Die Maske ihrer arroganten Überheblichkeit bekam hässliche Risse, als sich ihr Gesicht verzerrte und sie zischte: »Machen Sie Ihrer Wut nur Luft, Mister Kendrik. Es ist die Wut des Ohnmächtigen, des Verlierers! Geschickt, wie Sie die Sache mit Marlowe und dem Engländer arrangiert haben. Aber es hat Ihnen nichts genützt – und Ihrem Liebchen auch nichts. Wir haben die Wechsel!« Es klang unverhohlen triumphierend.

»Ich weiß«, sagte Travis mit äußerer Ruhe.

Seine knappe, gelassene Antwort brachte sie kurz aus dem Konzept. »Umso besser. Dann können wir es auch wirklich kurz machen, woran mir genauso gelegen ist wie Ihnen.«

»Nur zu, Missis *Darby*.«

»Sie sind Valeries Anwalt, nicht wahr?« Und als Travis seine Antwort auf ein Nicken beschränkte, fuhr sie von oben herab fort: »Valerie ist ruiniert! Damit erzähle ich Ihnen ja nichts Neues. Und Ihre beschränkten finanziellen Mittel erlauben es Ihnen nicht, die Wechsel für sie zu begleichen. Kredit bekommt sie auch keinen. Sie muss also verkaufen. Ich erwarte Ihr Angebot!«

»Von mir werden Sie ein solches nicht zu hören bekommen!«, antwortete er grimmig und aus einem Trotz heraus, den er sich selbst nicht erklären konnte. Denn Catherine Darby hatte ihre Situation richtig eingeschätzt. Er war wirklich nicht in der Lage, diese Summe aufzutreiben. Vor Ausbruch des Kriegs hatte er fast sein ganzes Vermögen in eine frisch gegründete Maschinenfabrik im Norden investiert. Und der Vertrag, den er abgeschlossen hatte, machte es ihm unmöglich, sein Geld vor Ablauf von drei Jahren wieder aus der Firma zu ziehen. Er war sicher, dass ihm diese Investition in nur wenigen Jahren zu einem reichen Mann machen würde. Nur half ihm das jetzt wenig. Er wusste also nicht, wie er Valeries Ruin noch abwehren konnte. Doch er dachte nicht daran, ihre Niederlage schon jetzt einzugestehen.

Noch war die Zahlungsfrist, die sie mit Marlowe vereinbart hatten, nicht abgelaufen. »Und von Miss Duvall werden Sie das auch nicht!«

»Dann werde ich die Zwangsvollstreckung veranlassen!«, drohte sie ihm.

»Die Wechsel werden erst in zwei Wochen fällig«, belehrte er sie. »Bis dahin können Sie nicht das Geringste unternehmen. Ich denke, Sie sollten Ihren missratenen Sohn nicht länger warten lassen. Sie wissen ja, wo die Tür ist!« Damit schmiss er sie förmlich aus seinem Haus.

Catherine blitzte ihn wütend an. »Ihr Hochmut wird Ihnen noch vergehen, Mister Kendrik. Wir haben Sie jetzt endlich da, wo wir Sie und den Bastard Valerie haben wollten – nämlich am Ende!«

Travis zog demonstrativ die Tür des Salons auf. »Sie sollten jetzt wirklich besser gehen, bevor Ihre niederen Instinkte Sie dazu verleiten, noch mehr von Ihrem abstoßenden Charakter zu entblößen«, sagte er mit eisiger Verachtung. »Und das wäre mehr, als sogar ein Niggeranwalt, der geistigen Unflat gewöhnt ist, vertragen kann.«

»Ein Subjekt wie Sie kann mich gar nicht beleidigen!«, zischte sie.

»Ihr flammendes Gesicht straft Sie Lügen. Wie seltsam. Eigentlich sollten Sie darin doch Übung haben. Das muss wohl das Alter sein«, verhöhnte er sie. »Sie hätten eher damit anfangen sollen, Mordkomplotte auszuhecken und sich von der Last der Wahrheit und Anständigkeit zu befreien. Aber trösten Sie sich. Ihr Sohn macht das alles wett. Er ist schon jetzt ein Dreckstück aus einem Guss. Das wird Sie bestimmt mit Stolz erfüllen.«

Catherine schnappte nach Luft und war zu einer Erwiderung nicht fähig. Mit hochrotem Gesicht rauschte sie schließlich aus dem Salon und mit einem lauten Knall fiel die Tür hinter ihr zu.

»Die Pest soll dich und deine Brut holen!«, murmelte Travis voller Abscheu und schickte Lester mit einer schroffen Anweisung in sein Kanzleizimmer zurück, als dieser auf das heftige Zuschlagen der Haustür hin im Flur erschien. »Machen Sie Ihre Arbeit! Wenn ich Sie brauche, rufe ich Sie schon. Ich bin für keinen Klienten zu sprechen und will nicht gestört werden. Habe ich mich deutlich ausgedrückt?«

»Unmissverständlich, Mister Kendrik«, versicherte Lester und beeilte sich, dass er ihm aus den Augen kam.

Travis ging in sein Arbeitszimmer hinüber. Von seiner Gelassenheit und überheblichen Selbstsicherheit war nicht mehr viel übrig, als er in seinen Stuhl hinter dem Schreibtisch sackte. Er war wütend und deprimiert zugleich. Die kurze und heftige Auseinandersetzung mit Catherine Darby war ihm stärker an die Nieren gegangen, als er vor sich selbst zugeben wollte.

Es interessierte ihn nicht einen Deut, wie Catherine in den Besitz der Wechsel gekommen war. Dass Marlowe noch nicht einmal so viel Anstand besessen hatte, mit ihm Kontakt aufzunehmen und ihm wenigstens pro forma die Schuldscheine zum Rückkauf anzubieten, überraschte ihn ein wenig, hatte er den Baumwollbaron doch anders eingeschätzt. Aber da es an der gegenwärtigen Situation nicht das Geringste geändert hätte, war Marlowes Verhalten keinen weiteren Gedanken wert.

Zwei Wochen!

Er kannte den Vertrag in- und auswendig. Dreißigtausend Dollar Kredit plus Zinsen, gekoppelt mit der Kaufoption auf die ganze Ernte. Und bei Verlust der Ernte kam eine zusätzliche Schuld von dreißigtausend Dollar als Ausgleich für den entgangenen Gewinn dazu. Damit hatten die Wechsel einen einklagbaren Wert von über sechzigtausend Dollar! Wie sollte er in zwei Wochen so viel Geld auftreiben, damit Valerie die Wechsel einlösen konnte, wenn Catherine Darby sie ihnen dann präsentierte? Sechzigtausend Dollar!

Travis saß über eine geschlagene Stunde in seinem Arbeitszimmer und zermarterte sich das Gehirn nach einer Möglichkeit, wie er eine solch gigantische Summe in so kurzer Zeit auftreiben konnte. Doch es wollte ihm einfach nichts einfallen.

Immer wieder ruhte sein Blick dabei auf der kolorierten Zeichnung, die Valerie im Profil zeigte und in einem schönen Silberrahmen auf seinem Schreibtisch stand. Der Künstler hatte ihre Schönheit und ihre ausdrucksstarken Züge wunderbar getroffen. Voller Zorn dachte er an Captain Melville. Wie konnte er behaupten, dass es ihm nur recht war, wenn Valerie COTTON FIELDS verlor! Das war eine bösartige Unterstellung. Er hatte sie von Anfang an darin unterstützt, für ihr Recht und um COTTON FIELDS zu kämpfen. Und hatte er ihr nicht zu ihrem Erbe vor Gericht verholfen und auch danach nichts unversucht gelassen, um ihr zu helfen, die Plantage zu halten? Was erdreistete sich dieser Herumtreiber und verantwortungslose Abenteurer überhaupt, Valerie und auch ihn, Travis Kendrik, immer noch zu belästigen?!

Schließlich hielt es Travis nicht länger in seinem Zimmer aus. Er brauchte Bewegung. Und so begab er sich in die Stadt. Ruhelos spazierte er durch die Straßen und suchte nach einem Geschenk, mit dem er Valerie nach seiner Rückkehr aufmuntern und ihr zeigen konnte, wie sehr er sie liebte und um ihr Wohlergehen besorgt war. Doch dann nahm er davon wieder Abstand. Sie sollte nicht das Gefühl haben, ihm verpflichtet zu sein. Ein Geschenk zum jetzigen Zeitpunkt konnte die gegenteilige der von ihm erwünschten Wirkung haben. Sie brauchte noch Zeit und er hatte Geduld. Er wusste, dass sie sich letztlich auszahlen würde.

Unablässig kreisten seine Gedanken um die sechzigtausend Dollar. Auf dem Rückweg kam ihm dann eine Idee, die er zuerst verwarf, weil er zu wissen meinte, dass Valerie seinem Vorschlag nie und nimmer zustimmen würde. Aber er nahm sie wieder auf, weil er einfach keine andere Alternative sah.

Beim Abendessen, das er gemeinsam mit Fanny und Valerie einnahm, machte er einen ersten Versuch, mit Valerie über die fast aussichtslose Lage zu sprechen.

»In zwei Wochen werden die Wechsel fällig«, begann er vorsichtig.

Valerie ließ nicht erkennen, ob sie ihn gehört hatte. Sie saß wie immer still am Tisch, den Kopf gesenkt und aß so wenig, dass kaum ein Spatz davon satt geworden wäre.

Es schmerzte ihn zu sehen, dass ihr noch immer der Lebensmut fehlte. »Die Wechsel befinden sich auch leider nicht mehr in den Händen von Mister Marlowe, sodass wir keine Möglichkeit haben, ihn um einen Aufschub zu bitten oder eine Umschuldung vorzunehmen. Er hat sie verkauft an ...« Er stockte unwillkürlich.

»Ich weiß, an wen er sie verkauft hat«, brach Valerie ihr Schweigen. »Sie waren heute Nachmittag bei Ihnen, nicht wahr? Ich habe sie in die Kutsche steigen sehen.«

Fanny zuckte hilflos die Achseln, als wollte sie sagen: Tut mir leid, aber ich konnte es nicht verhindern. Das Zimmer liegt nun mal nach vorn hinaus.

»Ja, das stimmt. Sie waren hier. Und Sie wissen, dass sie ihren Anspruch rücksichtslos geltend machen werden, sowie die Wechsel fällig sind«, sagte er. »Wenn es mir möglich wäre, diese Summe aufzubringen, würde ich nicht eine Sekunde zögern. Aber meine augenblickliche Vermögenslage macht dies unmöglich.«

»Und wenn es anders wäre, würde ich es nicht zulassen«, erwiderte sie. »Es ist mehr als genug, was Sie für mich getan haben. Einmal muss ein Ende sein.«

»Das sehe ich anders«, widersprach er ihr.

Müde schüttelte sie den Kopf. »Wir haben es versucht, Travis. Wir haben es fürwahr versucht. Alles, was möglich war. Aber es hat nicht sollen sein. Vielleicht war es auch vermessen von mir zu glauben, ich könnte dieses Erbe tatsächlich antreten und bewahren, wie es mein Vater wollte.«

»Reden Sie sich das doch nicht auch noch ein! Sie trifft nicht die geringste Schuld, dass es so gekommen ist, Valerie! Niemand hat mit der verbrecherischen Skrupellosigkeit dieser Frau und ihres Sohnes rechnen können.«

»O doch! Wir hätten es wissen müssen, Travis. Sie haben von Anfang an keinen Zweifel daran gelassen, dass sie vor nichts zurückschrecken würden, um mich von Cotton Fields zu vertreiben«, sagte Valerie. »Also finden wir uns damit ab, dass wir verloren haben. Es ist aus. Endgültig.«

Wut, Hass und Bitterkeit – alles hätte Travis ertragen können. Doch nichts davon lag in Valeries Stimme, sondern einzig Resignation, ja Gleichgültigkeit. »Noch ist nichts aus und endgültig!«, versuchte er, sie aus ihrer Apathie aufzurütteln. »Wir haben noch zwei Wochen, Valerie! Und ich sehe eine Möglichkeit, Cotton Fields für Sie zu retten, obgleich ich zugeben muss, dass wir uns zu einem sehr schmerzlichen Schritt durchringen müssten.«

Valerie erhob sich vom Tisch. »Wenn Ihnen meine Gefühle wirklich etwas bedeuten, so ersparen Sie mir bitte alles Weitere, Travis. Ich möchte nichts mehr davon wissen.«

»Valerie! Ich beschwöre Sie! Ich kann doch nicht einfach ohne Ihre Zustimmung ...«, begann Travis.

Sie ließ ihn nicht ausreden. »Sie haben meine Zustimmung, was immer Sie tun. Und Sie haben meine Vollmacht. Tun Sie, was Sie für richtig halten. Nur ersparen Sie es mir, mich damit beschäftigen zu müssen. Ich ... ich will und kann es nicht mehr.« Tränen schimmerten in ihren Augen.

Travis hatte sich ebenfalls erhoben, und er wünschte sich so sehr, er könnte zu ihr gehen und sie in seine Arme nehmen und ihr ein wenig Trost geben.

»Bitte entschuldigen Sie mich, Travis. Ich bin müde und möchte ins Bett«, sagte sie leise, wandte sich schnell um und ging aus dem Raum.

Fanny sprang nun auch auf. »Es tut mir leid, aber ...«

»Schon gut«, sagte Travis niedergeschlagen. »Geh nur zu deiner Herrin, damit wenigstens einer bei ihr ist. Es wird schon wieder alles ins Lot kommen. Wir müssen nur Geduld haben.« Diese Worte waren mehr an sich selbst gerichtet als an die Zofe, die sich beeilte, Valerie nach oben zu folgen.

10

Würdest du mir mal verraten, was du da mit meinen Haaren machst?«, fragte Rhonda gereizt.

Verwirrt ließ Clarice die Brennschere sinken. »Ich soll Ihnen doch noch etwas mehr Schwung in die Locken bringen«, sagte sie unsicher.

»Das sind doch keine Locken, das sind Trauerweiden! Du entstellst mich ja! Niggerlocken sind das. Mein Gott, wie sehe ich aus!«, redete sich Rhonda in Rage, den Blick auf ihr Abbild im dreiteiligen Flügel der Frisierkommode gerichtet. Ärgerlich zupfte sie an den Locken über ihrem rechten Ohr. »Willst du, dass ich so meinem Verlobten gegenübertrete? Wenn er mich mit diesen dummen Zotteln sieht, wird er es sich vielleicht noch anders überlegen – und nicht einmal ich könnte es ihm verdenken!«

»Ja, aber so mache ich Ihnen die Locken doch immer, Miss Rhonda!«, wandte Clarice verständnislos ein.

»Willst du behaupten, ich lüge?«, fuhr Rhonda auf, als hätte diese, ein schwarzes Hausmädchen, es gewagt, sie zu beleidigen.

»Allmächtiger, nein! Natürlich nicht!«, beeilte sich Clarice, die nur ein Jahr jünger als Rhonda war, zu versichern und machte ein betroffenes Gesicht. »Aber vielleicht ...«

Rhonda fuhr ihr unwirsch über den Mund. »Also werde nicht noch unverschämt in deinen Äußerungen! Wenn ich sage, dass das eine ganz entsetzliche Niggerkrause ist, mit der du da mein Haar verunstaltest, dann verhält es sich auch so!

Und wenn du noch einmal solche Widerworte gibst, werde ich dafür sorgen, dass du dir nicht länger Gedanken darüber zu machen brauchst, wie man eine Brennschere richtig handhabt! Die Arbeit, die dann auf dich wartet, wird sogar ein Tölpel wie du rasch lernen – nämlich auf dem Feld!«

Clarice erschrak, denn sie war sich keiner Nachlässigkeit bewusst. Sie handhabte die Brennschere doch mit derselben Geschicklichkeit wie sonst auch! Seit die Duvalls auf DARBY PLANTATION wohnten, ging sie der bildhübschen blonden jungen Miss beim Ankleiden und Frisieren zur Hand. Es war nicht immer leicht, sie zufriedenzustellen, da sie nicht nur herrschsüchtig war, sondern auch überaus launenhaft. Aber noch nie hatte Miss Rhonda sie so grob angefahren – und dann auch noch ohne jeden Grund.

»Es ... es tut mir leid, wenn Sie heute nicht sehr zufrieden mit mir sind, Miss Rhonda«, entschuldigte sie sich hastig. »Und wenn ich etwas gesagt habe, das Ihren Unwillen erregt hat, so wollte ich das wirklich nicht. Ich ... ich weiß nur nicht, wie Sie Ihre Locken haben möchten, wenn nicht so.«

»Du sollst dir mehr Mühe geben und nicht mit deinen Gedanken woanders sein!«, erwiderte Rhonda ungehalten, denn was genau sie anders haben wollte, vermochte sie auch nicht zu sagen. Sie fühlte sich einfach miserabel, und wenn sie ehrlich war, gab es an ihrer Frisur auch nicht das Geringste auszusetzen. Die Locken fielen wie immer. Aber dennoch war sie unzufrieden mit Clarice, wie sie eigentlich mit allem und jedem unzufrieden war. »Das Korsett hast du mir auch so eng geschnürt, dass ich kaum noch atmen kann!«

»Möchten Sie, dass ich die Bänder wieder etwas lockere?«

»Nein! Das bleibt jetzt so. Sonst werde ich ja gar nicht mehr fertig«, sagte Rhonda verdrossen und fuhr sich mit den Händen über den satinglatten Stoff des mit Fischbein verstärkten Korsetts, das ihre Taille eng zusammenpresste. »Sieh lieber zu, dass du mit meinen Haaren fertig wirst!«

»Natürlich, Miss Rhonda«, murmelte Clarice devot und machte sich wieder an die Arbeit. Sie vermutete, dass Rhonda so reizbar war, weil sie im Innern schrecklich aufgeregt war, auch wenn sie weder darüber sprach, noch es nach außen hin zeigte. Ihre junge Herrin hatte gewiss guten Grund, angespannt und nervös zu sein, denn Mister Larmont war auf Darby Plantation eingetroffen. Und unter dem Personal wurde getuschelt, dass sein Besuch diesmal einen ganz besonderen Anlass hatte. Es hieß, er sei gekommen, um in aller Form um Miss Rhondas Hand anzuhalten. Sie hatte das von Rosanna erfahren, die es ihrerseits von Wilbert hatte, und der musste es ja wissen, stand er doch auf recht vertrautem Fuß mit Master Darby. Da bekam er öfter Dinge zu hören, die eigentlich nicht für die Ohren des Personals bestimmt waren. Sie tröstete sich deshalb damit, dass Rhonda es vermutlich gar nicht so böse meinte, wie es geklungen hatte. Und dass sie wieder umgänglich wurde, wenn zwischen ihr und ihrem Zukünftigen erst einmal alles geklärt war.

Clarice lag mit ihrer Vermutung goldrichtig. Rhonda war in der Tat wegen Edward Larmont so reizbar. Doch es war nicht etwa freudiges Bangen, das sie in diese Stimmung versetzte, sondern vielmehr ein Gefühl ohnmächtiger Verzweiflung. Sie liebte Edward nicht, ja sie empfand noch nicht einmal Zuneigung für diesen Mann, mit dem ihre Mutter und ihr Stiefvater sie verheiraten wollten. Der einzige Mann, der ihr Herz schneller schlagen ließ und ihr Blut in Wallung versetzte, wenn sie an ihn dachte, war Jamie, der Stallknecht! Es war Irrsinn, aber sie konnte die Augen nicht länger vor dieser Tatsache verschließen, dass sie mehr als nur Lust in seinen Armen empfand.

Es war eine hoffnungslose Leidenschaft, und sie hatte gar keine andere Wahl, als Edward Larmont zu heiraten, wie sie sehr wohl wusste. Doch die Vorstellung, Jamie aufgeben zu müssen und in Baton Rouge das Leben einer ehrbaren und hingebungsvollen Ehefrau zu führen, ließ sie verzweifeln. Ein solches Leben erschien ihr unerträglich. Sie konnte Jamie nicht aufgeben. Sie brauchte ihn! Immer und immer wieder zerbrach sie sich den Kopf, wie sie es bloß anstellen konnte, dass auch Jamie mit ihr nach Baton Rouge übersiedelte.

Rhonda fuhr aus ihren düsteren Gedanken auf. »Was hast du gesagt?«

»Ob Sie nun zufrieden mit Ihrer Frisur sind, Miss Rhonda? Ich habe wirklich mein Bestes gegeben«, sagte Clarice.

»Ja, schon gut. Es muss so gehen«, erwiderte Rhonda und hatte in Wirklichkeit nichts an ihren Haaren zu bemängeln. »Hilf mir jetzt ins Kleid.«

Clarice atmete auf und holte schnell das Seidenkleid, das in der Farbe frischer Granatäpfel schimmerte und einen reizvollen, mit malvenfarbener Spitze eingefassten Ausschnitt besaß. Es war ein traumhaftes Kleid, das Rhondas körperliche Vorzüge wunderbar zur Geltung brachte, ohne jedoch aus dem Rahmen der Schicklichkeit zu fallen.

»Wie eine Prinzessin sehen Sie aus«, schwärmte Clarice, als sie ihr die verdeckte Knopfleiste im Rücken geschlossen, die vielen Unterröcke noch einmal geordnet und die vielen Falten an den bauschigen Ärmeln zurechtgezupft hatte. »Mister Larmont wird es die Sprache verschlagen, wenn er Sie gleich zu sehen bekommt!«

Rhonda hatte schon eine unwirsche Erwiderung auf der Zunge, doch sie hielt diese zurück. Denn als sie ihrem Mädchen in das wenig reizvolle Gesicht mit der zu kräftigen Nase und der narbigen Haut sah, durchzuckte sie plötzlich ein Gedanke. Im ersten Moment war sie verblüfft von ihrem Einfall und fand ihn lächerlich. Doch diese Unsicherheit wich augenblicklich einem Gefühl, das Erlösung und Triumph in einem war. Fast tat es ihr nun leid, dass sie so grob zu ihr gewesen war.

»Ja, findest du?«, fragte sie und gab sich geschmeichelt. Und das Lächeln, das auf ihrem Gesicht erschien, war nicht einmal aufgesetzt.

Clarice nickte heftig und voller Bewunderung. Sie wünschte, sie selbst sähe nur halb so hübsch wie ihre junge Herrin aus. »Jeder Mann würde sein Herz an Sie verlieren und Ihnen zu Füßen liegen«, versicherte sie.

»Nun ja, du hast einen nicht unwesentlichen Anteil daran, sollte Edward mir tatsächlich gleich zu Füßen sinken«, sagte Rhonda scherzhaft, aber auch lobend. »Du hast dir wirklich viel Mühe gegeben. Ich glaube, ich bin vorhin ein wenig zu leichtfertig mit meinem Tadel gewesen. Es war nicht so böse gemeint, wie es geklungen haben mag. Du verstehst es wirklich, mich zu meinem Vorteil herauszuputzen – wie eine gelernte Zofe.«

»Oh!«, vermochte Clarice auf dieses gänzlich unerwartete Lob nur zu sagen, und ihr Gesicht glühte stolz und voller

Freude über Rhondas Anerkennung. Es war ihr gleich, was diesen urplötzlichen Stimmungsumschwung bei ihr bewirkt haben mochte. Sie war einfach glücklich, dass die junge Miss solch lobende Worte für sie fand. Und dann fügte sie stammelnd hinzu: »Danke ... Es ... es macht mich sehr froh, wenn ... wenn Sie zufrieden mit mir sind, Miss Rhonda.«

Diese nickte lächelnd. »Ja, das bin ich, Clarice. Sehr sogar. Und ich finde, Treue und gute Dienste sollen auch dementsprechend belohnt werden.« Sie zog eine Schublade auf und holte eine Goldmünze aus ihrem samtenen Beutel hervor, in dem sie das Geld aufbewahrte, das sie monatlich von ihrer Mutter bekam und das zu ihrer freien Verfügung stand, für Geschenke und andere Dinge, die sie sich zu kaufen wünschte, wenn es dazu mal eine Gelegenheit gab. »Hier. Das ist für dich.«

Ungläubig starrte Clarice auf die Goldmünze, die schwer auf ihrem hellen Handteller lag.

»Steck sie schön weg, sonst nimmt sie dir noch jemand ab«, riet Rhonda ihr und ging dann mit einem leisen Lachen aus dem Zimmer. Zum ersten Mal seit Wochen, nein seit Monaten fühlte sie sich richtig unbeschwert und hoffnungsvoll. Und jetzt würde sie auch den Tag mit Edward überstehen und was immer er ihr antragen mochte. Sogar seine langatmigen und selbstgefälligen Vorträge über die Wichtigkeit seiner politischen Arbeit würde sie heiteren Mutes ertragen wie auch seine schweißigen Hände, deren Berührung sie sonst so verabscheute! Denn der entsetzliche Knoten in ihr war endlich durchtrennt und die Zukunft war nicht länger ein schwarzer Abgrund hoffnungsloser Verzweiflung.

O Jamie, o Jamie, ich kann es gar nicht erwarten, es dir zu

sagen!, dachte sie jubilierend, während sie die Treppe hinunterschritt. Aus dem Salon kamen die Stimmen ihrer Mutter und ihres Stiefvaters.

Sie hatte noch nicht den unteren Absatz erreicht, als ihre Mutter aus dem Salon in die Halle trat. Sie blieb stehen, als sie ihre Tochter erblickte.

»Da bist du ja, Kind!«, rief sie. »Wir dachten schon, du wolltest gar nicht mehr herunterkommen. Ich war gerade im Begriff nachzusehen, wo du nur bleibst.« Und gedämpft fügte sie hinzu: »Der junge Larmont ist aufgeregt wie ein kleiner Junge am Weihnachtstag. Richtig blass im Gesicht ist er. Justin hat ihm einen Brandy in die Hand gedrückt, und du weißt, dass dies sonst so gar nicht Justins Art ist.«

»Ja, Mom.«

Catherine musterte ihre Tochter mit mütterlichem Stolz. »Das Kleid steht dir ganz wunderbar, mein Kind. So gefällst du mir. Und ich bin sicher, dass Edward Larmont gern so lange auf dich gewartet hat, wenn er dich so sieht.«

»Clarice war mir eine große Hilfe«, lobte sie ihr Mädchen. »Ich bin wirklich froh, dass ich sie habe. Sie ist so aufmerksam und geschickt. Ein besseres Mädchen habe ich noch nie gehabt. Ich verstehe mich prächtig mit ihr.«

Catherine war ein wenig überrascht. Es war so gar nicht Rhondas Art, Loblieder auf ihre Bediensteten zu singen. Aber vielleicht hatte sie mit dieser unscheinbaren Clarice tatsächlich einen guten Griff getan. Möglicherweise lag es aber auch nur an diesem besonderen Tag, dass ihre Tochter so überschwänglich in ihrem Urteil war. Ja, das würde es wohl sein.

»Bist du aufgeregt?«

»Ein bisschen«, log Rhonda.

Catherine tätschelte kurz ihren Arm. »Das gehört dazu. Ich weiß sehr gut, was jetzt in dir vorgeht«, seufzte sie.

Rhonda bezweifelte das stark, sagte jedoch nichts.

»Es liegen aufregende Wochen und Monate vor dir. Die Zeit eurer Verlobung, die Vorbereitungen für eure Hochzeit und die Einrichtung eures Hauses in Baton Rouge. Es wird so viel Neues und Schönes auf dich einstürzen, dass dir manchmal ganz schwindelig werden wird. Genieße diese Monate, die noch bis zu deiner Hochzeit vergehen. Die Zeit der Pflichten und Prüfungen kommt schnell genug.«

»Hat er ...?«

»Ja, er hat endlich den Mut gefunden. Er hat in aller Form um deine Hand angehalten«, sagte Catherine lächelnd und fügte augenzwinkernd hinzu: »Justin hat schon nach seinem letzten Aufenthalt hier zu mir gesagt, dass er ihn auffordern wird, seine Besuche einzustellen, wenn er sich ihm und dir nicht bis Weihnachten erklärt hat. Aber nun geh zu ihm und lass es dir von ihm selber sagen. Justin ist mit deiner Wahl natürlich einverstanden. Eine bessere Partie könntest du auch kaum machen. Du kannst wirklich stolz sein, bald Missis Edward Larmont zu sein. Aber dennoch schadet es nichts, wenn du ihn einen Augenblick zappeln lässt.«

»Was gibt es denn hier draußen zu tuscheln?«, machte sich Justins Stimme in der Tür zum Salon bemerkbar.

»Gerede unter Frauen, nichts, was dich interessieren könnte«, antwortete Catherine scherzhaft.

Justin kam auf Rhonda zu. Er lächelte sie aufmunternd an. »Wir werden euch ein paar Minuten allein lassen«, sagte er leise zu ihr. »Ihr werdet ein wunderbares Paar abgeben.

Und nun lass ihn nicht länger warten, sondern erlöse ihn von der Qual der Ungewissheit, wie deine Antwort ausfallen wird.«

Rhonda nickte und trat in den Salon. Leise schloss Justin die Flügeltüren hinter ihr.

Edward Larmont war vor den Terrassenfenstern unruhig auf und ab gegangen, das Gesicht in Richtung Tür. Abrupt blieb er stehen, als sie nun den Raum betrat. Er war von mittelgroßer Gestalt, dunkelhaarig und sehr konservativ gekleidet, was ihn noch älter aussehen ließ als dreißig. Sein fülliges Gesicht zeigte eine aufgeregte Röte, die so gar nicht zu einem gestandenen Mann in seiner Position zu passen schien.

»Rhonda!«, rief er. Es klang wie ein Stoßseufzer. Und sein verklärter Gesichtsausdruck verriet, wie sehr ihn ihr Anblick überwältigte.

»Edward, wie schön, Sie wieder auf Darby Plantation zu sehen! Ich bitte um wohlwollende Nachsicht, wenn ich Sie über Gebühr lange habe warten lassen. Aber immer dann, wenn es besonders rasch gehen soll, geht eine Naht auf oder reißt ein Knopf ab, sodass man zu Nadel und Faden greifen muss ... während man es gar nicht erwarten kann, aus dem Zimmer zu kommen«, begrüßte sie ihn mit einer artigen Entschuldigung und bemühte sich um ein teils freudiges, teil unsicheres Lächeln, wie er es wohl in dieser besonderen Situation von ihr erwartete.

Er kam auf sie zu. Seine Augen leuchteten voller Bewunderung. »Um Gottes willen, Rhonda!«, rief er und ergriff ihre Hand. »Sie haben nicht den geringsten Grund, sich zu entschuldigen! Eine so atemnehmend bezaubernde Frau wie

Sie schon gar nicht. Es ist ein Privileg, auf Sie warten zu dürfen. Erlauben Sie mir, Ihnen zu sagen, wie betörend schön Sie aussehen. Und wenn ich nicht ihre Hand hielte, würde ich zweifeln, dass Sie Wirklichkeit sind.«

Wenn er doch nur etwas gegen seine schweißigen Hände tun würde!, dachte Rhonda trocken, während sie ihn anlächelte und sich den Anschein gab, sich geschmeichelt zu fühlen. »Ach, Edward! Sie sollen so etwas doch nicht sagen. Sie verdrehen mir noch ganz den Kopf mit solch extravaganten Komplimenten. Ich bin so etwas wirklich nicht gewöhnt – schon gar nicht von einem Mann wie Ihnen, der bereits so viel von der Welt gesehen hat und so große Verantwortung für unser Land trägt.«

Ihm schwoll förmlich die Brust bei ihren Worten. »Ich habe nur die Kühnheit besessen, meinen tiefen aufrichtigen Gefühlen Ausdruck zu verleihen. Zudem: Warum soll nicht auch ich Ihnen den Kopf verdrehen, haben Sie das mit mir doch schon seit Langem getan.«

»Edward, Sie machen mich so verlegen, dass ich gar nicht weiß, was ich sagen soll«, erwiderte sie leise und bedachte ihn mit einem koketten Blick.

»Mir würde es auch genügen, Sie nur anschauen zu dürfen«, erwiderte er voller Pathos.

Ja, mir wäre es ebenfalls tausendmal lieber!, ging es Rhonda zynisch durch den Kopf. Dass er bald ihr Ehemann sein und sie mit ihm das Bett teilen würde, vermochte sie sich nur mit Mühe vorzustellen. Bestimmt war er ein lausiger Liebhaber. Von einem Mann mit schweißigen Händen, schwammigem Gesicht und selbstgefälligem Auftreten konnte eine Frau nicht viel erwarten. Edward strahlte so viel

Sinnlichkeit aus wie ein Pantoffel. Und sie würde ihn auch nicht mit sexuellen Forderungen überraschen. Ihre ehelichen Pflichten würde sie im wahrsten Sinne des Wortes ausführen. Lust und Leidenschaft dagegen würde sie in Jamies Armen finden, denn er würde mit ihnen nach Baton Rouge kommen.

Nun, gesellschaftlich machte sie mit Edward Larmont in der Tat eine erstklassige Partie. Dafür sollte sie schon dankbar sein. Er entstammte einer sehr traditionsreichen und überaus vermögenden Familie, sodass ihr an seiner Seite eine bedeutende Stellung in der Gesellschaft gewiss war. So übel war es vielleicht gar nicht, Missis Edward Larmont zu sein. Und heiraten musste sie ja mal. Warum also nicht ihn?

»Sosehr mir Ihre Worte auch schmeicheln, Edward, so traurig aber würde es mich doch machen, wenn es wirklich nur dabei bliebe«, sagte sie leise und scheinbar erwartungsvoll. Er konnte allmählich zum Thema kommen! Sie wollte es endlich hinter sich haben.

»Ich habe gehofft, dass auch Sie so empfinden würden, Rhonda«, nahm er ihr Stichwort begierig auf, noch immer ihre Hand haltend. »Lange habe ich mich mit der Frage gequält, ob die Tiefe meiner aufrichtigen Gefühle für Sie in Ihnen auch den entsprechenden Widerhall finden.«

»Haben Sie es denn nicht gespürt, was Sie in mir angerichtet haben?«, flüsterte sie.

»Oh, sagen Sie es mir!«, bat er mit freudiger Erwartung.

Sie senkte den Blick, als schämte sie sich, ihm ihre intimsten Gefühle zu offenbaren. »Ich ... ich habe die Tage zwischen Ihren Besuchen gezählt«, log sie mit scheinbar mäd-

157

chenhafter Unschuld und Verliebtheit. »Und Ihre Besuche waren so schrecklich selten, dass ich oftmals dachte ...« Sie stockte und schüttelte leicht den Kopf, als wollte sie sagen: Nein, das bringe ich nicht über die Lippen.

»Bitte, sagen Sie mir alles, Rhonda!«, drängte er sie aufgeregt. »Was dachten Sie?«

»Dass ... dass ich dachte, ich könnte es nicht ertragen, bis ich Sie endlich wiedersehe«, rang sie sich ein falsches Geständnis der Liebe ab.

»O Rhonda ...! Mir erging es nicht anders! Doch lange Zeit fehlte mir der Mut, mich Ihnen zu erklären, weil ich nicht glauben konnte, dass ein so engelhaftes Geschöpf wie Sie mich ... erhören könnte!«, gestand er ihr nun.

»Ich habe Sie immer bewundert, Edward.«

»Wissen Sie, warum ich heute gekommen bin?«

»Ich ... ich weiß es nicht ... nicht wirklich. Meine Mutter hat gerade eine Andeutung gemacht ... aber ich ... ich kann es nur glauben, wenn ich es von ... von Ihnen höre«, gab sie sich verliebt und verwirrt.

»Als ich mich zur Wahl stellte, war es für mich ein großer Tag, Rhonda«, begann er umständlich. »Und als ich die Wahl dann gewann, dachte ich, dass nichts diesen Tag würde übertreffen können. Ähnliche Empfindungen hatte ich, als ich im Abgeordnetenhaus meine erste Rede hielt, die mir großen Beifall einbrachte. Doch heute weiß ich, dass ein einziges Wort von Ihnen all das weit in den Schatten stellen wird. Und wegen dieses einen Wortes bin ich heute gekommen.« Er legte eine dramatische Pause ein. »Rhonda, ich habe vorhin Ihre Mutter und Ihren Vater ...«

»Meinen Stiefvater«, korrigierte sie ihn spontan.

»Natürlich, Ihren Stiefvater«, verbesserte er sich hastig. »Also, ich ... ich habe bei ihnen in aller Form um Ihre Hand angehalten, Rhonda, und ihre Zustimmung bekommen. Und nun möchte ich Sie fragen, ob Sie gewillt sind, meine Frau zu werden.«

Es wäre wohl angebrachter gewesen, du hättest mich zuerst gefragt, bevor du zu meiner Mutter und Justin gegangen bist, dachte Rhonda nicht ohne einen Anflug von Unwillen. Aber das waren ja sowieso nur sinnlose Formalien, die nichts geändert hätten. An ihren Gefühlen schon gar nicht.

»O Edward«, seufzte sie.

»Sie würden mich zum glücklichsten Menschen machen, wenn Sie meinen Antrag annehmen und das Leben mit mir teilen würden!«

»Sind Sie sich auch sicher, dass wirklich ich es bin, die Sie zur Frau möchten?«, zögerte sie ihre Antwort hinaus, als könnte sie nicht glauben, dass seine Wahl tatsächlich auf sie gefallen war.

»Ja, Rhonda! Die Liebe, die mich für Sie erfüllt, ist frei von jeglichen Zweifeln. Nichts wünsche ich mir so sehr, wie mit Ihnen vor den Altar zu treten und Ihnen das Glück zu schenken, das Mann und Frau in einer gesegneten Ehe finden können!«

Bei seinen pathetischen Worten wäre sie am liebsten in schallendes Gelächter ausgebrochen. Wie lächerlich sich Männer doch immer wieder machten. Und sie merkten es noch nicht einmal. Edward meinte wohl, sie müsse jetzt vor Seligkeit vergehen. Nun gut, wenn das von ihr erwartet wurde, wollte sie ihn auch nicht enttäuschen.

Rhonda sah ihn mit scheinbar verklärtem Blick an und

hauchte: »Ja, Edward ... Auch ich kann mir kein größeres Glück vorstellen, als Ihre Frau zu sein.«

»O Rhonda ...! Meine geliebte Rhonda!«, stieß er überglücklich hervor. »Wollen wir unser Eheversprechen mit einem Kuss besiegeln?«

»Ja«, flüsterte sie, bot ihm ihren leicht geschürzten Mund dar, als wüsste sie nicht, wie man sich küsste, und schloss die Augen. Dann spürte sie seinen Mund, der sich zaghaft auf ihre Lippen legte. Er hatte trockene Lippen, und sie war froh, dass sein Kuss nur sehr flüchtig ausfiel. Er glaubte wohl, ihr noch nicht mehr zumuten zu dürfen.

Rhonda empfand es als einen Segen, dass ihre Mutter und Justin sich gleich darauf zu ihnen gesellten, sodass sie nicht länger mit ihm allein war. Es gab ein fröhliches Geherze und Gerede, und Justin bat den Champagner auszuschenken, den er schon hatte bereitstellen lassen, um auf ihre Verlobung anzustoßen. Auch das Personal überhäufte sie mit Glückwünschen.

Nur ihr Bruder, der wenig später von einem Ausritt zurückkehrte, konnte sich einige spöttische Bemerkungen nicht verkneifen. »Du hast dich also endlich entschlossen, das Leben einer ehrbaren Ehefrau zu führen, ja? Ich hoffe nur, du hältst das auch durch, Schwesterherz«, sagte er leise, als sie einen Augenblick allein waren.

»Spar dir deine dummen Sprüche, Stephen. Das Wort ›ehrbar‹ aus deinem Mund hat zudem einen sehr üblen Beigeschmack«, erwiderte sie spitz.

Er grinste. »Das muss wohl irgendwie in der Familie liegen, meinst du nicht auch? Du gibst bestimmt eine umwerfende Braut ab. Ob deine Hochzeitsnacht aber auch so umwerfend wird, wage ich zu bezweifeln. Dein zukünftiger Ehemann scheint mir nicht gerade ein Ausbund an Leidenschaft zu sein und du musst ja die ängstliche Unschuld mimen. Vielleicht solltest du es dir noch einmal überlegen, ob er dein Opfer auch wert ist. Aber wie ich dich kenne, wirst du schon Mittel und Wege finden, auf deine Kosten zu kommen, sollte er deinen Anforderungen nicht ganz gewachsen sein.«

»Halt deinen Mund!«, zischte sie.

Er lachte nur. »Meinen Segen hast du«, sagte er und winkte Wilbert heran, damit er sein Glas noch einmal auffüllte.

Es gab viel zu besprechen. So wurde im Familienkreis beschlossen, dass es in der Weihnachtszeit ein großartiges Fest auf DARBY PLANTATION geben würde, um ihre Verlobung auch im großen Rahmen zu feiern. Die Hochzeit sollte in Baton Rouge stattfinden, und zwar im nächsten Jahr zur Magnolienblüte.

Stephens Vorschlag, den Verlobungsball auf COTTON FIELDS zu geben, das dann doch längst wieder in ihrem Besitz sein würde, fand keine Zustimmung. Besonders Catherine sprach sich dagegen aus. Sie war jetzt Missis Darby, und sie war froh, dass sie diese zweite Ehe eingegangen und von den vielfältigen gesellschaftlichen Nachteilen der Witwenschaft befreit war. Auf COTTON FIELDS hätte sie hinter ihren Sohn ins zweite Glied zurücktreten und die Stellung der Mistress seiner zukünftigen Frau überlassen müssen, und sie kannte ihren Sohn zu gut, als dass sie an dieser Vorstellung hätte Gefallen finden können. Hier auf DARBY PLANTATION war dagegen sie die unumschränkte Mistress – und das würde sie auch bis zu ihrem Tod bleiben.

Der Tag war ausgefüllt mit lebhaften Gesprächen. Justin und Catherine waren voller guter Ratschläge und Anregungen, was sowohl die Festivitäten als auch Rhondas Übersiedlung nach Baton Rouge betraf. Stolz berichtete Edward davon, sich schon nach einem standesgemäßen Haus umgeschaut zu haben, und so verging die Zeit für alle wie im Fluge. Nur für Rhonda nicht. Es war ihr nicht anzumerken, doch sie konnte es nicht erwarten, mit Jamie zu sprechen.

Am Nachmittag, nach einem Spaziergang mit Edward, der ihr schrecklich lang wurde, ergab sich endlich eine Gelegenheit. Unter dem Vorwand, sich nach dem Befinden ihrer Stute Juliana erkundigen zu wollen, eilte sie zu den Stallungen hinüber.

Sie fand Jamie in der Sattelkammer, wo er schadhaftes Zaumzeug ausbesserte. Seine Augen wurden groß, als er sie in dem zauberhaften Seidenkleid in der Tür stehen sah. Immer wieder erschien es ihm wie ein Wunder, dass Rhonda in solch leidenschaftlicher Liebe zu ihm entbrannt war und von ihm, einem einfachen Nigger, nicht genug bekommen konnte.

»Es ist nicht gut, wenn du zu mir kommst«, sagte er, denn wenn er ihr auch so verfallen war wie sie ihm, verließ ihn doch nie die Angst, einmal ertappt zu werden. Und dann würde er hängen. »Jemand könnte Verdacht schöpfen und beginnen, uns schärfer zu beobachten!«

Rhonda lächelte ihn zärtlich an. Wie sehr sie sich danach sehnte, seinen Körper zu berühren, ihn zu küssen und zu streicheln und ihn in sich zu spüren. »Niemand wird Verdacht schöpfen, mein Liebster. Du siehst eine glückliche Braut vor dir, die Verlobte von Edward Larmont besser gesagt.«

Betroffen sah er sie an. »Du wirst heiraten?«, murmelte er, und es versetzte ihm einen schmerzhaften Stich. Eifersucht regte sich in ihm. Es war lächerlich, dass er als Sklave auf einen weißen Massa eifersüchtig war. Doch er vermochte sich nicht dagegen zu wehren.

»Ja, Edward hat vorhin um meine Hand angehalten – und ich habe seinen Heiratsantrag angenommen«, teilte sie ihm mit einem spöttischen Lächeln mit. »Er hat es sogar gewagt, mir einen Kuss zu geben. Es hat sich so angefühlt, als hätte er mir ein Stück Borke auf den Mund gedrückt. Ach, was könnte er nicht alles von dir lernen, mein Unersättlicher. Aber ich fürchte, er wird es nie auch nur halbwegs zu dieser Meisterschaft bringen, die dich auszeichnet.«

Jamie grinste schief. »Vielleicht ist es gut so, dass es damit vorbei ist. Es war zu gefährlich ... für uns beide.« Und hoffnungslos, fügte er in Gedanken bitter hinzu.

»Ach was, gar nichts ist vorbei«, sagte sie schmunzelnd. »Auch als Missis Larmont werde ich dich nicht aufgeben, Jamie. Denn ohne dich werde ich nicht nach Baton Rouge übersiedeln.«

»Aber das geht nicht!«

»Und ob das geht! Du wirst schon sehen. Ich werde es dir erzählen, wenn du heute Nacht kommst«, raunte sie ihm zu.

»Nicht heute Nacht! Mit Massa Stephen und Massa Larmont im Haus ist das zu riskant!«, wandte er erschrocken ein.

»Unsinn! Die Männer sprechen schon den ganzen Tag dem Champagner und dem Brandy zu, und nachher beim Abendessen werden sie sich beim Wein bestimmt auch nicht zurückhalten. Ich sage dir, sie werden heute Nacht so fest schlafen, dass sie nicht mal aufwachen, wenn man Kanonen neben ihnen abfeuert«, machte sich Rhonda über sie lustig. »Nein, du kommst! Wir gehen vor wie immer. Achte auf mein Zeichen.« Und ohne eine Antwort von ihm abzuwarten, raffte sie ihre Röcke und eilte aus den Stallungen.

Der Abend wurde ihr lang. Endlich hatte sie das Essen überstanden. »Es war ein so aufregender und anstrengender Tag, dass ich mich richtig ermattet fühle«, schützte sie schon bald Müdigkeit vor, wofür auch alle Verständnis hatten. Noch nicht einmal ihr Bruder schien Argwohn zu hegen, was aber möglicherweise auch daran lag, dass er dem Wein zu Tisch wieder einmal gehörig zugesprochen hatte und dasselbe nun beim Brandy wiederholte.

Edward begleitete sie hinaus und am Treppenabsatz »stahl« er sich noch einen Kuss von ihren Lippen. Seine Glückseligkeit über diesen Gunstbeweis fand sie so lächerlich, dass sie auf einmal Angst vor der Ehe mit ihm bekam. Wie sollte sie ein Leben mit solch einem Mann bloß ertragen?

Mit gerafften Röcken eilte sie die Treppe hoch, warf ihm von oben noch eine Kusshand zu und verschwand mit einem lautlosen Seufzer der Erleichterung in ihrem Zimmer. Clarice hatte im Kamin schon ein kleines Feuer entfacht, um die Abendkühle aus dem Zimmer zu vertreiben. Sie half ihr nun beim Entkleiden, und während sie ihr das Haar auskämmte, plapperte sie voller Ehrfurcht und Bewunderung über »das große Ereignis«, wie Miss Rhondas Verlobung mit Master Larmont auf DARBY PLANTATION schon bezeichnet wurde.

Rhonda ließ das Geschwätz von Clarice nicht nur geduldig über sich ergehen, sondern ermunterte sie direkt dazu und tat sogar so, als würde sie diese ins Vertrauen ziehen und gerne mit ihr über ihre intimsten Ängste und Freuden reden. Clarice kam sich spürbar wichtig und geschmeichelt vor, und als sie an diesem Abend das Zimmer ihrer jungen Herrin verließ, hätte sie, nach ihrem Verhältnis zu Rhonda gefragt, Stein und Bein geschworen, dass sie sich schon immer ausgezeichnet verstanden hätten und dass Miss Rhonda die Freundlichkeit in Person sei.

Rhonda löschte alle Lampen im Zimmer und ließ das Feuer herunterbrennen, während sie behaglich im Bett lag und die Ereignisse des Tages noch einmal vor ihrem geistigen Auge Revue passierten. Sie war sehr mit sich zufrieden. Endlich hatte sie die Lösung ihres dringendsten Problems gefunden. Jamie würde bei ihr bleiben und mit Edward würde sie keine Schwierigkeiten haben. Er mochte ja als Politiker ein tüchtiger Mann sein und eine blendende Karriere vor sich haben, wogegen sie auch nichts einzuwenden haben würde, aber von Frauen verstand er so wenig wie Jamie von lateinischer Grammatik. Wie schön, dass sie auf keinen von beiden verzichten musste, ergänzten sie sich doch aufs Wunderbarste!

Eine Weile hing sie ihren Gedanken nach und hörte dann und wann eine lachende Männerstimme von unten. Als sich nun wirklich Müdigkeit bei ihr bemerkbar machte, wehrte sie sich nicht dagegen, sondern sank bereitwillig in den Schlaf. Sie wusste aus Erfahrung, dass sie sich auf ihre biologische Uhr hundertprozentig verlassen konnte. Sie würde zwischen ein und zwei Uhr aufwachen.

Und so war es auch. Als sie erwachte und zum Kamin huschte, um einen Blick auf die Uhr zu werfen, standen die Zeiger auf zwanzig vor zwei. Sie trat zum Fenster, öffnete es und gab Jamie das vertraute Zeichen. Dann schloss sie Schlagläden und Fenster, legte etwas Reisig und drei frische Holzscheite auf die Glut und sorgte dafür, dass ihre Zimmertür einen winzigen Spalt offen stand. Seit Jamie sich dann und wann nachts zu ihr schlich, waren die Scharniere besser denn je geölt.

Voller Ungeduld wartete Rhonda, dass Jamie endlich erschien. Manchmal hatte sie den Eindruck, dass er es mit der Vorsicht doch sehr übertrieb.

Endlich bewegte sich die Tür und lautlos wie ein Schatten glitt er ins Zimmer. Vorsichtig schob er die Riegel von innen vor.

»Komm!«, flüsterte Rhonda und schlug die Decke zurück. Völlig nackt lag sie auf dem glatten, glänzenden Bettlaken. Ihr war, als brannte ihr Körper vor Verlangen.

Ohne ein Wort zog er sich aus. Der Widerschein des Feuers tanzte über seinen kräftigen, muskulösen Körper. Jamie war von Kopf bis Fuß gut gebaut.

»Komm!«, rief sie noch einmal leise.

Er kam in ihre Arme, und sie presste sich an ihn, während ihre Lippen sich zu einem leidenschaftlichen Kuss fanden. Es erregte sie ungemein, seine Männlichkeit zu spüren, die sich groß und hart gegen ihren Bauch drückte. Ihre Hände fuhren über seinen Körper, streichelten sein strammes Gesäß und liebkosten ihn zwischen den Beinen. Ihr Körper verlangte mit jeder Faser nach der verzehrenden Glut, die er in ihr zu wecken verstand. Doch zuerst wollte sie ihm die gute Nachricht mitteilen.

Sanft löste sie sich aus seiner Umarmung. »Ich habe eine wunderbare Neuigkeit für dich, mein Geliebter.«

»Ich weiß. Du wirst Massa Larmont heiraten. Das hast du mir schon am Nachmittag erzählt.«

»Ja, aber das ist nur die eine Hälfte der guten Nachricht«, sagte sie.

»Und was ist die andere?«

»Dass auch du heiraten wirst!«

Er richtete sich etwas auf. »Ich und heiraten? Ich wüsste nicht wen.«

Sie lachte. »Du wirst Clarice heiraten.«

»Diese hässliche Pute?« Er schnaubte abfällig. »Wie kommst du denn darauf?«

»Du wirst sie heiraten, weil ich es so will«, teilte sie ihm mit und fuhr mit den Fingerspitzen über sein Glied, das sich unter ihrer Berührung prompt zu regen und sich ihr entgegenzustrecken begann.

»Das kannst du nicht von mir verlangen!«, begehrte er auf. »Du weißt, ich tue alles für dich, aber das ist zu viel. Und warum auch? Wenn du weg bist, kann es dir doch egal sein, was aus mir wird.«

»Du sollst doch Clarice heiraten, weil es mir eben *nicht* egal ist, was aus dir wird, du Dummkopf, und weil ich es nicht zulassen werde, dass uns irgendjemand trennt!«, raunte sie ihm amüsiert zu. »Denn ich werde Clarice zu meiner Zofe machen, ohne die ich unmöglich nach Baton Rouge gehen kann. Und natürlich bin ich nicht so unmenschlich, dich und Clarice auseinanderzureißen, wenn du sie doch so heiß und innig liebst, Jamie. Begreifst du nun meinen Plan?«

Einen Augenblick war er sprachlos vor Verblüffung. Dann stieß er aufgeregt hervor: »Und du glaubst, das ... das könntest du wirklich schaffen?«

167

Sie lachte leise. »Ob ich das glaube? Nein, ich *weiß* es! Ich kann Edward um den kleinen Finger wickeln! Er wird mir jeden Wunsch erfüllen, und Justin wird dich und Clarice selbstverständlich mit uns gehen lassen, wenn ich so tue, als könnte ich auf sie nicht verzichten. Und was dich betrifft, so wird Edward ganz bestimmt für einen guten Stallknecht wie dich Verwendung finden, denn wir werden in Baton Rouge ein großes Haus führen, das hat er mir versprochen.«

Jamie seufzte schwer. »Aber vielleicht wäre es besser für uns beide, wenn du das nicht tust ... und wenn es dann mit uns vorbei ist. Irgendwann passiert es, dass man uns ertappt, und dann wird es für uns beide schlimm. Du weißt, was man mit mir machen wird.«

»Was redest du da?«, zischte sie ungehalten. »Niemand wird jemals irgendetwas merken! Dafür sind wir viel zu vorsichtig. Edward wird oft aus dem Haus sein, und wir werden Möglichkeiten genug haben, um so wie jetzt zusammen zu sein.«

»Manchmal habe ich ganz entsetzliche Angst und wache schweißnass auf«, gestand er.

»Du brauchst keine Angst zu haben«, versicherte sie und ließ ihre Hand über seine Brust wandern. »Wir sind ganz sicher und wir bleiben zusammen.«

»Aber was ist, wenn Clarice nicht will?«, wandte er ein.

Sie lachte belustigt. »Sie und dich nicht wollen? Mein Gott, Clarice wird vor Glück vergehen, wenn ein so stattlicher Mann wie du ihr seine Aufmerksamkeit schenkt. Ich wette, es wird ein Kinderspiel für dich sein, sie zu verführen und zu deiner Frau zu machen.«

»Na ja, allzu begehrenswert ist sie ja wirklich nicht«, gab er zu.

»Aber eines musst du mir versprechen.«

»Was denn?«

»Dass du nicht alles mit ihr machst, was wir beide miteinander tun«, flüsterte sie und beugte sich über ihn. »Nein, bleib nur liegen. Ich werde dich heute ganz besonders verwöhnen.« Ihre Lippen strichen über seine Brust, glitten über seinen Bauch und öffneten sich dann für ihn. Sie würde Jamie nicht freigeben. Niemals!

11

Und Sie wollen wirklich keine Kutsche nicht, Captain?«, vergewisserte sich Timboy noch einmal und reichte ihm den hellbraunen Umhang.

»Nein, ich brauche Bewegung, und frische Luft kann mir wahrlich nicht schaden«, sagte Matthew.

»Ist aber mächtig kühl geworden. Und wer weiß, ob wir nicht auch noch Regen bekommen«, meinte Timboy und warf einen besorgten Blick zum Fenster hinaus. »Sieht so aus, als würde sich was zusammenbrauen.«

Ein schwaches Lächeln huschte über Matthews Gesicht. »Unter ›zusammenbrauen‹ verstehe ich etwas anderes, Timboy. Auf See würden wir wegen so ein paar Regenwolken nicht einmal eine Handbreit Segel reffen. Also vergiss endlich die Kutsche. Gegen die paar Tropfen, die möglicherweise herunterkommen können, reicht das hier allemal«, sagte er und nahm seinen Hut aus weichem dunkelbraunem Filz.

Kurz darauf ging er von der River Queen an Land. Es hatte sich in den letzten Tagen erheblich abgekühlt. Ein frischer Wind wehte vom Fluss herüber, der ein wärmendes Cape schon sinnvoll machte. Der Himmel hing tief und grau über der Stadt, und einige Wolken trugen schwer und dunkel an der Last ihrer Feuchtigkeit, die jederzeit als Regen niedergehen konnte. Aber die Schlechtwetterfront würde sich nicht lange halten. Die warmen Winde vom Golf und von Texas würden wie immer die Wolken vertreiben und auch wieder strahlend blauen Himmel mit angenehmen Temperaturen bringen.

Was jedoch dunkel und schwer auf Matthews Seele lastete, vermochte kein noch so warmer freundlicher Wind aufzulösen und in alle Himmelsrichtungen zu vertreiben. Nichts konnte den scharfen Schmerz lindern, den Valeries emotionslose Worte in ihm hervorgerufen hatten. Es war wie eine tiefe, offene Wunde, in der das Wundfeuer brannte. Es war ein beständiger Schmerz, jedoch nicht stark genug, um ihm das Bewusstsein zu rauben, aber auch nicht so schwach, als dass er ihn auf Dauer hätte betäuben oder gar ignorieren können.

Und doch hatte er wider besseres Wissen fast jeden Tag versucht, diesen Schmerz auszulöschen. Dabei war es seine bevorzugte Methode gewesen, sich systematisch in Wild Turkey zu ertränken. Mit Erfolg, wie er anfänglich gemeint hatte. Denn nach dem fünften, sechsten Glas hatte der Schmerz erheblich von seiner Kraft verloren, war zu einem dumpfen Gefühl der Bitterkeit geworden, dem man mit einem weiteren halben Dutzend Drinks beikommen konnte. Danach fühlte er sich sogar ausgesprochen gut, und in diesem Zustand war er mehr als einmal zu der scheinbar befreienden Erkenntnis gelangt, dass er und Valerie eigentlich nie wirklich zusammengepasst hatten und dass es für sie beide das Beste war, so wie es sich nun ergeben hatte. Sollte Travis Kendrik doch mit ihr glücklich werden! Die Welt war voller schöner und zudem auch kluger Frauen. Er hatte es wahrlich nicht nötig, sich wegen Valerie zum Narren zu machen. Und die Frau, die es wert war, dass sich ein gestandener Mann von Format wegen ihr aus der Bahn werfen ließ und sich wie ein pubertärer Jüngling benahm, existierte überhaupt nicht. Ein Mann, der etwas auf sich hielt, hatte in erster Linie seinen Prinzipien treu zu bleiben. Und dazu gehörte, dass er seine Selbstachtung bewahrte und zu neuen Ufern aufbrach, wenn sich eine vormals verheißene Küste für ihn als untaugliches Ödland erwies.

In solchen Nächten hatte er Valerie mehr als einmal imitiert, indem er sie aus seinem Leben strich, so wie sie es mit ihm gemacht hatte. Und er hatte dann mit Hector und anderen Barkeepern großspurig darauf angestoßen, dass er sie nun ein für alle Mal aus seinem Blut hatte und sich endlich wieder auf die für einen Mann *wirklich* wichtigen Dinge des Lebens konzentrieren könne, nämlich auf seine Geschäfte.

Ja, diese Wild-Turkey-Nächte hatten ihn von der Seelenqual befreit und ihm das Gefühl gegeben, sein Leben wieder voll im Griff und die Enttäuschung mit Valerie endgültig überwunden zu haben.

Doch mit dem Morgen verflüchtigten sich nicht allein diese Wunschträume, sondern mit der körperlichen Übelkeit und den Kopfschmerzen stellten sich auch wieder die inneren Qualen ein. Um diesem grässlichen Erwachen zu entrinnen, schien es nur eine Möglichkeit zu geben: Er durfte es erst gar nicht dazu kommen lassen, dass der Alkoholpegel der Schmerzgrenze zu sehr entgegensank. Daher musste die Flasche beim Aufwachen griffbereit neben dem Bett stehen!

Fast eine Woche lang hatte er sich Tag und Nacht dem Suff hingegeben. Und wenn Lewis Gray ihn nicht zur Besinnung gebracht hätte, wäre er wohl tatsächlich zum Alkoholiker geworden.

Vor zwei Tagen war er zu ihm an Bord der River Queen gekommen. Es war am Morgen gewesen. Timboy hatte ihn hereingelassen. Als er stöhnend aus seinem Rausch erwachte, saß sein Erster Offizier neben dem Bett.

»Gray?«, krächzte er mit belegter Stimme und richtete sich mühsam auf. »Fantasiere ich oder sind Sie das wirklich?«

»Sie befinden sich auf dem besten Weg, auch bald im Wachzustand zu fantasieren«, antwortete Lewis Gray grimmig. »Aber heute haben Sie noch keine Halluzinationen, Captain. Ich bin es in der Tat.«

»Es ist ja sehr freundlich von Ihnen, dass Sie mich mal besuchen kommen, Gray«, brummte Matthew und gab sich Mühe, seinem Kopf nicht zu abrupte Bewegungen zuzumuten. Ihm war, als hätte sich sein Schädel auf die Größe eines ausgewachsenen Kürbisses ausgedehnt und stände kurz vor dem Platzen. »Aber so wichtig wird es ja wohl nicht sein, dass Sie bei mir am Bett warten. Bei aller Freundschaft, Gray, aber in meinem Schlafzimmer ist mir anderer Besuch lieber.«

Gray vermochte über diesen müden Scherz noch nicht einmal das Gesicht zu verziehen. Er wusste nur zu gut, dass der einzige Gast, der Captain Melville in seinem Schlafzimmer Gesellschaft leistete, der benebelnde Geist einer Flasche Wild Turkey war.

»Wenn der Prophet nicht zum Berg kommt, muss der Berg ja zum Propheten kommen«, sagte er, erhob sich und trat zum Fenster.

»Gray! Sind Sie verrückt geworden?«, protestierte Matthew, als sein Erster die Vorhänge zurückzog und helles Tageslicht das Halbdunkel aus dem Zimmer vertrieb. Er hielt sich eine Hand vor die Augen und wandte sich ab. Er fühlte sich hundeelend und Ärger wallte in ihm auf. »Was ist bloß in Sie gefahren, Mann?«

»Ich muss mit Ihnen sprechen, Captain, und ich bin nicht gewillt, dieses Gespräch noch länger aufzuschieben«, antwortete Gray.

»Verdammt noch mal, wenn Sie mit mir reden wollen, können Sie das ja wohl auch zu einer anderen Tageszeit tun!«, erwiderte Matthew unwirsch und suchte nach der Flasche, die an diesem Morgen nicht wie gewohnt auf dem Tisch neben seinem Bett stand. »Und auf diese grobe Art kann ich wirklich verzichten.«

»Da Sie ja schon vor dem Frühstück betrunken sind, lassen Sie mir keine andere Wahl.«

»Ihre Witze gefallen mir nicht, Gray«, knurrte Matthew. »Zum Teufel, wo hat Timboy bloß die Flasche gelassen! Ich habe ihm doch klar und deutlich gesagt, dass er sie mir hier auf den Tisch stellen soll.«

»Ich habe die Flasche weggetan.«

»Dann holen Sie die mir jetzt wieder! Ich habe einen höllisch trockenen Mund und brauche dringend einen Muntermacher. Es gibt keine bessere Medizin gegen einen Kater als ein kleiner Schluck Whiskey.«

»Sie können Ihren Whiskey haben und wieder einen Tag im Suff verbringen«, erwiderte Gray schroff. »Aber zuerst hören Sie sich an, was ich Ihnen zu sagen habe!«

Matthew sah ihn verdutzt an. »Was ist denn in Sie gefahren?«

Gray baute sich vor dem Bett auf. »Das will ich Ihnen

gerne erzählen, Captain! Mir reicht es! Ich habe Sie mehrfach darum gebeten, zur Werft zu kommen, weil es wichtige Dinge zu bereden und zu entscheiden gibt. Doch Sie sind zu keinem der Treffen erschienen ...«

»Jeder vergisst mal was«, sagte Matthew ungehalten. »Und gar so wichtige Entscheidungen, die nicht auch Sie treffen könnten, stehen doch nicht an. Und jetzt holen Sie mir endlich die verdammte Flasche!«

»Sie werden sich noch einen Augenblick gedulden müssen, Captain. Es wird nicht lange dauern, was ich Ihnen noch zu sagen habe.« Er machte eine kurze Pause. »Bisher habe ich großen Respekt und Hochachtung vor Ihnen gehabt und ich bin gern unter Ihnen als Erster gefahren. Aber ich habe nicht die Absicht, tatenlos zuzusehen, wie Sie sich zugrunde richten und zum Säufer werden!«

»Nun machen Sie mal einen Punkt, Gray!«, fuhr Matthew ärgerlich auf. »Ich habe vielleicht ein paar wilde Nächte hinter mir, was Sie überhaupt nichts angeht ...«

»Sie werden schon erlauben müssen, dass ich da anderer Meinung bin«, fiel Gray ihm ins Wort. »Ich kenne Sie lange genug, um zwischen ›ein paar wilden Nächten‹ und einem permanenten Alkoholexzess unterscheiden zu können. Seit Tagen sind Sie nicht mehr nüchtern anzutreffen. Wenn Sie so weitermachen, trinken Sie sich noch den Verstand aus dem Leib. Ich kann mir denken, was der Grund für Ihre Haltlosigkeit ist, aber mir fehlt dennoch das Verständnis. Und ich mache das nicht mit, Captain. Weder als Privatperson noch als Erster Offizier der ALABAMA!«

»Ich glaube, Sie müssen nicht ganz nüchtern sein!«, blaffte Matthew. »Sie nehmen sich in Wort und Ton eine Menge mehr heraus, als Ihnen zusteht, Gray ... sowohl als Privatperson als auch als mein Erster!«

»Denken Sie, was Sie wollen, aber ich bin nicht bereit, Erster Offizier bei einem Trinker zu sein!«, teilte Gray ihm energisch mit. »Ich möchte nicht mit ansehen müssen, wie Sie sich ruinieren, weil Sie nicht die Kraft finden, die schwere Enttäuschung wie ein Mann zu tragen.«

Fassungslos sah Matthew ihn an.

»Ich habe für heute Mittag ein Treffen mit Mister Armitage vereinbart«, unterrichtete Gray ihn mit kühler, nüchterner Sachlichkeit. »Die Arbeiten am Unterwasserschiff sind abgeschlossen. Jetzt muss entschieden werden, ob und in welchem Umfang die anderen Arbeiten in Angriff genommen werden sollen. Wir haben zwar schon einmal darüber gesprochen, doch es fehlt Ihre definitive Entscheidung. Zudem besteht Mister Armitage, wie Sie ja wissen, stets auf einer schriftlichen Auftragsbestätigung, seit er den Prozess wegen der umstrittenen Umbauten auf der MERCURY verloren hat.«

»Und was wollen Sie mir damit sagen, Gray?«, fragte Matthew heiser. Das unaufhörliche Bohren und Pochen hinter seinen Augen machte ihn fast verrückt. Er brauchte dringend einen Schluck Whiskey. Er wusste, dass es ihm dann besser gehen würde – bis zur nächsten nüchternen Phase, die von Mal zu Mal kürzer wurde.

»Wenn Sie auch heute nicht erscheinen oder aber in betrunkenem Zustand, dann bin ich nicht mehr der richtige Mann für Sie – und dann werden Sie sich nach einem neuen Ersten Offizier umsehen müssen!«

»Machen Sie sich nicht lächerlich, Gray! Sie hängen so

sehr an der ALABAMA wie ich!«, hielt Matthew ihm vor, den das Ultimatum stärker erschütterte, als er zu erkennen gab.

Ein bitteres Lächeln huschte über Grays Gesicht. »Ja, das tue ich. Und es schmerzt mich auch, dass wir dann so auseinandergehen müssen. Aber ich habe meine Prinzipien, und Sie wissen, dass ich zu meinem Wort stehe. Wenn Sie die Lösung all Ihrer Probleme im Suff zu finden meinen, kann ich Sie nicht davon abhalten. Obwohl es für mich eine armselige Flucht aus der Verantwortung ist und ich es Ihnen nie zugetraut hätte, dass Sie sich so gehenlassen würden. Aber ich will dann auch mit einem Mann, dem am Wild Turkey mehr liegt als an seinem Schiff und an seiner Mannschaft, nichts mehr zu tun haben. Ich erinnere mich daran, dass Sie früher einmal einen ähnlichen rigiden Standpunkt vertreten haben in Bezug auf Ihre Schiffsoffiziere.«

»Wenn Sie mich für einen Trinker halten, dann irren Sie sich!«, begehrte Matthew auf und schlug mit der Faust auf die Bettdecke. Im selben Augenblick wünschte er, er hätte die Stimme nicht so sehr erhoben und sich diesen wütenden Fausthieb verkniffen, denn der Schmerz in seinem Kopf trieb ihm fast die Tränen in die Augen.

»Das werden wir ja sehen«, erwiderte sein Erster knapp. Er ging in den angrenzenden Salon und kam mit der Flasche Wild Turkey zurück, nach der Matthew gesucht hatte. Er warf sie ihm aufs Bett. »Hier, Ihr Seelentröster. Also dann bis heute Mittag – oder auch nicht, Captain.« Damit ging er.

Kurz darauf hörte Timboy, der sich voller Bangen in einem der vorderen Räume der Privatquartiere von Captain Melville aufgehalten hatte, einen gellenden Schrei, gefolgt von einem lauten Knall. Das Schlimmste befürchtend, stürzte er zu ihm ins Schlafzimmer – und wäre fast in die Glasscherben der Flasche getreten, die an der Wand neben der Tür zerschellt war.

»Wenn du mir noch einmal eine Flasche Alkohol ans Bett stellst, sorge ich dafür, dass du auf die Plantage des miesesten Sklavenschinders im ganzen Süden kommst!«, drohte Matthew ihm, am ganzen Leib zitternd, grau im Gesicht und mit blutunterlaufenen Augen. »Und jetzt lass dir irgendetwas einfallen, wie ich diese wahnsinnigen Kopfschmerzen loswerde. Du weißt doch sonst immer alles besser als alle anderen! Heute Mittag muss ich einen klaren Kopf haben! Glotz mich nicht so an, als hätte ich den Verstand verloren. Beweg dich!«

Timboys vielfältigen Bemühungen, die Bettruhe, kalte Umschläge und eine Bouillon eingeschlossen, wirkten zwar keine Wunder, blieben jedoch auch nicht gänzlich ohne Erfolg. Und wenn sich seine Kopfschmerzen auch nicht völlig verflüchtigt hatten, so waren sie doch erträglich, als er gegen Mittag auf der Armitage-Werft erschien. Aber wichtiger noch als das war die Tatsache, dass er stocknüchtern war. Weder er noch Lewis Gray erwähnte ihre Auseinandersetzung vom Morgen auch nur mit einem Wort.

Matthew erinnerte sich dieser Tage, die er sich haltlos dem Whiskey hingegeben hatte, mit einem Gefühl der Scham, als er zügigen Schrittes über den Kai ging. Er war Lewis Gray dankbar, dass er ihn mit seinem Ultimatum noch früh genug zur Vernunft gebracht hatte. Alkohol hatte noch nie ein Problem gelöst, sondern es schaffte nur neue. Er würde damit leben müssen, dass er nicht nur Valeries

Liebe verloren hatte, sondern auch ihre Freundschaft. Ihn traf die Schuld und niemanden sonst, damit musste er sich ein für alle Mal abfinden. Und wenn er diese Schuld und den Schmerz überwinden wollte, musste er sein Leben wieder in die Hand nehmen. Nur so würde er dieses dunkle, bittere Kapitel zu einem Abschluss bringen, mit dem er würde leben können.

Matthew hatte sich geschworen, kein Selbstmitleid mehr zuzulassen und sich darauf zu besinnen, dass er Verantwortung besaß und dass er sich ihr zu stellen hatte. Was er brauchte, war ein Korsett von Aufgaben, von Herausforderungen, das ihn in seinem Zustand psychischer Angeschlagenheit stützte und seine ganze Kraft in Anspruch nahm. Und die größte Herausforderung, der er sich jetzt stellen konnte, war ein erneuter Versuch, die Blockade der Unionsflotte vor New Orleans zu brechen. Und aus dem Grund befand er sich an diesem frühen Mittag auch auf dem Weg ins Café Journal.

Das Lokal lag in unmittelbarer Nähe zum Hafen und zu den Markthallen auf der Decatur Street, zwischen einer großen Weinhandlung und dem lang gezogenen Gebäudekomplex eines Sklavenauktionators. Das Café Journal war kein Café im üblichen Sinne, wo die Damen nach einem Einkaufsbummel zu einem kleinen Imbiss einkehrten oder sich bei einer Tasse Tee oder Kaffee zu einem Plausch unter Freundinnen trafen. Frauen waren in den weiß gekälkten Räumen mit den niedrigen Balkendecken so gut wie nie da. Das Café Journal ähnelte mehr einem inoffiziellen Club der Baumwollmakler, Frachtagenten und Schiffseigner, die hier zusammenkamen, um über Geschäfte zu reden, Gerüchte in die Welt zu setzen und nicht zu verpassen, was andere an Geschichten in Umlauf gebracht hatten.

Sidney Cooke nahm hier an jedem Wochentag sein Mittagessen ein. Auf diese Weise verband er das Nützliche, was bei den eher bescheidenen Künsten des Kochs dem Essen zuzurechnen war, mit dem Angenehmen, nämlich dem Einfädeln und Abwickeln von Geschäften und dem Austausch von Klatsch aller Art. Von zwölf bis drei konnte man ihn dort an seinem Stammtisch antreffen, der so günstig platziert war, dass er zwar weit genug von Theke und Eingang entfernt war, um nicht unmittelbar der Unruhe der Kommenden und Gehenden ausgesetzt zu sein, aber auch doch noch so zentral, dass er alles im Blick hatte.

Als Matthew das Lokal betrat, saß ein junger Mann am Tisch des schwergewichtigen Frachtagenten. Sidney Cooke sah ihn sofort und winkte ihn zu sich heran.

»Kommen Sie, leisten Sie mir Gesellschaft, Captain!«, forderte er ihn auf.

»Das war auch meine Absicht. Aber ich möchte Ihre Unterhaltung nicht stören. So eilig ist es mir nicht«, sagte Matthew mit der gebotenen Höflichkeit.

»Ach was! Setzen Sie sich nur! Mister Farstow wollte sich sowieso gerade verabschieden, nicht wahr?« Er lächelte den jungen Mann jovial an, was seinen Worten aber nichts von ihrer klaren Aufforderung nahm, nämlich sich zu erheben und gefälligst zu gehen. »Ich werde über Ihr Anliegen nachdenken, Mister Farstow, und mich zu gegebener Zeit bei Ihnen melden.«

»Das ist sehr freundlich von Ihnen, Mister Cooke. Ich bin Ihnen sehr zu Dank verbunden«, sagte der junge Mann mit hochrotem Kopf und beeilte sich, den Stuhl zu räumen.

»Dazu wirst du wohl keine Veranlassung haben, junger Freund«, brummte Sidney Cooke so leise vor sich hin, dass Farstow es nicht hören konnte. Und auf Matthews fragenden Blick hin sagte er mit einem Seufzen: »Die jungen Leute glauben heutzutage, sie könnten harte Arbeit durch großspuriges Gerede und ein paar vage Ideen ersetzen. Es ist haarsträubend, was man sich mitunter anhören muss.«

»Es gibt wohl in jeder Generation immer solche und solche«, meinte Matthew, hing Cape und Hut an einem Garderobenständer auf und setzte sich.

»Anzunehmen«, räumte Sidney Cooke ein. »Aber ich denke, wir beide haben Interessanteres zu bereden als die zweifelhaften Ideale der jungen Generation.«

Matthew nickte. »Davon gehe ich aus, ja.«

»Ich hatte gehofft, schon eher von Ihnen zu hören, Captain Melville.«

»Ich war mir leider über vieles nicht schlüssig und habe eine recht ... nun ja, anstrengende und zugleich unangenehme Woche hinter mir.«

»Sie machen auch einen sehr mitgenommenen Eindruck, Captain, wenn Sie mir diese Bemerkung erlauben«, sagte der Frachtagent, dem die Schatten unter den Augen seines Gegenübers und die scharfen Linien seines Gesichts nicht verborgen geblieben waren. »Sie scheinen mir in letzter Zeit wenig Schlaf bekommen zu haben.«

Matthew verzog das Gesicht zu einer spöttischen Miene. »Sie hätten mich mal vor zwei Tagen sehen sollen, Mister Cooke. Dagegen schaue ich heute wie das blühende Leben

181

aus«, machte er sich über sich selbst lustig, und dass er dazu wieder in der Lage war, wertete er als einen weiteren Beweis, dass er wieder Tritt gefasst hatte. »Aber lassen wir das. Kommen wir zum Geschäft.«

»Mit dem allergrößten Vergnügen!«, sagte Sidney Cooke erfreut. »Ich darf Ihren Worten also entnehmen, dass mein Angebot bei Ihnen auf Interesse gestoßen ist.«

»Eigentlich hatte ich ja nicht die Absicht, schon so schnell eine neue Fahrt zu unternehmen«, erklärte er. »Sie kennen das Risiko, das wir Blockadebrecher jedes Mal eingehen. Und ich hatte meiner Mannschaft eine längere Liegezeit in New Orleans versprochen ...«

»Einem möglichen Protest Ihrer Mannschaft kann man gewiss mit einem substantiellen Bonus auf die Heuer erfolgreich entgegenwirken«, warf Sidney Cooke ein.

»Das sehe ich auch so. Doch können Sie mir auch mit einem Vorschlag dienen, aus welcher Kasse dieser substantielle Bonus gezahlt werden soll?«, fragte Matthew hintersinnig.

Ein amüsiertes Lächeln erschien auf dem runden, fleischigen Gesicht des Frachtagenten. »Mir drängt sich der Eindruck auf, als befänden wir uns schon in sehr konkreten finanziellen Verhandlungen. Oder sollte ich mich da getäuscht haben?«

»Nein, Ihr Eindruck trügt Sie nicht, Mister Cooke«, bestätigte Matthew. »Die Arbeiten am Rumpf sind abgeschlossen und in zwei Tagen sind die Männer auch mit der Teilerneuerung des Riggs fertig. Theoretisch könnte die ALABAMA dann neue Fracht übernehmen.«

»Also gut, lassen Sie uns darüber reden, bei welchen Konditionen wir beide handelseinig werden können«, schlug Sidney Cooke vor.

Was ihre Geschäftstüchtigkeit und ihr Verhandlungsgeschick betraf, so waren sich die beiden Männer ebenbürtig. Ihr zähes Feilschen um Frachtrate und Bonusbeteiligung zog sich über eine geschlagene Stunde hin. Sie wären schon viel eher zu einem für beide Seiten zufriedenstellenden Abschluss gekommen, wenn es Sidney Cooke nicht darum gegangen wäre, die ALABAMA nicht nur für diese eine Fahrt unter Kontrakt zu nehmen, sondern gleich längerfristig an sich zu binden.

Matthew schenkte ihm nichts. Er wusste viel zu gut, welchen Trumpf er mit seinem schnellen Baltimoreclipper, der sich unter den Blockadebrechern schon einen legendären Ruf ersegelt hatte, in der Hand hielt. Letztlich einigten sie sich auf einen Kontrakt über drei Fahrten. Sidney Cooke übernahm den Bonus für die Mannschaft der ALABAMA, erhielt dafür aber eine Option auf die nächsten drei Fahrten und das Recht, über die Angebote anderer Frachtagenten unterrichtet zu werden und die Möglichkeit zu erhalten, diese zu überbieten.

Als sie ihre Vereinbarungen, die sie am nächsten Tag noch schriftlich niederlegen wollten, per Handschlag besiegelten, hatten sie beide Grund, mit dem Ergebnis ihrer Verhandlungen zufrieden zu sein. Sidney Cooke hatte mit diesem Abschluss James Marlowe endlich aus seinem Nacken, während Matthew sich selbst dem Zwang ausgesetzt hatte, während der nächsten Monate auf See zu sein. Die Gefahren, die ihn und die ALABAMA erwarteten, würden ihn voll in Anspruch nehmen und ihm alles an Können abverlangen,

183

und das war gut für ihn. Er konnte es schon jetzt nicht erwarten, an Bord zu gehen, die Anker zu lichten und nichts
als die weite See vor Augen zu haben. Seit der Süden sich
von der Union abgespalten hatte und der Bruderkrieg ausgebrochen war, bedrückte ihn die geistige Enge und süd-
staatliche Borniertheit dieser Stadt, der einstmals seine große
Liebe gegolten hatte.

Seine große Liebe!

Matthew musste plötzlich über sich selbst lächeln, auch
wenn es ein gequältes Lächeln war. Es wurde wirklich Zeit, dass
er sich wieder den scharfen Wind um die Ohren wehen ließ, in
mehr als nur seemännischer Beziehung, befand er sich doch
auf dem besten und damit fatalen Weg, die Larmoyanz eines
verschmähten und verbitterten Liebhabers zu entwickeln.

12

Ein leichter Nieselregen legte seinen ungemütlich feuchten Schleier über die Stadt und nahm allen Konturen die Schärfe, als Matthew das CAFÉ JOURNAL verließ. Einen Moment lang stand er unschlüssig auf dem Gehsteig und überlegte, ob er nicht doch besser eine Mietdroschke anhalten sollte, damit sie ihn trockenen Fußes zur RIVER QUEEN zurückbrachte. Andererseits hatte er keine Eile. Nichts und niemand erwartete ihn. Die Unterhaltung der beiden elegant gekleideten Männer, die zu seiner Rechten unter dem Vordach standen, nahm er nur mit dem Unterbewusstsein wahr.

Bis der Name COTTON FIELDS fiel.

Matthew stutzte und wandte ihnen nun seine Aufmerksamkeit zu. Ihr Interesse galt offensichtlich einem großen braunen Plakat, das in mehrfacher Ausführung die Hauswand des Sklavenauktionators zu beiden Seiten des Eingangs überzog.

»... ist der Anfang vom Ende«, sagte der jüngere der beiden Männer mit hörbarer Genugtuung. »Lange genug hat es ja auch gedauert, diesem Niggerbankert klarzumachen, wo sein Platz ist.«

»Ich denke, du bist ein bisschen vorschnell, Julien. Noch gehört dieser Valerie die Plantage«, wandte sein älterer Begleiter ein. »Es steht ja nicht COTTON FIELDS zur Auktion, sondern nur die Sklaven kommen unter den Hammer.«

Der andere lachte abfällig. »Das ist doch ein und dasselbe, William. Was willst du denn mit einer Plantage ohne Sklaven anfangen? Es heißt, ihr steht das Wasser bis zum Hals. Die Burschen, die über COTTON FIELDS hergefallen sind und sie mal richtig in die Zange genommen haben, haben ganze Arbeit geleistet. Muss ein hübsches Feuerchen gewesen sein, das da gewütet und die ganze Ernte vernichtet hat. Auf jeden Fall weiß sie jetzt nicht, wie sie ihre Schulden zahlen soll.«

»Ja, das habe ich auch gehört.«

»Mortimer hat mir erzählt, die Duvalls hätten diesem Engländer die Wechsel abgekauft und dass sich die Summe auf über sechzigtausend Dollar beläuft. Jetzt werden die Wechsel bald fällig. Deshalb auch die Auktion. Aber das wird sie nicht retten. Denn keiner wird es wagen, gegen die Duvalls zu bieten.«

»Du hast recht«, hörte Matthew den Mann namens William sagen. »Was eigentlich schade ist, hätte man doch so billig zu ein paar guten Niggern kommen können.«

»Da werden am Auktionstag eine Menge Leute auf COTTON FIELDS zusammenkommen, aber ich gehe jede Wette ein, dass keiner außer den Duvalls bieten wird«, sagte Julien hämisch. »Und das ist dann ihr Ende. Die Plantage kommt zur Zwangsversteigerung – und auch da wird es nur einen einzigen Bieter geben. Ich sage dir, dieses Niggermädchen ist erledigt, was ja auch allerhöchste Zeit wurde.«

William nickte zustimmend. »Du sagst es. Dennoch werde ich rausfahren und mir die Sklavenauktion ansehen.«

Julien lachte. »Du wirst nicht der Einzige sein, der sich das Schauspiel nicht wird entgehen lassen. Ich bin natürlich auch mit von der Partie, und Mortimer ... ah, da kommt Jacob ja endlich!« Eine Kutsche hielt am Bordstein und die beiden Männer stiegen ein und fuhren davon.

Matthew hatte seine Wut über den verächtlichen Ton, in dem die beiden Männer über Valerie gesprochen hatten, nur mühsam unter Kontrolle halten können. Am liebsten hätte er ihnen das hämische Grinsen aus den Gesichtern geschlagen. Doch er hatte sich beherrscht, weil es keinen Sinn hatte, sich mit ihnen anzulegen.

Nun trat er vor das Plakat. Es verkündete in großen Lettern auf COTTON FIELDS die Versteigerung von einer großen Anzahl von Sklaven. Eine genaue Zahl wurde nicht genannt. Die zum Verkauf stehenden Sklaven wurden jedoch als erstklassig, preisgünstig und bestens auf dem Feld und in Werkstätten eingearbeitet angepriesen.

Matthew verzichtete darauf, eine Kutsche zu nehmen. Er bemerkte den beständigen Regen kaum, als er ohne rechtes Ziel durch die Straßen der Stadt ging. Die Ankündigung auf dem Plakat und das Gespräch der beiden Männer, das er mit angehört hatte, hatten ihn erschüttert. Valerie versuchte, den drohenden Bankrott abzuwenden, indem sie ihre Sklaven zur Versteigerung anbot! Es fiel ihm schwer zu glauben, dass Valerie zu so einer Handlung fähig war, hatte sie doch am eigenen Leib die grausame Erfahrung gemacht, was es hieß, wie ein Stück Vieh behandelt und auf den Auktionsblock gestellt zu werden. Wollte sie es wirklich zulassen, dass Ehepaare und Familien auseinandergerissen wurden, damit sie die Wechsel einlösen konnte? Hatte sie sich derart verändert, dass sie zu so einer rücksichtslosen Maßnahme fähig war, um COTTON FIELDS nicht zu verlieren? Je länger Matthew darüber grübelte, desto unwahrscheinlicher erschien es ihm. Valerie mochte in der Art, wie sie ihn aus ihrem Leben gestrichen und ihm jede Möglichkeit der Verteidigung verwehrt hatte, grausam gewesen sein. Doch diese Grausamkeit, die er sehr wohl als Selbstschutz erkannte, war mit der Unbarmherzigkeit und Gefühllosigkeit dieser Versteigerung nicht zu vergleichen.

Er kam zu dem Schluss, dass einzig und allein Travis Kendrik hinter dieser Auktion stecken konnte. Dass der Anwalt eine Generalvollmacht von Valerie besaß, wusste er. Vermutlich stand sie noch ganz unter dem Schock jener fürchterlichen Nacht und ließ ihm völlig freie Hand. Und dass Travis Kendrik nicht die geringsten Skrupel kannte, die Sklaven zu verkaufen, überraschte ihn nicht. Einen arroganteren, kaltschnäuzigeren Burschen als ihn hatte er noch nicht kennengelernt. Ihm traute er die Sache zu.

Matthew spürte, dass ihm seine Wut auf den Anwalt die Objektivität zu rauben drohte. Denn, wenn er ehrlich war und es recht betrachtete, konnte er ihn kaum dafür verurteilen, dass er sich zu dieser Auktion entschlossen hatte. Er hätte an seiner Stelle vermutlich nicht viel anders gehandelt. Welche anderen Möglichkeiten hatte er denn, um COTTON FIELDS zu erhalten? Sechzigtausend Dollar waren eine enorme Summe, die der Anwalt ganz ohne Frage weder aus eigener Tasche noch durch Kreditaufnahme aufbringen konnte. So gesehen stellte die Versteigerung der Sklaven natürlich das kleinere Übel dar, wenn es einem darum ging, die Plantage vor dem Verkauf zu bewahren.

Der Regen nahm an Heftigkeit zu, und Matthew kehrte in eine Taverne ein, um sich mit einem heißen Rumpunsch aufzuwärmen. Seine Gedanken kamen von Valerie, COTTON FIELDS und der Auktion nicht los. Es half nichts, sich zu sagen, dass es ihn nicht berührt hatte. Für Valerie existierte er nicht mehr. Aber das änderte nichts an dem, was er für sie empfand. Irgendwann würde er gewiss darüber hinwegkommen. Aber dieser Tag lag noch in weiter Ferne.

Immer wieder ging ihm durch den Kopf, was die beiden Männer gesagt hatten. Nämlich dass niemand es wagen würde, gegen die Duvalls ein Gebot abzugeben. Die Solidarität der örtlichen Pflanzer schloss ein solches Verhalten aus. Wichtiger als ein preiswert ersteigerter Sklave war ihnen allen der Ruin von Valerie. Solange sie Mistress von COTTON FIELDS war, war sie ihnen ein Dorn im Fleisch und der lebende Gegenbeweis für ihre absurde Sklavenhalterthese, Schwarze wären schon von Gott als Geschöpfe zweiter Klasse erschaffen und allein dazu bestimmt, den Weißen zu dienen.

Dass er Valerie helfen musste, dass COTTON FIELDS nicht zur Zwangsversteigerung kam, stand für Matthew außer Frage. Er wusste, was diese Plantage für sie bedeutete. Nach all den Opfern und Qualen, die sie ihretwegen hatte erdulden müssen, konnte sie jetzt nicht aufgeben. Sie durfte einfach nicht. Sogar er, der ihr mehr als einmal geraten hatte, die Plantage doch bloß an Stephen und Catherine Duvall zu verkaufen und sich damit von all den Sorgen und Gefahren zu befreien, die dieser Besitz mit sich brachte, sogar er vertrat jetzt die Meinung, dass COTTON FIELDS unter keinen Umständen zur Zwangsversteigerung kommen durfte. Dann war alles so entsetzlich sinnlos gewesen. Und die Vorstellung, dass Stephen und Catherine Duvall mit ihren Verbrechen nicht nur ungestraft davongekommen waren, sondern sich auch noch in den Besitz der Plantage gebracht hatten, war ihm unerträglich.

Doch es gab noch einen Grund, weshalb er nicht tatenlos zusehen würde, wie man Valerie restlos vernichtete: Er hatte eine Schuld abzutragen. Er mochte es drehen und wenden, wie er wollte, was in WILLOW GROVE geschehen war, lastete auf seinem Gewissen. Dass Madeleine ihm keine andere Wahl gelassen hatte, tat nichts zur Sache.

Aber wie konnte er Valerie überhaupt helfen, wenn er doch wusste, dass weder sie noch der Anwalt auch nur einen Cent von ihm annehmen würde? Und dass er die Sklaven ersteigerte, stand genauso außerhalb jeder Debatte.

Matthew hockte noch in der Taverne, als die Dämmerung schon einsetzte. Getrunken hatte er jedoch kaum etwas. Seine Gedanken bewegten sich im Kreis. Ihm wollte einfach keine Lösung des Problems einfallen.

Auf einmal drängte sich Madeleine wieder in seine Überlegungen, und augenblicklich formte sich in ihm eine Idee, wie er Valerie davor bewahren konnte, COTTON FIELDS zu verlieren. Madeleine stand in seiner Schuld! Und jetzt war es an der Zeit, diese Schuld einzutreiben!

Matthew zahlte seine bescheidene Zeche, eilte aus der Taverne und hielt die nächste freie Mietdroschke an. Er gab dem Kutscher Madeleine Harcourts Adresse in der Chartres Street an und ließ sich auf die abgewetzten Polster fallen, die schon feucht waren von der regennassen Kleidung anderer Fahrgäste.

Wenig später hielt die Kutsche vor dem ansehnlichen Haus mit den beiden hervorspringenden Erkerzimmern im

Obergeschoss und einer überdachten Veranda, die neben der Eingangstür ansetzte und sich über die gesamte Länge der dem Garten zugewandten Hinterfront erstreckte. Madeleine, die ihren Mann vor Jahren durch ein Duell verloren hatte, war als einziges Kind des ebenso berühmten wie berüchtigten Richters Charles Harcourt schon von Haus aus vermögend. Der Tod ihres Mannes, der sie wenig getroffen hatte, hatte sie zudem auch nicht gerade ärmer gemacht, ganz im Gegenteil.

Matthew entlohnte den Kutscher, eilte im strömenden Regen durch den Vorgarten und hoffte inständig, dass er Madeleine auch zu Hause antraf.

Ihm öffnete ein ältliches Dienstmädchen, eine hagere, hochgewachsene Schwarze, die auf den recht zutreffenden Namen Philippa hörte.

»Captain Melville?« Ihre Stimme drückte genauso viel Verwunderung wie Missbilligung aus.

»Ich muss Madeleine sprechen!«

»Ich glaube nicht, dass der Zeitpunkt Ihres Besuchs sehr glücklich gewählt ist, Captain. Die Herrin hat sich schon zurückgezogen und ...«

»Ich bin nicht gekommen, um ihr einen Höflichkeitsbesuch abzustatten!«, fiel Matthew ihr barsch ins Wort. »Ich habe eine wichtige Angelegenheit mit ihr zu bereden, die keinen Aufschub verträgt. Sag ihr, dass ich hier bin und sie sprechen muss. Oder triffst du schon die Entscheidungen für deine Herrin?«

Philippa machte ein Gesicht, als hätte sie in eine Zitrone gebissen, ließ ihn jedoch herein und nahm ihm Hut und Umhang ab, von denen das Regenwasser auf das Parkett der Diele tropfte. Matthew begab sich in den Salon, während Madeleines schwarzer Hausdrachen nach oben hastete, um sie von seinem unangemeldeten Kommen zu unterrichten.

Matthew sah dem Wiedersehen mit Madeleine mit äußerst gemischten Gefühlen entgegen. Ihm wäre es lieber gewesen, er hätte ihr weiterhin aus dem Weg gehen können. Doch er hatte leider keine andere Wahl.

Es dauerte nicht lange, da hörte er Schritte. Und dann trat Madeleine zu ihm in den Salon, der aprikosenfarben und lindgrün gehalten war. Sie war eine bildhübsche Frau mit einer fast schon üppigen Figur und ihre schwarze Haarpracht erinnerte ihn jedesmal an Valerie. Sie trug ein Kleid aus malvenfarbenem Taft, das von der besten Schneiderin der Stadt stammte und ihre körperlichen Vorzüge raffiniert zur Geltung brachte.

»Matthew ...! Mein Gott, du bist es wirklich!«, rief sie mit freudiger Überraschung. »Ich wollte es nicht glauben, als Philippa mir sagte, du wärst gekommen. Ich hätte nicht geglaubt, dass ...« Sie stockte und fuhr dann mit einem leicht verlegenen Lächeln fort: »Nun ja, dass dich deine Wege doch noch einmal zu mir führen würden. Ich glaube, du verstehst, wie ich das meine.«

»Ich verstehe dich nur zu gut, Madeleine«, antwortete er reserviert.

»Es war wirklich nicht sehr schön, wie wir uns damals getrennt haben«, bedauerte sie. »Es hat mich schon sehr betroffen gemacht und mich geschmerzt, dass es so gekommen ist. Du weißt, dass ich nichts damit zu tun habe. Es war Duncan, der uns verraten hat.«

Die Erinnerungen, die ihn bei ihrem Anblick und ihren Worten befielen, schnürten ihm fast die Kehle zu. »Das mag sein. Aber die Schuld trifft nicht ihn allein. Wenn du nicht an meine Ehre appelliert und darauf bestanden hättest, dass ich zu meinem Versprechen stehe, das du mir abgepresst hattest, hätte es nichts gegeben, was er hätte verraten können!«, warf er ihr unversöhnlich vor.

»Bist du gekommen, um mir das zu sagen?«, fragte sie ungehalten. »Darf ich dich daran erinnern, dass ich dir nie etwas vorgemacht habe? Und dass ich es gewesen bin, die dafür gesorgt hat, dass deine Valerie nicht wegen versuchten Mordes zum Tode verurteilt wurde? Waren die drei Tage mit dir, die ich dafür verlangt habe, ein zu hoher Preis? Würdest du heute anders entscheiden?«

Matthew starrte sie einen Augenblick mit düsterer Miene an. »Nein! Ich würde es wieder tun, wenn du mir keine andere Wahl lassen würdest. Doch heute würde ich nachdrücklicher als damals versuchen, dich von diesem Wahnwitz abzubringen, mich durch eine leidenschaftliche Affäre mit dir von meiner Liebe zu Valerie kurieren zu wollen!«

Ihr voller Mund verzog sich zu einem traurigen Lächeln. »Heute würde ich dich um dieses Versprechen nicht einmal mehr bitten, Matthew. Es war dumm, dass ich geglaubt habe, dich diese andere Frau vergessen machen zu können. Ich war fest davon überzeugt, dass es mir gelingen würde. Hinterher ist man immer um einiges klüger. Aber damals ...« Sie machte eine vage Handbewegung, begleitet von einem bedauernden Seufzer, und fragte dann zögernd: »Hast du dich mittlerweile wieder mit ihr versöhnt?«

Sein Gesicht war steinern. »Nein. Sie hat mir keine Gelegenheit gegeben, ihr alles zu erklären. Es hätte wohl auch nichts genutzt, denn ich hätte dir mein Wort erst gar nicht geben dürfen.«

Bestürzt und schuldbewusst wich sie seinem Blick schnell aus. »Niemand hätte etwas erfahren! Und niemand konnte damit rechnen, dass so etwas eintreten würde. Ich hatte alle nur erdenklichen Vorsichtsmaßnahmen getroffen!«, verteidigte sie sich.

»Wie umsichtig du gewesen bist, haben wir ja gesehen«, sagte er mit bitterem Sarkasmus.

Unmut kräuselte ihre Stirn. »Warum reden wir überhaupt über Dinge, die keiner von uns mehr rückgängig machen kann? Es tut mir leid, was geschehen ist, und was Duncan angerichtet hat. Aber ich kann es nicht ändern. Also, warum bist du gekommen, Matthew?«

»Weil ich deine Hilfe brauche und weil du mir etwas schuldest!«, antwortete er hart.

Ihr Blick zeigte Überraschung und Wachsamkeit. »Willst du mir dein Anliegen im Stehen erklären, oder ist es vielleicht auch möglich, die Angelegenheit im Sitzen zu besprechen?«

»Mir ist beides recht«, brummte er.

»Wunderbar. Dann ziehe ich es vor, mir deine Erklärungen in etwas bequemerer Position anzuhören«, spottete sie und nahm auf der Couch Platz.

Matthew setzte sich in einen der samtbezogenen Sessel. »Es handelt sich um Cotton Fields«, begann er und berichtete ihr knapp und mit erzwungen sachlichem Ton, was Valerie widerfahren war und welche Konsequenzen ein

Misserfolg der Sklavenauktion nach sich ziehen würde. Er schloss seinen Bericht mit den Worten: »Es wird zu keinen Kaufgeboten kommen, dafür werden die beiden schon gesorgt haben. Damit wird Valerie zahlungsunfähig und kann die Wechsel nicht einlösen. Catherine Duvall und ihr Sohn werden eine Zwangsvollstreckung beantragen, und wenn die Plantage dann zur Versteigerung ansteht, wird ihnen COTTON FIELDS für lumpige sechzigtausend Dollar in den Schoß fallen. Aber das werde ich verhindern – sofern du mir dabei hilfst!«

Bei der Erwähnung, dass man Valerie bis aufs Blut ausgepeitscht und anschließend geteert und gefedert hatte, war Madeleine blass geworden. »Wie hast du dir das vorgestellt und was genau soll ich tun?«, wollte sie nun wissen.

»Ich kann die sechzigtausend Dollar aufbringen. Die ALABAMA und die RIVER QUEEN werfen gute Gewinne ab. Ich habe zwar so viel Geld bar auch nicht zur Verfügung, aber es wird mir ein Leichtes sein, den Raddampfer zu beleihen, um auf diese Summe zu kommen.«

»Du bist bereit, sechzigtausend Dollar für sie zu opfern, obwohl sie nichts mehr von dir wissen will und im Haus dieses Anwalts lebt?«, fragte sie verständnislos.

»Ich betrachte es nicht als ein Opfer«, widersprach er, gereizt, dass sie nicht verstand, was in ihm vorging. »Ich tue es, weil sie meine Hilfe braucht ... und weil ich sie liebe! Und ich tue es, weil ich es ihr schuldig bin, verdammt noch mal!«

Sie hob einlenkend die Hand. »Schon gut. Entschuldige, dass ich gefragt habe. Ich bin solche edlen Gefühle einfach nicht gewohnt«, sagte sie grimmig und kam dann zum

Thema zurück. »Aber wenn du das Geld hast, wozu brauchst du dann noch meine Hilfe?«

»Weil sie es von mir nicht nehmen wird – und Travis Kendrik schon gar nicht. Deshalb kann ich auch nicht an der Versteigerung teilnehmen und bieten. Er würde von mir kein Gebot annehmen.«

Ihr dämmerte langsam, was er von ihr erwartete. »Also soll ich das für dich übernehmen, ja?«

Er schüttelte den Kopf. »Nein, zumindest wäre es mir lieber, du würdest dort ebenso wenig in Erscheinung treten und stattdessen jemanden finden, der das für uns übernehmen kann. Am besten wäre ein Pflanzer, der für die Sklaven auch wirklich Verwendung hat und der dafür bekannt ist, dass er seine Schwarzen anständig behandelt. Ich weiß natürlich, dass kein Plantagenbesitzer aus der näheren Umgebung dazu zu bewegen sein wird, gegen die früheren Besitzer von COTTON FIELDS zu bieten ...«

Sie nickte.

»Aber ich weiß, dass du einen sehr ausgedehnten Freundeskreis hast, zu dem doch auch viele Pflanzer gehören, die nicht in dieser Gegend ansässig sind. Außerdem ist dein Vater ein Mann mit einem enormen Einfluss und vielfältigen Beziehungen«, sagte Matthew und spielte dezent darauf an, dass ihr Vater eine Persönlichkeit war, die in ihrer schillernden Ausprägung ihresgleichen suchte.

So besaß Richter Charles Harcourt nicht nur eine sehr schnörkellose Auffassung von Recht und Gerechtigkeit, die ihm den respektvollen Spitznamen »Mississippi-Moses« eingetragen hatte, weil ihm als Gesetzestext die Zehn Geboten bei einem Prozess eigentlich völlig ausreichten, sondern er verstand es auch, sehr einträgliche Geschäfte mit seiner Stellung und Moral zu vereinen. Er sah nichts Verwerfliches darin, eine ganze Reihe von Lokalen und Freudenhäusern zu besitzen, solange sie anständig geführt wurden und der Gast einen entsprechenden Gegenwert für sein Geld erhielt. Das Gebot »Du sollst nicht ehebrechen!« sah er davon nicht im Mindesten berührt, erlaubte er sich doch die großzügige Auslegung, dass ein verheirateter Mann schlechterdings mit einem Freudenmädchen, das er für rein körperliche Liebesdienste von kurzer Dauer bezahle, keinen Ehebruch begehen könne. Er vertrat vielmehr die Auffassung, dass ein gut geführtes Freudenhaus ein Dienst an der Gesellschaft sei und nur dazu verhelfe, Ehebruch zu verhüten. Er war überhaupt ein Mann von recht eigenwilligen Ansichten. Er schwamm nicht angepasst mit dem Strom, sondern konnte es sich erlauben, gelegentlich Positionen zu beziehen, die einem anderen beruflich oder geschäftlich das Genick gebrochen hätten. Und daher war er so wichtig für Matthew.

Ein verstecktes Lächeln glitt kurz über ihr Gesicht. »Und wie stellst du dir das vor, dass ich meinen Vater für deinen Plan gewinnen soll?«

Er zuckte die Achseln. »Dir wird bestimmt etwas einfallen. An Fantasie hat es dir doch noch nie gemangelt.«

»Was du nicht sagst«, gab sie etwas spitz zurück.

»Er hat doch schon einmal zu Valeries Gunsten eingegriffen und bewiesen, wie sehr ihm diese Willkür und Gewalt, mit der Stephen und seine Mutter Valerie verfolgen, verhasst ist. Ich kann mir deshalb nicht vorstellen, dass es ihn kaltlässt, wenn er von dir erfährt, was sie mit ihr gemacht haben

197

und wie abgekartet das Spiel ist, mit dem sie ihren Ruin erzwingen wollen!«, sagte er eindringlich.

»Du hast schon recht, es wird ihn bestimmt nicht kaltlassen«, räumte sie nachdenklich ein. »Ich glaube, dass ich ihn dafür gewinnen kann, ihr zumindest eine faire Chance bei der Auktion zu gewährleisten.«

»Dafür wäre ich dir sehr dankbar«, sagte Matthew ernst.

Sie verzog das Gesicht. »Gut, ich will tun, was in meiner Macht steht. Aber viel ist das nicht. Ich kenne zwar genügend Plantagenbesitzer in Lafayette, Hammond, Bogalusa, Baton Rouge und den Fluss noch weiter hinauf. Aber ich kann dir nicht garantieren, dass ich jemanden finden werde, der mir den Gefallen tun wird, hier zu bieten.«

»Er soll es ja nicht umsonst machen, Madeleine! Er erhält dafür Sklaven im Wert von sechzigtausend Dollar. Geschenkt! Das sollte doch Anlass genug sein, es sich zu überlegen, ob man so ein Angebot ablehnt.«

»Dennoch.«

»Aber du wirst es versuchen, ja?«

Sie nickte. »Ja, ich verspreche es dir.«

»Danke.« Seine Stimme war belegt und er räusperte sich.

»Ich brauche übrigens nicht einen, sondern zwei Leute, nämlich diesen Pflanzer, der mit meinem Geld die Sklaven ersteigert und dem ich sie dann auch guten Gewissens überlassen kann, sowie einen zweiten Mitbieter.«

»Wozu denn das?«, wollte sie verwundert wissen.

»Damit er den Preis hochtreibt. Sonst bekommt unser Aufkäufer ja jeden Sklaven schon beim Mindestgebot zugeschlagen, und das würde bedeuten, dass Cotton Fields hundert oder mehr seiner besten Arbeitskräfte verlieren würde. Dann wäre die Plantage kaum noch zu bewirtschaften, denn du weißt doch selbst, dass auf einen kräftigen Feldsklaven im besten Alter mindestens zwei Kinder, Alte oder Kranke kommen.«

»Was diesen zweiten Bieter angeht, so sehe ich da die geringsten Schwierigkeiten. Wie viele Tage bleiben uns denn überhaupt bis zur Auktion?«

»Sechs.«

Madeleine stöhnte auf. »Mein Gott, das gibt mir wahrlich nicht viel Zeit!«

»Du kannst deinen Freunden telegrafieren und dafür sorgen, dass ihnen die Nachricht per Kurier zugestellt wird. Ich komme für alle Kosten auf. Es könnte natürlich nicht schaden, wenn sich dein Vater mit dir dafür einsetzt und die Telegramme mit unterschreibt.«

Sie verzog das Gesicht. »Keine Sorge, daran hätte ich auch gedacht. Ich glaube, ich werde dann jetzt noch zu ihm fahren müssen, damit wir die Telegramme gleich morgen aufgeben können – sofern ich ihn dafür gewinnen kann«, schränkte sie sogleich ein, um keine falschen Hoffnungen bei ihm zu wecken.

Matthew erhob sich. »Ich weiß, du wirst nichts unversucht lassen, und ich danke dir schon jetzt dafür«, sagte er sehr steif und förmlich.

»Ich würde es für keinen anderen tun«, erklärte sie mit einem erwartungsvollen Unterton, und als er darauf nichts erwiderte, wagte sie die Frage: »Werden wir uns wiedersehen, Matthew?«

»Nein!«, kam seine Antwort schroff und endgültig.

Sie lächelte verlegen. »Es war dumm von mir, dich das zu

199

fragen. Du wirst von mir hören, was ich erreicht habe. Es tut mir wirklich schrecklich leid, dass es so gekommen ist.«

»Das ist wohl das Einzige, was wir noch gemeinsam haben«, erwiderte Matthew mit ausdruckslosem Gesicht und ging. Trotz des noch immer strömenden Regens machte er sich zu Fuß auf den Rückweg zum Raddampfer. Die Zukunft von COTTON FIELDS hing jetzt einzig und allein davon ab, ob Madeleines Bemühungen Erfolg beschieden war oder nicht. Wie absurd!

13

Travis wusste, warum er nicht den Kopf hob, als Theda ins Esszimmer kam. Er konnte ihr einfach nicht in die Augen sehen. Und er hoffte inständig, dass sie ihn nicht ansprechen möge.

Diese Hoffnung erfüllte sich nicht. Die korpulente Köchin von COTTON FIELDS stellte den Teller mit frischen Reisplätzchen, die zu seinen Lieblingsspeisen zum Frühstück gehörten, vor ihn auf den Tisch, zögerte einen Moment, glättete eine nicht vorhandene Falte des Tischtuchs und fragte dann, wie er befürchtet hatte: »Können Sie denn nicht wenigstens bei Betty und Jenny eine Ausnahme machen, Mister Kendrik? Es würde doch gar nicht ins Gewicht fallen.«

»Theda, bitte!«

Die Köchin rieb sich die Knöchel ihrer rechten Hand, was sie immer tat, wenn etwas sie stark bewegte. Und an diesem Morgen hatte wohl fast jeder auf COTTON FIELDS guten Grund, bewegt zu sein und sich voller Furcht zu fragen, wohin es ihn denn wohl verschlagen mochte, wenn sein Name aufgerufen wurde und er zur Versteigerung kam.

»Sie haben sich doch nie etwas zuschulden kommen lassen und sind mir im Küchenhaus immer tüchtig zur Hand gegangen«, legte sich Theda noch einmal für ihre beiden Küchenhilfen ins Zeug. »Es ist doch schon schrecklich genug, dass ...«

Travis hielt es nicht länger aus. Seine flache Hand krachte neben seinem Gedeck auf den Tisch, dass das Geschirr klirrte.

»Schluss jetzt, Theda! Ich kann keine Ausnahme machen. Für keinen, der auf der Liste steht!«, herrschte er sie an. »Mir braucht auch keiner zu sagen, wie schrecklich die ganze Sache ist! Und niemand ist von Mister Burke und mir auf die Liste gesetzt worden, weil er sich etwas hat zuschulden kommen lassen. Wir haben das Los entscheiden lassen. Ist das nicht fair genug?«

»Es ist ein großes Unrecht, was hier geschieht«, erwiderte Theda mit dunkler, vor innerer Erregung zitternder Stimme.

»Ja, da kann ich dir nur beipflichten. Aber dieses Unrecht könnt ihr nicht mir anlasten und schon gar nicht Miss Duvall! Von uns hat keiner das Feuer gelegt, das die Baumwollernte vernichtet und Miss Duvall in horrende Schulden gestürzt hat!«, sagte er scharf. »Ich tue nur, was ich tun muss – und ich habe mich um diese Aufgabe wahrlich nicht gerissen.« Und in Gedanken fügte er hinzu: Aber einer muss die Drecksarbeit ja erledigen!

»Natürlich, Mister Kendrik«, sagte Theda mit bitterer Resignation. »Sie wollen gewiss nur das Beste für die arme Mistress ...«

»Das Beste? Schön wär's!«, stieß er grimmig hervor. »Ich kann schon froh sein, wenn es mir gelingt, das Schlimmste gerade noch abzuwenden!«

Theda schüttelte den Kopf. »Ich wünschte nur, sie wäre heute hier. Weiß sie denn überhaupt, dass es eine Sklavenauktion auf COTTON FIELDS gibt?«

Er fixierte sie wütend, weil sie ihm das Gefühl gab, sich verteidigen zu müssen – und das ausgerechnet vor einer Sklavin! Hatte er in der Vergangenheit nicht hinreichend unter Beweis gestellt, dass er für die Rechte der Schwarzen eintrat? Hatten sie vergessen, dass er es als »Niggeranwalt« in Kauf genommen hatte, von großen Teilen der Gesellschaft wie ein Aussätziger behandelt zu werden und auch finanzielle Nachteile hinzunehmen? War das der Lohn? Wer, in Herrgotts Namen, war er denn, dass ausgerechnet er sich vor einer Köchin oder wem auch immer zu rechtfertigen hatte!? Hatte er diese vorwurfsvollen, zornigen und manchmal sogar auch hasserfüllten Blicke wirklich verdient, die ihn wie eine stumme Mauer der Anklage umgaben, seit er vor zwei Tagen auf COTTON FIELDS eingetroffen war, um die Vorbereitungen für die Versteigerung zu überwachen. Doch weiß Gott nicht!

»Miss Duvall befindet sich zurzeit nicht in der seelischen Verfassung, um Entscheidungen von derartiger Tragweite zu bedenken, geschweige denn, sie zu treffen. Aus diesem Grund mache ich Gebrauch von meiner Generalvollmacht. Sie fühlt sich auch nicht in der Lage, das Haus zu verlassen. Mehr habe ich dazu nicht zu sagen, Theda!«, antwortete er gereizt. »Und wenn es erlaubt ist, möchte ich jetzt in Ruhe gelassen werden!«

»Dann wünsche ich Ihnen einen guten Appetit«, sagte sie fast verächtlich und wandte sich abrupt um.

Travis war versucht, ihr eine scharfe Erwiderung nachzurufen, doch er beherrschte sich und ließ es bleiben. Er konnte ihren ohnmächtigen Zorn verstehen, aber was half ihm das in dieser verfahrenen Situation? Er hatte überhaupt keine andere Wahl gehabt, als eine Versteigerung anzusetzen. Es gab nur diese eine Möglichkeit, um den drohenden Ruin abzuwenden, und dabei war es noch gar nicht mal sicher, ob er damit auch Erfolg haben würde. Er gab sich keinen Illusionen hin. Stephen und Catherine würden nichts unversucht lassen, um die Auktion zu einem katastrophalen Reinfall zu machen. Seine ganze Hoffnung gründete sich auf die wenigen Interessenten, die sich möglicherweise den Teufel um die Duvalls und ihre angeblichen Vorrechte scheren und sich auch durch Einschüchterungsversuche nicht davon abhalten lassen würden, ein blendendes Geschäft zu machen, denn dass die Sklaven weit unter Wert den Besitzer wechseln würden, wenn überhaupt geboten wurde, stand außer Frage.

Travis starrte mit finsterem Blick auf den reichhaltig gedeckten Tisch. Nicht einen Bissen würde er von den Speisen herunterbringen. Er fühlte sich elend, überreizt und missverstanden. Er hatte in der Nacht kaum mehr als ein, zwei Stunden Schlaf gefunden. Unruhig hatte er sich von einer Seite auf die andere gewälzt und sich gefragt, warum er all das überhaupt auf sich nahm. Warum kämpfte er noch um COTTON FIELDS, da Valerie doch jegliches Interesse an ihrer Plantage verloren zu haben schien? Warum nur konnte er sich nicht damit abfinden, dass er diesmal nicht wie gewohnt den Sieg davontrug? Warum glaubte er, immer wieder aufs Neue beweisen zu müssen, dass er, Travis Kendrik, scheinbar hoffnungslose Fälle in Triumphe zu verwandeln vermochte. Irgendwann musste auch ihn einmal die erste Niederlage treffen, also warum gab er nicht einfach auf und nahm es hin, dass COTTON FIELDS nicht mehr zu retten war?

Einen Moment lang erfasste ihn Mutlosigkeit, und seine Müdigkeit machte es der Stimme der Verlockung, doch den einfacheren Weg zu nehmen, leicht, von seinen Gedanken Besitz zu ergreifen und seinen Widerstand zu schwächen.

Es blieb jedoch nur bei diesem Moment der Schwäche. Schon im nächsten Augenblick wehrte er sich gegen diese Einflüsterungen seines zweiten Ichs, das des Kämpfens müde war. Aufgeben? Er, Travis Kendrik, sollte aufgeben und den Nacken beugen? Niemals! Noch war nichts entschieden und freiwillig würde er nicht einen Inch von seiner Position weichen. Das war er nicht nur Valerie schuldig, sondern auch sich selbst!

Wütend über sich, stand er vom Tisch auf und schleuderte die Serviette zwischen die Teller und Schüsseln mit den Speisen, die er nicht einmal angerührt hatte. Er stürmte förmlich aus dem Esszimmer. In der Halle wartete er nicht darauf, dass Albert ihm Umhang, Stock und Handschuhe reichte. Er zerrte sein Cape mit dem Pelzkragen so unbeherrscht vom Haken, dass der Aufhänger riss. Er bemerkte es noch nicht einmal, so zornig war er auf sich selbst.

»Aufgeben! Ein Travis Kendrik hat noch nie aufgegeben, und das wird auch so bleiben!«, brummte er erregt vor sich hin, als er sich auf den Weg zur Sklavensiedlung machte, wo die Versteigerung stattfinden sollte.

Zum Glück hatte sich das Wetter zum Besseren gewandt. Der letzte Regen war vor drei Tagen gefallen, und dem klaren Morgenhimmel nach zu urteilen, versprach es ein sonniger Tag zu werden, wenn auch noch mit recht frischen Temperaturen. Aber wenigstens war der Boden nicht mehr so aufgeweicht.

Vor der Scheune, die dem Feuer vor nunmehr sechs Wochen nicht zum Opfer gefallen war, traf er auf Jonathan Burke und den Auktionator Horace Pendleton.

»Morgen!«, grüßte er knapp. »Wie weit sind Sie?«

»Die Vorbereitungen sind so gut wie abgeschlossen, Mister Kendrik«, antwortete Horace Pendleton mit der Ruhe eines Mannes, der sich mit der Hektik von Auktionen und Gereiztheit von Zwangsversteigerungen gut auskannte und schon zu lange im Geschäft war, um noch um seine Gelassenheit fürchten zu müssen. Schon seine stattliche Gestalt, was Körpergröße wie Umfang betraf, vermittelte Autorität, was er durch äußerst gediegene Kleidung noch unterstrich. Ein grau melierter Backenbart fasste ein kräftig ausgeprägtes Gesicht mit energischen, klaren Zügen ein. »Wir haben uns ganz an Ihre Wünsche und Vorgaben gehalten.«

Travis ließ seinen Blick über den Platz schweifen. Für den Fall, dass es regnen sollte, war an der Längsfront der Scheune ein Dach aus Segeltuch gespannt. Unter diesem Regenschutz stand auch das Bretterpodest, auf das die Schwarzen bei der Auktion steigen mussten, mit dem Pult des Auktionators. Der Scheune genau gegenüber hatte Horace Pendleton einen zweiten Regenschutz für die Bieter errichten lassen. Auf den darunter aufgestellten Bänken konnten sich mindestens fünf Dutzend Gäste niederlassen. Auf der anderen Seite der Scheune war der Platz zum Geräteschuppen hin durch in die Erde gerammte Pfähle mit drei Reihen Seil in einen großen Pferch verwandelt worden. Hier würden die Sklaven darauf warten, zur Auktion aufgerufen und zum Podest gebracht zu werden.

Mit dem, was er sah, war Travis zufrieden. »Gut. Schaut alles recht ordentlich aus. Aber wichtiger noch als diese Vorbereitungen ist es, dass Provokateure nachher keine Chance bekommen, die Auktion zu verhindern!«, erinnerte er ihn noch einmal.

Horace Pendleton erlaubte sich ein zurückhaltendes, aber nichtsdestotrotz selbstbewusstes Lächeln. »Seien Sie völlig unbesorgt, Mister Kendrik. Ich habe meine Männer dementsprechend instruiert.« Eingedenk der besonderen Umstände, die der Versteigerung auf COTTON FIELDS zugrunde lagen, hatte er seine Begleitmannschaft von gewöhnlich drei auf zehn kräftige Männer aufgestockt. Auch für Waffen war gesorgt. »Wer bei dieser Auktion bieten will, wird dies ungehindert tun können. Darauf haben Sie mein Wort. Unter meiner Leitung ist noch jede Auktion ordnungsgemäß abgelaufen. Sie können mir getrost abnehmen, dass ich nicht die Absicht habe, ausgerechnet heute meinen guten Ruf aufs Spiel zu setzen.«

»Gut«, sagte Travis nur, nahm er ihm doch jedes Wort ab. Horace Pendleton galt in der Tat als zuverlässig, und die Männer, die er mitgebracht hatte, machten kaum den Eindruck, als wären sie leicht einzuschüchtern.

»Wie sieht es bei den Sklaven aus?«, wandte sich der Anwalt nun dem Verwalter zu.

Jonathan Burke lachte trocken auf. »Dreimal dürfen Sie raten!«

»Sie werden nicht dafür bezahlt, dass Sie mir Rätsel stellen!«, zeigte sich Travis an diesem Morgen von seiner empfindlichen Seite.

Der Verwalter legte die Worte des Anwalts nicht auf die Goldwaage und zuckte mit den Schultern. »Die Stimmung in den Sklavenquartieren ist natürlich alles andere als fröhlich.

Aber die Schwarzen fügen sich in ihr Schicksal. Was bleibt ihnen auch sonst übrig.«

»Sehr wahr«, stimmte Horace Pendleton ihm zu, für den bei aller Umgänglichkeit ein Sklave nur eine besondere Ware war. »Es wird keine Schwierigkeiten geben.«

»Hoffentlich«, murmelte Travis.

14

Die Auktion war für zwölf Uhr angesetzt, um auch Interessenten, die von weither angereist kamen, die Möglichkeit der Übernachtung in New Orleans und Zeit genug für die Fahrt von dort nach Cotton Fields zu geben. Die erste Gruppe traf schon um kurz nach elf ein: vierzehn Reiter und eine Kutsche. In der Kutsche saßen Stephen und seine Mutter.

»Ich bin der Vorsehung sehr dankbar, dass es dir nicht gelungen ist, auch das Herrenhaus noch in Brand zu setzen«, sagte Catherine, als die Kutsche den Vorplatz passierte und am Herrenhaus vorbeikam, um dann den Weg zur Sklavensiedlung einzuschlagen. »Es wäre wirklich eine Schande gewesen.«

Stephen lachte. »Ich muss gestehen, dass ich es jetzt auch nicht mehr bedaure«, sagte er und stellte spöttisch fest, dass die Brandspuren am Haus mittlerweile völlig beseitigt waren. Ihm sollte es recht sein, ersparte es ihm doch Umstände und Geld, wenn er schon in wenigen Tagen wieder als Master nach Cotton Fields zurückkehrte. Er bemerkte, dass auf der Veranda drei bewaffnete Männer Posten bezogen hatten. Valerie und ihr Niggeranwalt schienen wirklich einen Heidenrespekt vor ihnen zu haben. Aber jetzt brauchten sie keine Gewalt mehr anzuwenden. Die beiden waren erledigt!

»Ich bleibe bis zum Beginn der Auktion in der Kutsche«, beschloss Catherine, als sie den Platz auf der anderen Seite der Waldzunge erreicht hatten.

209

»Wie du möchtest, Mom«, sagte Stephen, der es nicht erwarten konnte, Travis Kendrik und Valerie Auge in Auge gegenüberzustehen.

Er stieg aus, von Kopf bis Fuß wie ein reicher Plantagenbesitzer gekleidet, und sah sich um. Zufrieden stellte er fest, dass sie die Ersten waren. Seine Freunde und einige ihrer Väter, die sich diese Auktion genauso wenig entgehen lassen wollten, schwangen sich aus den Sätteln und überließen ihre Pferde den Stallknechten, die Travis an diesem Morgen dafür abgestellt hatte, sich um die Tiere der Gäste zu kümmern. Für Wasser und Futter war reichhaltig gesorgt.

Stephens Blick suchte den Anwalt. Er fand ihn neben dem Podest vor der Scheune. Zielstrebig ging er auf ihn zu, ein breites, höhnisches Grinsen auf dem Gesicht.

Travis hatte damit gerechnet, dass Stephen Duvall es sich nicht nehmen lassen würde, zu ihm zu kommen und ihn mit Hohn zu überhäufen. Er war darauf vorbereitet und wich dieser Begegnung nicht aus. Mit äußerlicher Gelassenheit blickte er ihm entgegen.

»Sie haben sich wirklich einen prächtigen Tag ausgesucht, um Abschied von Cotton Fields zu nehmen«, sprach er ihn an.

Travis hob scheinbar verständnislos die Brauen. »Ich kann Ihnen nicht recht folgen. Aber bei einem geistig gestörten Schwächling wie Ihnen verwundert mich das nicht.«

»Ich gönne Ihnen Ihre hilflosen Versuche, mich beleidigen zu wollen, Kendrik«, erwiderte Stephen fast heiter. »Sie haben ja sonst kein Pulver mehr, das Sie verschießen können. Also genießen Sie das Stündchen, das Ihnen noch auf Cotton Fields bleibt.«

»Ich nehme an, Sie sprechen zu sich selbst.«

»Wirklich eine reizende Idee, die Sie sich da zum Abschied ausgedacht haben«, fuhr Stephen unbeirrt mit fröhlichem Zynismus fort. »Der Niggeranwalt Travis Kendrik, der seine Schäfchen gleich zu Dutzenden über den Auktionsblock springen lassen will! Wirklich prächtig. Vielleicht wird ja doch noch mal etwas halbwegs Anständiges aus Ihnen.«

»Sie sind in der Tat ein armer Mensch«, sagte Travis mitleidig. »Heute verstehe ich besser denn je, weshalb Ihr Vater sich Ihrer geistigen Primitivität und Missbildung geschämt und es vorgezogen hat, Ihnen COTTON FIELDS nicht zu vererben. Ein Schweinekoben gehört zu den wenigen Orten, wo jemand wie Sie seinen Platz hat.«

Das überhebliche Grinsen auf Stephens Gesicht bekam einen schiefen Zug. »Reden Sie nur, Sie Rattengesicht!«, zischte er. »Sie haben die Partie verloren. Nicht einen Nigger werden Sie heute zu Geld machen, das schwöre ich Ihnen.«

»Was gilt der Schwur eines Lumpen?«, fragte Travis verächtlich. »Nicht mehr als der Furz eines Stinktiers – er ist einzig und allein widerlich.«

Stephen schluckte hart. Dann blitzte es in seinen Augen auf. »Apropos widerlich! Dabei fällt mir ein, dass ich noch gar nicht ihr Niggerliebchen zu Gesicht bekommen habe. Sie wird uns doch sicher das Vergnügen ihrer Gegenwart machen, nicht wahr? Oder hat sie vielleicht Probleme mit ihrer Frisur? Man hat mir erzählt, sie bevorzugt seit einiger Zeit einen äußerst kurzen Haarschnitt und als Körpercreme eine merkwürdige Mischung aus Teer und Federn. Na ja, bei Niggern weiß man ja nie, was in ihren hohlen Köpfen vor sich geht. Wenn sie etwas verstehen, dann die Peitsche. Würden Sie mir da nicht zustimmen?«

Travis musste nun doch an sich halten, nicht gewalttätig zu werden. Das Lächeln, das er auf sein Gesicht zwang, kostete ihn fast unmenschliche Willenskraft. »Ja, Sie bestätigen es immer wieder: Ihr Vater war ein Mann mit großer Menschenkenntnis und Weitsicht. Wer vermag schon, Abschaum in der eigenen Familie als solchen nicht nur zu erkennen, sondern ihn auch durch mutige Taten in aller Öffentlichkeit zu brandmarken. Bitte vergessen Sie doch nicht, Ihrer Mutter dies auszurichten. Sie ist bestimmt sehr stolz auf Sie, sind Sie ihr doch in jeder Beziehung nachgeraten. Und jetzt entschuldigen Sie mich bitte – und halten Sie Ihr Geld bereit.«

»Ich werde dich wie einen räudigen Hund von der Plantage jagen lassen!«, rief Stephen ihm hasserfüllt hinterher. »Dich und den Niggerbastard Valerie!«

Travis ging in die Scheune, wo ihn Dämmerlicht umfing. Er lehnte sich gegen die Bretterwand und schloss die Augen. Mit geballten Fäusten wartete er, bis das Zittern, das seinen Körper befallen hatte, aufhörte und sein Herz diesen jagenden Rhythmus verlor.

»Die Auktion muss mindestens die sechzigtausend Dollar erbringen!«, sagte er leise. »Sie muss ...! Ja, und sie wird! Mein Gott, mach es wahr! Lass uns jetzt nicht im Stich! Ich könnte es nicht ertragen, ihn heute triumphieren zu sehen!«

Um zwölf Uhr hatte sich eine große Menge eingefunden. Alle Sitzbänke waren besetzt und gut zwei Dutzend Männer standen noch zu beiden Seiten. Stimmengewirr, das immer wieder von Gelächter aus der Gruppe um Stephen übertönt wurde, drang über den Platz, während die mehr als hundert Sklaven auf der anderen Seite der Scheune fast stumm und apathisch im Dreck des provisorischen Pferches saßen. Nur hier und da hörte man ein Schluchzen und Weinen.

Aus zwei Kutschen, die erst kurz vor zwölf eingetroffen waren, hatten sich ihre Insassen noch nicht zu den anderen gesellt. In der einen saß Matthew. Die andere hatte Madeleine und ihren Vater nach COTTON FIELDS gebracht.

Richter Charles Harcourt galt zu Recht als imposante Erscheinung, hatte er doch die Größe eines Gardeoffiziers, das breite Kreuz eines Holzfällers und den mächtigen Leib eines Kochs, dem es nicht an Appetit mangelte – und auch nicht an Gelegenheiten, diesem immer wieder nachzugehen. Silbergraues Haar bedeckte seinen kräftigen Schädel, und in das Silber seines dichten Bartes mischten sich Spuren von Schwarz. Er war in jeder Beziehung ein Mann von Statur und Format, auch ohne seinen Richtertitel.

»Punkt zwölf!«, stellte er mit einem Blick auf seine goldene Taschenuhr fest, deren dicke Kette einen Bogen über seine rauchblaue Weste vollführte. »Jetzt sollten sie endlich anfangen. Ich habe nicht den ganzen Tag Zeit.«

»Übertreib doch nicht, Dad«, sagte Madeleine an seiner Seite sanft und legte ihm eine Hand auf den Arm. »Obwohl ich dir natürlich sehr dankbar bin, dass du dich bereit erklärt hast, mir zu helfen und auch zur Auktion zu erscheinen.«

»Offiziell werde ich das nur, wenn es dafür einen triftigen Grund gibt. Palmer und Miles werden ihre Sache schon richtig machen. Sie stehen drüben bei McPerson und Mahone, ganz anständige Kerle, aber die Hand werden sie wohl kaum heben, auch wenn es ihnen in den Fingern juckt«, sagte er, während er durch den Spitzenvorhang zu den versammelten Männern hinüberspähte. Er schüttelte den Kopf.

»Was hast du?«

»Ich frage mich, was in Gottes Namen du bloß mit dieser Valerie und Captain Melville zu tun hast«, brummte er und wandte sich seiner Tochter zu, der er nie einen Wunsch hatte abschlagen können.

»Captain Melville hat ein großes Interesse an Valerie Duvall, und auch mich interessiert sie«, antwortete sie mit Halbwahrheiten, die ihr das Lügen ersparten. »Außerdem gönne ich es diesem Ekel von Stephen Duvall nicht, dass er mit seinen verbrecherischen Taten letztlich sogar noch sein Ziel erreicht. Es genügt schon, dass ihn keiner für das zur Rechenschaft ziehen kann, was er dieser Frau an Grausamkeiten zugefügt hat.«

»Hm, ja, darin stimme ich dir zu«, sagte er. »Bin wirklich gespannt, wie Palmer und Miles sich halten. Wäre ganz froh, wenn ich hier nicht in Erscheinung treten müsste.«

»Ken Miles riskiert nichts, wenn er sich als Bieter ausgibt. Er ist ja nur auf der Durchreise in New Orleans und morgen bereits auf dem Weg nach Texas. Und Patrick weiß sich schon zu behaupten«, zeigte sie sich zuversichtlich. »Dem Sohn eines ehemaligen Senators wird noch nicht einmal jemand wie dieser Stephen Duvall wagen, auch nur Prügel anzudrohen.«

Charles Harcourt wiegte skeptisch seinen Schädel. »Ist schon etwas her, dass der alte Vernon im Senat gesessen hat. Alte Lorbeeren verstauben leicht und geraten allzu rasch in Vergessenheit.«

»Vernon Palmer ist aber noch immer ein Name, den man recht gut kennt«, wandte Madeleine ein. Sie hielt es für einen ausgemachten Glücksstreffer, dass sie Patrick Palmer für diese doch nicht ganz risikolose Auktion hatte gewinnen können. Es lag aber vermutlich gerade an diesem Nervenkitzel, dass Patrick zugesagt hatte.

»Ich glaube, jetzt geht es los. Horace Pendleton stellt sich schon in Positur. Er hätte auch als Priester eine große Karriere gemacht«, bemerkte er spöttisch. »Der schwatzt sogar noch einem eingefleischten Atheisten eine Wallfahrt nach Rom auf.«

Madeleine warf schnell noch einen Blick zur anderen Kutsche hinüber, in der sie Matthew wusste. Doch genau wie bei ihrer Kutsche verwehrte der Vorhang vor dem Fenster im Schlag den Blick von außen ins Innere des Gefährts. Mit einem stummen Aufseufzen wandte sie den Kopf und konzentrierte sich auf das Geschehen auf und vor dem Auktionspodest.

Horace Pendleton hatte seinen Platz hinter dem Pult eingenommen und verschaffte sich nun Ruhe, indem er seinen kleinen Hammer aus poliertem Ebenholz mehrmals auf das Brett niedersausen ließ. Das Stimmengewirr legte sich und dann trat erwartungsvolle Stille ein.

»Gentlemen, ich heiße Sie auf COTTON FIELDS herzlich willkommen und danke Ihnen für Ihr Interesse an dieser Auktion«, begrüßte er die Anwesenden mit kraftvoller Stimme. »Sie wird sich von den sonst üblichen Sklavenversteigerungen, wie Sie diese kennen, in einem recht wesentlichen Punkt unterscheiden.«

»In der Tat! Das wird wirklich eine ganz besondere Auktion!«, rief Stephen laut und hämisch, damit ihn auch jeder

215

verstand. Herausfordernd blickte er um sich. Er und seine Freunde gehörten zu denjenigen, die nicht Platz genommen hatten. Die Freundesclique hatte sich aufgeteilt und zu beiden Seiten der überdachten Sitzreihen Aufstellung genommen. »Das wird Ihre erste Auktion sein, wo Ihr Hammer nicht einen einzigen Zuschlag erteilen wird!«

Schadenfrohes Gelächter erhob sich. Aber es zeigten sich doch hier und da auch missbilligende Mienen. Protest wurde allerdings nicht laut, wie Travis sorgenvoll feststellte.

Pendleton ging auf den Zuruf nicht ein. »Die Besonderheit ist leicht erklärt, Gentlemen«, fuhr er fort, als hätte es keine Unterbrechung gegeben. »Die Sklaven, die auf COTTON FIELDS zum Verkauf stehen ...«

»Auf COTTON FIELDS steht nicht ein einziger verdammter Nigger zum Verkauf!«, kam es von Stephen.

Auch diesmal geriet der Auktionator nicht aus dem Rhythmus, geschweige denn aus der Fassung. »... werden von ihrer Besitzerin, Miss Valerie Duvall, vertreten durch ihren generalbevollmächtigten Rechtsanwalt, Mister Kendrik, nicht einzeln angeboten, sondern nur als Ehepaar oder als ganze Familie.«

Ein überraschtes Raunen ging durch die Menge.

»Heißt das, dass ich, wenn ich ein Mädchen für die Küche brauche, gleich auch noch ihre rotznäsigen Geschwister und alten Eltern mitkaufen muss?«, rief ein fettleibiger Mann mit beginnender Glatze.

»Das Mädchen, nach dem du hier vermutlich Ausschau hältst, wird kaum bei dir in der Küche landen, sondern ganz woanders, Irvin!«, spottete jemand und löste damit allgemeine Heiterkeit aus, während dem Frager das Blut ins Gesicht schoss.

Pendleton verzog keine Miene. »Sie haben es erfasst, Sir. Es stehen nur Paare oder ganze Familien zum Verkauf. Doch der Nachteil, den Sie erwähnt haben, wird durch den Vorteil eines überaus günstigen Preises wettgemacht. Sie brauchen kaum mehr für ein Paar bester Feldsklaven zu zahlen als sonst allein für den Mann. Lassen Sie mich gleich mit ...« Er warf einen Blick auf seine Liste. »... Judith und Carlton Peak beginnen, dann werden Sie verstehen, was ich meine.«

Ein Helfer des Auktionators führte im nächsten Augenblick die beiden Schwarzen auf das Podest. Er war ein kräftiger, muskulöser Mann Anfang zwanzig, sie mochte einige Jahre jünger sein. Mit gesenkten Köpfen standen sie auf der Bretterbühne.

»Beide sind erstklassige und ausdauernde Feldsklaven, kerngesund und gottesgläubig«, pries Pendleton sie an. »Sie haben nie Grund zu Klagen gegeben und ihr neuer Besitzer wird höchst zufrieden mit ihrem Arbeitseifer und ihrem Gehorsam sein.«

Travis stand mit bleichem Gesicht und starren Blicks hinter dem Podest des Auktionators. Diese Auktion bedeutete für ihn eine persönliche Demütigung. Doch er würde sie klaglos ertragen.

»Mit tausendzweihundert Dollar wäre Carlton schon ein guter Kauf, und für Judith gäbe jeder, der etwas von guten Sklaven versteht, ohne Zögern einen Betrag von mindestens achthundert. Zusammen sind sie also ihre seriösen zweitausend Dollar wert«, hob Pendleton hervor. »Doch da sie nur als Ehepaar abgegeben werden, kommt ein erheblicher

Preisabschlag zum Tragen, Gentlemen, der Ihr Profit sein wird! Denn das Mindestgebot für Judith und Carlton liegt bei nur ... neunhundert Dollar! ... Jawohl, Sie haben richtig gehört. Neunhundert Dollar! Das ist weniger als die Hälfte ihres tatsächlichen Wertes! ... Ich hoffe jedoch, dass ich von Ihnen ein höheres Gebot für dieses erstklassige Paar Feldsklaven hören werde. Wer von Ihnen bietet tausend? ... Tausend Dollar, und wir wären erst bei der Hälfte dessen, was sie auf jeder anderen Auktion mit Leichtigkeit erzielen würden!«

Ein unangenehmes Schweigen trat ein. Die Männer, die nicht nur aus purer Schaulust, sondern in der Hoffnung auf ein gutes Geschäft gekommen waren, blickten sich unsicher um. Die Drohung, die von Stephen und seinen Freunden und Sympathisanten ausging, schien man förmlich mit Händen greifen zu können.

»Aber ich bitte Sie, Gentlemen!«, rief Horace Pendleton mit vorgetäuschter Belustigung. »Ich kann mir denken, dass dieser einmalig günstige Preis von neunhundert Dollar Sie aus der Fassung gebracht hat, aber Ihre ungläubige Überraschung wird doch wohl nicht so weit gehen, dass Sie sich diese fantastische Gelegenheit, billig zu sonst teuren Sklaven zu kommen, entgehen lassen ... Wir stehen noch immer bei neunhundert Dollar!«

Travis wagte kaum zu atmen. Die nervöse Anspannung, die ihn von Kopf bis Fuß erfasst hatte, verursachte ihm Magenkrämpfe. Jetzt würde es sich entscheiden, ob Valerie COTTON FIELDS verlor oder nicht.

»Nicht einen Cent werden Sie als Gebot für die Nigger zu hören bekommen, Pendleton!«, rief Stephen höhnisch.

»Egal, wen Sie da auf Ihr Podest holen! Ich habe Ihnen doch gesagt, dass Sie heute eine ganz besondere Auktion erleben würden. Hier wird keiner die Hand heben!«

Diesen Zuruf hätte er besser unterlassen, denn aus irgendeinem Grund nahm er damit die extreme Spannung aus der Situation. Und er weckte mit seiner großspurigen Art auch das Missfallen derjenigen, die sich von so einem jungen Kerl ungern vorschreiben ließen, was sie zu tun oder zu lassen hatten.

»Ich habe niemanden beauftragt, für mich zu sprechen, und ich finde, neunhundert ist ein verdammt guter Preis!«, rief deshalb ein hagerer Pflanzer aus Lafayette mutig.

Das Gesicht des Auktionators verlor sein aufgesetztes Lächeln, hinter dem er seine Besorgnis versteckt hatte, die Auktion könnte tatsächlich zu einem Fiasko werden. »Das ist doch schon mal ein Anfang, Gentlemen!«, rief er erleichtert. »Wer bietet tausend?«

»He, Mister Larton! ... Ich an Ihrer Stelle würde mir das noch mal gut überlegen!«, warnte ihn Stephens Freund Colin. »So ein paar scheinbar billige Nigger können Sie teurer kommen, als Sie vielleicht ahnen.«

Ein Raunen ging durch die Menge. Es war wie ein drohendes Grollen, das Colins Worten noch mehr Nachdruck verlieh. Es wurden sogar zornige Stimmen laut, die »Niggerfreund!« und »Verräter!« riefen.

Der Pflanzer zeigte augenblicklich Wirkung. Hektische rote Flecken traten auf sein Gesicht. »Was wollt ihr?«, verteidigte er sich. »Ich habe doch bloß gesagt, dass es ein guter Preis ist. Aber habe ich vielleicht die Hand gehoben?«

Stephen grinste zufrieden. »Dann ist ja alles in bester

Ordnung. Es bleibt also dabei: Es gibt kein Angebot für die Nigger von COTTON FIELDS, Mister Pendleton!«

Travis überkam ein Gefühl der Schwäche. Die Niederlage! Seine erste Niederlage, sie war nun nicht mehr abzuwenden. Er hatte die Macht der Duvalls und ihrer Freunde aus der Pflanzeraristokratie unterschätzt. Und damit war ...

Er kam nicht mehr dazu, seinen Gedankengang zu beenden, denn nun griffen Ken Miles und Patrick Palmer in das Geschehen ein.

Der Sohn des ehemaligen Senators hob die Hand. Er war um die vierzig, hatte die scharfen Gesichtszüge seines Vaters geerbt und besaß die Ausstrahlung eines Mannes, der sich seiner privilegierten Herkunft bewusst ist, ohne jedoch in Arroganz zu verfallen.

»Ich nehme sie für neunhundert!«, erklärte er mit klarer und fester Stimme.

»Tausend!«, rief Ken Miles.

»Elfhundert!«, überbot Palmer ihn.

Nun setzte aufgeregtes Stimmengewirr ein. Stephen blickte ungläubig und wütend von einem zum andern.

»Gentlemen! ... Bitte! ... Dies ist eine Auktion und kein Debattierclub!«, versuchte Pendleton, der Situation Herr zu werden.

»Was das hier ist, werden wir ja gleich sehen, Mister Pendleton!«, rief Stephen erbost und ging zu Patrick Palmer hinüber, gefolgt von Colin, Wade und Dick. »Hören Sie mal, Mister ...!«

»Palmer, Patrick Palmer ist mein Name, junger Mann«, fiel der Pflanzer ihm ruhig, aber distanziert ins Wort. »Was kann ich für Sie tun?«

Stephen stutzte merklich – und nicht nur er.

»Ist das nicht der Sohn vom alten Vernon, vom ehemaligen Senator Palmer?«, rief da eine überraschte Stimme.

Patrick Palmer wandte kurz den Kopf in die Richtung, aus der die Stimme gekommen war. »Der bin ich in der Tat«, bestätigte er und schaute dann Stephen wieder an. »Aber ich habe den Eindruck, Sie haben etwas auf dem Herzen, junger Mann. Womit kann ich Ihnen dienlich sein?«

»Indem Sie schnellstens vergessen, hier auch nur ein Gebot abzugeben, Mister Palmer!«, forderte Stephen ihn mit beleidigender Schroffheit auf.

»Aber ich bitte Sie, deswegen sind wir doch hier!«, gab Palmer fast amüsiert zur Antwort. »Oder ist das vielleicht doch keine Auktion?«

In das zurückhaltende Gelächter, in das sich aber auch wütende und drohende Stimmen mischten, entgegnete Stephen scharf: »Dieser Niggerbastard und ihr Niggeranwalt hätten das vielleicht gerne, aber wir werden es nicht zulassen! Sie werden nicht einen Cent durch diese Auktion in die Hände bekommen. Darüber sind wir uns alle einig! Und Sie werden sich gefälligst auch daran halten. Mir ist es völlig gleich, dass Sie der Sohn von Vernon Palmer sind!«

»Sie werden schon erlauben müssen, dass ich Ihre grobschlächtigen Ansichten nicht ganz teilen kann«, antwortete Patrick Palmer völlig unbeeindruckt, aber eisig im Ton. »Ich kenne Sie nicht und vermag mir deshalb auch kein Urteil herauszunehmen, ob Sie Grund haben oder nicht, auf Ihre Herkunft stolz zu sein. Ich für meinen Teil bin es. Und was diese Auktion betrifft, so mögen Sie Ihre persönlichen und geschäftlichen Gründe haben, weshalb Sie daran interessiert sind, dass die Sklaven nicht verkauft werden. Aber dieser Umstand hindert mich nicht an der Wahrnehmung *meiner* persönlichen Geschäftsinteressen!«

Einige nickten zustimmend.

»Ich warne Sie, Mister Palmer!« Stephen nahm eine drohende Haltung ein, und seine Freunde schlossen näher auf, als warteten sie nur auf sein Zeichen, um Patrick Palmer zu packen und vom Auktionsplatz zu zerren.

Plötzlich kam Unruhe unter den Versammelten auf. Alles blickte zur Kutsche hinüber, deren Schlag aufgestoßen worden war.

»Das ist ja Richter Harcourt!«, rief jemand.

»Mississippi-Moses persönlich! Mich trifft der Schlag!«, rief ein anderer.

Stephen fuhr herum und mit fassungslosem Ausdruck starrte er zu Charles Harcourt hinüber. Erwartungsvolle Stille senkte sich über den Platz.

Gemächlichen Schrittes kam der Richter näher. Die Gruppe um Patrick Palmer würdigte er keines Blickes. Er trat zum Auktionator ans Pult.

»Eine höchst interessante Sache, diese Auktion, Mister Pendleton«, sagte er mit seiner vollen, sonoren Stimme, die auch noch auf der hintersten Sitzbank deutlich zu verstehen war. »Und wenn ich richtig informiert bin, ist vom Gesetz her nicht das Geringste gegen die Versteigerung der Sklaven einzuwenden, nicht wahr?«

»So ist es, Richter«, bestätigte Horace Pendleton, unendlich dankbar für sein Eingreifen. Was ausgerechnet er hier bei dieser Auktion auf COTTON FIELDS zu suchen hatte, war ihm zwar ein Rätsel, doch sein Interesse an einem guten Ge-

222

schäftsabschluss, das Stephen und seine Freunde zu verhindern drohten, überwog seine Neugier um ein Vielfaches.

»Nun, dann gebe ich Ihnen den guten Rat, unliebsamen Störungen entgegenzutreten und einen ordentlichen Ablauf der Auktion auch entsprechend zu gewährleisten«, forderte Charles Harcourt ihn auf, und die Drohung, die in seinen Worten mitschwang und insbesondere an Stephens Adresse gerichtet war, kam klar zum Ausdruck. »Es soll doch später niemand sagen können, es wäre hier nicht mit rechten Dingen zugegangen und man hätte ihn um sein Geschäft betrogen. Sie und derjenige, der Sie in seiner Eigenschaft als Besitzer von Cotton Fields mit der Versteigerung der Sklaven beauftragt hat, können vor Gericht zwar auf Schadenersatz klagen, und das gewiss mit Erfolg, sollte jemand die Durchführung der Auktion unmöglich machen, aber ich denke nicht, dass sich solche Hitzköpfe unter den hier Versammelten befinden. Also fahren Sie fort. Möglicherweise bin auch ich an dem einen oder anderen Sklaven interessiert, und ich habe nicht den ganzen Tag Zeit.«

Horace Pendleton lächelte. »Natürlich, Richter Harcourt. Ich nehme die Auktion sofort wieder auf.« Und er erhob seine Stimme: »Ich bitte die kurze Unterbrechung zu entschuldigen, Gentlemen. Mister Duvall, wenn Sie die Freundlichkeit hätten, ein Stück zur Seite zu treten, damit Sie den Gentlemen hinter Ihnen auf den Bänken nicht die Sicht nehmen, wären wir Ihnen alle zu großem Dank verpflichtet.«

Stephen zögerte einen Moment. Er war blass im Gesicht und die Lippen bildeten einen schmalen, verkniffenen Strich ohnmächtiger Wut. Ihm blieb jedoch keine andere

Wahl, als nachzugeben. Richter Harcourt war zu mächtig und unangreifbar, als dass er gegen ihn eine Chance gehabt hätte – weder gesellschaftlich noch vor Gericht. Und so kehrte er, kochend vor Wut, an seinen Platz zurück. Sein grandioser Plan war gescheitert. Er wagte nicht, zur Kutsche zu blicken, in der seine Mutter saß.

Unsägliche Erleichterung überkam Travis, als er sah, dass Stephen sich geschlagen geben musste. Wer gekommen war, um zu bieten, würde es jetzt auch tun. Und er zweifelte nicht daran, dass die Auktion den erhofften Erfolg bringen würde, dafür war die Gelegenheit, die sich den Kaufinteressenten bot, einfach zu günstig.

Travis lächelte. Doch dann kam ihm ein Gedanke, der ihm gar nicht gefiel und der seine Freude einen Moment lang trübte. Das Erscheinen von Richter Harcourt weckte nämlich den unangenehmen Verdacht in ihm, dass möglicherweise Captain Melville seine Hand im Spiel haben konnte. Aber er verdrängte den Gedanken schnell wieder, gab es dafür doch nicht den geringsten Beweis. Sicher war es nur ein Zufall, dass der Vater der Frau, mit der Melville Valerie betrogen hatte, hier auftauchte und zu ihren Gunsten einschritt. Eine solche Verkettung entbehrte jeder Wahrscheinlichkeit und auch jeder Logik, was die Motivation für ein solches Eingreifen hätte sein können. Nein, da konnte es keinen inneren Zusammenhang geben! Der Richter war bekannt dafür, lukrativen Geschäften nie abgeneigt zu sein. Vielleicht bot einer der Männer in seinem Auftrag. Ja, so würde es sein. Captain Melville konnte gar nichts mit dieser Angelegenheit zu tun haben!

»Das letzte Gebot kam von Mister Palmer!«, setzte

Pendleton die Auktion nun fort. »Elfhundert waren geboten. Wer ...«

»Zwölf!«, rief Miles.

»Dreizehn!«, konterte Palmer.

»Vierzehn!«, griff nun der Pflanzer aus Lafayette ermutigt in die Versteigerung mit ein.

Palmer erhielt bei fünfzehnhundert den Zuschlag. Auch die nächsten vier Paare gingen an ihn. Nun war der Bann endgültig gebrochen. Dass diese Auktion nicht mehr aufzuhalten war, begriffen jetzt auch diejenigen, die sich solidarisch mit den »weißen Duvalls« hatten zeigen wollen. Die Versteigerung würde ihren Lauf nehmen. Dass sie tatenlos zusehen sollten, wie andere ein blendendes Geschäft nach dem anderen machten, sahen sie jedoch immer weniger ein. Ihr Vorhaben war gescheitert, die Sklaven würden verkauft werden – und sie sollten dabei leer ausgehen? Wem war damit gedient? Weder den Duvalls noch ihnen!

Als Eugene Rickett, ein direkter Nachbar der Darbys, sein erstes Gebot abgab, brach der letzte Damm schamhafter Zurückhaltung. Gut zwei Dutzend Pflanzer und Kaufleute beteiligten sich nun an der Versteigerung.

Patrick Palmer hätte jedes ihrer Gebote übertreffen können, hatte er doch nur die Aufgabe, die ihm zur Verfügung gestellten sechzigtausend Dollar bei dieser Auktion loszuwerden. Die Zahl der Sklaven, die er dafür ersteigerte, spielte keine Rolle. Dennoch ließ er es immer wieder zu, dass einer der anderen Plantagenbesitzer und Geschäftsleute den Zuschlag erhielt, und er hatte zwei gute Gründe dafür. Erstens konnten ihn umso weniger Wut und Rachegedanken treffen, je mehr andere Pflanzer sich seinem Beispiel anschlossen und Sklaven ersteigerten – und mittlerweile befand er sich schon in bester Gesellschaft. Und zweitens sah er nicht ein, weshalb er das Geld, auch wenn es ein Geschenk war, so großzügig verpulvern sollte. Immerhin blieb ihm ja doch ein gewisses Risiko und dafür wollte er dann auch eine entsprechende Anzahl Sklaven mit nach Hause nehmen.

Stephen wartete das Ende der Auktion nicht ab. In ihm tobte ein mörderischer Hass, als er sah, wie Eugene Rickett und all die anderen ihm in den Rücken fielen. Es widerte ihn an, doch er hütete sich, sie gegen sich aufzubringen. Er war auch in Zukunft auf ihre Unterstützung angewiesen, wenn er sein Ziel erreichen wollte, Valerie von COTTON FIELDS zu vertreiben.

Als Richter Harcourt bemerkte, dass Stephen Duvall sich abwandte und seiner Kutsche zustrebte, löste er sich ebenfalls aus der Menge.

»Auf ein Wort noch, Mister Duvall, wenn Sie gestatten!«, rief er.

Stephen stand schon im Begriff, zu seiner Mutter in die Kutsche zu steigen. Catherines Gesicht war eine einzige stumme Anklage. Er drehte sich um. »Was wollen Sie von mir?«, fauchte er ihn an.

»Ich will gar nichts von Ihnen, Mister Duvall. Im Gegenteil. Ich gebe Ihnen etwas – und zwar einen guten Rat«, antwortete ihm der Richter.

»Ihre guten Ratschläge können Sie sich sonst wohin stecken, Richter!« In seinen Augen blitzte das Feuer des Hasses, der nach Gewalttätigkeit dürstete.

»Gut, ganz wie Sie wollen. Dann gebe ich Ihnen eine Warnung mit auf den Weg, Mister Duvall!«, entgegnete

Charles Harcourt mit schneidender Stimme. »Und es ist meine letzte Warnung! Sollten Sie noch einmal auch nur den *Versuch* unternehmen, Gewalt gegen Miss Valerie Duvall anzuwenden oder COTTON FIELDS zu überfallen und sich mit Ihren Freunden wie eine Bande gewissenloser Marodeure aufzuführen ...«

»Was erlauben Sie sich, Sie ...«

Catherine sah, dass ihr Sohn kurz davor stand, eine gewaltige Dummheit zu begehen, indem er den Richter beleidigte und ihn sich noch mehr zum Feind machte. Deshalb fiel sie ihm scharf ins Wort: »Schweig!«

Wie unter einem Peitschenhieb zuckte Stephen zusammen.

»... dann ist es mit meiner Nachsicht, die ich Ihnen gegenüber schon zweimal habe walten lassen, endgültig Schluss. Wir beide wissen, was Sie dem Freudenmädchen angetan haben und was es mit den beiden Sklaven auf sich gehabt hat, die Sie angeblich in Notwehr erschossen haben! Und jeder weiß auch, wer für die Brandüberfälle und das Teeren und Federn verantwortlich ist!«, fuhr Charles Harcourt fort und nahm ihn mit kaltem Blick ins Visier. »Es ist Ihr gutes Recht, nichts unversucht zu lassen, um wieder in den Besitz der Plantage zu gelangen. Aber nicht mit den Methoden eines Frauenschänders und skrupellosen Verbrechers! Das werde ich nicht dulden. Also wenn Sie wissen wollen, wer von uns beiden über die größere Macht verfügt, dann machen Sie nur so weiter, *Mister* Duvall!« Sein Blick ging zu Catherine. Er lüftete seinen Hut und sagte mit veränderter, konzilianter Stimme: »Meine Empfehlungen an Ihren Gatten, Missis Darby.«

Catherine gab keine Antwort, sondern nickte nur knapp mit versteinerter Miene. Sie gab auch keinen Ton von sich, als Stephen sich zu ihr in die Kutsche setzte. Doch ihr Gesichtsausdruck war beredt genug. Und in ihrem stechenden Blick las er deutlich, was sie von ihm hielt: Versager!

Charles Harcourt ging zu seiner Kutsche zurück. »Wir fahren, Nathan!«, rief er dem Schwarzen auf dem Bock zu und riss den Schlag auf.

»Du hast sie mal wieder alle in die Tasche gesteckt, Dad! Es war umwerfend!«, schmeichelte Madeleine ihm.

»Das war das letzte Mal, dass ich mich von dir habe dazu überreden lassen, mich für diese Valerie ins Zeug zu legen!«, brummte er. »Ich mag mir eine Menge herausnehmen können, was anderen das Genick brechen würde, aber allzu oft kann ich mich auch nicht so weit aus dem Fenster hängen. Zudem möchte ich nicht gerade behaupten, dass ich große Sympathien für diese Valerie hege. Denn dass ihre Mutter ein Nigger war, ist ja wohl unbestritten.«

»Das stimmt, doch so einem Lump wie diesem Stephen Duvall alles durchgehen zu lassen, gefällt dir doch noch viel weniger, oder?«, gab Madeleine geschickt zu bedenken.

»Wäre ich sonst hier?« Er seufzte scheinbar geplagt. »So, und jetzt will ich nichts mehr davon hören. Ich habe einen Mordshunger.«

»Ich lade dich in dein Lieblingsrestaurant ein, Dad.«

»Davon bin ich auch ausgegangen«, gab er sich knurrig, doch in seinen Augen stand ein liebevolles Lächeln.

Wenig später überholte sie eine andere Kutsche. In ihr saß Matthew. Madeleine rechnete damit, dass er ihr wenigstens ein kurzes Zeichen des Dankes zukommen lassen würde.

Doch das geschah nicht. Die Kutsche jagte an ihnen vorbei, ohne dass er sich ihr auch nur für einen flüchtigen Moment zeigte. Keine Hand tauchte hinter dem Vorhang auf, um ihr zu sagen, wie gut sie alles arrangiert hatte. Mit Bitterkeit stellte sie fest, dass er ihr nicht dankte, weil sie in seinen Augen wohl nichts weiter als eine überfällige Schuld abgetragen hatte.

Matthew hatte es eilig, nach New Orleans und an Bord der ALABAMA zu kommen. In den Frachträumen staute sich die Baumwolle bis zu den Luken. Was er für Valerie hatte tun können, hatte er getan. Es gab nichts mehr, was ihn in dieser Stadt hielt. Noch diese Nacht würde er in See stechen.

15

Valerie fuhr aus dem Schlaf und richtete sich verstört auf. Ihre Zofe stand in der Tür, ein fröhliches Strahlen auf dem Gesicht. »Oh, du bist es, Fanny«, murmelte sie noch ganz verschlafen.

»Habe ich Sie geweckt? Mein Gott, das tut mir leid. Das habe ich nicht gewollt«, sagte Fanny, die recht stürmisch die Treppe hinaufgeeilt und in der Annahme, ihre Herrin lesend vorzufinden, zu ihr ins Zimmer geplatzt war. Es war ein kleiner, aber gemütlicher Raum, der eine Verbindungstür zu Valeries Schlafzimmer besaß und zum Garten hinausging. Travis hatte ihn für sie zu einem kleinen privaten Salon eingerichtet, in den sie sich jederzeit zurückziehen konnte, wenn sie das Bedürfnis verspürte, allein zu sein – was auch nach ihrer körperlichen Genesung noch sehr oft der Fall war. Nicht ein einziges Mal hatte sie bisher auch nur einen Schritt vor das Haus gesetzt. Manchmal fürchteten Fanny und Travis, Valerie würde sich vielleicht nie wieder aus ihrem nicht nur räumlichen Schneckenhaus, in das sie sich nach den entsetzlichen Vorfällen in der letzten Septembernacht verkrochen hatte, hinauswagen.

»Das ist nicht weiter schlimm. So angenehm war der Traum nun auch nicht«, machte sie einen leichten Scherz. »Komm nur herein.« Valerie lag auf dem moosgrünen Kanapee, im Schoß das Buch, in dem sie nach dem Mittagessen auf Fannys Empfehlung hin zu lesen begonnen hatte. Es war ein romantischer Roman, dessen Handlung im schottischen

230

Hochland zur Zeit Cromwells angesiedelt war. Er hatte sie nicht übermäßig gefesselt, denn sonst wäre sie bei der Lektüre kaum eingeschlafen.

Fanny trat ein und schloss die Tür. »Ich konnte es gar nicht erwarten, es Ihnen zu sagen, dass ich sogar das Anklopfen vergessen habe«, sagte sie fröhlich.

»Und was ist es, was du mir nicht schnell genug erzählen kannst?«, fragte Valerie mit einem Anflug von Belustigung, kannte sie doch Fannys Hang zu überschwänglicher Begeisterung.

»Mister Kendrik ist soeben von COTTON FIELDS zurückgekehrt! Und er bringt gute Nachrichten!«, sprudelte die Zofe aufgeregt hervor. »Sehr gute sogar!«

»So?«, fragte Valerie fast gleichgültig und legte das Buch zur Seite. »Was sind das denn für Nachrichten?«

Das mäßige Interesse, das ihre Herrin bekundete, trübte Fannys Freude. »Ich würde sie Ihnen ja liebend gern erzählen, aber ich habe Mister Kendrik mein Ehrenwort gegeben, noch nichts zu verraten. Er möchte es Ihnen selber sagen, und das ist auch richtig so.«

»Das heißt also, dass er mich unten im Salon erwartet, ja?«

Fanny sah Valerie vorwurfsvoll an. »Ja, aber möchten Sie ihn denn nicht sowieso begrüßen? Wo er doch fast eine Woche weg gewesen ist, um alles zu regeln?«

Valerie seufzte. »Du hast recht, das werde ich wohl müssen.«

»Müssen?«, wiederholte ihre Zofe, und nun prägte unverhohlener Ärger ihre Stimme. »Wie können Sie von ›müssen‹ reden, Miss Valerie? Ich dachte, Sie würden sich freuen. Ich meine, so viel wie Mister Kendrik hat sich doch noch kein Mann jemals um all Ihre Belange gekümmert. Und nicht nur um COTTON FIELDS und all die geschäftlichen Dinge, von denen ich nicht viel verstehe. Wenn er sich nicht wirklich aufopfernd Ihrer angenommen hätte ... mein Gott, ich will gar nicht darüber nachdenken, was dann mit Ihnen geschehen wäre! Er hat Sie und mich hier in seinem Haus aufgenommen und Ihnen die beste medizinische Pflege zukommen lassen. Und mehr als das! Er tut doch wirklich alles, was er nur kann, um es Ihnen angenehm zu machen und Sie die schlimme Zeit vergessen zu lassen!«

»Ja, ich weiß, Fanny. Ich bin ihm ja auch sehr dankbar«, erwiderte Valerie ein wenig beschämt.

»Sie hätten allen Grund, Mister Kendrik mehr als nur dankbar zu sein!«, fuhr Fanny ungehalten fort. »Er ist ein wahrer Gentleman! Jede Frau, die den aufrechten Charakter eines Mannes und seine unverbrüchliche Liebe zu schätzen weiß, muss sich glücklich nennen, jemanden wie ihn an seiner Seite zu wissen und das Leben mit ihm zu teilen.«

»Über seinen Charakter und seine anderen Vorzüge brauchen wir uns ja wohl nicht in die Haare zu geraten, Fanny«, antwortete Valerie mit milder Zurückweisung. »Was das betrifft, sind wir uns doch stets einig gewesen.«

»Das mag sein, aber Sie wehren sich noch immer, daraus die richtigen Konsequenzen zu ziehen!«, beharrte Fanny, die nichts lieber sähe, als wenn ihre Herrin endlich den Ring am Finger trüge und Missis Kendrik hieße.

»Alles zu seiner Zeit.«

Fanny verdrehte die Augen. »Zeit! Sie haben sich schon viel zu viel Zeit gelassen, Miss Valerie! Wie lange wollen Sie ihn denn noch hinhalten? Sie beide passen so wunderbar zusammen. Einen besseren und treueren Mann werden Sie niemals finden. Sie werden ihn höchstens verlieren, wenn Sie weiterhin so tun, als hätten Sie noch Jahre, um zu einer Entscheidung zu kommen. Kein Mann wartet ewig. Und auch Mister Kendriks Geduld wird eines Tages erschöpft sein!«

Die Vorhaltungen ihrer Zofe trafen bei Valerie einen wunden Punkt, war sie sich doch selbst der Tatsache bewusst, dass sie sich schon seit vielen Monaten darum drückte, eine eindeutige Entscheidung zu fällen und ihrem Leben eine klare Richtung zu geben. Doch ihre innere Zerrissenheit, die sie selbst am meisten quälte, war immer noch zu stark. Es gab Tage, an denen ihr alles sonnenklar erschien und sie nicht den geringsten Zweifel daran hegte, die beste Wahl getroffen zu haben, wenn sie Travis Kendriks Frau wurde. Doch die Zweifel, ob sie damit nicht eine Flucht vollzog, die ihr das Glück auf Dauer versagen würde, ließen dann nie lange auf sich warten. War Dankbarkeit, auch wenn sie mit einem starken Gefühl der Zuneigung Hand in Hand ging, eine solide Grundlage für eine glückliche Ehe? Würde sie jemals diese Leidenschaft und diesen atemnehmenden Rausch der Verzückung, die sie in Matthews Armen entdeckt hatte, in einer Ehe mit Travis ein zweites Mal erleben?

Valerie drängte diese peinigenden Fragen zurück, weil sie wusste, dass sie die Antworten darauf jetzt nicht finden würde. »Du hast recht, Fanny. Ich sollte Travis bald eine klare Antwort geben«, räumte sie ein. »Und jetzt sollte ich ihn wohl nicht länger mit seinen freudigen Nachrichten für mich warten lassen.«

Bevor sie hinunterging, machte sie sich im Nebenzimmer jedoch noch ein wenig frisch. Sie wusch sich den Schlaf aus den Augen, gab ihrem blassen Gesicht mit etwas Rouge den Anschein gesunder Farbe und tupfte sich einige Tropfen Parfüm hinter die Ohren sowie zwischen den Ansatz ihrer Brüste. An ihren Haaren brauchte Fanny kaum etwas zu tun. Sie wuchsen so schrecklich langsam und bedeckten noch nicht einmal ihre Ohren. Zumindest waren sie mittlerweile lang genug, dass sich schon die ersten sanften Locken zeigten.

»Valerie! Wie reizend Sie aussehen!«, begrüßte Travis sie freudig und mit dem strahlenden Glanz des Mannes in den Augen, der seiner Liebe am liebsten noch ganz anders Ausdruck verliehen hätte. Es war natürlich ein Zufall, dass sie ausgerechnet am Tag seiner Rückkehr dieses fliederfarbene, weich fließende Kleid mit dem halbrunden Ausschnitt trug, das er so sehr an ihr mochte. Er nahm es als gutes Omen. Was hätte er jetzt für einen Kuss von ihr gegeben! »Sie wissen ja gar nicht, wie sehr ich Ihren Anblick und Ihre Gesellschaft während der letzten Tage vermisst habe.«

Sie lächelte. »Auch wir haben Sie vermisst«, antwortete sie und bemerkte gar nicht, wie sehr ihr Unterbewusstsein stets darauf achtete, dass ihre Äußerungen immer etwas allgemein blieben, wenn es sich um ihre Gefühle für ihn handelte. »Es war wirklich sehr still im Haus, auch wenn Amalia und Helen uns so gut wie immer versorgt haben.«

»Ich habe auch gehofft, dass Sie mich etwas vermissen würden«, sagte er und fand ihre Gemütsverfassung an diesem Nachmittag so vielversprechend wie noch nie, seit er sie nach New Orleans gebracht hatte.

»Fanny sagte, Sie kommen mit guten Nachrichten. Sie war jedoch nicht zu bewegen, mir wenigstens einen kleinen Hinweis zu geben, worum es sich dabei handeln könnte.« Er schmunzelte. »Sie weiß eben, was sich geziemt, Valerie. Kommen Sie, setzen Sie sich. Ich habe uns schon Port eingegossen, denn ich denke, dass wir allen Grund zum Anstoßen haben.«

»Sie machen es wirklich spannend«, sagte Valerie und ließ sich auf der Couch nieder. Auf dem Tisch mit den geschwungenen Beinen standen zwei Kristallgläser, die mit dunklem Port gefüllt waren.

Travis setzte sich ihr gegenüber auf die Kante des Sessels. Er war viel zu aufgeregt, um sich richtig in den Sessel sinken zu lassen. »Sie werden es nicht erraten, wenn ich Sie frage, von woher ich komme.«

»Von COTTON FIELDS, nehme ich doch an.«

»Schon, da war ich in den letzten Tagen. Doch auf meinem Rückweg habe ich noch woanders einen Besuch abgestattet«, sagte er mit einem geheimnisvollen Lächeln und machte eine kleine Pause, um die Spannung zu erhöhen. »Und zwar auf DARBY PLANTATION!«

Ihr Gesicht wurde ernst und angespannt. »DARBY PLANTATION? Mein Gott, was wollten Sie denn da?«

»Eine Schuld begleichen, Valerie. Und ich wollte es mir nicht nehmen lassen, dies im Angesicht von Stephen Duvall und Missis Darby zu tun!«

Verwirrt hob sie die Augenbrauen. »Was für eine Schuld, Travis?«

»Eine Schuld über mehr als sechzigtausend Dollar, die auf COTTON FIELDS lastete – jetzt aber bis auf den letzten Cent beglichen ist!«, erklärte er voller Stolz und zog ein Papier aus der Jackentasche, das er vor ihr auf den Tisch legte. »Schauen Sie genau hin! Sehen Sie hier die Unterschrift von Missis Darby, mit der sie den Erhalt des Geldes und die Ablösung der Wechselschuld bestätigt.«

Ungläubig nahm Valerie das Schriftstück in die Hand und studierte den Text, der aus zwei kurzen Zeilen bestand und tatsächlich die Begleichung der Wechselschuld bestätigte. »Ja, aber ... mein Gott, Travis! Ich verstehe das nicht!«, murmelte sie.

»Cotton Fields ist gerettet, Valerie!«, rief er. »Der drohende Bankrott ist abgewendet. Sie haben bei diesem Pack nicht mehr einen Cent Schulden. Stephen und Catherine bleiben, wo sie sind. Und Ihnen bleibt Cotton Fields! Niemand kann es Ihnen jetzt noch nehmen. Mein Gott, Sie hätten ihre Gesichter sehen mögen! Stephen hat einen fürchterlichen Wutanfall bekommen, als er mich mit seiner Mutter und seinem Stiefvater im Salon sitzen und das Geld hinblättern sah. Mister Darby musste eingreifen. Er hat ihn fast hinausgeworfen.«

Sprachlos hörte sie ihm zu.

»Aber das ist noch nicht alles«, fuhr Travis mit fast übermütiger Begeisterung fort. »Wenn es auch einige Jahre dauern wird, um Cotton Fields wirtschaftlich wieder richtig in Schwung zu bringen, so brauchen Sie sich doch um die laufenden Kosten für das nächste Jahr nicht zu sorgen. Ich denke, damit werden wir erst einmal ganz gut über die Runden kommen und eine kleine Ernte im nächsten Jahr finanzieren können.« Er griff in seine Jackentasche und legte einen Packen Geldnoten auf den Tisch. »Das sind etwas mehr als zwölftausend Dollar. Sparsam gewirtschaftet, bringt uns das bis in den nächsten Herbst. Und ich garantiere Ihnen, dass es ein zweites Feuer auf dem Feld am Westwood Creek nicht geben wird!«

»Um Gottes willen, wo haben Sie all das viele Geld her?«, stieß Valerie hervor.

Er zögerte, räusperte sich umständlich und sagte dann mit einem schiefen Lächeln: »Nun ja, damit kommen wir zur nicht ganz so erfreulichen Seite der Aktion, die COTTON FIELDS vor der Zwangsversteigerung bewahrt hat.«

»Von welcher Aktion reden Sie?«

Er holte tief Luft. »Von der Versteigerung eines Teils der Sklaven«, sagte er leise.

Ihre Augen weiteten sich vor Unglauben. »Was haben Sie getan?«

»Ich habe veranlasst, dass es auf COTTON FIELDS eine Auktion gab. Das war die einzige Möglichkeit, den Bankrott abzuwehren und das Geld noch fristgerecht zusammenzubekommen«, erklärte er hastig.

Sie sprang auf, Zornesröte im Gesicht. »Ich kann nicht glauben, dass Sie das wirklich getan haben!«, stieß sie hervor.

»Mein Gott, Valerie!«, rief er beschwörend und stand ebenfalls auf. »Es musste sein! Glauben Sie mir. Mir blieb gar keine andere Wahl!«

Bevor sie wusste, was sie tat, flog ihre Hand hoch und traf ihn hart im Gesicht. »Und ich habe geglaubt, Ihnen könnte ich vertrauen!« Ihre Stimme zitterte vor Abscheu.

Die Ohrfeige kam für Travis völlig unerwartet und er taumelte einen Schritt zurück. Er stieß dabei gegen den Tisch. Ein Glas fiel um, zerbrach und ergoss seinen Inhalt über die

Platte. Keiner von ihnen achtete darauf. Schmerz stand in seinen Augen, doch er kam nicht vom Brennen seiner Wange. »Ich habe Ihr Vertrauen nicht missbraucht, Valerie!«, sagte er gepresst. »Ich habe getan, was getan werden musste – und wozu Sie nicht in der Lage waren.«

»Sie verkaufen meine Sklaven? Lassen sie versteigern wie Vieh? Sie, der sich all die Jahre für die Schwarzen eingesetzt hat und stolz darauf gewesen ist, dass man Sie einen ›Niggeranwalt‹ nennt?«, fuhr sie ihn an. »Nein, dafür habe ich nicht das geringste Verständnis.« Sie schüttelte den Kopf und machte Anstalten, den Salon zu verlassen.

Travis kam ihr zuvor. Er verstellte ihr vor der Tür den Weg. »Dass man mich verachtet und niederer Beweggründe bezichtigt, das bin ich gewohnt und damit habe ich zu leben gelernt!«, sagte er erbittert. »Aber ich habe nicht gedacht, dass auch Sie eines Tages zu denjenigen gehören werden, die auf mich herabschauen, nur weil sie blind für die Wahrheit sind!«

»Das trifft sich doch gut. Dann beruht die Enttäuschung ja wenigstens auf Gegenseitigkeit!«, erwiderte sie mit beißendem Hohn. »Und jetzt lassen Sie mich vorbei!«

»Zum Teufel noch mal, Sie werden hierbleiben und mir zuhören!«, herrschte er sie wütend an. »Wenn Sie mich danach immer noch verdammen wollen, werde ich mich damit abfinden. Aber Sie werden mir die Möglichkeit geben, Ihnen zu erklären, warum ich es getan habe – und warum es richtig war. Ich habe ein Recht, dass Sie mir diese Chance geben, Valerie! Ich bin weder Ihre Zofe noch sonst ein Bediensteter! Oder haben Sie vielleicht Angst, Sie könnten etwas zu hören bekommen, was Sie besser nicht erfahren wollen?«

»Nein, die habe ich nicht!«, gab sie scharf zurück.

»Also, warum setzen Sie sich dann nicht wieder?«, wollte er wissen und fügte eindringlich hinzu: »Bitte, Valerie!«

Sie zögerte einen Moment. Dann zuckte sie mit den Schultern. »Sie sollen Ihren Willen bekommen – das bin ich Ihnen in der Tat schuldig«, sagte sie knapp und kehrte zur Sitzgruppe zurück. Wie eine Blutlache hatte sich der Port auf der Tischplatte ausgebreitet und tropfte jetzt auf den Teppich.

»Cotton Fields stand vor dem Ruin«, begann er und bemühte sich um einen emotionslosen, sachlichen Ton. Dabei sah es in seinem Innern chaotisch aus. Niemals hätte er mit einer solchen Reaktion gerechnet. »Wenn es mir möglich gewesen wäre, diese Summe anders aufzubringen, hätte ich es getan. Ich hätte jeden Dollar dafür hergegeben. Doch meine finanzielle Lage ist leider nicht so beschaffen, dass ich auch nur annähernd so viel Geld zusammenbekommen hätte.«

»Das hätte ich auch nicht gewollt!«, erwiderte sie knapp.

»Aber ich, Valerie! Ich hätte nichts lieber als das getan, weil ich alles, was ich nur kann, ohne Zögern und mit größter Liebe tue, um Sie glücklich oder doch zumindest zufrieden zu machen – wie Sie eigentlich wissen sollten! Aber es ging nun mal nicht«, sagte er, und seine Stimme bekam für einen Augenblick einen hilflos zornigen Ausdruck. Doch er hatte sich gleich wieder unter Kontrolle. »Doch ich war auch nicht gewillt, die Plantage, um die Sie so sehr gekämpft und für die Sie schon so viel hatten erdulden müssen, einfach so aufzugeben. Der Verkauf der Sklaven war die einzige Chance zu verhindern, dass diese Verbrecher mit dem ehrbaren Getue ihr Ziel erreichen und Ihnen die Plantage für diese lächerliche Wechselschuld abnehmen.«

»Wie viele sind versteigert worden?«

»Einhundertzweiundvierzig.«

»O nein«, murmelte sie betroffen. »COTTON FIELDS war auch ihre Heimat. Wie grausam, die Menschen so auseinanderzureißen.«

»Genau das ist nicht geschehen. Glauben Sie mir, dass es mir schrecklich schwergefallen ist, diese Auktion anzusetzen. Aber ich habe für sie getan, was in meiner Macht stand. Kein Ehepaar und keine Familie ist auseinandergerissen worden. Waren sie verheiratet, konnten sie nur als Paar ersteigert werden, und mit Kindern nur als Familieneinheit. Hätte ich sie dagegen einzeln verkauft, hätte ich bedeutend mehr Geld für sie erzielen können. Aber dies war der Preis, den ich um so viel Menschlichkeit, wie mir möglich war, in Kauf genommen habe. Außerdem sind fast hundert von ihnen von einem einzigen Plantagenbesitzer gekauft worden«, berichtete er. »Und das sollte uns ein Trost sein. Sein Name ist Patrick Palmer, der Sohn eines ehemaligen Senators. Er besitzt eine große Plantage oberhalb von Baton Rouge. Ich habe Erkundigungen über ihn eingezogen. Er ist politisch nicht nur ein sehr gemäßigter Mann, sondern steht auch als Sklavenhalter in dem Ruf, seine Schwarzen sehr gut zu behandeln. Ich bezweifle, dass Sie es unter der Herrschaft von Stephen Duvall auch so gut gehabt hätten. Oder haben Sie vergessen, was er mit Phyllis gemacht und wie skrupellos er Edna und Tom erschossen hat? Er hat mit Niggern nicht das geringste Erbarmen. Und die Treue, die viele der Haussklaven Ihnen geleistet haben, hätte er ihnen mit der Peitsche vergolten. Nein, ich möchte mir nicht ausmalen, wie das Leben für die Schwarzen ausgesehen hätte, wenn es ihm und seiner Mutter gelungen wäre, Sie in den Ruin zu treiben. So schrecklich der Verkauf auch war, und glauben Sie mir, wenn ich Ihnen sage, dass ich es mir nicht leicht gemacht und mir tausendmal gewünscht habe, dies nicht tun zu müssen!, aber so ist es dennoch besser als das, was ihnen unter einem Master Stephen Duvall geblüht hätte! Oder sind Sie da anderer Meinung?«

Valeries anfängliche Wut und ihre Enttäuschung verloren an Kraft. Ihr begann zu dämmern, dass sie mit ihrer Verurteilung ein bisschen vorschnell gewesen war. »Ich ... ich weiß es nicht«, murmelte sie verstört. »Ich habe ... ich habe darüber nicht nachgedacht. Vielleicht ...«

Er gab ein bitteres Lachen von sich. »Ja, genau das ist es, Valerie. Sie ohrfeigen mich und verurteilen meine Handlungsweise, doch in Wirklichkeit wissen Sie gar nicht, was ich hätte tun sollen oder besser gesagt, was ich anders hätte tun *können*! Aber was mich viel tiefer trifft als Ihre vorschnellen Bezichtigungen und diese Ohrfeige, ist die Tatsache, dass Sie mir zum Vorwurf machen, mich um Sie und Cotton Fields gesorgt und Wege gesucht zu haben, um diese Krise zu bewältigen.«

»Diesen Vorwurf habe ich Ihnen nie gemacht«, widersprach sie schwach.

»Und ob Sie mir den gemacht haben! Dabei sind Sie es gewesen, die sich keinen Deut mehr um die Plantage geschert hat – und damit war es Ihnen auch völlig egal, was mit all den Menschen geschieht, die nun mal zu Cotton Fields gehören. Mir könnte man vielleicht vorwerfen, einen persönlichen Fehler begangen zu haben und meinen noblen Vorsätzen untreu geworden zu sein«, fuhr er unerbittlich fort. »Gut, das will ich auf mich nehmen, weil ich vieles auf mich nehme, wenn es nur zu Ihrem Guten ist. Doch Ihnen muss man zum Vorwurf machen, dass Sie die Plantage *und* die Menschen dort bitterlich im Stich gelassen haben. Ihr Schicksal hat Sie nicht mehr im Mindesten berührt.«

»Das ist nicht wahr!«, begehrte Valerie auf, wusste jedoch, wie nahe Travis der Wahrheit schon gekommen war.

»O ja, es ist leider nur zu wahr! Sie haben COTTON FIELDS im Stich gelassen! Ihnen war es völlig egal, was mit der Plantage und den Menschen geschieht. Sie wollten nichts davon wissen!«, hielt er ihr schonungslos vor. »Wie oft habe ich in den letzten Wochen versucht, mit Ihnen darüber zu reden! Doch Sie haben das nicht zugelassen. Ich weiß noch sehr genau, was Sie zu mir gesagt haben, als ich das letzte Mal das Gespräch auf den anstehenden Zahlungstermin und die Möglichkeiten, die uns zur Rettung der Plantage geblieben waren, bringen wollte. Möchten Sie es hören?«

Sie schüttelte den Kopf. »Ich ... ich weiß nicht, was ich zu Ihnen ... gesagt habe«, erklärte sie stockend.

»Umso besser, dass sich mir Ihre Worte dafür so unvergesslich eingeprägt haben, Valerie. So kann ich Ihrer Erinnerung ein bisschen auf die Beine helfen«, sagte er sarkastisch. »Es war bei Tisch, und Fanny war zugegen, als Sie zu mir sagten: ›Sie haben meine Zustimmung, was immer Sie tun. Und Sie haben meine Vollmacht. Tun Sie, was Sie für richtig halten. Nur ersparen Sie mir, mich damit beschäftigen zu müssen. Ich will und kann es nicht mehr.‹ Das waren Ihre Worte, Valerie. Sie *wollten* nicht mehr! Sie haben es sich einfach gemacht und diese Probleme von sich geschoben. Sollte ich doch sehen, wie ich damit fertig werde. Sie wollten damit nichts mehr zu tun haben!«

»Ich ... ich hatte meine Gründe, warum ich nicht mehr konnte!«, verteidigte sie sich gequält. »Ich war ... krank ... und erschöpft.«

»Nein, das waren Sie nicht! Versuchen Sie bloß nicht, Ihre Krankheit als Entschuldigung anzuführen. Von Ihren körperlichen Wunden sind Sie längst genesen. Sie verstecken sich jetzt nur noch in der Rolle der Kranken, weil Sie meinen, das könnte Sie von nun an vor allem schützen. Ich hätte von Ihnen eigentlich nie gedacht, dass Sie Ihren Stolz und Ihre Willenskraft verlieren würden. Sie eines Tages vor einem Lumpen wie Stephen Duvall in die Knie gehen zu sehen, hätte ich mir wahrlich nicht träumen lassen.«

Valerie sah ihn mit schmerzlich verstörtem Blick an. So hatte er noch nie zu ihr gesprochen. Jetzt war er es, der Ohrfeigen austeilte – mit Worten. Und jedes von ihnen traf sie bis ins Mark.

»Hören Sie auf!«

Er dachte nicht daran, sie zu schonen. Das hatte er lange genug getan, eigentlich schon viel zu lange. Wenn sie die Wahrheit jetzt nicht vertrug, hatte er sie so oder so verloren. Deshalb fuhr er mit unverminderter Härte fort: »Dass ich Sie für willensstärker und mutiger gehalten habe, ist natürlich mein Fehler. Ich habe Sie eben weit überschätzt. Aber gut, es ist Ihre Entscheidung, wenn Sie sich geschlagen geben, nichts mehr mit COTTON FIELDS zu tun haben wollen und es vorziehen, voller Selbstmitleid die leidende Kranke zu spielen, die noch nicht einmal den eigenen Anblick im Spiegel erträgt.«

»Travis, bitte!«, flüsterte Valerie flehend und mit tränenerstickter Stimme.

Er tat so, als hätte er nichts gehört. »Wenn Sie so ein jammervolles, rückgratloses Leben führen wollen, ist das Ihre Sache. Irgendein Jammerlappen, der Ihr leidendes Wesen auch noch interessant und anziehend findet, wird sich Ihrer gewiss annehmen. All das erfüllt mich mit Schmerz und großer Enttäuschung, dennoch will ich es gelten lassen, wenn Sie darin Ihr Seelenheil zu finden meinen. Aber kommen Sie mir ja nicht mit Vorwürfen, Valerie! Das Recht, mir irgendwelche Fehler vorzuwerfen, die ich im Zusammenhang mit COTTON FIELDS begangen haben soll, haben Sie längst verwirkt!«

Der schwache Wall ihrer Verteidigung stürzte endgültig ein. Scham und Schuldgefühl brachen wie eine mächtige Woge über sie herein. Was Travis ihr vorwarf, traf ins Schwarze. Einmal ganz davon abgesehen, dass er tatsächlich keine andere Wahl gehabt hatte, stand es ihr nicht zu, ihm etwas vorzuwerfen, auch wenn er etwas falsch gemacht hätte.

»Es ... tut mir leid. Sie haben recht ... ich habe COTTON FIELDS im Stich gelassen. *Ich* hätte die Ohrfeige verdient gehabt. Verzeihen Sie mir, Travis.« Valerie schlug die Hände vors Gesicht, als sie ein heftiger Weinkrampf überfiel.

Es tat ihm weh, sie so weinen zu sehen. Doch er ließ eine Weile verstreichen, bevor er sich zu ihr auf die Couch setzte und ihr tröstend seinen Arm um die Schulter legte.

»Verzeihen Sie mir ... verzeihen Sie mir«, schluchzte sie immer wieder.

»Es gibt nichts zu verzeihen, Valerie«, beruhigte er sie.

»O doch ... nicht nur die Ohrfeige«, brachte sie unter Tränen hervor. »Ich ... ich war ungerecht ... und ja ... mutlos und feige. Ich schäme mich, Travis ... ich schäme mich so entsetzlich, dass ... dass ich sterben möchte.«

Er streichelte sie. »Wenn Sie ein Herz und ein wenig Sympathie für mich haben, tun Sie mir das nicht an, Valerie. Schwarz steht mir unsäglich schlecht, und wenn Sie sich so einfach aus dem Staub machen, müsste ich mich ja Ihrer Zofe annehmen. Vielleicht würde ich sie sogar aus Verzweiflung heiraten. Stellen Sie sich das mal vor – der Niggeranwalt und die englische Zofe! Können Sie sich so etwas auf Ihr Gewissen laden?«, fragte er in liebevollem Scherz.

Travis und Fanny ein Paar? Valerie konnte sich bei dieser aberwitzigen Vorstellung eines Auflachens nicht erwehren, und dieses Lachen, auch wenn es nur sehr kurz ausfiel, machte ihrem Weinkrampf ein Ende. »Ach, Travis ...«

»Ich nehme an, das soll nein bedeuten. Jetzt sieht die Welt für mich schon wieder viel rosiger aus«, gab er sich unendlich erleichtert. »Deshalb dürfen Sie auch mein Taschentuch nehmen und Ihre Tränen trocknen, denn ich denke, nun haben Sie genug geweint.«

Sie nahm das Tuch und trocknete sich die Augen. »Ich habe mich so ... dumm und verantwortungslos verhalten«, sagte sie leise und zutiefst beschämt.

»Niemand kann sich von Momenten der Schwäche freisprechen, Valerie«, entgegnete er verständnisvoll. »Sie haben eine schlimme Zeit hinter sich. Doch jetzt müssen Sie endlich die Kraft und den Mut finden, ins richtige Leben zurückzukehren und wieder die Valerie Duvall zu sein, wie ich Sie bewundere und liebe.«

»Ich werde es versuchen, das verspreche ich Ihnen«, gab sie ihm ihr Wort.

Er lächelte. »Gut! Wir sollten gleich heute damit beginnen, Ihrem Einsiedlerdasein ein Ende zu bereiten, indem wir eine Ausfahrt machen.«

Abwehr zeigte sich unwillkürlich auf ihrem Gesicht und sie bereute ihr Versprechen. »Eine Ausfahrt?« Sie schüttelte den Kopf. »Das geht nicht, Travis. Dafür ist es noch zu früh. Bitte nicht!«

»Warum ist es für eine kleine Ausfahrt zu früh?«, stellte er sich dumm. »Sie sind gesund und wir haben ein prächtiges Wetter.«

»Ich ... ich kann so nicht unter Menschen«, sagte sie und senkte den Blick. »Nicht mit diesen Haaren. Ich sehe entsetzlich aus. Alle werden mich anstarren und mit dem Finger auf mich zeigen!«

»Wenn alle Frauen so ›entsetzlich‹ aussehen würden wie Sie, wäre die Welt ein Paradies ausschließlich schöner Frauen«, erwiderte er zärtlich. »Aber da Sie im Augenblick darauf beharren, sich mit Ihrem kurzen Haar nicht in der Öffentlichkeit zeigen zu können, schlage ich vor, dass Sie sich der Perücke bedienen, die Fanny Ihnen doch schon vor gut drei Wochen hat kommen lassen. Ihr eigenes Haar ist natürlich viel schöner, aber der Perückenmacher hat erstklassige Arbeit geleistet, das müssen Sie doch wohl zugeben. Ich garantiere Ihnen, niemand wird bemerken, dass es nicht ihr eigenes Haar ist, nicht einmal aus unmittelbarer Nähe.«

Valerie wand sich. »Muss es sein?« Ihr Blick war gequält und bat ihn, nicht darauf zu bestehen.

Er ließ sich jedoch nicht erweichen. »Ja, es muss. Und Sie werden mir hinterher dafür dankbar sein.«

Sie schwieg und biss sich auf die Lippen.

»Haben Sie Ihr Vertrauen in mich denn wirklich verloren?«, fragte er leise.

Sie blickte ihn an und wusste, dass der Tag gekommen war, vor dem sie sich schon seit Wochen fürchtete. Die Zeit der Weltflucht war vorbei. Sie musste ihr Schneckenhaus verlassen, zu ihrem Leben zurückfinden und sich all den Problemen stellen, vor denen sie während der letzten Wochen die Augen krampfhaft verschlossen hatte.

»Nein, ich habe es nicht verloren, Travis«, antwortete sie. »Ich werde die Perücke aufsetzen und mit Ihnen eine Ausfahrt unternehmen.«

Dem Anwalt war, als fiele ihm eine zentnerschwere Last von der Seele. Endlich durchbrach sie die selbst gewählte Isolation! Damit waren die Weichen in die richtige Richtung gestellt. Er hegte nicht die geringsten Zweifel, dass Valerie nun zu ihrem früheren Selbst zurückfinden würde.

»Sie wissen gar nicht, welch eine Freude Sie mir damit machen«, sagte er mit strahlenden Augen, »und wie groß der Gefallen ist, den Sie sich selbst tun.«

Eine knappe halbe Stunde später verließ Valerie an seiner Seite das Haus und stieg in die wartende Kutsche, blass im Gesicht, jedoch festen Schrittes. Und in ihrem Hinterkopf regte sich der Gedanke, dass es Schritte in ein ganz neues Leben waren.

16

Clarice räumte die frisch gewaschene und gebügelte Leibwäsche ihrer Herrin in die Kommode und summte dabei ein fröhliches Lied vor sich hin, als Rhonda ins Zimmer trat. Sie hatte den sonnigen Nachmittag für einen Ausritt genutzt und wollte sich für das Abendessen umziehen.

»Na, du scheinst heute ja ganz besonders guter Laune zu sein«, sagte sie zu ihrer Dienerin, als diese ihr dabei half, das rehbraune Reitkostüm abzulegen.

»O ja, mir geht es auch gut, Miss Rhonda«, gab Clarice mit strahlendem Lächeln zu.

»Schön, das freut mich für dich. Gibt es dafür einen besonderen Grund?«, fragte Rhonda leichthin.

Clarice lachte leise auf. »Hm, ja ... Den gibt es schon.«

Rhonda tat so, als würde sie stutzen. »So? Ist das ein Geheimnis oder darf ich es erfahren?«

»Nun ja ... es ist kein richtiges Geheimnis nicht, wo er doch nichts dagegen hat, dass alle es wissen können«, sagte Clarice stolz und verlegen zugleich.

»*Er?*«, wiederholte Rhonda scheinbar überrascht. »Sag bloß, du redest von einem Verehrer?«

Clarice nickte nun heftig. »Es ist Jamie, der Stallknecht. Er ... er ist mächtig hinter mir her.«

»Mein Gott, das ist wirklich eine Neuigkeit! Da hast du aber eine ganz ausgezeichnete Wahl getroffen. Solch einen stattlichen Mann wie ihn findest du so schnell nicht wieder. Ich habe ja immer gewusst, dass du einen guten Geschmack hast.«

»O danke, Miss Rhonda. Aber um ehrlich zu sein, kann ich es noch gar nicht glauben.«

»Was kannst du nicht glauben?«

»Na ja ... dass er all diese Dinge zu mir sagt ... und ... und ...« Sie zögerte und suchte nach den passenden Worten für das, was zwischen ihnen war. Aber das vermochte sie noch nicht einmal in der vagesten Formulierung vor ihrer Herrin anzudeuten, und so rettete sie sich in ein Allgemeines »... und dass er mich wirklich will«.

Rhonda sah sie mit leicht hochgezogenen Augenbrauen an, während sie angesichts dieser Schamhaftigkeit ihrer Dienerin am liebsten in schallendes Gelächter ausgebrochen wäre. »Er will dich? Wie meinst du das?«

Clarice schoss das Blut ins Gesicht. »Jamie will mich zur Frau. Er möchte, dass wir heiraten ... und so ...«

»Das ist doch wunderbar, Clarice. Du hast meine Glückwünsche und ganz sicher auch den Segen von Master Darby. Jamie wird dir bestimmt ein guter Mann sein. Du bist zu beneiden, mein Kind.«

»Ich kann es aber noch kein bisschen nicht glauben. Ich meine, wo ... wo doch so gar nichts Besonderes an mir ist und ... wo ich doch keine Schönheit nicht bin«, brachte sie stockend hervor. »Dabei könnte er Nora haben oder die hübsche Deliah, und sogar die hochmütige Betty aus der Küche macht ihm schöne Augen, und das macht mich ganz wirr im Kopf, dass er so verrückt nach mir ist, wo ich ihm doch so gar nichts bieten kann.«

»Nichts bieten? Was redest du denn für einen Unsinn

249

zusammen. Eine ganze Menge hast du zu bieten, und auf deine Art bist du genauso hübsch wie Betty und Nora«, log Rhonda mit Nachdruck.

»Wirklich, Miss Rhonda?«, fragte Clarice mit einem glücklichen Leuchten in den Augen. »Finden Sie wirklich, dass ich ein bisschen nett aussehe?«

»Was für eine dumme Frage, Clarice!« Sie lächelte. »Wenn du nicht tüchtig und ansprechend wärst, hätte ich dich schon längst weggeschickt und mir jemand anders als Zofe genommen. Und dass dein Jamie erkannt hat, wie viel mehr wert du bist als dieses hübsche Plappermaul Betty, spricht doch nur für ihn.«

»O ja, er ist wunderbar!«, seufzte sie verliebt und mit verklärtem Blick.

»Wenn es so um dich steht, dann gebe ich dir den guten Rat, ihn bloß ja nicht zu lange über die Ernsthaftigkeit deiner Gefühle im Unklaren zu lassen. Einen wie ihn solltest du halten und so schnell wie möglich zum Mann nehmen«, legte Rhonda ihr nahe, denn das Jahr war bald vorbei, und dann waren es nur noch einige wenige Monate bis zu ihrer eigenen Hochzeit. »Wenn einem das Glück begegnet, soll man nicht zögern, sondern es mit festem, beherztem Griff packen und festhalten. Lass dir das von einer Frau gesagt sein, die weiß, wovon sie spricht.«

Clarice nickte eifrig mit einem glücklichen Lächeln neuen Selbstbewusstseins. »Ja, Miss Rhonda! Sie haben recht. So werde ich es tun!«, versprach sie.

Nachdem sie sich umgezogen hatte, verließ Rhonda noch einmal das Haus und begab sich zu den Stallungen. Als sie von ihrem Ritt zurückgekommen war, hatte der lange Josh ihr das Pferd schon im Hof abgenommen, sodass sie keine Gelegenheit gehabt hatte, mit Jamie zu reden. Nach ihrem Gespräch mit Clarice brannte sie jedoch darauf, von ihm Einzelheiten über die Fortschritte seiner Verführung ihrer Dienerin zu erfahren.

Jamie verteilte frisches Stroh, als sie die Stallungen betrat. Am anderen Ende des Ganges sah sie Josh, der damit beschäftigt war, die große Haferkiste aufzufüllen.

»Ich habe mit dir zu sprechen, Jamie!«, rief Rhonda mit gestrengem Ton, der den Eindruck erweckte, als hätte Jamie von ihr nichts Gutes zu erwarten. »Aber hier ist es mir zu staubig. Gehen wir in die Sattelkammer! Da kann ich dir auch gleich das schadhafte Zaumzeug zeigen!«

»Yassuh, Missy«, tat er verschüchtert und unterwürfig, doch in seinen Augen glitzerte es fröhlich.

Mit Belustigung stellte Rhonda fest, dass sich Josh schnell aus dem Staub machte. Auf DARBY PLANTATION war allgemein bekannt, dass man ihr besser aus dem Weg ging, wenn sie eine ihrer Launen hatte.

»Ich habe gerade mit Clarice gesprochen«, teilte sie ihm leise mit, als sie sich in der Sattelkammer befanden, in der es schon so dunkel war, dass man kaum noch die Sättel auf den Holzstangen und das herabhängende Gewirr des Zaumzeugs erkennen konnte. »Du hast dich offensichtlich ordentlich bei ihr ins Zeug gelegt, denn sie ist tatsächlich in Liebe zu dir entbrannt – auch wenn sie ihr Glück noch nicht richtig fassen kann.«

»Sie ist eben genau die dumme Gans, für die ich sie immer gehalten habe«, sagte er geringschätzig.

»Wofür wir beide dankbar sein müssen, mein Liebster«,

erwiderte sie und strich ihm über die Wange. »Erzähl mir, was du mit ihr gemacht hast.«

Er stöhnte leicht geplagt auf. »Was soll ich schon groß mit ihr gemacht haben.«

»Hast du ihr schon gezeigt, was für ein kräftiger und stolzer Held hier verborgen ist?«, fragte sie und schob ihre Hand zwischen seine Beine.

Er lachte rau auf, während seine Männlichkeit unter ihrem sanften Druck zu erstarken begann. »Wo denkst du hin! Sie hat mir gerade mal erlaubt, ihre Brüste zu berühren. Vor allem anderen hat sie Angst – und ich bin auch gar nicht wild darauf, dass sie mehr will.«

»Erzähl mir, was du ihr gesagt hast, und zeig mir, wie du ihre Brüste berührt hast!«, forderte sie ihn auf, ein wenig eifersüchtig, aber auch erregt von der Vorstellung, dass er Clarice verführte, weil er sie, Rhonda, bedingungslos liebte.

Er tat es, flüsterte ihr Liebeserklärungen zu, küsste sie und streichelte ihre Brüste.

»Ach, ich wünschte, sie hätte dir wenigstens erlaubt, sie auch zwischen den Beinen zu streicheln«, bedauerte sie. »Dann hättest du mir auch das jetzt zeigen können.«

»Wenn du möchtest, zeige ich dir heute Nacht mehr als nur das«, flüsterte er ihr voller Begehren zu.

»Ja, heute Nacht!«, seufzte sie. »Aber vorher wirst du dich noch ein bisschen um Clarice kümmern. Verführe sie! Ich habe ihr gut zugeredet, dass sie alles tun muss, um dich zu halten. Ich möchte, dass ihr noch in diesem Jahr heiratet und eine Hütte bezieht.«

»Aber dann werde ich nicht mehr so häufig zu dir kommen können.«

»Ich denke, sie ist eine dumme Gans?«

Er lachte. »Also gut, ich werde dafür sorgen, dass wir noch vor Jahresende verheiratet sind.«

Rhonda kehrte ins Herrenhaus zurück. Beim Abendessen kam es zwischen ihrem Bruder und ihrer Mutter zu einer unschönen Szene, weil er sich schon angetrunken an den Tisch setzte und ihre Bitte, doch von weiterem Alkoholgenuss abzusehen, missachtete. Die Niederlage, die man ihm am Tage der Auktion zugefügt hatte, zehrte noch immer an ihm. Hass und Ohnmacht wüteten in ihm und fanden ihr einziges Ventil in einem noch zügelloseren Lebensstil, als er ihm schon früher zu eigen gewesen war.

Stephen hatte sich bereits zweimal nachgießen lassen. Als er den Diener heranwinken wollte, damit er ihm das Glas ein drittes Mal mit Bordeaux füllte, stieß er den Kristallkelch um. Er zerbrach am Sockel des schweren silbernen Kerzenleuchters.

»Das reicht jetzt!«, rief Catherine erzürnt.

»Muss schon einen Sprung gehabt haben«, erwiderte er mit schwerer Zunge und völlig gleichgültig. »Oder das Kristall taugte nichts. Bring mir ein neues Glas, Amos!«

»Du rührst heute keinen Alkohol mehr an! Du hast mehr als genug davon genossen!«, zischte Catherine.

Justin saß mit verschlossenem Gesicht am Tisch, enthielt sich aber noch jeden Kommentars.

»Ich bin kein Kind mehr, Mom! Ich weiß besser als du, wann ich genug habe und wann nicht. Und ich habe noch längst nicht genug«, erklärte er barsch. »Na los, gieß schon ein, Amos! Worauf wartest du noch, du glotzäugiger Nigger?«

Justin fing den unschlüssigen Blick des Dieners auf und hob kaum merklich die Hand. Amos verstand und zog sich mit der Weinflasche hinter den Stuhl des Hausherren zurück. »Du lässt es an dem nötigen Respekt fehlen, den du deiner Mutter schuldest, Stephen!«, wies er ihn scharf zurecht. »Und mir drängt sich wie deiner Mutter der Eindruck auf, dass du für heute genug Wein und Brandy zu dir genommen hast. Lass es also gut sein.«

»Ich denke nicht daran!«, begehrte Stephen wütend auf. »Ich lass mich doch nicht zurechtweisen wie ein dummer Junge!«

»Aber du benimmst dich wie einer!«, erwiderte Justin jetzt mit unnachsichtiger Schärfe. »Deshalb bleibt mir nichts anderes übrig, als dich aufzufordern, dich zu erheben und dein Abendessen an einem anderen Ort deiner Wahl einzunehmen, wo deine mangelhaften Tischmanieren weniger Missfallen finden als hier!«

»Nichts lieber als das!«, rief Stephen erbost und mit hochrotem Kopf. Er stand so heftig auf, dass er den Stuhl dabei umwarf. Die Serviette knüllte er zusammen und warf sie auf seinen Teller mitten ins Essen. Er stürzte aus dem Esszimmer und schrie Wilbert in der Halle an, dass er alter Trottel ihm nicht ständig vor die Füße tattern solle. Dann knallte die Tür hinter ihm zu. Draußen brüllte er unbeherrscht nach seinem Pferd.

»Es tut mir leid, Justin«, sagte Catherine.

Dieser seufzte und zuckte mit den Schultern. »Er hat noch eine Menge zu lernen – unter anderem Manieren seinen Eltern gegenüber und dass es nicht immer nach seinem Willen geht. Aber das kommt schon«, erklärte er, klang aber nicht so, als wäre er davon überzeugt.

»Bestimmt reitet er jetzt nach Rocky Mount und kommt diese Nacht nicht zurück. Er soll es mit seinen Freunden da ja ganz schön wild treiben«, bemerkte Rhonda gehässig, freute sich insgeheim jedoch, dass ihr Bruder in dieser Nacht nicht auf DARBY PLANTATION sein würde.

»Das war überflüssig, Rhonda!«, sagte Catherine ungehalten, die letztlich immer eine Entschuldigung für die Ausfälle ihres Sohnes fand. »Es steht dir nicht zu, über deinen Bruder zu urteilen. Er muss für sein Alter mit einer ganzen Reihe bitterer Erfahrungen fertig werden. Aber er wird sich schon wieder fangen, denn er ist ein Duvall! Und jetzt möchte ich nichts mehr davon hören!«

Rhonda hätte ihr am liebsten geantwortet, dass sie sich lächerlich mache, wenn sie Stephen stets in Schutz nahm und Entschuldigungen für seine Entgleisungen fand, und dass ihr Bruder immer das unausstehliche Ekel bleiben würde, das er nun mal war. Aber das wagte sie dann doch nicht, sondern begnügte sich mit der sarkastischen Bemerkung: »Ja, der arme Bruder hat auch wirklich schwer an seinem Kreuz zu tragen, da muss man natürlich Verständnis haben.«

»Apropos Kreuz«, fiel Justin ein, bevor Catherine sich auch noch mit Rhonda in die Haare bekommen konnte. »Habe ich dir schon erzählt, dass die Webbings uns doch zu Weihnachten besuchen können, meine Liebe?« Er legte seine Hand dabei auf die seiner Frau, als wollte er sie besänftigen, was auch der Fall war.

Catherine warf ihrer Tochter noch einen ärgerlichen Blick zu, beließ es jedoch dabei und nahm das neue Thema bereitwillig auf.

Am nächsten Tag brachte Stephen das Fass zum Überlaufen. Es war am späten Nachmittag. Rhonda hatte sich von ihrer Mutter überreden lassen, wie sie eine neue Kreuzstickerei zu beginnen. Justin leistete ihnen im kleinen Salon Gesellschaft und studierte die Zeitung, die der Bote nach dem Mittagessen mit der Post gebracht hatte.

Plötzlich kamen aus dem Vestibül erregte Stimmen. Im nächsten Moment stürzte Wilbert zu ihnen ins Zimmer. »Massa Darby! ... Gütiger Gott, kommen Sie schnell, Massa!«, rief er aufgeregt.

Justin legte die Zeitung weg und sprang auf. »Was ist passiert?«

»Massa Stephen! ... Er schlägt sie blutig, sagt Jakob! ... Wie von Sinnen schlägt er auf sie ein! ... Er wird kein Leben mehr nicht in ihr lassen!«

Justin kniff die Augen zusammen. »Wen schlägt er?«

»Nellie, die kleine hübsche Mulattin aus der Küche! ... Kommen Sie schnell!«

»Du bleibst hier!«, befahl Catherine ihrer Tochter und hastete hinter Wilbert und Justin her.

Rhonda dachte nicht daran, der Aufforderung Folge zu leisten. Auch sie raffte ihre Röcke und eilte ihnen nach. Sie liefen über den Hof und an den Stallungen vorbei zu einem Geräteschuppen, der etwas abseits stand. Das Klatschen einer Peitsche und die Schmerzensschreie waren schon auf dem Hof zu hören.

Justin zerrte das Tor des Schuppens auf.

»Dich werde ich Gehorsam lehren, du Bastard!«, schrie Stephen gerade und schlug mit einer Aufseherpeitsche auf das hellhäutige Mulattenmädchen ein, das sich am Boden krümmte. Das Oberteil seines Kleides hing ihm nur noch in Fetzen am Leib. Es war jedoch nicht die Peitsche gewesen, die den Stoff so eingerissen hatte. Blutige Striemen überzogen die Haut, wo sie zwischen den Fetzen hervorschaute.

»Aufhören!«, donnerte Justin.

Stephen fuhr herum. Aus verquollenen Augen starrte er sie an. Dass er betrunken war, roch man schon aus fünf Schritten Entfernung. Wirr hing ihm das Haar in die Stirn. Ihm war anzusehen, dass er seine Kleidung seit zwei Tagen nicht gewechselt hatte.

Justin war mit einem Satz bei ihm und entriss ihm die Peitsche. »Was hat das zu bedeuten?«, herrschte er ihn an. »Weißt du nicht, dass auf DARBY PLANTATION niemand außer mir das Recht hat, eine Strafe mit der Peitsche zu verhängen?«

»Dieses Miststück hat es verdient!«, antwortete Stephen in trunkener Aggressivität und deutete wütend auf Nellie. »Sie hat nicht gehorcht! ... Widerworte hat sie gegeben! ... Dafür gibt es die Peitsche! ... Bastarde wie sie verstehen keine andere Sprache .... Ich kenne mich mit diesem Pack aus!«

»Was sollte sie denn machen?«, fragte Justin scharf.

»Das tut doch wohl nichts zur Sache! Mein Wort muss ja wohl genügen, dass sie aufsässig gewesen ist. Und dass Nigger keine Gelegenheit zu lügen auslassen, weiß doch jedes kleine Kind!«, baute er sofort zu seinem Schutz vor.

Es war ganz offensichtlich, was Stephen von dem hübschen Küchenmädchen gewollt und was dieses ihm verweigert hatte. Justin ersparte es sich, seiner Familie und dem Mädchen, die Sache beim Namen zu nennen. Es würde auch so schon genug Gerede und böses Blut auf der Plantage geben.

»Wilbert, hilf ihr auf und kümmere dich um sie. Ich verlasse mich auf dich, dass dieses Missverständnis nicht hochgespielt wird!«, sagte er und gab ihm zusätzlich mit einem Blick zu verstehen, dass er diesen Vorfall herunterzuspielen und Nellie dahingehend zu beeinflussen hatte, dass sie für sich behielt, was Stephen Duvall von ihr verlangt hatte. »Master Stephen hat zu viel getrunken und nicht gewusst, was er getan hat.«

Wilbert nickte und nahm sich der Mulattin an.

Justin packte Stephen am Handgelenk, und er fasste mit der Kraft eines zornigen Mannes zu, der Mühe hatte, seine Selbstbeherrschung zu bewahren. »Du kommst mit mir, und wage es ja nicht, ein lautes Wort von dir zu geben!«, zischte er.

Am nächsten Morgen verließ Stephen DARBY PLANTATION. Wenn das Kind auch einen anderen Namen bekam, so änderte das doch nichts an der Tatsache, dass er regelrecht der Plantage verwiesen und nach New Orleans geschickt wurde, damit er sich dort eine Bleibe suchte.

Mit Catherines Zustimmung hatte Justin ihm unmissverständlich zu verstehen gegeben, dass er genug von seiner Zügellosigkeit und Despektierlichkeit habe und dass er nicht gewillt sei, ihn unter diesen Umständen noch länger unter seinem Dach zu dulden. Er werde einen angemessenen Monatswechsel erhalten, könne sie besuchen, wann immer ihn danach verlange, und zu gegebener Zeit, wenn er Manieren gelernt und mehr Reife gewonnen habe, werde man auch darüber sprechen, ob er zurückkommen könne. Vorerst jedoch sei ihnen allen wohl am besten damit gedient, wenn er nicht mit ihnen unter einem Dach lebte, zumal er ja oft genug betont habe, wie bevormundet er sich auf DARBY PLANTATION fühle. Wenn es ihn denn so sehr nach Freiheit und unbeschränkter Eigenverantwortung dürste, solle er sie haben.

Mit einem lästerlichen, jedoch stummen Fluch galoppierte Stephen davon.

Rhonda war voller Schadenfreude, als sie ihn mit zornrotem Gesicht wegreiten sah. Freude bereitete ihr auch Jamie, der Clarice verführte und sie wenige Tage vor dem Weihnachtsfest zur Frau nahm. Als sie Edward, der über Weihnachten ebenfalls als Gast auf DARBY PLANTATION weilte, gegenüber andeutete, dass sie es sich überhaupt nicht vorstellen könne, ohne ihre so tüchtige und verlässliche Zofe nach Baton Rouge zu gehen, wenn sie bald verheiratet wären, lachte er nur und antwortete: »Dann nimmst du sie eben mit. Das kläre ich schon mit Justin. Also, wo liegt das Problem?«

Rhonda fiel ihm in ehrlicher Dankbarkeit um den Hals, während sie innerlich triumphierte. Ihr Plan ging auf! Drei Tage später wurde sie am Morgen zum ersten Mal von Übelkeit befallen und musste sich erbrechen. Sie redete sich ein, sich den Magen verdorben zu haben. Doch die Übelkeit kehrte immer wieder und nun begann für sie ein Albtraum unaussprechlicher Angst.

17

Die Sicherheit des Hauses zu verlassen und sich mit Perücke in der Öffentlichkeit zu zeigen bedeutete eine große Überwindung für Valerie. Und als Travis die Kutsche vor einer kleinen Parkanlage halten ließ, kostete es sie enorme Willenskraft, auszusteigen und eine Viertelstunde an seinem Arm durch den Park spazieren zu gehen. Sie war von Kopf bis Fuß verkrampft und musste sich jeden Schritt abringen. Von Travis' betont munterem Gerede, der sie damit ablenken wollte, bekam sie kaum etwas mit. Ihr war, als hätte sie mit dem Verlassen der Kutsche eine riesige Bühne betreten, auf der sich außer ihr niemand sonst der unbarmherzigen Neugier der Zuschauer präsentierte.

So manches Mal hatte sie auch tatsächlich das entsetzliche Gefühl, von Blicken förmlich durchbohrt und ihres falschen Haarschmucks beraubt zu werden. Doch es war bei Weitem nicht so schlimm, wie sie vorher befürchtet hatte. Gegen Ende ihres kurzen Spaziergangs überwog sogar die Erleichterung darüber, dass sie diese Probe gewagt und gut überstanden hatte, ja es bereitete ihr sogar richtige Freude, an der frischen Luft zu sein und die Sonne auf ihrem Gesicht zu spüren, auch wenn sie kaum noch wärmende Kraft hatte.

»War es wirklich so unerträglich, wie Sie befürchtet haben? Oder sind Sie nicht doch froh, dass Sie sich von mir zu dieser kleinen Ausfahrt haben überreden lassen?«, erkundigte sich Travis, als sie wieder in der Kutsche saßen.

»Es ist mir nicht leichtgefallen, und die ersten Minuten

dort auf den Parkwegen waren wie Spießrutenlaufen, aber dennoch bin ich froh, dass ich es getan habe«, gestand sie.

Travis lächelte sie an. »Habe ich es nicht gesagt?«

Sie erwiderte sein Lächeln voller Wärme und Dankbarkeit. »Ich werde in Zukunft mehr auf Sie hören, Travis«, sagte sie halb im Scherz.

»Das ist auch das Beste, was Sie tun können«, antwortete er schmunzelnd, doch sie wusste, dass er jedes Wort genau so meinte, wie er es gesagt hatte.

Ausfahrten und Spaziergänge wurden von nun an fester Bestandteil ihres täglichen Programms. Das Wetter spielte dabei mit und erwies sich als beständig. Und bald schon verlor Valerie ihre Scheu und das Gefühl, überall aufzufallen und im Blickpunkt verächtlicher Neugier zu stehen. Auch gewöhnte sie sich mit der Zeit so sehr an die Perücke, dass sie oft ganz vergaß, eine zu tragen.

Kurz vor Weihnachten fand Valerie sogar den Mut, ihre Spaziergänge nicht mehr nur auf ruhige Parks zu beschränken, sondern sich in das rege Leben und Treiben der Geschäftsstraßen im Zentrum von New Orleans zu wagen, um Geschenke für Travis und Fanny einzukaufen. Es tat ihr gut, als sie merkte, dass sie die bewundernden Blicke vieler Männer auf sich zog. Und in zwei Geschäften bekam sie sogar blumige Komplimente zu hören. Spätestens an diesem Tag kehrte die Lebensfreude in ihr zurück.

Das Weihnachtsfest begingen sie in festlicher Beschaulichkeit und Harmonie und Valerie hatte sich Travis noch nie so nahe gefühlt wie in diesen Tagen. Dass sie gemeinsam den Gottesdienst besuchten, der sie sehr berührte, trug nicht unwesentlich dazu bei. Am zweiten Weihnachtstag hatten sie Besuch zum Abendessen, einen Architekten mit seiner lebhaften Frau und einen Verleger, der sich bitterlich darüber beklagte, dass der unselige Bruderkrieg nicht einmal mehr vor der Literatur haltmachte. Denn man setzte ihn unter Druck, die Werke sogenannter »Yankeeautoren« nicht mehr zu verlegen, sondern nur noch die Bücher patriotischer Schriftsteller des Südens zu veröffentlichen. Was seine zur Bissigkeit neigende Frau zu der Bemerkung veranlasste: »Wohl nicht von ungefähr klingt patriotisch dem Wort idiotisch recht ähnlich. Zu viel Zucker macht eine Speise nun mal genauso widerwärtig wie zu viel Salz.«

»In der Tat!«, pflichtete der Architekt der Verlegersfrau bei. »In der Literatur und Politik müsste es wie in der Baukunst zugehen: Die Proportionen müssen stimmen und die Linien ausgewogen sein.«

Valerie genoss den Abend, der unter angeregter Unterhaltung nur allzu rasch verging. Er brachte ihr jedoch nicht nur amüsante Gespräche, sondern machte ihr wieder einmal bewusst, dass Travis zwar in der Pflanzeraristokratie ein Paria war, in der vielschichtigen Gesellschaft der Stadt jedoch nicht als Ausgestoßener galt.

»Es führt nun mal nicht der ganze Süden mit dem Norden Krieg, auch wenn unsere Regierung den Eindruck einer geschlossenen yankeehassenden Nation zu erwecken versucht«, erklärte Travis spöttisch, als Valerie am nächsten Tag darauf zu sprechen kam. »Und naturgemäß befinden sich diejenigen, die an der Sklaverei um jeden Preis festhalten wollen, in einer Stadt wie New Orleans nicht in einer so überwältigenden Mehrzahl, wie das auf dem umliegenden Land der Fall ist. Und immerhin hat damals über ein Drittel der stimmberechtigten Bevölkerung von New Orleans gegen die Loslösung von der Union votiert. Es gibt also genug liberale und auch kritische Geister in dieser Stadt, nur verhalten sie sich leider auch wie solche, seit der Süden in begeisterten Kriegstaumel ausgebrochen ist: Man bekommt sie nicht zu sehen und zu hören.«

»Sie werden schlicht und einfach Angst haben«, sagte Valerie verständnisvoll.

»Angst ist dazu da, um überwunden zu werden!«, erwiderte er kategorisch.

Es war ein Anspruch, den er indirekt auch an sie stellte, was COTTON FIELDS betraf. Gern hätte er es gesehen, wenn sie mit ihm zur Plantage gefahren wäre und sich dort zumindest für ein paar Tage aufgehalten hätte. Doch obwohl die Stunden der Depression und der Zweifel seltener geworden waren, vermochte sie sich noch nicht zu diesem Schritt durchzuringen.

Travis bedrängte sie auch nicht. Er sorgte jedoch dafür, dass Jonathan Burke sie in New Orleans aufsuchte und ihnen Bericht erstattete. Der Verwalter verbreitete Optimismus, und auch ohne die entsprechende Anweisung im Schreiben des Anwalts an ihn hätte er die wirtschaftlichen Auswirkungen, die der Verkauf von über hundertvierzig Sklaven haben musste, so heruntergespielt, wie er es bei seinem Besuch tat.

Valerie gab sich jedoch keinen Illusionen hin. Sie wusste sehr wohl, dass COTTON FIELDS einen mehr als nur empfindlichen Aderlass zu verkraften hatte. Mit den restlichen Arbeitskräften konnte vielleicht noch ein Drittel der Felder und Äcker bestellt werden. Aber darüber wollte sie sich jetzt

263

noch keine Gedanken machen. Sie glaubte, das Recht zu haben, den Tag, an dem sie wieder die volle Verantwortung für Cotton Fields auf ihre Schultern nehmen musste, noch ein wenig bis ins neue Jahr hinauszuschieben.

Dann kam Silvester. Als die Glocken um Mitternacht das alte Jahr verabschiedeten und das neue begrüßten und unzählige Feuerwerkskörper den sternenklaren Nachthimmel als Leinwand für ihr buntes, glitzerndes Spiel explodierender Farben nahmen, reichte Travis Fanny und Valerie mit Champagner gefüllte Kelche und stieß mit ihnen auf das neue Jahr 1862 an.

»Alles, alles Gute zum neuen Jahr, Mister Kendrik! ... Alles Liebe, Miss Valerie!«, rief Fanny und gab Valerie einen Kuss auf die Wange, den diese mit derselben Herzlichkeit erwiderte.

Travis blickte Valerie an.

Fanny spürte, dass er einen Moment mit ihr allein sein wollte. Deshalb stellte sie rasch ihr Glas ab. »Ich hole uns schnell noch Ingwerplätzchen. Die schmecken bestimmt sehr gut zum Champagner!« Sie eilte aus dem Zimmer.

»Mögen die schönsten Ihrer Träume in Erfüllung gehen, Valerie«, sagte Travis nun und sah ihr tief in die Augen.

»Ihre auch, Travis.« Schnell beugte sie sich vor und gab ihm einen Kuss auf die Wange, bevor er die Initiative ergreifen konnte.

»Ich habe nur einen«, sagte er voller Zärtlichkeit und Sehnsucht. »Und es gibt nur eine Person, die ihn mir erfüllen kann – und das sind Sie, Valerie.« Valerie war froh, als Fanny mit den Plätzchen zurückkehrte.

264

18

Rhonda weigerte sich Woche um Woche, der unerbittlichen Tatsache ins Auge zu sehen. Was nicht sein durfte, konnte auch nicht sein. Sie wähnte sich in dem verzweifelten Irrglauben, dass sich das Undenkbare auch als nicht existent herausstellen werde, wenn sie die verräterischen Hinweise ihres Körpers nur standhaft genug ignorierte. Um jedoch auch alle Mittel auszuschöpfen, besann sie sich wieder der Gebete, die sie als Kind gelernt hatte.

Nach den ersten zehn Tagen morgendlicher Übelkeit schienen ihre neue Frömmigkeit und ihre verbissene Weigerung, die Möglichkeit einer Schwangerschaft auch nur in Erwägung zu ziehen, die gewünschte Wirkung zu haben. Der Brechreiz kurz nach dem Aufstehen war von einem Tag auf den anderen verschwunden.

In ihrer unendlichen Erleichterung und Annahme, wirklich nur unter einer längeren Magenverstimmung gelitten zu haben, schwor sie sich, aus diesem Schreck eine Lehre zu ziehen: Wenn sie mit Edward verheiratet war, würde sie sich nur noch dann der Lust in Jamies Armen hingeben, wenn sie von ihrem Ehemann schwanger war. In der anderen Zeit würden sie sich darauf beschränken müssen, ihrer Leidenschaft auf eine Art und Weise nachzugehen, die keine Gefahr der Schwangerschaft nach sich zog. Dieser kleine Verzicht würde die Zeit, in der sie ihre Lust hemmungslos befriedigen konnten, dann umso erfüllender machen.

Ihre Erleichterung währte jedoch nicht lange. Eine knappe Woche später stellten sich die Übelkeit und der Drang, sich zu erbrechen, wieder ein – und damit kehrte auch die Angst zurück.

Erneut versuchte Rhonda, die Augen vor den eindeutigen Symptomen ihres Körpers krampfhaft zu verschließen, sowie ihre Angst und das Undenkbare mit aller Macht zu verdrängen. Der Umstand, dass diese Phase in die Zeit zwischen Weihnachten und Neujahr fiel, in der DARBY PLANTATION im Licht glanzvoller Feste erstrahlte und sie mit Edward zahlreiche Einladungen anlässlich ihrer Verlobung wahrzunehmen hatte, dieser Umstand machte es ihr leicht, sich in vielfältige Ablenkungen zu stürzen und für eine Weile vor der Wahrheit zu fliehen. Ruhelos und scheinbar unersättlich in ihrer Vergnügungssucht, hetzte sie Edward von einer Veranstaltung zur anderen. Manchmal war sie abends so erschöpft, dass sie sich vor Müdigkeit kaum noch ausziehen konnte, und es war ihr recht so. Alle Ermahnungen und guten Ratschläge, die ihre hektische Betriebsamkeit zum Anlass hatten, schlug sie in den Wind.

Sechs Tage nach Neujahr verließ dann der letzte Gast DARBY PLANTATION. Es kehrte wieder Ruhe ein – und bei Rhonda brach die zurückgedrängte Angst wie ein Eitergeschwür auf und erfüllte sie mit Entsetzen, als sie sich trotz erbitterten Widerstandes der Erkenntnis nicht länger entgegenstellen konnte, dass das Undenkbare nicht mehr undenkbar, sondern ihr tatsächlich zugestoßen war. Sie war schwanger. Sie, die Verlobte des angesehenen Politikers Edward Larmont, erwartete ein Kind von einem Sklaven!

Sich das Leben zu nehmen, um der Schande und der gesellschaftlichen Ächtung zu entgehen, drängte sich ihr als einzig ehrenvoller Ausweg aus der Katastrophe auf. In den Stunden düsterster Verzweiflung ging es für sie nur noch um die Frage, ob sie sich zu Tode stürzen, in den Sümpfen den Tod suchen, sich erschießen oder mit aufgeschnittenen Pulsadern aus dem Leben scheiden sollte.

Sie entwendete ein Messer, gab das Vorhaben aber schon auf, als sie die Schärfe der Klinge prüfte und sich dabei schmerzhaft in den Daumen schnitt. Sie unternahm mehrere Ausritte in die Bajous. Doch auch vom Tod in den Sümpfen nahm sie sehr rasch Abstand, als ihr bewusst wurde, wie qualvoll es sein musste, im Schlamm zu versinken und zu ertrinken. Blieb ihr bloß noch der Freitod durch einen Sturz in die Tiefe oder durch eine Kugel. Aber auch dazu fehlte ihr der Mut.

Diese Phase der Verzweiflung wurde so jäh wie ein Wetterumschwung auf See von einer Welle neuer Hoffnung abgelöst. Sie erinnerte sich daran, wie häufig es geschah, dass Frauen viel zu früh niederkamen, eine Fehlgeburt erlitten oder ihr Kind durch andere, nicht näher erklärte Komplikationen verloren.

Rhonda klammerte sich an diese neue Hoffnung und versuchte nun, ihren Körper zu zwingen, die verbotene Frucht in ihrem Leib abzustoßen. Sie quälte sich mit kalten Bädern und bitteren Abführmitteln, die sie ihrer Mutter aus der Apotheke stahl, machte morgens und abends Kniebeugen bis zur Erschöpfung und jagte in halsbrecherischem Galopp über die Wege, dass ihr nach dem Ritt jeder Knochen im Leib schmerzte. Doch nichts geschah.

Dass Rhonda ihn mied, fiel Jamie in der Zeit zwischen Weihnachten und Neujahr nicht auf, denn in den Wochen war das Herrenhaus voller Gäste und sie ständig in Begleitung ihres Verlobten unterwegs, sodass ihm erst gar nicht der Gedanke kam, sie könnten irgendwo heimlich zusammenkommen. Doch als sie ihm auch in der zweiten Januarwoche, als auf DARBY PLANTATION wieder der gemächliche winterliche Alltag eingesetzt hatte, noch auswich, begann er sich Gedanken zu machen.

Diese Gedanken gingen völlig in die Irre, nahm er doch an, ihr plötzliches Desinteresse an ihm sei das Resultat der Wochen, die sie mit ihrem zukünftigen Mann verbracht hatte. Es überraschte ihn noch nicht einmal, dass sie ihn von einem Tag auf den anderen wie eine heiße Kartoffel fallen ließ und ihn gerade noch als den fleißigen Stallknecht Jamie zu kennen schien. Sie war eben eine weiße Missy, und dass sie nun doch zu ihrem Zukünftigen entflammt war, empfand er als ganz natürlich. Früher oder später hätte es ja kommen müssen.

Jamie fühlte sich sogar erleichtert, dass ihre verbotene Affäre endlich ein Ende gefunden hatte, auch wenn die abrupte Art ihn etwas verletzte. Was ihn jedoch in Zorn versetzte, war die Tatsache, dass sie ihn dazu gebracht hatte, Clarice zu verführen und zu seiner Frau zu machen. Jetzt war er mit diesem reizlosen Geschöpf geschlagen. Aber das war wohl der Preis, den er dafür zahlen musste, dass er als Nigger das Bett mit einer weißen Missy geteilt hatte. Alles in allem war er dem Schicksal jedoch dankbar, dass es so gekommen war und er wohl auch auf DARBY PLANTATION bleiben würde, wenn Rhonda nach Baton Rouge übersiedelte. Endlich war er von der Angst befreit, mit Rhonda ertappt und gehängt zu werden. Dieses Schreckensbild hatte ihn all die Monate nicht einen Tag verlassen. Er schlief jetzt auch wieder viel besser, denn die Albträume, die ihn sonst regelmäßig verfolgt hatten, blieben aus.

Umso mehr überraschte und verstörte es ihn, als Rhonda ihm eines Nachmittags, als er ihr Pferd aus dem Stall führte, aufgeregt zuraunte: »Ich muss mit dir reden, Jamie!«

»Natürlich, Miss Rhonda«, antwortete er wie ein folgsamer Diener, der soeben einen Auftrag von einem Weißen erhalten hatte. Doch in seine Augen traten Unsicherheit und Unruhe. Er wollte nicht, dass alles wieder von vorne begann.

»Ich erwarte dich in zwei Stunden am Zypressenteich!«

»Aber ich weiß nicht, ob Jimbo ...«, setzte er zu einem Einwand an.

»Du wirst dort sein! Und zwar pünktlich! Wie du das mit Jimbo regelst, ist deine Sache!«, schnitt sie ihm das Wort ab und warf ihm einen Blick zu, der ihm eine Gänsehaut über die Arme jagte.

»Ja, Miss Rhonda«, murmelte er.

Sie schwang sich in den Sattel, riss das Pferd brutal herum und trieb es zum Galopp an, als wäre der Leibhaftige hinter ihr her. Betroffen blickte er ihr nach. Eine dunkle Ahnung, dass dieses Treffen am Zypressenteich jenseits des Waldes ihm nichts Gutes bringen würde, stieg in ihm auf.

Anderthalb Stunden später schlich er sich aus den Stallungen und machte sich auf den Weg zum Zypressenteich, der mit seinen dicht stehenden, hohen Bäumen an drei Uferseiten kaum der Ort für ein romantisches Treffen war,

im Gegenteil. Schon an sonnigen Tagen wirkte er wenig ein-
ladend. Zu dieser grauen Dämmerstunde jedoch flößte er
sogar ihm, der sonst nicht so leicht von Furcht befallen
wurde, fast Angst ein.

Rhonda wartete schon auf ihn. Sie ging vor dem freien
Ufer auf und ab, als könnte sie keine Ruhe finden, und
schlug dabei mit ihrer Reitgerte links und rechts auf Sträu-
cher und Gräser ein.

Zögernd trat er näher.

»Endlich!«, rief sie. »Du hast mich lange genug warten
lassen!«

»Ich bin so schnell gelaufen, wie ich konnte!«, versicherte
er. »Ich musste erst warten, bis Jimbo ...«

Sie brachte ihn mit einer Handbewegung zum Schweigen.

»Geh mir nicht ständig mit deinem dummen Jimbo auf
die Nerven! Ich habe dir befohlen, mich hier zu treffen,
weil ... weil etwas Entsetzliches geschehen ist.«

Seine Ahnung verdichtete sich zur Gewissheit. Das Unheil
schien ihm fast mit Händen greifbar zu sein. Er schluckte be-
klommen und hörte sich fragen: »Was ... was ist denn passiert?«

Rhonda trat ganz dicht vor ihn. Ihre linke Hand krallte
sich in seine Flickenjacke. »Du hast mir ein Kind gemacht!«,
stieß sie mit Flüsterstimme hervor.

Jamie zuckte wie unter einem Peitschenhieb zusammen.
Das Blut wich ihm aus dem Gesicht. »Nein!«, krächzte er.
»Nein! ... Allmächtiger, nein! ... Das kann nicht sein! ... Du
hast doch gesagt ... dieses Kräuterelixier ... Du kannst nicht
schwanger werden, solange du diese Medizin nimmst! ... Du
hast es gesagt!«

»Aber es ist doch passiert! ... Du hast mich geschwängert! ... Einen Niggerbastard hast du mir in den Leib gesetzt!«, rief sie mit schriller Stimme, als trüge er allein die Verantwortung dafür. »Weißt du, was das bedeutet?«

Jamie wusste es nur zu gut – für ihn bedeutete es den Tod durch den Strang, wenn Rhonda ein farbiges Kind zur Welt brachte und herauskam, dass er es gezeugt hatte. In grenzenlosem Entsetzen schlug er die Hände vors Gesicht, sank auf die Knie und begann zu jammern. »Ich habe es gewusst! ... Ich habe es von Anfang an gewusst! ... Es war eine Todsünde, was wir getan haben! Und jetzt trifft uns die Strafe! ... Ich habe es nie gewollt, aber ich bin ja nur ein Nigger und habe nur getan, was man mir befohlen hat ... Doch niemand wird mir das glauben! ... Ein Nigger und eine weiße Missy ... O Gott! ... Jetzt wird man mich auspeitschen und hängen ... Ja, hängen werden sie mich ...«

Rhonda schlug ihm die Reitgerte über den Rücken. »Hör sofort auf damit!«, schrie sie ihn unbeherrscht an und zerrte ihn hoch. »Ich kann dein Gejammer nicht ertragen! Es sieht dir ähnlich, dass du auch jetzt bloß an dich denkst! ... Ich muss das Baby loswerden und allein du kannst mir dabei helfen! ... Und du *wirst* mir helfen!«

Verständnislos blickte er sie an, während er schwankend auf die Beine kam. »Wie ... wie ... soll ich ... dir denn ... helfen können?«

»Bei euch in der Sklavensiedlung gibt es bestimmt irgendeine Frau, die sich darauf versteht, so ein Kind wegzumachen«, stieß sie hastig hervor.

Er schüttelte den Kopf. »Ich weiß nicht ...«

»Aber ich weiß es!«, schrie sie, das Gesicht verzerrt. »Es *muss* so eine Frau bei euch geben! So eine Engelmacherin gibt es überall. Also hör dich um, wer auf DARBY PLANTATION so etwas macht. Verstehst du denn nicht? Ich muss das Kind loswerden, bevor jemand merkt, was mit mir ist! Hörst du mich?« Sie schüttelte ihn. »Das Kind muss weg! ... Es muss weg!«

Er nickte verstört. »Ja, das Kind muss weg! ... Es muss weg!«, wiederholte er, am Rande einer Panik. »Eine Frau ... eine Engelmacherin ... Sie muss es dir wegmachen, dann wird niemand etwas merken ... und ich werde nicht hängen.«

»Endlich hast du begriffen.«

Sein angstverschleierter Blick klärte sich etwas. »Ja, aber ... auch wenn es so eine Frau auf DARBY PLANTATION gibt, so wird sie doch niemals ... Hand an dich legen, an eine weiße Missy!«, fürchtete er.

»Stell dich nicht so dumm an!«, zischte sie, selbst am Rande ihrer nervlichen Belastung. »Du wirst ihr natürlich kein Wort davon erzählen, dass ich es bin, die du geschwängert hast. Sie wird es erst erfahren, wenn ... wenn ich zu ihr komme, um es mir wegmachen zu lassen – und dann werde ich schon dafür sorgen, dass sie tut, was ich von ihr verlange. Aber sie darf nicht den geringsten Verdacht schöpfen. Also lass dir etwas einfallen – immerhin geht es hierbei auch um deinen Hals!«

»Ich werde alles tun, was ich kann. Aber ... aber was ist, wenn es so eine Engelmacherin bei uns nicht gibt?«, keuchte er voller Angst.

Rhonda weigerte sich, die Möglichkeit überhaupt in Betracht zu ziehen. »Du wirst so eine Frau finden, Jamie! Notfalls wirst du sie aus Rocky Mount oder sonst wo nach DARBY PLANTATION holen. Das Geld dafür bekommst du. Doch wenn du versagst, wartet auf dich der Strick, vergiss das nicht!«

Jamie kauerte noch zitternd und schluchzend im feuchten Gras, als Rhonda schon längst davongeritten war.

19

Lautlos und fein wie Bindfäden fiel der Regen vom Himmel, der tief und eisengrau wie ein schmutziger Amboss über New Orleans hing. Es war ein merkwürdig trister Tag. Hätte es ordentlich gestürmt und wie aus Eimern gegossen, hätte mehr Lebenskraft in ihm gelegen. So aber drückte der Regen aufs Gemüt und leistete der Schwermut Vorschub.

Madeleine dachte selbstironisch, dass sie sich für ihren Besuch genau das richtige Wetter ausgesucht hatte. Aber sie tröstete sich damit, dass es ihr auch bei strahlender Frühlingssonne ein Anliegen gewesen wäre, Valerie aufzusuchen. Sie wollte es so schnell wie möglich hinter sich bringen. Deshalb hoffte sie, dass Travis Kendrik frühzeitig das Haus verließ.

Sie brauchte in ihrer muffig riechenden Mietdroschke nicht mehr lange zu warten. Wenig später, es war Viertel vor drei, fuhr die extravagante Kutsche des Anwalts vor und Travis Kendrik trat aus dem Haus. Joshua, sein Kutscher, kam ihm mit dem Regenschirm entgegen.

Madeleine lächelte spöttisch. Es war nicht schwer gewesen, dafür zu sorgen, dass der Anwalt nicht im Haus war, wenn sie Valerie gegenübertrat. Milton Conolly hatte ihr gern den Gefallen getan, den jungen Kollegen Travis Kendrik zu sich in seine Kanzlei zu bitten, weil er angeblich seinen fachlichen Rat suchte.

Sie wartete, bis die Kutsche die Middleton Street hinuntergerattert und um die Ecke gebogen war. Dann stieß sie den Schlag auf und stieg aus. »Warten Sie!«, rief sie dem Kutscher zu. »Es wird nicht lange dauern.«

»Mir ist's auch recht, wenn's länger dauert, Ma'am«, nuschelte er.

Mit gesenktem Kopf, damit ihre Spitzenhaube ihr Gesicht vor dem Nieselregen schützte, eilte sie quer über die ausgestorbene Straße auf das Haus des Anwalts zu. Energisch betätigte sie dort den Türklopfer.

Eine stämmige Schwarze in einem grauen Baumwollkleid, vor das sie sich eine makellos weiße Schürze gebunden hatte, öffnete ihr. Die beiden Zipfel des bunten Tuchs, das sie sich um den Kopf gewickelt hatte, ragten rechts und links wie die Ohren eines Hasen in die Luft. »Einen schönen Tag, Missis«, grüsste sie höflich.

»Ich möchte Miss Duvall sprechen«, teilte Madeleine ihr in einem Ton mit, der trotz seiner vordergründigen Freundlichkeit von jener Bestimmtheit war, die befehlsgewohnten Menschen zu eigen ist.

»Und wen darf ich ihr melden?«

»Tu so, als hättest du meinen Namen nicht richtig verstanden. Es soll eine Überraschung sein. Wir kennen uns gut, aber wir haben uns fast ein Jahr lang nicht gesehen«, sagte Madeleine und lächelte.

Das schwarze Hausmädchen nickte eifrig. »Gern, Missis. Da wird sich Miss Duvall aber freuen«, erwiderte sie, nahm ihr das lange Cape ab und führte sie in den Salon.

»Das wage ich zu bezweifeln«, murmelte Madeleine leise vor sich hin, als die Schwarze den Raum wieder verlassen hatte. Nervös spielte sie mit ihrem Fächer, den sie am linken Handgelenk trug und der an diesem regnerisch kühlen Tag scheinbar unnütz war. Sie benetzte ihre trockenen Lippen mit der Zunge. Als sie Schritte die Treppe im Vestibül herunterkommen hörte, spürte sie ihren Herzschlag bis in die Kehle. Und sie hatte geglaubt, diesen Besuch mit größter Gelassenheit hinter sich bringen zu können!

Als Valerie den Salon betrat, fand sie dort eine Frau vor, die ein violettes Taftkleid mit mehreren reizvollen Volants und eine hübsche Spitzenhaube trug. Das Kleid stammte zweifellos von einer der besten Schneiderinnen der Stadt und betonte die schlanke Taille sowie den üppigen Busen. Doch um wen es sich bei ihrer Besucherin handelte, vermochte Valerie nicht zu erkennen, denn die Frau verbarg ihr Gesicht hinter einem aufgeklappten Fächer.

»Ja, bitte?«, fragte Valerie verwundert. »Darf ich erfahren, wer Sie sind?«

»Ich muss mit Ihnen sprechen, Miss Duvall ...«

»Das können Sie tun, aber vorher würde ich doch gerne wissen, mit wem ich spreche.«

»Wir kennen uns. Doch wenn ich den Fächer sinken lasse, werden Sie voreingenommen sein und mich vielleicht nicht mehr anhören. Versprechen Sie mir, mich ausreden zu lassen?«

Valerie wurde unruhig, während sie gleichzeitig rätselte, wer diese Frau bloß sein konnte. »Also gut, ich verspreche es Ihnen. Aber nehmen Sie endlich den Fächer von Ihrem Gesicht!«

»Ich hoffe, Sie stehen zu Ihrem Wort, Miss Duvall«, sagte Madeleine und ließ die Hand mit dem seidenbespannten Fächer sinken.

Valerie erschrak und öffnete den Mund, als wollte sie einen Schrei ausstoßen. Er blieb jedoch aus. Blässe überzog ihr Gesicht und sie wankte wie unter einem unsichtbaren Schlag. Madeleine Harcourts Anblick löste in ihr eine Lawine hässlicher Bilder aus. Sofort sah sie Matthew wieder in den Armen dieser Frau, nackt und im Taumel der Wollust. Alles in ihr zog sich vor innerem Schmerz, Hass und Abscheu zusammen, und ihre Empfindungen spiegelten sich auf ihrem Gesicht wider, das sich verzerrte.

»Ja, ich weiß, wie Ihnen jetzt zumute ist«, begann Madeleine, »und wenn ...«

»Nein!«, stieß Valerie nun keuchend hervor. »Nein! ... Gar nichts wissen Sie! ... Verlassen Sie das Haus! ... Gehen Sie mir aus den Augen!«

»Sie haben mir Ihr Wort gegeben!«

»Das ist mir egal! Verschwinden Sie!«, rief sie mit bebender Stimme und wies zur Tür.

Madeleine tat, als würde sie der Aufforderung Folge leisten wollen. Doch als sie die Tür erreichte, drehte sie sich rasch um und stellte sich mit dem Rücken davor. »Sie werden mir zuhören, Miss Duvall. Denn was immer ich Ihnen und Matthew auch angetan habe, diese wenigen Minuten des Zuhörens sind Sie mir in jedem Fall schuldig.«

»Ihnen bin ich einen Dreck schuldig!«, zischte Valerie mit geballten Händen. »Und jetzt machen Sie, dass Sie hinauskommen, wenn Sie nicht wollen, dass ich Sie ...«

»Halten Sie den Mund!«, fiel Madeleine ihr scharf ins Wort. »Sie werden zuhören, denn ich habe Ihnen das Leben gerettet!«

»Das ist ja lächerlich!«

Madeleine kniff die Augen zusammen. »So? Hätten Sie es vielleicht auch lächerlich gefunden, wenn man Ihnen letztes

277

Jahr den Prozess wegen versuchten Mordes an Stephen Duvall gemacht und Sie zum Tode durch den Strang verurteilt hätte? Und man hätte Sie gehängt!«

»Ich habe nie versucht, ihn zu töten! Ich habe damals ganz bewusst und gezielt vorbeigeschossen!«

»Ihr Stiefbruder hätte vor Gericht genügend Leute aufgeboten, die das Gegenteil bezeugt hätten. Diese Falschaussage hätten sie sogar auf ihren Eid genommen, und das wäre Ihr Tod gewesen.«

Valerie machte eine gereizte Kopfbewegung. »Mag sein, aber dazu ist es nicht gekommen!«

»Richtig! Und jetzt dürfen Sie dreimal raten, wer dafür gesorgt hat, dass Stephen Duvall sich plötzlich eines anderen besann und seine Anklage zurückzog«, forderte Madeleine sie sarkastisch auf.

Eine Ahnung befiel Valerie.

»Es war mein Vater, der Stephen unter Druck gesetzt und ihn dazu gezwungen hat«, fuhr Madeleine fort. »Doch er tat es nicht etwa, weil er auf Ihrer Seite steht, sondern weil *ich* ihn eindringlich darum gebeten und ihn bekniet habe, alles zu tun, um diesen Prozess abzuwenden. Und Sie können mir glauben, dass ich dafür meine guten und äußerst egoistischen Gründe gehabt habe.«

»Matthew!«, stieß Valerie hervor und sank in einen Sessel. Sie begann die Zusammenhänge zu erahnen.

Madeleine trat von der Tür weg, denn jetzt wusste sie, dass Valerie ihr bis zum Schluss zuhören würde. »Ja, Matthew! Ihr geliebter Matthew!« Neid und Groll sprachen aus ihrer Stimme. »Um ihn allein ging es mir. Ich wollte ihn für mich. Schon zweimal hatte ich nichts unversucht gelassen, um ihn zu verführen. Doch nicht einmal in betrunkenem Zustand konnte ich ihn dazu bringen, Ihnen untreu zu werden. Aber dann kam meine Chance, als er mich in seiner Verzweiflung aufsuchte und mich bat, alles zu tun, um Sie vor dem Galgen zu bewahren, denn er wusste, wie mächtig mein Vater ist. Ich habe zugestimmt, doch einen Preis dafür verlangt. Er sollte drei Tage mit mir zusammensein. Er hat alles versucht, um mich davon abzubringen. Doch ich habe mich nicht erweichen lassen, ihn erpresst und mir sein Ehrenwort geben lassen, dass er auch zu seinem Teil der Abmachung steht. Wie sehr ich ihn damit gequält habe, ist mir erst viel später aufgegangen. Er hat es mir nicht leicht gemacht, ihn an sein Ehrenwort zu erinnern und ihn in die Jagdhütte meines Vaters zu bekommen. Erst hat er sich bei Ihnen auf COTTON FIELDS vor mir versteckt und dann wollte er mit der ALABAMA auf und davon. Aber ich habe mich nicht um meinen Anteil des Geschäfts betrügen lassen.«

Valerie wurde jetzt regelrecht grau im Gesicht. Diese Person hatte Matthew erpresst. Er hatte sie gar nicht betrogen! Madeleine hatte ihn in ihr Bett gezwungen! Und sie hatte ihn all die Zeit zu Unrecht verurteilt und aus ihrem Leben und ihrem Herz zu tilgen versucht!

»Warum? ... Warum haben Sie uns das angetan?«, flüsterte sie erschüttert.

»Warum? Warum?«, äffte Madeleine sie gereizt nach, um sich gegen ihr Schuldgefühl zu wehren. »Ich glaubte nun mal, ihm dasselbe, nein, mehr noch als Sie bieten und ihn von seiner Liebe zu Ihnen kurieren zu können. Und wenn Duncan mir nicht nachspioniert und sein Wissen an Sie verkauft hätte, wäre es bei diesen drei Tagen in Willow Grove geblieben, und Sie hätten nie davon erfahren.«

»O Matthew«, murmelte Valerie in fassungsloser Bestürzung über ihre falsche, so entsetzlich ungerechte Verurteilung, mit der sie auch sich selbst gestraft hatte. Sie erschauerte, als sie daran dachte, wie sie ihn immer wieder von der Plantage gejagt und ihm dann geschrieben hatte, sie hätte ihn aus ihrem Leben gestrichen und er könne für sie ebenso gut tot sein. Sie hatte ihm jede Chance, sich zu rechtfertigen, verwehrt, weil es nach dieser scheinbar eindeutigen Situation, in der sie ihn mit Madeleine ertappt hatte, nichts mehr zu erklären gab, wie sie geglaubt hatte. Dabei war sie von Anfang an im Unrecht gewesen. »O Matthew, was habe ich bloß getan?« Tränen füllten ihre Augen und rannen ihr über das Gesicht.

»Sie haben ihn dafür bestraft, dass er zu jedem Opfer bereit gewesen ist, um Ihr Leben zu retten. Ja, Ihr Matthew hat Sie wirklich geliebt, und offenbar liebt er Sie noch immer. Er hätte sonst wohl kaum seinen Raddampfer beliehen, um Cotton Fields vor der Zwangsversteigerung zu bewahren. Sie werden es vermutlich nicht wissen, aber dieser Mister Palmer, der die meisten Ihrer Schwarzen ersteigert hat, hat es mit seinem Geld getan. Sechzigtausend Dollar hat Matthew sich das kosten lassen. Der Pflanzer aus Baton Rouge hat die Sklaven geschenkt bekommen, sonst wäre er auch nicht das Wagnis eingegangen, bei dieser Auktion zu bieten«, sagte Madeleine und behielt für sich, dass auch sie am Gelingen der Versteigerung nicht ganz unbeteiligt gewesen war.

Mit tränenfeuchtem Gesicht blickte Valerie auf, verzweifelt, erschüttert und voller Unverständnis. Sie begriff diese

Frau nicht. Erst ließ sie nichts unversucht, um ihre Liebe zu zerstören und ihr Matthew zu nehmen, und dann kam sie zu ihr und legte so etwas wie eine Beichte ab.

»Warum sind Sie gekommen?«, fragte Valerie stockend. »Und warum erst jetzt?«

Madeleine wich dem gequälten, schmerzerfüllten Blick aus, der sie traf. »Wenn Sie glauben, mich plagen Schuldgefühle, die mich nachts um den Schlaf bringen, so muss ich Sie enttäuschen. Ich habe einen Fehler begangen, Miss Duvall, den ich ... nun ja, sagen wir mal so, bedaure. Und obwohl ich Sie vor dem Galgen bewahrt habe, war ich der Meinung, Ihnen diesen Teil der Wahrheit noch schuldig zu sein – sozusagen als Zugabe all dessen, was ich für Sie getan habe«, antwortete sie sarkastisch. »Außerdem habe ich erkannt, dass ich Matthew gar nicht so unbedingt haben muss. Er hat gewiss seine großen Vorzüge, aber die findet man auch bei anderen Männern, wie ich zu meiner Freude habe feststellen können.« Ein selbstgefälliges Lächeln legte sich um ihren vollen Mund.

Valerie fasste sich, fuhr sich mit dem Handrücken über die Augen und erhob sich aus dem Sessel. »So grotesk es auch klingen mag, ich bin Ihnen wohl Dank schuldig«, sagte sie mit mühsam beherrschter Stimme und trat auf Madeleine zu. »Doch das berührt mich nicht im Geringsten. Ich fühle mich frei von jeglicher Dankesschuld. Das Einzige, was ich für Sie empfinde, ist Verachtung!« Sie hob die Hand und schlug zu.

Madeleine wich der schallenden Ohrfeige nicht aus, obwohl sie diese kommen sah, sondern nahm den Schlag hin. »Ich denke, damit sind wir quitt«, sagte sie kühl.

»Ja, das sind wir wohl!«

Madeleine legte die Hand auf den Türknauf. »Ach, das hätte ich ja fast vergessen: Matthew hat vor zwei Tagen erneut die Blockade durchbrochen und ist mit der Alabama zurück. Er wohnt wieder auf seinem Raddampfer, wie mir zu Ohren gekommen ist. Sie sollten ihn gelegentlich besuchen. Bestimmt haben Sie sich eine Menge zu sagen.«

»Gehen Sie!«

Kaum war die Tür hinter Madeleine Harcourt zugefallen, als Valerie im Salon vor der Couch auf den Teppich sank und ihren Tränen freien Lauf ließ.

Doch dann durchzuckte ein Gedanke sie wie ein heller Blitz und riss sie aus ihrer Verzweiflung und Seelenqual. Wenn es stimmte, was Madeleine Harcourt gesagt hatte, nämlich dass Matthew diesem Plantagenbesitzer sechzigtausend Dollar geschenkt hatte, damit er die Sklaven kaufte und die Auktion zu einem Erfolg machte, dann bedeutete das doch, dass er sie noch immer liebte. Wenn er nach allem, was sie ihm angetan hatte, noch zu diesem Opfer in der Lage war, musste seine Liebe unerschütterlich sein.

Die Hoffnung, die sie plötzlich erfüllte, schleuderte sie wie eine gewaltige Woge aus einem tiefen dunklen Wellental nach oben ins Licht. Die Erkenntnis, dass sie in ihrem tiefsten Innern nie aufgehört hatte, ihn zu lieben und sich nach ihm zu sehnen, was immer sie sich auch vorgemacht hatte, traf sie wie ein alles durchdringender Schmerz, den sie jedoch mit jeder Faser ihres Körpers willkommen hieß. Jetzt hatte sie wieder das Gefühl, sie selbst zu sein, zu leben, zu hoffen und zu lieben.

O Matthew! O Matthew!

Sie musste zu ihm!

Valerie sprang auf und lief in die Halle, wo sie auf Fanny stieß. »Wer war diese Frau, die so überraschend zu Besuch gekommen ist?«

»Ein armseliges Geschöpf. Sie wird nie begreifen, was wahre Liebe ist. Ich wünschte, ich hätte es nicht bei dieser einen Ohrfeige belassen. Grün und blau hätte ich sie schlagen sollen!«

Erschrocken blickte Fanny sie an. »Sie haben diese Frau geohrfeigt? Aber warum denn?«, fragte sie verstört.

»Später, Fanny! Gib mir meinen Umhang! Ich bin in Eile!«, drängte sie.

Nun verstand Fanny ihre Herrin überhaupt nicht mehr. »Um Gottes willen, wo wollen Sie denn bloß bei diesem Wetter hin?«

»Einen Bußgang machen! Einen wunderbaren Bußgang!«, rief Valerie ihrer verdutzt dreinblickenden Zofe zu, warf sich das Cape um und lief lachend und weinend zugleich in den Regen hinaus.

20

Habe ich dir nicht erst vor zehn Minuten gesagt, dass ich für die nächsten zwei Stunden nicht gestört werden möchte?«, fragte Matthew ungehalten. »Wie soll ich die Papiere rechtzeitig fertigkriegen, wenn du mich ständig mit irgendwelchen Kleinigkeiten belästigst? Manchmal bist du eine schreckliche Plage!«

Timboy machte sich nicht das Geringste aus dem harschen Tadel. Mit einem breiten, fröhlichen Grinsen stand er in der Tür. »Über diese Störung werden Sie sich aber bestimmt mächtig freuen, Massa«, sagte er vergnügt. »Ist 'ne mächtig feine Überraschung, wie Sie schon lange keine mehr gehabt haben nicht.«

Matthew verdrehte die Augen. »Mein Gott, wann wirst du dir endlich einmal diese unsägliche doppelte Verneinung abgewöhnen?«, stöhnte er.

»Keine Ahnung nicht«, sagte Timboy mit unveränderter Fröhlichkeit und ganz der Wahrheit entsprechend, denn unter einer doppelten Verneinung konnte er sich so wenig vorstellen wie unter Logarithmus, ein Wort, das er auch bei Captain Melville aufgeschnappt hatte. »Aber wenn Ihnen so viel daran liegt, werde ich mich mächtig anstrengen, dass mir keine solche Sache mehr nicht passiert.«

»Das reicht, Timboy! Lass mich endlich in Ruhe arbeiten. Wer immer mich zu sprechen wünscht, er soll später wiederkommen und seinen Besuch gefälligst anmelden!« Matthew wandte seinem Diener den Rücken zu und griff wieder zur Feder.

»Würdest du mich wirklich wegschicken?«, fragte im nächsten Moment eine zaghafte Stimme.

Matthew erstarrte. Dann fuhr er herum und sprang auf. Er hörte gar nicht, dass der Stuhl nach hinten kippte und zu Boden polterte. Fassungslos sah er Valerie an, hinter der Timboy leise die Tür geschlossen hatte.

Einen Moment lang war er wie benommen und keines klaren Gedankens fähig, während seine Zunge wie gelähmt war. Er konnte nur dastehen und sie anschauen. Er begriff noch nicht richtig, dass sie es wirklich war, die im regennassen Umhang vor ihm stand. Wie oft hatte er davon geträumt, sie wiederzusehen und eine Gelegenheit zu erhalten, ihr alles zu erklären. Und nun war sie zu ihm gekommen und blickte ihn an, als fürchtete sie, er könne sie wegschicken?! Es erschien ihm wie ein Wunder, wie ein Tagtraum.

»Ich könnte dich verstehen, wenn du mich wegschicken würdest ... nach allem, was ich dir an Unrecht zugefügt habe«, sagte sie in die Stille mit leiser Stimme, während schmerzliche Sehnsucht in ihren Augen stand. »Und wenn Madeleine Harcourt mich nicht aufgesucht und mir alles erzählt hätte, wie es wirklich gewesen ist, würde ich heute noch immer glauben, dass du ...« Sie führte den Satz nicht zu Ende.

»Valerie!« Seine Stimme war kaum mehr als ein Flüstern. Und doch lag die Erlösung von der ganzen Verzweiflung und Hoffnungslosigkeit, die ihn seit beinahe einem Jahr quälte und nicht zur Ruhe kommen ließ, in diesem einen geflüsterten Wort.

»Ich habe so viel falsch gemacht, Matthew. Ich weiß gar nicht, wo ich anfangen soll ... Ich wollte dich aus meinem Leben streichen, weil ich den Schmerz, dich zu lieben und dich doch verloren zu haben, nicht zu ertragen glaubte. Aber es ist mir nie gelungen ... Kannst du mir verzeihen, was ich dir angetan habe?« Ihre Stimme war tränenerstickt.

»Verzeihen?«, stieß er hervor. »Mein Gott, ich liebe dich, Valerie!«

Im nächsten Moment war er bei ihr, und sie warf sich schluchzend in seine Arme, die sich fest um sie schlossen. Und auch er schämte sich seiner Tränen nicht. Ihre Lippen verschmolzen zu einem Kuss, der kein Ende nehmen wollte.

»Um Gottes willen, du bist ja ganz nass!«, bemerkte er dann und zog ihr den triefenden Umhang von den Schultern. Auch ihr Kleid war feucht geworden.

»Ich bin durch den Regen gelaufen. Ich musste so schnell wie möglich zu dir. Ich musste dich sehen. Ich hielt es nicht aus!«, sprudelte sie hervor, Tränen auf den Wangen, doch Glück in den Augen. »O Matthew, ich verstehe gar nicht, wie ich es ohne dich überhaupt ausgehalten habe. Wie konnte das bloß geschehen?«

»Das ist jetzt nicht mehr so wichtig, mein Liebstes. Es ist viel wichtiger, dass du aus den nassen Sachen kommst, sonst erkältest du dich noch. Dein Kleid ist ja im Rücken ganz feucht!«

»Ja, zieh es mir aus, Matthew! ... Zieh mich aus und liebe mich!«, drängte sie. »Ich möchte dich spüren ... überall! Ich möchte dich lieben und fühlen, dass alles wieder gut ist!«

»Komm!«

Er zog sie in sein Schlafzimmer hinüber, und in fieberhafter Eile knöpfte er ihr das Kleid auf, streifte es ihr von den

Schultern, löste die Bänder ihres Mieders und ihrer Unterröcke und legte nackte Haut bloß. Beide konnten sie nicht
schnell genug aus ihren Sachen kommen. Sie warfen sie
achtlos von sich, ohne sich aus den Augen zu lassen.

»Es ... es ist nicht mein Haar, Matthew«, sagte sie mit belegter Stimme, als sie nackt waren und er sie an sich zog. »Es
ist eine Perücke ... Du weißt, was sie mit mir gemacht haben?«

»Ja«, flüsterte er, während sich sein Gesicht für einen kurzen Moment verdunkelte und verschloss. »Tu sie weg. Ich
liebe dich so, wie du bist.«

Zögernd nahm sie die Perücke vom Kopf. Sie fürchtete, er
könne sie mit ihrem kurzen Jungenhaar abstoßend finden.
Doch dann weinte sie, als er zärtlich durch ihre Haar strich
und sie küsste.

Matthew legte sie aufs Bett und beherrschte sein wildes
Begehren. Seine Hände glitten über ihren Körper, der schon
so viel Erniedrigung und Schmerz hatte erdulden müssen.
Er streichelte sie von Kopf bis Fuß und setzte seine Liebko-
sungen mit Zunge und Lippen fort. Sie erzitterte, als er ihre
Brüste berührte und ihren Körper mit tausend leidenschaftlichen Küssen bedeckte, und sie erwiderte seine Liebkosung
mit demselben Verlangen. Sein Körper war ihr so vertraut,
und doch empfand sie es wie eine wundersame und unbe-
schreiblich erregende Wiederentdeckung eines für verloren
geglaubten Landes der Leidenschaft.

Als sie endlich miteinander verschmolzen und er sie völlig
ausfüllte, entrang sich ihrer Kehle ein Laut der Begierde und
Seligkeit. Sie zeigten sich unersättlich in ihrem Verlangen
nach Zärtlichkeit und Liebe.

Später, sehr viel später kam die Zeit des Redens. Und sie hatten sich so viel zu sagen, Abbitte zu leisten und sich unter Tränen zu fragen, wie es bloß zu dieser entsetzlichen Verstrickung hatte kommen können, die sie beide in tiefste Depression gestürzt hatte.

Sie redeten, lachten und weinten, und dann liebten sie sich erneut, während die Dunkelheit hereinbrach und die Nebelhörner der Schiffe über den Fluss klangen. Doch die Zeit war etwas, was für sie völlig ohne jede Bedeutung war.

»Mein Gott, wie die Stunden verflogen sind! Es ist ja schon dunkel!«, rief Valerie ungläubig, als sie aus einem kurzen Schlaf erwachte, in den sie nach dem ekstatischen Taumel ihrer Vereinigung gesunken war. »Fanny wird sich schon Sorgen um mich machen! Und Travis auch!«

Ein Schatten flog über sein Gesicht, als sie den Namen des Anwalts aussprach, der ihr in der schweren Zeit beigestanden hatte. Es wurmte ihn, dass ihm dieses Privileg vergönnt gewesen war, er hütete sich jedoch, jetzt ein abfälliges Wort über ihn fallen zu lassen.

»Du wirst es ihnen erklären – und sie werden es akzeptieren«, sagte er, bei dem heiklen Thema »Travis Kendrik« sehr vage in seinem Ausdruck. »Deine Zofe soll all deine Sachen zusammenpacken. Ich möchte, dass du schon diese Nacht bei mir verbringst. Wenn du willst, kann ich unser Haus in der Monroe Street wieder herrichten lassen.«

»Ja, das wäre schön«, stimmte sie sofort voller Begeisterung zu.

»Aber das wird ein paar Tage in Anspruch nehmen. Ich habe übrigens Emily und Liza in meinen Diensten behalten. Sie arbeiten hier auf der RIVER QUEEN. Aber über all das können wir ja in aller Ruhe sprechen, wenn du wieder zurück bist. Ich gebe dir Timboy mit.«

»Ja, ich werde noch heute zurückkommen«, versicherte Valerie mit leuchtenden Augen. Zwar ahnte sie, dass sie mit Fanny Ärger bekommen und Travis tödlich verletzt sein würde, aber darüber wollte sie jetzt nicht nachdenken. Dafür war sie viel zu glücklich, und die Vorstellung, diese Nacht von Matthew getrennt im Haus in der Middleton Street zu verbringen, erschien ihr ebenso unerträglich wie ihm.

Matthew rief Timboy und schickte ihn zum Mietstall, während Valerie sich ankleidete. Eine halbe Stunde später, nach einem leidenschaftlichen Abschied von Matthew, saß sie in der Kutsche und befand sich auf dem Weg zurück in die Middleton Street. Und je näher sie dem Haus kam, in dem sie in den letzten Monaten Schutz und liebevolle Fürsorge gefunden hatte, desto beklommener wurde ihr. Sie wusste nur zu gut, wie sehr es Travis treffen würde, wenn er erfuhr, dass sie sich mit Matthew versöhnt hatte und nun zu ihm zurückkehrte. Sie wünschte, sie wüsste eine Möglichkeit, um ihm nicht so wehtun zu müssen. Doch es gab keine.

Fanny befand sich schon in heller Aufregung, wie Valerie befürchtet hatte. Doch ihre Fragen und Vorwürfe waren nichts im Vergleich zu dem versteinerten Blick und dem fassungslosen Schweigen, mit dem Travis ihr zuhörte, als sie ihm berichtete, wer sie am frühen Nachmittag aufgesucht hatte – und wo sie seitdem gewesen war. Sie sah ihm an, dass ihn jedes ihrer Worte wie ein Messerstich traf.

»Ich gehe zu ihm zurück, Travis ... noch heute. Ich kann nicht anders, denn ich liebe ihn«, schloss sie ihren Bericht, den er nicht ein einziges Mal unterbrochen hatte. Reglos saß er da, die Hände im Schoß verkrampft und das Gesicht eingefallen und so weiß wie ein Leichentuch. »Ich kann mir denken, wie Ihnen jetzt zumute ist, aber ...« Sie führte den Satz nicht zu Ende, denn es gab nichts mehr zu sagen.

Travis schwieg noch immer. Eine kleine Ewigkeit lastete dieses Schweigen auf ihnen, das mit jeder Sekunde, die verstrich, noch bedrückender wurde. Valerie brach der Schweiß aus. Sein stummer Blick war ein unerträglicher Vorwurf und gab ihr das Gefühl, undankbar, herzlos und charakterlos zu sein.

»Wo war Captain Melville, als es darum ging, Ihr Erbe vor Gericht zu erkämpfen?«, fragte er plötzlich scheinbar ohne jeden Zusammenhang. Seine Stimme klang merkwürdig atemlos und vibrierend zugleich, als kostete es ihn fast unmenschliche Kraft, sich unter Kontrolle zu halten.

»Matthew ...«

Travis ließ sie nicht ausreden. »Er wollte, dass Sie Ihren Erbanspruch nicht vor Gericht durchsetzen. Sie sollten klein beigeben. Deshalb trennten Sie sich im Streit. Er ließ Sie mit Ihren Problemen in New Orleans zurück, während er mit der RIVER QUEEN eine Vergnügungsfahrt nach St. Louis unternahm, wenn ich mich recht entsinne. Ich dagegen habe an Sie geglaubt und den Prozess für Sie gewonnen.«

Sie schluckte betreten. »Ich weiß, Ihnen verdanke ich COTTON FIELDS ... und so vieles andere.«

»Wo war Captain Melville, als dieses Verbrecherpack über COTTON FIELDS herfiel, die Ernte niederbrannte und Sie folterte?«, fragte er, um sich die Antwort sofort selbst zu geben. »Er befand sich irgendwo auf hoher See, weil ihm an seinem Ruhm als Blockadebrecher mehr lag als an Ihnen.«

»Das ist nicht wahr!«, widersprach Valerie. »Er konnte es nur nicht ertragen ...«

Erneut fiel Travis ihr ins Wort, und in seinen Augen stand das Feuer unbändigen Zornes, der seinem Rivalen galt. »Und wo war Captain Melville, als Sie mit dem Tod rangen? Hat er Sie in die Sicherheit seines Hauses gebracht? Hat er Tag und Nacht an Ihrem Bett gesessen und zu Ihnen gesprochen, als das Fieber einfach nicht von Ihnen weichen wollte? Hat er nicht schlafen können aus Sorge und Liebe um Sie? Wer war immer für Sie da, wenn Sie Hilfe und Beistand brauchten?« Seine Stimme wurde lauter und erregter. »Ich frage Sie, Valerie: Wer von uns beiden liebt Sie wirklich? Und wer ist Ihrer Liebe wert? Captain Melville? O nein, das zu glauben wäre ein fataler Irrtum! Er weiß überhaupt nicht, was Liebe bedeutet!« Es hielt ihn nicht länger im Sessel, und er sprang auf. »Sie mögen ihn lieben, Valerie, aber das Glück werden Sie mit ihm nicht finden. Denn im Wesen sind Sie einander so fremd wie Feuer und Wasser, und das etwa nicht nur deshalb, weil seine Welt die See und das Deck eines Schiffes ist! Was kann ein Mann einer Frau schon für eine Zukunft bieten, und wie wahrhaftig kann seine Liebe schon sein, wenn er immer dann, wenn sie ihn wirklich braucht, nicht da ist?«

Ihr Gesicht brannte vor Schuldgefühl. »Bitte machen Sie es uns beiden doch nicht noch schwerer, als es so schon ist!«, bat sie ihn flehentlich und mit Tränen in den Augen. »Sie haben so unendlich viel für mich getan, Travis, was ich Ihnen nie vergessen werde. Ich werde immer in Ihrer Schuld stehen. Aber natürlich wissen Sie, dass meine Gefühle für Sie nicht von Dankbarkeit bestimmt werden. Ich habe Sie immer gemocht und ... «

»Gemocht!«, Er spie das Wort fast aus.

»... und eine tiefe Zuneigung zu Ihnen entwickelt«, fuhr sie fort. »Aber die Liebe, die Sie sich von mir erwünschen, kann ich Ihnen nicht geben, Travis. Sie gehört einem anderen Mann. Und das ist eine Entscheidung, die ich nicht nach langer Überlegung getroffen habe, sondern diese Liebe ist etwas, was mir zugestoßen ist. Es ist einfach passiert, und es ist sinnlos, sich dagegen wehren zu wollen.«

»So etwas kann man sich sehr gut einreden, wenn man die Verantwortung und die Folgen für kopflose Entscheidungen dem scheinbar unabwendbaren Lauf des Schicksals zuschieben möchte«, warf er ihr bitter vor. »Dabei brauchten Sie bloß Ihren doch sonst so vorzüglichen Verstand einmal richtig einzusetzen, um zu erkennen, dass eine Verbindung mit Captain Melville Ihnen nie das erstrebte Glück bringen kann!«

»Sie irren, Travis«, erwiderte Valerie mit sanfter Stimme, denn es schmerzte sie zu sehen, wie sehr er litt und wie verzweifelt er darum kämpfte, das Unabwendbare doch noch ungeschehen zu machen. »Ich bewundere Ihren scharfen Verstand und Ihre Menschenkenntnis, doch was Captain Melville betrifft, so versagt bei Ihnen beides in gleichem Maße. Aber das muss wohl so sein und ich verstehe es. Wie auch immer, ich gehe zu Matthew zurück, weil ich gar nicht anders kann. Ich liebe ihn nun mal. Und wenn Ihnen wirklich so viel an mir und meinem Glück liegt, dann lassen Sie mich gehen, ohne mir das Herz noch schwerer zu machen – und ohne mir das schreckliche Gefühl zu geben, ich hätte Sie ausgenutzt und dann verraten.«

In seinem Gesicht zuckte es. »Dieses Gefühl brauchen Sie

nicht zu haben. Verzeihen Sie mir, falls meine Worte diesen Eindruck in Ihnen erweckt haben. Ich habe mir von Ihnen viel ersehnt, vielleicht zu viel, aber erwartet habe ich nichts, Valerie. Ich liebe Sie.«

Valerie machte einen Schritt auf ihn zu und sah ihn bittend an. »Können wir nicht gute Freunde bleiben, Travis?«, fragte sie leise und ergriff seine Hand. »Es würde mir sehr, sehr viel bedeuten.«

Einen langen Moment schaute er ihr ins Gesicht, als wollte er sich ihre Züge noch einmal ganz genau einprägen. Dann schüttelte er den Kopf, entzog ihr seine Hand und antwortete: »Ich wünschte, wir könnten es, Valerie. Aber es ist mir nicht möglich, Sie zu lieben und doch ›nur‹ Ihr lieber Freund sein zu können«, sagte er mit bewegter Stimme. »Ich würde Ihnen damit keinen Gefallen tun und mich selbst nur unglücklich machen.«

»Wir sollen uns nie wiedersehen?«, fragte sie bestürzt.

Er nickte. »Ja, das ist mein letzter Wunsch an Sie, Valerie. Wenn Ihre Zuneigung so tief ist, wie Sie sagen, werden Sie mir den Schmerz ersparen, den ein solches Wiedersehen mir bereiten würde.«

»Ich ... ich kann es nicht glauben, dass ich Sie verlieren soll«, flüsterte sie.

»Sie verlieren mich nicht, Valerie«, erklärte er. »Mein Haus steht Ihnen jederzeit offen, und ich bin immer für Sie da, wenn auch nicht als Freund, so doch als der Mann, der Sie liebt und Sie zur Frau möchte. Ich werde auf Sie warten. Doch wenn Sie das nächste Mal zu mir kommen, dann kann es dafür nur einen Grund geben: Dass Sie den Wunsch haben, meine Frau zu werden.«

Ein schmerzliches Lächeln ob dieser Illusion huschte über ihr Gesicht. »Aber, Travis, das wird nie geschehen.«

Er schien sie gar nicht gehört zu haben, denn er bekräftigte seine Bedingung noch einmal. »Nur wenn Sie meine Frau werden wollen! Ansonsten vergessen Sie mich. Und sollten sich unsere Wege zufällig kreuzen, wird es kein Gespräch, ja noch nicht einmal einen Gruß geben.«

»Wollen Sie mich bestrafen, Travis?«

Er lächelte traurig und schüttelte den Kopf. Es war eine Geste müder Resignation. »Nein, nur mich schützen, Valerie. Und nun entschuldigen Sie mich.« Seine Stimme nahm jetzt eine regelrecht steife Förmlichkeit an. »Ich denke, wir ersparen uns einen theatralischen Abschied. Und Sie werden sicherlich auch Verständnis dafür aufbringen, wenn mir der Wunsch, Ihnen möge Glück mit Captain Melville beschieden sein, nicht über die Lippen kommt. Ich habe mich stets der Wahrheit und Aufrichtigkeit verpflichtet gefühlt, ganz besonders, was meine Empfindungen Ihnen gegenüber betrifft. Und es ist nun mal nicht meine Art, Wünsche auszusprechen, die all meinen Überzeugungen und Empfindungen zuwiderlaufen – einmal ganz davon abgesehen, dass ich weiß, dass sie gar nicht in Erfüllung gehen können.« Ohne ihr Gelegenheit zu einer Antwort zu geben, ließ er sie im Salon allein.

Travis zeigte sich auch nicht mehr, als Timboy anderthalb Stunden später ihr Gepäck zur Kutsche trug und Valerie das Haus verließ. Bevor sie einstieg, blickte sie noch einmal zurück. Sie sah zum Fenster, das zu seinem Arbeitszimmer gehörte. Es war dunkel. Doch sie wusste, dass er sich dort eingeschlossen hatte. Stand er hinter der Gardine und schaute er ihr wenigstens nach?

294

Sie hob die Hand zu einem letzten Gruß, wollte zum dunklen Fenster hochwinken, ließ es dann jedoch bleiben. Sie wünschte, sie hätte Travis wenigstens noch einmal an sich drücken und ihm zu verstehen geben können, dass ihre Liebe zu Matthew nichts daran ändern konnte, dass er einen ganz besonderen Platz in ihrem Leben einnahm. Dass sie sich niemals wiedersehen und nicht mehr zusammen sprechen, lachen und streiten sollten, erschien ihr unvorstellbar. Doch sie wusste, dass er es ernst gemeint hatte und davon auch nicht abweichen würde.

»Auch wenn du mir kein Glück wünschen kannst, so wünsche ich dir von Herzen alles Liebe und alles Glück auf Erden, Travis«, flüsterte sie in die Nacht, den Blick noch immer auf das abweisend dunkle Fenster gerichtet. »Ich wüsste keinen, der es mehr verdient hätte. Und vielleicht ... eines Tages ...« Sie brach ab, denn heiß stieg es ihr die Kehle hoch, und ihre Augen brannten. Schnell wandte sie sich um, raffte ihre Röcke und eilte zu Fanny in die Kutsche, die mit verkniffenem, vorwurfsvollem Gesicht starr geradeaus blickte.

Trauer erfüllte Valerie, als der Schlag zufiel und die Räder über das Kopfsteinpflaster der Middleton Street ratterten. Doch das Glücksgefühl war letztlich stärker, als sie die RIVER QUEEN erreichten und Matthew sie in seine Arme nahm.

21

In der Hütte stank es nach kaltem Essen und Kleidern, in denen der Schweiß von Wochen steckte. Der Wind drang durch die zahlreichen Ritzen und der Kamin über der primitiven Herdstelle zog schlecht.

Tränen rannen Rhonda übers Gesicht. Sie biss auf das Stück Holz, das die Alte ihr schnell zwischen die Zähne geschoben hatte, als sie das erste Mal vor Schmerz aufgeschrien hatte. Mit angezogenen Beinen und entblößtem Unterleib lag sie auf einem alten, aufgebockten Türblatt, das am Fußende angekohlt war und der alten, spindeldürren Schwarzen als Tisch diente.

Rhonda krümmte sich, als ihr wieder einmal ein feuriger Schmerz durch den Unterleib fuhr und ihr bis in die Kehle stieg. Sie warf den Kopf zur Seite, wobei ihr der Holzkeil entglitt, und hielt die Tischkanten umklammert. »O Gott!«, stöhnte sie. »Ist es weg? ... Ist es endlich weg?«

»Sie ... Sie müssen still liegen, Missy!«, keuchte die alte Frau. Der Schweiß floss ihr in Strömen über das Gesicht. Es war der Schweiß der Angst. Jamie hatte ihr nicht gesagt, wer ihrer ganz besonderen Dienste bedurfte. Sie war ganz selbstverständlich davon ausgegangen, dass er es noch mit einer anderen Schwarzen getrieben hatte, die das Kind von ihm weg haben wollte, da er ja nun mit Clarice verheiratet war. Als Jamie die junge Missy in ihre Hütte geführt hatte, war ihr vor Schreck fast das Herz stehen geblieben. Sie hatte sich anfangs geweigert. Nie würde sie Hand an eine Weiße anlegen! Nicht für alles Gold der Welt!

Doch Rhonda hatte sich nicht gescheut, ihr zu drohen, als sie sah, dass sie mit Geld nicht zu bewegen war, ihr das Kind wegzumachen. »Du wirst es tun, oder ich werde dafür sorgen, dass deine Kinder und Enkel in alle Winde verstreut werden! Und deinen jüngsten Sohn werde ich an den Galgen bringen. Ich werde ihn bezichtigen, mich vergewaltigt zu haben, als ich nach einem Reitunfall bewusstlos am Boden lag! Willst du dieses Unglück über deine Familie bringen?«

Die Alte war auf die Knie gefallen, hatte geweint und gefleht. Doch Rhonda hatte sich nicht erweichen lassen, zu groß war ihr eigenes Entsetzen vor dem, was ihr drohte, sollte sie das Kind in ihrem Leib nicht loswerden. In diesem Moment galt ihr das Leben eines anderen nichts, schon gar nicht das eines Sklaven.

Und so hatte die hagere Alte zu ihren beiden Stricknadeln gegriffen. Die eine war vorn platt geschlagen und geschärft wie ein Messer, während das spitze Ende der anderen Nadel zu einem kleinen Haken gebogen war. Als Rhonda sich rücklings auf das raue Türblatt gelegt hatte, war Jamie wie ein Häufchen Elend in der dunkelsten Ecke der Hütte zu Boden gesunken und hatte, den Kopf zwischen den Knien, stockend zu beten begonnen.

Und er betete noch immer. Dabei klapperten seine Zähne, als würde ihn ein Schüttelfrost nach dem anderen heimsuchen.

»Ich kann nicht mehr!«, stöhnte Rhonda.

»Noch ... noch einmal müssen Sie ... tapfer sein, Missy! ... Nur einmal noch, dann ... dann hab' ich's bestimmt«, stieß die Schwarze stockend hervor und wischte sich mit dem Unterarm den Schweiß von Stirn und Mund.

Rhonda schloss die Augen, presste die Zähne aufeinander, dass sie knirschten, und hielt sich an den Türkanten fest.

Der Schmerz schien sie förmlich zerreißen zu wollen. Jamies Gemurmel, angsterfüllt und beschwörend zugleich, schwoll immer dann an, wenn sie einen Laut des Schmerzes von sich gab.

Angst und Schmerz ließen sie völlig das Gefühl für die Zeit verlieren. Ihr war, als läge sie schon die halbe Nacht in dieser stinkenden Hütte auf dem angekohlten Türblatt. Und die Tortur wollte kein Ende nehmen.

Doch dann rief die Alte: »Das ... das muss es sein, bei so viel Blut ... Mehr kann ich nicht tun nicht, Missy.« Sie nahm aus einem Weidenkorb verschlissene Baumwolltücher und band sie ihr um den Leib. Dann half sie Rhonda vom Tisch.

Jamie betete noch immer.

Die Alte packte ihn am Kragen, zerrte ihn hoch und brachte ihn mit einer Ohrfeige zum Schweigen. »Schaff sie mir aus der Hütte!«, zischte sie, während Rhonda benommen und schmerzgekrümmt an der Wand lehnte. »Und wenn dir dein Leben lieb ist, wirst du morgen schon nicht mehr auf DARBY PLANTATION sein! Nutze den freien Tag und versuche, dich zu den Yankees durchzuschlagen. Solltest du jedoch in den Sümpfen krepieren oder einem Sklavenjäger in die Hände fallen, dann ist das der gerechte Lohn dafür, dass du dich mit einer Weißen eingelassen hast!«

»Sag das nicht! Ich ... ich hatte doch keine andere Wahl!«, raunte Jamie ihr bestürzt zu.

Verächtlich sah sie ihn an, das Gesicht eine hässliche Landschaft aus spitzen Knochen, Falten und Runzeln. »Doch, die hast du gehabt! ... Es gibt immer eine Wahl! Du hast die Wahl gehabt, stark und ein Mann zu sein und zu fliehen, statt schwach zu sein und sie zu schwängern. Und wenn du dabei umgekommen wärst! Das wäre weniger schlimm gewesen als das, was nun vielleicht passieren wird!«

»Aber du hast es doch weggemacht!«

»Weggemacht! ... Weggemacht!«, wiederholte sie zornig und mit krächzender Stimme. »Hast du schon mal in so einer blutigen Höhle mit einer Nadel herumgestochert? Ob man es erwischt hat, weiß man nie so genau! Erst in ein paar Wochen lässt sich sagen, ob das Kind weg ist oder nicht. Und jetzt schaff sie mir aus der Hütte. Du hast schon genug Unglück über mich und meine Familie gebracht! Dreimal verflucht sollst du sein, Jamie Crest!« Sie spie vor ihm aus.

Wenig später wankte Rhonda, auf Jamie gestützt, durch die Nacht. Der Weg von der Sklavensiedlung zurück zum Herrenhaus erschien ihr endlos, denn jeder Schritt bereitete ihr Schmerzen. Zudem mussten sie die normalen Wege meiden und sich durch Wald und Gebüsch schlagen. Manchmal konnten sie zwischen den Bäumen kaum die Hand vor Augen sehen, denn die Nacht war mondlos und der Sternenhimmel hinter einer dichten Wolkendecke verborgen. Es war ein Albtraum, der einfach kein Ende nehmen wollte.

Jamie redete in einem endlosen Schwall beruhigender Worte auf sie ein, als könnte er damit beschwören, ja erzwingen, was noch ungewiss war. Dass sie überhaupt nicht reagierte, weil seine Worte sie gar nicht erreichten, fiel ihm in seinem Zustand aus Angst und verzweifelter Beschwörung gar nicht auf. Denn er redete in erster Linie gegen seine eigene Angst an.

»Es wird alles wieder gut, Rhonda. Du wirst sehen, morgen geht es dir schon viel besser. Du wirst dann kaum noch etwas spüren. Vielleicht noch ein Ziehen, aber das ist ja nicht so schlimm, nicht wahr? Jetzt ist alles vorbei. Jemina versteht sich auf diese Sachen. Sie sieht abstoßend hässlich aus, nicht wahr? Aber sie kennt sich mit diesen Geschichten so gut aus wie niemand sonst auf DARBY PLANTATION. Sie hat auch der Sarah das Kind weggemacht. Sie hat eine sichere Hand, du wirst sehen. Sie hat es ganz bestimmt weggemacht! Du wirst bald die Missis von Massa Larmont sein und alles vergessen haben, was hier gewesen ist. Natürlich bleibe ich hier. Wir dürfen das Schicksal nicht noch einmal herausfordern, nicht wahr? Diesmal ist es noch gut gegangen. Und ein zweites Mal wird es nicht geben. Wir werden vernünftig sein. Wir haben gesündigt und uns einer großen Verfehlung schuldig gemacht. Aber wir haben unsere Sünde erkannt und werden ihr abschwören, ja, das werden wir. Wir werden der Versuchung widerstehen. Bald ist deine Hochzeit. Was vorher gewesen ist, wird wie weggewischt sein ... Ja, so wird es sein. Es wird alles sein wie früher und wie es auch zu sein hat.« Und so redete er leise, aber in einem fort.

Endlich gelangten sie zur Rückfront des Herrenhauses, das zu dieser späten Nachtstunde in tiefstem Schlaf lag. Eine Schmerzwelle lief durch Rhondas Körper und scharf sog sie die Luft ein. Mit einer Hand stützte sie sich gegen den Stamm des mächtigen Magnolienbaums, in dessen tiefschwarzem Schatten sie standen.

Jamie spürte, wie schwach sie auf den Beinen war. »Ich bringe dich in dein Zimmer!«, raunte er ihr zu.

»Nein! ... Lass mich! Das schaffe ich schon allein. Verschwinde! ... Geh mir aus den Augen!«, stieß sie atemlos hervor.

»Rhonda!«

»Nenn mich nie wieder Rhonda, Nigger!«, fauchte sie ihn an. »Für dich bin ich Miss Duvall, die zukünftige Missis Edward Larmont! Und wage es ja nicht, mich noch einmal anzufassen, oder ich werde dich auspeitschen lassen!«

Betroffen wich Jamie vor ihr zurück. »O Herr!«, stieß er gequält hervor. Dann drehte er sich um und rannte davon. Er machte sich noch in derselben Nacht auf die Flucht.

Rhonda schlich sich ins Haus. Auf der steilen Dienstbotentreppe überfiel sie ein Schwächeanfall. Sie taumelte gegen das Geländer und sackte mit einem mühsam unterdrückten Aufschrei auf die Stufen. Heiß pochte der Schmerz in ihrem Unterleib. Und dann spürte sie, wie das Blut warm an ihren Beinen herunterrann.

Mit letzter Kraft schleppte sie sich schließlich in ihr Zimmer. Sie dachte daran, dass sie die blutgetränkten Binden verstecken und durch frische ersetzen musste. Doch sie schaffte es nicht mehr bis ins Waschkabinett. Bewusstlos brach sie vor ihrem Bett zusammen.

Es war die schwarze Zofe ihrer Mutter, die vom Geräusch auf der Treppe aufwachte, den schweren Sturz hörte und nachsehen ging, was es damit auf sich hatte. Sie bemerkte die offen stehende Tür von Rhondas Zimmer – und fand die Tochter der Mistress in ihrem eigenen Blut liegend. Die gellenden Schreie der Zofe setzten der Nachtruhe im Herrenhaus ein jähes Ende.

Es war jedoch nicht Rhonda, die in dieser Nacht starb, obwohl sie viel Blut verloren hatte, sondern Jemina. Ihre

301

Nachbarin fand sie am nächsten Morgen tot auf ihrer Schlafstelle. Die Hände auf der Brust gekreuzt, die Augen geschlossen und das Gesicht ohne ein Anzeichen von Todesschmerz. Ihr Herz hatte zu schlagen aufgehört, weil sie es so gewollt hatte, hieß unter den Schwarzen. Später dann, als Gerüchte über den angeblichen Blutsturz der jungen Missy die Runde machten, bekam ihr Tod eine neue Bedeutung – wie auch Jamies Flucht. Es wagte jedoch keiner, diesen ungeheuerlichen Verdacht auszusprechen.

Die Wahrheit aus Rhondas Mund bekam nur eine einzige Person zu hören, und das war ihre Mutter. Catherine prügelte sie mit einem guten Dutzend Ohrfeigen aus ihrer Tochter heraus, als diese sich nicht mehr in Lebensgefahr befand.

»Was hast du getan?«, fragte sie bei jedem Schlag. »Was hast du getan? Ich werde dich so lange schlagen, bis du mir die Wahrheit sagst!«

»Jamie hat mich vergewaltigt! ... Ich war schwanger! ... Ich habe es wegmachen lassen ... von Jemina!«

Catherine brauchte ihrer Tochter nur in die Augen zu sehen, um zu wissen, dass sie log, was die Vergewaltigung betraf. Ein Mann wie Jamie hätte eine weiße Frau nicht einmal zu berühren gewagt! Sie kannte in diesem Augenblick auch die Antwort auf die Frage, warum Rhonda morgens so häufig übernächtigt ausgesehen hatte. Die Erkenntnis traf sie wie ein Schock, und sie wünschte, ihre Tochter wäre in der Nacht verblutet.

»Du bist eine Hure und eine Lügnerin!«, schleuderte sie Rhonda voller Abscheu und Verachtung ins Gesicht. »Es mit einem Nigger zu treiben! Wie tief musst du gesunken sein. Tiefer noch als dein Vater! Ja, du gerätst wohl ganz nach ihm. Wie du mich anekelst! Aber du wirst kein Wort darüber zu irgendeinem sagen! Zu niemandem! Oder ich werde dich verstoßen und wie einen räudigen Hund von der Plantage jagen lassen! Hast du mich verstanden? Kein Wort! ... Zu niemandem! ... Oder du bist nicht mehr meine Tochter!«

Es kostete Catherine eine beträchtliche Summe Geldes, Doktor Armstrong zu ihrem Komplizen zu machen und ihn zu der Diagnose zu bewegen, Rhonda wäre an Tuberkulose erkrankt, habe im Zuge dieser Krankheit einen Blutsturz erlitten und dürfe nur mit ihm und ihrer Mutter in Kontakt kommen.

Justin Darby besaß Format genug, weder den Arzt noch seine Frau mit Fragen in Verlegenheit zu bringen. Er nahm ihre offensichtlichen Lügen ohne mit der Wimper zu zucken hin und machte sie zu seinen eigenen. Wurde Rhondas ungeheuerliche Verfehlung bekannt, würde der Skandal auch seinen guten Namen arg in Mitleidenschaft ziehen.

Die angebliche Erkrankung ihrer Tochter an Tuberkulose machte es Catherine leicht, Rhonda von allen anderen Personen im Haushalt abzuschirmen und auch Edward den Kontakt mit ihr zu verwehren – natürlich nur in seinem Interesse, wie sie ihm nach Baton Rouge schrieb. Sie bat ihn, angeblich auch in Rhondas Namen, vorerst von einem Besuch auf Darby Plantation abzusehen, da es ihrer Tochter nur umso größeren Herzschmerz bereiten würde, ihn im Haus zu wissen, ohne ihn richtig sehen und sprechen zu können. Doch schreiben möge er ihr, sooft es seine Zeit erlaube.

303

Nach Wochen des Bangens und Hoffens bewahrheitete sich schließlich Catherines schlimmste Befürchtung: Jeminas Eingriff hatte nicht den gewünschten Erfolg gehabt. Ihre Tochter war noch immer schwanger und würde in nicht einmal einem halben Jahr einen Bastard zur Welt bringen, der zur Hälfte Niggerblut in den Adern hatte.

»Aber nicht auf DARBY PLANTATION!«, schwor sich Catherine. Die Schande ihrer Tochter sollte ihr Leben, das ihr reich genug an Prüfungen und bitteren Schicksalsschlägen erschien, nicht überschatten. Sollte Rhonda doch den Preis für ihre unverzeihliche Verfehlung bezahlen – und zwar so weit weg von New Orleans, wie es nur möglich war.

»Ich werde Rhonda nach Europa schicken!«, teilte sie Justin mit. »Dort gibt es Ärzte, die schon hervorragende Erfolge bei Schwindsüchtigen erzielt haben, und das Mittelmeerklima soll einer Heilung sehr entgegenkommen. Ich bin sicher, dass sie ihre Krankheit dort bald auskurieren wird.«

Justin verkniff sich die zynische Bemerkung, die ihm auf der Zunge lag, nämlich dass es sich bei Rhondas Krankheit in Wirklichkeit um einen überaus alltäglichen Vorgang der Natur zum Zwecke der Erhaltung der menschlichen Rasse handle – und dass diese Krankheit niemals länger als neun Monate andauere. Er sagte nur: »Allein wird sie die Reise kaum antreten können – in ihrem Zustand.«

Kein Muskel rührte sich in ihrem Gesicht. »Ich werde schon eine geeignete Person finden, die Rhonda unter ihre Fittiche nimmt!«

Catherine fand diese Person in Miss Sara Primrose, einer hakennasigen Frau Mitte vierzig. Ihre vergrämten Züge spiegelten ihren Charakter und ihre Lebensanschauung wider. Gab man ihr nur Gelegenheit dazu, erklärte sie jedem, dass das Leben von A bis Z eine jämmerliche Kette von Enttäuschungen und menschlichen Abscheulichkeiten sei, vor denen sie nur das Kreuz schützen könne, das ihr stets auf ihren altjüngferlichen Kleidern vor der flachen Brust baumelte. Dabei erweckte sie mit Blick und Stimme den unmissverständlichen Eindruck, dass sie auch ihre Gesprächspartner zu diesen »menschlichen Abscheulichkeiten« zählte, die dementsprechend zu behandeln seien.

Während der letzten neun Jahre hatte sich Miss Primrose ihren bescheidenen Lebensunterhalt als Gesellschafterin der verwitweten Schwester eines mit Justin befreundeten Pflanzers in Lafayette verdient. Sie war bei allen im Haus verhasst gewesen, bis auf die Schwester des Plantagenbesitzers, die ihrer Gesellschafterin in ihrer kratzbürstigen, giftigen und unleidlichen Art in nichts nachgestanden hatte. Nach dem Tod seiner Schwester hatte Justins Freund, dem man sonst ein hohes Maß an Gelassenheit und Mildtätigkeit nachsagte, nichts Eiligeres zu tun gehabt, als Miss Primrose auszuzahlen und auf die Straße zu setzen. Das war vor über einem halben Jahr gewesen. Und seitdem hatte niemand den Fehler begangen, sie in seine Dienste zu nehmen. Sie befand sich finanziell am Ende.

Catherine erinnerte sich ihrer, und nach dem ersten Gespräch mit ihr, das sie viel Beherrschung kostete, wusste sie, dass diese Frau die Strafe war, die Rhonda verdiente. Sie wurden sich bald handelseinig. Catherine bot ihr ein geradezu fürstliches Honorar für ihre Begleitung nach Europa – und für ihr Schweigen. Sie hatte zudem dafür zu sorgen, dass sie häufig ihren Aufenthaltsort wechselten – und dass der Bastard irgendwo in einem Heim verschwand.

»Lehren Sie ihr Moral und Anstand, und lassen Sie sie nicht einen Tag vergessen, welche Sünde und Schande sie auf sich geladen hat!«, trug Catherine ihr an jenem Nachmittag im März auf, als die Kutsche vorfuhr, um Miss Primrose und Rhonda nach New Orleans zu bringen. Dort würden sie als einzige Passagiere an Bord eines französischen Seglers gehen, der noch in der Nacht auslaufen wollte, gemeinsam mit einem britischen und zwei konföderierten Schiffen, zu denen die ALABAMA gehörte.

Miss Primrose strafte sie mit einem Blick, als empfand sie diese Ermahnung als Beleidigung. »Ich weiß sehr wohl, was ich zu tun habe, Missis Darby. Bei mir gibt es keine moralischen Kompromisse!«

Catherine nickte. Sie wusste, dass Sara Primrose ihre Macht auskosten und Rhonda leiden lassen würde. Und das war gut so, denn Rhonda hatte es nicht anders verdient!

Für ihre Tochter hatte Catherine zum Abschied nicht einen Gruß übrig, sondern nur eisiges Schweigen und einen Blick, der in Rhonda einmal mehr den Wunsch weckte, sie möge tot sein. Doch sie wusste, dass sie an ihrer Schwangerschaft kaum sterben würde und auch nicht den Mut hatte, sich das Leben zu nehmen. Sie würde den Bastard zur Welt bringen, und auch wenn nur wenige etwas ahnten und gerade eine Handvoll Personen es wusste, sie würde unter diesem Makel bis ans Ende ihrer Tage leiden. Ob Edward Larmont zu ihr hielt und auf sie warten würde, stand in den Sternen. Ihr schien, als hätte sie aus seinen letzten Briefen einen unterschwelligen Argwohn herausgelesen. All seine detaillierten Fragen zu ihrer Krankheit und ihrem geplanten Aufenthaltsort in Europa! Hatte er schon Verdacht geschöpft? Wann würde er ihr schreiben, dass er die Verlobung aus diesen oder jenen vorgeschobenen Gründen für gelöst betrachtete?

Aber auch wenn er geduldig und treuherzig ihre Rückkehr abwartete und sie zur Frau nahm: Nie würde sie die Angst verlassen, ihr entsetzliches Geheimnis könne aufgedeckt werden, einen Skandal auslösen und sie zur Ausgestoßenen machen. Damit lautete die Strafe, die sie erwartete: lebenslängliche Angst – Tag für Tag. Und Albträume – Nacht für Nacht.

22

Die verheerende Niederlage, die der Norden bei Manassas am Bull Run im Juni 1861 erlitt, versetzte den Süden in Euphorie und Siegesgewissheit. Man hielt den Norden für geschlagen und den Krieg für beendet. Statt Blut auf dem Schlachtfeld würde jetzt die Tinte der Diplomaten und Unterhändler an den Verhandlungstischen fließen, und die Differenzen zwischen der Union und der Konföderation würden durch Verträge aus der Welt geschaffen, die der Konföderation die Souveränität garantierten.

Lincoln dachte jedoch nicht daran, die Spaltung der Union hinzunehmen und den Krieg wegen einer bitteren Niederlage verloren zu geben. Er war entschlossen, die »Rebellion« der Südstaaten um jeden Preis niederzuschlagen.

Dass der Norden das Trauma von Manassas rasch überwand, verdankte er seiner überlegenen Flotte, die für die ersten spektakulären Siege der Union sorgte. Es begann damit, dass schon wenige Monate nach Kriegsausbruch alle Häfen des Südens unter Blockade standen, die zunehmend effektiver wurde. Gelang es im ersten Kriegsjahr noch neun von zehn Blockadebrechern, durch die anfangs relativ weiten Maschen der Sperrgürtel zu schlüpfen, so kam gegen Ende des Kriegs nur noch einer von dreien durch. (Insgesamt sollten mehr als eintausendfünfhundert Blockadebrecher im Laufe des Kriegs aufgebracht oder versenkt werden.)

Im Spätsommer und Herbst des Jahres 1861 ging der Norden in die kriegerische Offensive. Ein Flottenverband setzte auf den Inseln vor der Küste von North Carolina und auf dem Küstenabschnitt zwischen Charleston und Savannah Truppen ab. Diese amphibischen Aktionen waren ein großer Erfolg. Die Truppen der Union vermochten im Land der Konföderation Fuß zu fassen und gaben dem Süden einen ersten Vorgeschmack von der Rundumbedrohung, die ihm durch die Streitkräfte des Nordens drohte.

Im Februar 1862 befanden sich die Nordstaatler auch auf dem westlichen Kriegsschauplatz, von Missouri bis zu den Appalachen, auf dem Vormarsch. General Ulysses Grant eroberte, unterstützt von einer kleinen Flotte Kanonenboote, die Befestigungen Fort Henry und Fort Donelson, die den Tennessee und den Cumberland River kontrollierten. Die konföderierten Truppen mussten sich bedingungslos ergeben – und der Norden besaß einen neuen Helden. Wegen seiner Forderung nach bedingungsloser Übergabe, der sich in den nächsten Jahren noch so mancher Truppenführer des Südens beugen musste, nannte man Grant bald *Unconditional Surrender*.

Die Verteidigungslinie der Konföderation brach im Westen ein. Kentucky und große Teile von Tennessee mussten dem Gegner überlassen werden. Die Schlacht bei Pea Ridge in Arkansas, die vom 6. bis zum 8. März hin- und herwogte, brachte dem Süden eine weitere Niederlage. Der Versuch, die bis dahin zersplitterten Kräfte zu einer gewaltigen schlagkräftigen Armee zusammenzufassen, dem Norden die Initiative aus der Hand zu nehmen und einen Sieg wie bei Manassas zu erringen, scheiterte am 6. April 1862 in den Wäldern bei Shiloh. Grant vermochte auch diese Schlacht zu einem Sieg der Union zu machen. Der Ausgang dieses erbitterten

Kampfes am Ufer des Tennessee hatte jedoch mehr als nur kriegsstrategische Bedeutung. Noch nie zuvor hatte es auf dem amerikanischen Kontinent ein derartig blutiges Gemetzel gegeben. Hatten die Verluste in der ersten Schlacht des Kriegs bei Bull Run für den Süden noch zweitausend und für den Norden dreitausend Mann betragen, so hatten bei Shiloh elftausend Soldaten der Konföderation und über vierzehntausend der Union den Tod im Kampf gefunden. Der Krieg zeigte nun ganz ungeschminkt sein entsetzliches Antlitz. Und wer bis dahin noch geglaubt hatte, der Krieg zwischen Norden und Süden ließe sich mit einigen heldenmütigen Reiterattacken entscheiden, musste nun einsehen, dass beiden Seiten ein langes, blutiges Ringen mit hohen Verlusten bevorstand.

Während der Nordstaatengeneral McClellan im Frühjahr das Momentum der siegreichen Unionstruppen auch in Virginia auszunutzen verstand und auf seinem »Halbinselfeldzug« immer näher an Richmond heranrückte, bereitete im Süden Kommodore David Glasgow Farragut gemeinsam mit General Benjamin Butler, der eine Landungsarmee von fünfzehntausend Mann befehligte, die Eroberung von New Orleans vor, die größte Stadt und den bedeutendsten Hafen der Konföderation.

Kommodore Farragut hatte im April eine Flotte von vierundzwanzig hölzernen Kriegsschiffen und neunzehn gepanzerten Kanonenbooten in der Mündung des Mississippi zusammengezogen. Am 18. des Monats begann das Bombardement der Forts Saint-Philippe und Jackson, hundert Meilen unterhalb von New Orleans. Fünf Tage später wagte Farragut mit seiner Flotte den direkten Angriff. Es gelang ihm, die

310

Flusssperre zu durchbrechen und die kleine Kanonenboot-
flotte der Konföderierten zu vernichten, während General
Butler mit seinen Truppen die Forts umging und zur Kapi-
tulation zwang.

Als die Flotte der Union am 25. April 1862 im Hafen von
New Orleans einlief, brannten dort die Hafenschuppen und
Baumwollager sowie das mächtige Panzerschiff MISSISSIPPI,
das kurz vor seiner Fertigstellung gestanden hatte, damit
nichts den verhassten Yankees in die Hände fiel, was diese
gegen den Süden verwenden konnten.

Während General Butler die Stadt mit seinen Truppen
besetzte, führte Farragut seine Flotte weiter den Fluss hinauf. Er nahm Baton Rouge ein. Auch hier brannten an den
Ufern unzählige Baumwollballen lichterloh, wofür Tau-
sende von Sklaven sich krumm geschuftet hatten. An den
starken Befestigungen von Vicksburg vermochte die Unionsflotte jedoch nicht vorbeizukommen – noch nicht. Dennoch hatte Farragut mit der Einnahme von New Orleans
und Baton Rouge auch im Süden einen tiefen Keil in die
Verteidigungslinie der Konföderation getrieben und den Süden fast in zwei Teile gespalten. Fiel Vicksburg auch noch,
war der Osten vom Westen abgeschnitten.

Valerie hielt sich schon seit Wochen wieder auf COTTON
FIELDS auf, als New Orleans fiel. Einige Tage lang war die
Landbevölkerung wie abgeschnitten von dem, was in der
Stadt passierte. Dann endlich drangen die ersten detaillier-
ten Berichte zu den umliegenden Plantagen. So groß der
Hass auf die Nordstaatler sowie die Schmach und Verbitte-
rung ob der demütigenden Niederlage auch waren, so wurde
doch beinahe überall die Nachricht, dass die Stadt nicht

unter Beschuss gekommen war, mit großer Erleichterung aufgenommen. Denn wer hatte keine Freunde, Verwandte oder Familienmitglieder in New Orleans, um die er sich sorgte?

Auch Valerie teilte diese Erleichterung, einmal ganz allgemein, aber auch im besonderen, denn Emily und Liza waren im Haus in der Monroe Street geblieben, als sie nach Matthews Abreise mit Fanny nach COTTON FIELDS zurückgekehrt war, und sie wusste auch Travis in der Stadt.

Eine Woche später, als die Magnolien in voller Blüte standen und die Hitze des kommenden Sommer sich schon ankündigte, trafen auch wieder Zeitungen auf COTTON FIELDS ein. Jonathan Burke, der vor dem Haus auf den Boten getroffen war, brachte ihr die *Gazette*.

»Schlechte Nachrichten?«, fragte Valerie, als sie seinen bestürzten Gesichtsausdruck bemerkte.

Er nickte. »Captain Melville ...«

Sie zuckte zusammen. »Was ist mit ihm?«, stieß sie hervor.

»Die Yankees haben ihn geschnappt ... und gestern zum Tode verurteilt!«

Valerie hielt sich am Arm des Verwalters fest, schlagartig kalkweiß im Gesicht und überfallen von einem Schwindelgefühl des Entsetzens. »Nein! ... Unmöglich! ... Er ist doch kein Soldat! Er ist nur Captain eines konföderierten Handelsschiffes. Sie können ihm sein Schiff nehmen, aber mehr auch nicht!«

»Im Artikel steht etwas von Spionage und Verletzung des Kriegsrechts.«

Fast riss sie ihm die Zeitung aus der Hand und mit wachsender Angst las sie den Artikel. Ahnungslos, dass Farragut den entscheidenden Angriff plante und eine gewaltige Flotte im Mississippidelta zusammengezogen hatte, hatte Matthew offenbar zwei Nächte vorher den Durchbruch versucht und war an der Feuerkraft von zwei Kanonenbooten gescheitert, mit deren Auftauchen er nicht gerechnet hatte. Die ALABAMA hatte gleich zu Beginn des kurzen Feuergefechts Fock- und Hauptmast verloren und damit keine Chance mehr zum Entkommen gehabt.

Captain Melville hatte den aussichtslosen Kampf sofort aufgegeben, die Flagge gestrichen und das Krisenkommando der Yankees an Bord gelassen. Seine Mannschaft und seine Offiziere würden bald wieder auf freien Fuß kommen, hieß es in dem Zeitungsbericht. Den Captain jedoch habe man sofort auf ein Schiff der Union gebracht und nach der Eroberung von New Orleans vor ein Kriegsgericht gestellt, das ihn nun für schuldig befunden hatte, unter der Flagge der Union und in den Uniformen des Nordens für die Konföderation Spionage betrieben zu haben.

»Matthew ein Spion? ... Das ist doch lächerlich!«, rief Valerie verstört.

Jonathan Burke verzog das narbige Gesicht zu einer bitteren Miene. »Sicher ist es das, und das wissen die verdammten Yankees selbst viel zu gut. Aber das wird nichts an ihrem Urteil ändern, Miss Duvall. Der Captain war einfach zu erfolgreich, und sie wollen an ihm wohl ein Exempel statuieren, damit ihm nicht noch andere diesen Trick mit den falschen Flaggen und Uniformen nachmachen.«

»O nein, Matthew wird nicht hängen!«

Valerie traf noch am selben Nachmittag in New Orleans ein.

23

Die aufgehende Sonne ergoss ihre rotgoldene Flut, die rasch an Helligkeit gewann, in das blasse Graublau des morgendlichen Himmels. Die roten Ziegeldächer von New Orleans verloren ihre nächtlich stumpfe Farbe und boten dem Auge ein leuchtend rotes Meer. Der Rauch der Herdfeuer stieg in den jungen Tag, während auf den Straßen die dunklen Schatten zwischen den Häusern zu weichen begannen und der betriebsame Verkehr einsetzte.

Als Fanny in das Schlafzimmer ihrer Herrin trat, um sie zu wecken und die Vorhänge aufzuziehen, fand sie Valerie schon wach vor. Sie saß in einem Sessel vor dem Fenster und blickte in den Garten hinaus, der das Haus schützend umgab. Nur ganz gedämpft hörte man das Rattern einer Kutsche, die die Monroe Street hinauffuhr.

Fanny sah sofort, dass Valerie die ganze Nacht nicht geschlafen hatte, ja noch nicht einmal zu Bett gegangen war. Es war so glatt und unberührt wie am Abend, als sie die Tagesdecke abgenommen und das Bett aufgedeckt hatte.

»Um Himmels willen, Sie ruinieren sich noch Ihre Gesundheit, Miss Valerie!«, sagte die Zofe besorgt. »Sie müssen sich doch auch mal Ruhe gönnen.«

»Ruhe«, wiederholte Valerie, als verstände sie den Sinn dieses Wortes nicht.

»Waren Sie die ganze Nacht auf?«, fragte Fanny, obwohl sie die Antwort schon kannte.

Valerie nickte, den Blick unverwandt auf einen Punkt

zwischen den Bäumen des Gartens, in denen Vögel saßen, gerichtet. Mit hellem, fröhlichem Gezwitscher begrüßten sie den neuen, sonnigen Tag.

Fanny schüttelte den Kopf. »Warum haben Sie mich nicht gerufen? Ich hätte Ihnen zwanzig Tropfen Laudanum gebracht. Dann hätten Sie endlich mal eine Nacht schlafen können.«

Valerie drehte sich nun zu ihrer Zofe um. Ihre geröteten Augen verrieten, dass sie geweint hatte. Erschöpfung und Verzweiflung standen ihr ins Gesicht geschrieben. »Wie kann ich denn an Schlaf denken, während Matthew in diesem stinkenden Loch eingesperrt ist und auf seine Hinrichtung wartet?«, fragte sie gequält.

Fanny schluckte. Allzu große Sympathien hatte sie für Captain Melville nie gehabt. Von Anfang an war sie der Überzeugung gewesen, dass ihre Herrin einen großen Fehler beging, wenn sie sich mit einem Mann wie ihn einließ. Sie hatte auch nichts unversucht gelassen, um Valerie in ihrem Sinne zu beeinflussen und sie zu bewegen, diesem höchst unschicklichen Verhältnis ein Ende zu bereiten. Der Mann, den sie sich aus ganzem Herzen für ihre Herrin wünschte, war Travis Kendrik. Doch dass die Yankees den Captain zum Tode durch den Strang verurteilt hatten, empfand auch sie als himmelschreiende Ungerechtigkeit und erfüllte sie mit tiefer Betroffenheit. Und wenn ihre Herrin litt, dann litt auch sie.

»Noch ist es nicht so weit. Das Urteil soll doch erst in drei Tagen vollstreckt werden. Und bis dahin kann noch viel geschehen«, sagte sie und wusste nur zu gut, wie wenig Trost ihre Worte boten.

»Drei Tage! Was sind schon drei Tage?«, erwiderte Valerie leise. »Und was soll denn noch geschehen, Fanny? Seit einer Woche bin ich schon in New Orleans, und was habe ich in diesen Tagen erreicht? Nichts! Absolut nichts! Alles, was in meiner Macht steht, habe ich versucht. Ich habe Gnadengesuche eingereicht, ein halbes Dutzend Briefe an General Butler geschrieben und mich sogar bis zu seinem Adjutanten regelrecht vorgekämpft, den ich angefleht habe, auf den Knien! Aber was ist das Ergebnis all meiner verzweifelten Bemühungen gewesen? Nichts! Ich bin überall auf unbeugsame Härte gestoßen. Man hat mich noch nicht einmal zu Matthew gelassen. Nur schreiben darf ich ihm. Erst am Vorabend der Hinrichtung will man mich zu ihm lassen. Wie kann man nur so herzlos sein?«

Das ist ihre Antwort auf den grenzenlosen Hass und die Verachtung, die ihnen überall entgegenschlägt, wo sie sich auch zeigen, ging es Fanny durch den Sinn. In den letzten Tagen war sie selber mehrmals Zeugin geworden, wie elegant gekleidete Damen der vornehmen Gesellschaft ihre gute Erziehung und jeglichen Anstand vergaßen, indem sie Unionssoldaten mit ihrem Fächer ins Gesicht schlugen und sie sogar anspuckten. Eine solche Behandlung widerfuhr den Nordstaatlern täglich und in allen Bereichen des Lebens. Dass General Butler und seine Besatzungsmacht das nicht straflos hinzunehmen gedachten und ihrerseits mit extremen Maßnahmen darauf reagierten, durfte keinen verwundern.

»Es ist eine schlimme Zeit, in der Vernunft und Anstand auf beiden Seiten nichts mehr zu gelten scheinen«, sagte Fanny traurig. »Aber was Sie da gerade geäußert haben, stimmt nicht ganz, Miss Valerie.«

»So? Was denn?«

»Dass Sie alles in Ihrer Macht Stehende versucht hätten, um Captain Melvilles Leben zu retten. All Ihre Möglichkeiten haben Sie noch nicht ausgeschöpft. Es gibt noch jemanden, den Sie noch nicht um Hilfe gebeten haben, obwohl er den nötigen Einfluss besitzt, um dieses höchst ungerechte Urteil aus der Welt zu schaffen. Ich denke, Sie wissen sehr gut, wen ich damit meine.«

Valerie presste die Lippen aufeinander und schwieg, als wollte sie davon nichts wissen.

»Es ist Mister Kendrik!«, sprach Fanny seinen Namen aus. »Ich verstehe wirklich nicht, warum Sie ihn nicht schon längst aufgesucht haben.«

»Ich kann nicht!«, stieß Valerie tonlos hervor. »Er ist der Letzte, den ich um Hilfe bitten würde.«

»Aber das ist doch ...« Fanny konnte sich gerade noch rechtzeitig beherrschen, sich in ihrem Ärger nicht zu einer Bemerkung hinreißen zu lassen, die ihr in dieser krassen Form nicht zustand. »... unverständlich, mir sehr unverständlich, Miss Valerie! Sie haben doch selber in der Zeitung gelesen, dass Mister Kendrik von General Butler in diese Sonderkommission zum Aufbau einer Verwaltung berufen wurde, die mit den Nordstaatlern zusammenzuarbeiten bereit ist. Sein Ruf, ein engagierter Anwalt der Schwarzen und von Anfang an ein Gegner der Sezession gewesen zu sein, hat ihm Tür und Tor bei den Yankees geöffnet. Er soll auch Freunde unter den Besatzungsoffizieren haben. Wer also könnte Ihnen besser helfen als er? Und Sie wissen doch, dass Mister Kendrik alles für Sie zu tun bereit ist!«

»Ja, das weiß ich. Aber gerade deshalb kann ich nicht zu ihm gehen!«, rief Valerie verzweifelt.

»Das verstehe ich nicht!«

»Ich *kann* ihn nicht um Hilfe bitten, Fanny!«

»Ist Ihnen Ihr ... zweifelhafter Stolz mehr wert als das Leben von Captain Melville?«, fragte ihre Zofe in verständnisloser Gereiztheit.

Valerie krümmte sich im Sessel wie unter Schmerzen. »Nein, ich liebe Matthew. Ich liebe ihn doch über alles, Fanny! Und deshalb kann ich nicht zu Travis gehen. Denn wenn ich das tue und ihn bitte, Matthew zu retten, werde ... werde ich den Preis dafür zahlen müssen.«

»Welchen Preis?«

Valerie berichtete ihrer Zofe nun mit stockender Stimme, was Travis ihr zum Abschied gesagt und welche Bedingung er genannt hatte, sollte sie ihn jemals wieder aufsuchen wollen. »Verstehst du jetzt, dass ich nicht zu ihm kann?«, schloss sie verzweifelt.

Fanny schwieg einen Augenblick. Dann sagte sie: »Ich kann ihn verstehen, Miss Valerie. Er war stets für Sie da, hat für Sie gekämpft und Sie gepflegt. Man kann eben nicht immer nur nehmen.«

Valerie sah sie fast ängstlich an. »Was ... was willst du damit sagen?«

»Dass alles seinen Preis hat«, antwortete Fanny langsam. »Wenn Sie wollen, dass Captain Melville nicht hingerichtet wird, werden Sie wohl zu Mister Kendrik gehen müssen – im Bewusstsein aller Konsequenzen.«

»Ich soll ihn heiraten, obwohl ich doch Matthew liebe?«, hielt Valerie ihr gequält vor.

»Es mag zynisch klingen, aber vielleicht hat das Schicksal es so bestimmt, dass Sie zu dieser Heirat mit Mister Kendrik erst gezwungen werden müssen. Ich hege die felsenfeste Überzeugung, dass Sie als seine Frau ein größeres Glück finden werden als in einer Ehe mit Captain Melville. Aber was ich glaube und für richtig erachte, ist natürlich ohne jede Bedeutung. Sie sind es, die zu einer Entscheidung kommen und mit ihren Folgen leben muss.«

Stunde um Stunde quälte sich Valerie und suchte nach einem Ausweg. Doch all ihre Möglichkeiten waren längst erschöpft – bis auf diese eine: Nur Travis konnte die Hinrichtung noch abwenden.

Valerie fuhr am Nachmittag zu ihm, nachdem sie sich sorgfältig für diesen Besuch zurechtgemacht hatte. Sie spürte keinen großen Schmerz, auch keine Verzweiflung, obwohl sie wusste, dass beides wiederkommen würde. Doch nach diesen langen schlaflosen Nächten und Tagen der Angst um Matthew war ihre Kraft erschöpft. Resignation trat an die Stelle von Aufbegehren. Ein merkwürdiges Gefühl innerer Taubheit überlagerte alle anderen Empfindungen.

Helen war überrascht, sie nach so vielen Monaten plötzlich wiederzusehen. Ihr Gesicht bekam rote Flecken vor Aufregung, als sie Valerie in den Salon führte und sie einen Moment zu warten bat.

Valerie sah sich ruhig um. Alles war ihr so vertraut, und irgendwie hatte das etwas Tröstliches an sich – wie auch das Wissen, dass Travis ihrer Liebe wert gewesen wäre. Aber vielleicht erwies sich Fannys Prophezeiung ja als richtig, dass gegenseitige Achtung und Zuneigung letztlich die bessere Basis für eine glückliche Ehe wären als lichterloh brennende Leidenschaft.

Als sich die Tür hinter ihr öffnete, drehte sie sich langsam um. Es überraschte sie selber, dass sie nicht im Mindesten aufgeregt war. Fast war ihr, als wäre all dies unausweichlich gewesen, von Anfang an vorbestimmt, wie schon Fanny gesagt hatte.

Travis schloss die Tür hinter sich, trat zu ihr und blickte sie ohne jede angespannte Erwartung, wie sie bei ihm zu vermuten gewesen wäre, an. In ihm mochte ein Sturm der Gefühle toben, anzusehen war ihm davon jedoch nichts. Sein Gesicht gab nicht den geringsten Hinweis auf das, was in ihm vor sich ging.

Er wartete und überließ es Valerie, das Gespräch zu eröffnen. »Gelten noch Ihre Worte von damals, als ich Ihr Haus verließ?«

Travis nickte. »Jedes meiner Worte hat noch dieselbe Geltung wie an jenem Abend«, bestätigte er mit ruhiger, aber fester Stimme.

Valerie nickte ihrerseits zum Zeichen, dass sie mit einer anderen Antwort auch nicht gerechnet hatte. »›Wenn Sie das nächste Mal zu mir kommen, dann kann es dafür nur einen Grund geben: Dass Sie den Wunsch haben, meine Frau zu werden.‹ Das waren doch Ihre Worte, nicht wahr?«

»Sie haben sie sich in der Tat sehr genau gemerkt, Valerie.«

»Ja, das habe ich, Travis. Und jetzt bin ich gekommen.«

Noch immer verriet seine Miene nicht die geringste Gefühlsregung. »Bedeutet das tatsächlich, dass Sie den Wunsch haben, meine Frau zu werden?«

Valerie zögerte einen Augenblick. »Wir waren immer ehrlich zueinander. Deshalb will ich auch jetzt keine Ausnahme machen. Gerade heute nicht!«

»Ich bitte darum«, sagte er förmlich.

»Sosehr Sie mir auch ans Herz gewachsen sind, so bin ich doch nicht gekommen, weil ich den *Wunsch* habe, Ihre Frau zu werden, Travis. So etwas zu sagen hieße, Sie anlügen, und Sie würden diese Lüge sofort durchschauen.«

»Zweifellos«, bemerkte er trocken.

»Ich bin gekommen, weil ich *bereit* bin, Ihre Frau zu werden«, fuhr Valerie fort. »Sie wissen, dass ich Sie nicht liebe, auch wenn ich eine große Zuneigung für Sie hege. Aber ich werde mich ehrlich bemühen, Ihnen die Frau zu sein, die Sie sich wünschen, soweit es in meinen Kräften steht. An gutem Willen wird es nicht mangeln.«

»Ein edler Vorsatz, den man wohl bei den wenigsten Frauen findet, die sich zur Ehe entschlossen haben«, sagte er nicht ohne eine Spur Sarkasmus.

»Aber eine Vorbedingung habe ich.«

»Bitte, ich höre.«

»Ich denke, Sie kennen sie, seit Sie von meinem Eintreffen in Ihrem Haus erfahren haben.«

»Möglich, doch ich ziehe die Gewissheit jeder mir noch so zutreffend erscheinenden Annahme vor.«

»Ich bin bereit, Ihre Frau zu werden, Travis, sofern Sie dafür sorgen, dass dieses schändliche Urteil gegen Matthew revidiert wird und ich die schriftliche Bestätigung in den Händen halte, dass man ihn begnadigt hat«, stellte sie ihre Forderung.

»Und obwohl Sie ihn lieben, wollen Sie dann mich heiraten?«, fragte er.

»Ich werde Sie heiraten, *weil* ich Matthew liebe«, erwiderte Valerie, und zum ersten Mal, seit sie sich gegenüberstanden, verlor ihre Stimme ihre ruhige Sachlichkeit und zeigte innere Bewegung.

»Dieses Opfer ist er Ihnen wert?«

»Ja, das ist er, Travis. Für Matthew ist mir kein Opfer zu groß. Sonst wäre es wohl auch keine Liebe, die diesen Namen verdiente«, sagte sie und wich seinem nun eindringlich forschenden Blick nicht aus.

Einen Moment sah er sie schweigend an, als müsste er über ihre Forderung und das, was sie soeben gesagt hatte, reiflich nachdenken. Dann zeigte sich die Andeutung eines Lächelns auf seinem Gesicht.

»Was macht Sie so sicher, dass ich solch einer Aufgabe, die Sie da an mich stellen, auch gewachsen bin?«, wollte er nun wissen.

»Ich glaube nicht, dass es darauf ankommt, ob ich oder irgendjemand sonst der Meinung ist, Sie wären dazu fähig, diese Aufgabe zu bewältigen – oder auch nicht. Auf die Einschätzungen anderer haben Sie nie etwas gegeben, wenn es darum ging, etwas Außergewöhnliches zu vollbringen. Es ist also allein entscheidend, ob *Sie* der Ansicht sind, der Herausforderung gewachsen zu sein. Wenn Sie der Meinung sind, Sie werden es schaffen, dann werden Sie dieses Ziel auch erreichen. Das war immer so und von dieser Maxime werden Sie auch niemals abrücken.«

Er neigte leicht den Kopf, als nähme er ein Kompliment huldvoll entgegen. »Sehr zutreffend. Ich hätte es selber kaum besser formulieren können.«

»Und wie lautet Ihre Antwort, Travis?«

»Ich nehme diese ... Herausforderung, wie Sie es gerade genannt haben, an und werde mich in dem von Ihnen ge-

322

wünschten Sinne für Captain Melville verwenden«, versprach er.

Für Valerie war sein Wort so gut wie ein Freispruch. »Ich danke Ihnen, Travis«, sagte sie mit leiser, bewegter Stimme. »Ich danke Ihnen von ganzem Herzen.«

»Dafür wird später noch Zeit und Gelegenheit genug sein, Valerie«, erwiderte er fast reserviert. »Ich denke, dass ich Ihnen schon morgen im Laufe des späten Vormittags Bescheid geben kann, ob und in welcher Form meine Bemühungen den erhofften Erfolg gezeitigt haben.«

»Ich werde im Haus in der Monroe Street auf Ihre Benachrichtigung warten«, sagte Valerie.

»Gut. Über alles andere können wir dann später reden. Erlauben Sie, dass ich Sie zur Tür begleite, Valerie«, beschloss er ihr Gespräch, das von beiden Seiten von einer beinahe unpersönlichen Förmlichkeit geprägt gewesen war.

Fanny bestand an diesem Abend darauf, dass Valerie einen Laudanum-Trunk zu sich nahm, damit sie in der Nacht endlich einmal Schlaf fand. Die betäubende Wirkung setzte auch rasch ein und ließ sie bis weit nach Sonnenaufgang durchschlafen, bewahrte sie jedoch nicht vor wirren Träumen.

Obwohl Valerie voller Zuversicht war und grenzenloses Vertrauen in Travis Kendriks Fähigkeiten setzte, wurde ihr der Vormittag doch entsetzlich lang. Die Stunden des Wartens und Grübelns dehnten sich zu Ewigkeiten. Fanny meinte, sie ablenken und aufmuntern zu müssen, doch Valerie wollte allein mit sich und ihren Gedanken bleiben. Je früher sie sich mit der Vorstellung vertraut machte, bald Missis Kendrik zu sein, desto leichter würde es ihr fallen, diesen neuen Lebensabschnitt mit der vorbehaltlosen Bereitschaft zu beginnen, die Travis verdiente. Sie wusste, dass sie ihren Schmerz niemals zeigen durfte und dass gerade das sie am meisten Kraft kosten würde. Aber sie würde es schaffen, weil sie immer den Trost hatte, dass Matthew am Leben war.

Was ihr jedoch den kalten Schweiß aus den Poren trieb, war die Frage, wie sie Matthew erklären sollte, dass sie Travis Kendrik heiraten würde. Dass sie ihn mit ihrem Heiratsversprechen quasi freigekauft hatte, durfte er niemals erfahren, ja nicht einmal ahnen, schon um Travis nicht in Gefahr zu bringen. Zudem sollte Matthew frei sein, frei in jeder Hinsicht: von ihr und von dem Schuldgefühl, für das katastrophale Ende ihrer Liebe verantwortlich zu sein und ihr keine andere Wahl gelassen zu haben, um ihn vor dem Strang zu retten. Er würde eher darüber hinwegkommen, wenn sie ihn in dem Glauben ließ, ihn doch nicht aufrichtig genug geliebt und sich aus Opportunismus letztlich für Travis Kendrik entschieden zu haben. Mochte er sie dafür verachten und sogar hassen, er würde diesen scheinbaren Verrat schneller überwinden, als wenn er die Wahrheit erfuhr.

Aber hatte sie auch die Kraft, ihm gegenüberzutreten und ihm ins Gesicht zu lügen? Würde sie stark genug sein, die Wahrheit nicht preiszugeben, wenn sie seinen Schmerz sah und er sie bedrängte? Je länger sie darüber nachdachte, desto klarer wurde es ihr, dass es zu einer solchen Begegnung nicht kommen durfte. Sie musste vollendete Tatsachen schaffen, die jegliche Beschwörungen sinnlos machten!

Kurz vor ein Uhr brachte ein Bote die Nachricht des Anwalts. Mit zittrigen Händen riss Valerie den Umschlag auf und faltete den Bogen auseinander. Mit angehaltenem Atem flogen ihre Augen über die Zeilen, die in gestochen scharfer Handschrift das Blatt bedeckten.

Verehrte Valerie,

verzeihen Sie, dass ich Sie so lange habe warten lassen müssen. Leider war es mir nicht möglich, das bewusste Gespräch eher mit General Butler zu führen. Er hat, wenn auch äußerst widerstrebend, einer Begnadigung zugestimmt. Captain Melville wird schon in wenigen Tagen auf freien Fuß gesetzt, sofern er eine Ehrenerklärung unterschreibt, mit der er sich verpflichtet, an kriegerischen Auseinandersetzungen zwischen der Union und der Konföderation nicht mehr teilzunehmen und sich auch nicht mehr als Blockadebrecher zu betätigen. Ein dementsprechendes Schriftstück wird er mir noch heute aushändigen. Ich werde es Ihnen heute Abend überreichen, wenn ich Sie um acht Uhr abhole, um mit Ihnen im HOTEL ROYAL zu Abend zu essen. Ich denke, in der neutralen Atmosphäre des Restaurants wird es uns beiden leichter fallen, über die Dinge zu reden, die zwischen uns geklärt werden müssen.

Ihr Travis Kendrik

Matthew würde leben! Und natürlich würde er diese Ehrenerklärung unterschreiben! Niemand konnte ihn der Feigheit zeihen. Dafür, dass er die Sezession der Südstaaten stets verurteilt und die Politiker um Jefferson Davis für verbohrte Hitzköpfe und Kriegstreiber gehalten hatte, hatte er für die Sache des Südens mehr als nur seinen Beitrag geleistet. Zudem war es ihm auch gar nicht mehr möglich, sich wieder unter die Blockadebrecher zu begeben, denn die ALABAMA hatten die Yankees als Kriegsbeute konfisziert. In YANKEE PRIDE umgetauft, segelte sie schon unter Unionsflagge im Golf. So hatte es in der Zeitung gestanden.

Erlöst sank Valerie in den nächsten Sessel, schloss die Augen und ließ den Brief sinken. Dann kamen die Tränen. Es waren Tränen der Freude, aber auch schon Tränen des Abschieds.

24

Travis Kendrik fuhr mit seiner Kutsche, die von zwei rassigen weißen Wallachen gezogen wurde und überall Aufsehen erregte, auf die Minute pünktlich um acht vor dem Haus in der Monroe Street vor.

Valerie ließ ihn nicht warten. Sie war schon seit halb acht bereit für ihn, und sie hatte ihr bestes Kleid angezogen, eine atemberaubende Kreation aus flaschengrüner Seide mit fünf gerüschten Volants und einer breiten schwarzen Schärpe um die Taille, die ihre schlanke Figur unterstrich und im Rücken eine Stoffrosette bildete. Gerüschte schwarze Spitze fasste den Ausschnitt ein, der an ihren Schultern begann und in V-Form zwischen ihre Brüste führte. Eine Perlenkette zierte ihr reizvolles Dekolleté, während sie eine schwarze, mit Goldfäden durchwirkte Stola um ihre nackten Schultern gelegt hatte. Ihr Haar, das inzwischen auf gut die halbe frühere Länge nachgewachsen war und die Perücke längst überflüssig gemacht hatte, lag bis auf einige Locken an den Schläfen in sanften Wellen am Kopf. Es schimmerte in seinem einzigartig blauschwarzen Farbton.

»Erlauben Sie es mir auszusprechen, auch wenn es bei Ihnen eigentlich keiner besonderen Erwähnung bedarf: Sie sehen unvergleichlich betörend aus, Valerie«, sagte Travis voller Bewunderung und führte ihre Hand zu einem Handkuss an seinen Mund.

Valerie errötete unter seinem Blick. Das war Travis Kendrik, wie sie ihn kannte – und wie er ihr am liebsten war. Von der kühlen Distanz und steifen Förmlichkeit, mit der er sie tags zuvor behandelt hatte, war nichts mehr zu spüren. Er erschien ihr gelöst und fröhlich, und er hatte wohl auch allen Grund dazu. Sogar seine Kleidung entsprach seiner froh gelaunten Stimmung, denn er trug einen fast honiggelben Anzug, mit dem er auch ohne die Weste aus fliederfarbener Seide und die üppig gebundene Krawatte in fast dem gleichen Farbton überall wie ein bunter Paradiesvogel unter Tauben und Raben aufgefallen wäre.

»Sie haben mich stets mit Komplimenten verwöhnt«, sagte Valerie, die sich bei seinem Anblick eines kleinen Lächelns nicht erwehren konnte.

»Jeder bekommt, was er verdient«, erwiderte Travis. »Wenn Sie gestatten?« Er bot ihr seinen Arm und führte sie zur Kutsche.

Travis nahm ihr gegenüber Platz. Der Kutscher schloss den Schlag, und als sich das Gefährt wenig später in Bewegung setzte, sagte Travis: »Ich hoffe, ich habe Sie weder mit meiner Einladung zum Essen noch mit der Wahl des Restaurants verstimmt.«

»Ganz und gar nicht, Travis. Ich teile Ihre Ansicht, dass ein solch neutraler Ort bei einem derartigen Gespräch, das wir zu führen haben, nur von Vorteil sein kann«, stimmte sie ihm zu und ertappte sich dabei, dass nun sie es war, die sich vor ihren wahren Gefühlen in eine steife Förmlichkeit zu flüchten drohte. Deshalb fügte sie sogleich hinzu: »Obwohl ich das Wort neutral in diesem Zusammenhang nicht mag, Travis. Es klingt mir zu sehr nach Verhandlungen zwischen zwei gegnerischen Parteien, und das wäre weder der Situation noch meinen Gefühlen Ihnen gegenüber angemessen. Sie sind mir in den Jahren, die wir uns kennen, lieb und teuer geworden, und ich werde immer voller Dankbarkeit sein, was Sie für mich getan haben, früher und auch jetzt. Das sollen Sie wissen.«

Ein Lächeln trat auf sein Gesicht. »Und ich weiß es sehr wohl zu schätzen, Valerie – Ihre Offenheit wie auch Ihre aufrichtigen Gefühle. Apropos Gefühle ...« Er griff in seine Rocktasche und zog ein längliches, mehrfach gefaltetes Schriftstück hervor. »Eine Abschrift der Begnadigungsurkunde, unterzeichnet von General Butler. Wenn ich mich nicht täusche, war es zwischen uns ausgemacht, dass ich Sie Ihnen aushändige, bevor wir die weiteren Einzelheiten unseres ... Arrangements besprechen.«

»Danke, Travis.« Sie hielt es für taktlos, jetzt einen Blick auf das Schreiben zu werfen. Es hätte mangelndes Vertrauen zum Ausdruck gebracht. Sein Wort genügte ihr. Und sie hatte später noch Zeit genug, das Schriftstück zu studieren. »Bitte tun Sie mir den Gefallen und bewahren Sie es für mich auf, bis Sie mich wieder in die Monroe Street zurückgebracht haben.«

»Selbstverständlich.«

Valerie hatte eigentlich vorgehabt, erst beim Essen auf den zusätzlichen Gefallen zu sprechen zu kommen, um den Sie Travis bitten musste. Die Sache beschäftigte sie jedoch so sehr, dass sie ihren Vorsatz aufgab und diesen Punkt noch während der Kutschfahrt ansprach. »Ich muss Sie noch um einen zusätzlichen Gefallen bitten.«

Er hob überrascht die Augenbrauen, und in seiner Stimme

schwang ein wenig Spott mit, als er fragte: »Sie denken an eine Nachbesserung Ihrer Bedingungen?«

»Es handelt sich um keine Bedingung und ich würde es auch nicht als Nachbesserung bezeichnen«, erwiderte sie. »Es ist nichts weiter als eine Bitte, Travis.«

»Wenn Sie mich um etwas bitten, kann mich das teurer zu stehen kommen, als wenn Sie etwas von mir fordern«, sagte er mit demselben spöttischen Tonfall. »Ich weiß nicht, was mir lieber ist. Aber das werde ich ja gleich sehen. Um was handelt es sich denn?«

»Um Matthew.«

Er seufzte und sein Gesicht verlor etwas von seinem fröhlichen Ausdruck. »Ja, das hätte ich mir denken können. Ich hoffe bloß, Sie erwarten nicht von mir, dass ich ihn wieder in den Besitz seines Schiffes bringe!«

»Nein, nein, das ist es nicht«, versicherte sie hastig. »Ich möchte nur, dass er nicht sofort entlassen wird.«

Verständnislosigkeit sprach aus seinen Augen und aus seiner Frage: »Wie bitte? Ich dachte, Sie könnten ihn gar nicht schnell genug aus dem Gefängnis bekommen?«

»Ja, eigentlich schon. Dennoch ist es mir lieber, er wird erst entlassen, wenn ... wenn wir schon verheiratet sind«, erklärte sie. Es kostete sie nicht wenig Überwindung, das auszusprechen. »Es würde mir vieles leichter machen.«

Er begriff. »Sie wollen ihn demnach vor vollendete Tatsachen stellen.«

Valerie beschränkte ihre Antwort auf ein Nicken.

»Sie wollen ihn vorher nicht mehr sprechen?«

»Weder vorher noch nachher. Und es ist zu seinem und meinem Besten, wenn wir uns nicht wiedersehen«, sagte sie äußerlich beherrscht. »Ich werde ihm schreiben, dass ich meine ganz persönlichen Gründe habe, weshalb ich Ihre Frau geworden bin.«

»Er wird Sie dafür hassen«, sagte er und sah sie dabei forschend an.

Sie schluckte. »Das hoffe ich«, murmelte sie.

»Weil diese Art Hass nicht so heftig und so lange schmerzt wie unerfüllte Liebe?«, fragte er leise nach.

Diesmal wich sie seinem bohrenden Blick aus und gab ihm darauf auch keine Antwort, obwohl ihr Verhalten genug sagte. »Werden Sie das veranlassen?«, fragte sie nur.

»Ja, das sollte keine große Schwierigkeit sein.«

»Dann bin ich beruhigt.«

Wenig später rollte die Kutsche die Auffahrt zum HOTEL ROYAL hinauf, das mit seinem kleinen Park einen halben Häuserblock auf der Bienville Street einnahm. Es handelte sich um ein dreistöckiges Gebäude mit einer beeindruckenden Fassade. Alle Balkone waren mit kunstvoll gearbeiteten schmiedeeisernen Gittern versehen. Sie leuchteten in einem frischen Cremeweiß und wurden von blassblauen Markisen vor Sonne und Regen geschützt. Das ROYAL gehörte zu den exklusivsten Hotels der Stadt. Es war daher nicht verwunderlich, dass die siegreichen Nordstaatler die Flagge der Union auf dem Dach gehisst und viele der Offiziere sich hier einquartiert hatten.

»Ich hoffe, Sie werden sich nicht daran stören, eine Menge blauer Uniformen im Restaurant zu sehen«, sagte Travis. »Aber nachdem ich dieser Kommission beigetreten bin, sind mir fast alle anderen Lokale, in denen keine Yankees verkehren, verwehrt. Es wird wohl Jahre dauern, bis der Bruder dem Bruder wieder ohne Hass begegnet.«

»Ich werde mich damit genauso abfinden müssen wie Sie«, antwortete sie und fügte in Gedanken schwermütig hinzu: »Denn von nun an wird dein Leben ja auch mein Leben sein, im Guten wie im Schlechten.«

Auf die Menschenmenge, die mindestens fünf Dutzend Frauen und Männer stark war und fast den Eingang des Hotels belagerte, waren Travis und Valerie nicht gefasst, als sie aus der Kutsche stiegen. Auch nicht auf die hasserfüllten Blicke, die sie trafen, und die Verwünschungen und Beleidigungen, die sich aus der Menge erhoben.

Travis zögerte. »Ich weiß nicht, was das zu bedeuten hat. Aber vielleicht ist es ratsamer, wir verzichten auf das Abendessen im Royal.«

»Und wo wollen Sie stattdessen hin?«

»Hm, ja ... eine gute Frage, auf die ich so schnell auch keine Antwort weiß«, räumte er ein und überlegte.

»General Butler ist vor ein paar Minuten mit seinem Stab hier eingetroffen, Sir«, raunte der Kutscher ihm zu, der die Nachricht von einem Kollegen zugeflüstert bekommen hatte.

»Wir werden uns von diesen Leuten doch nicht einschüchtern lassen!«, sagte Valerie bestimmt. »Ich lasse mir auch von niemandem vorschreiben, welches Restaurant ich besuchen darf und mit wem ich gesellschaftlichen Umgang zu pflegen habe und mit wem nicht. Das wäre ja noch schöner! Ich habe weder etwas gegen Nordstaatler noch gegen Südstaatler. Aber ich habe viel gegen Erpressung, Vorurteile und Intoleranz! Also geben Sie mir Ihren Arm und lassen Sie uns gehen!«

Travis lachte auf. »Valerie, Sie sind unübertrefflich!« Sein Blick ruhte einen Moment mit liebevollem Stolz auf ihr.

Dann hakte sie sich bei ihm ein, und sie gingen unerschrocken auf die Menge zu, die klug genug war, eine Gasse zu bilden. Um das Eingreifen der Soldaten zu provozieren, reichte ihr Mut wohl doch nicht.

Einige spuckten voller Verachtung vor ihnen aus, andere riefen ihnen Beleidigungen zu.

»Verräter!«

»Charakterlumpen!«

»Lincoln-Hure!«, zischte eine Frau Valerie zu, die ihrer Kleidung nach zur besseren Gesellschaft gehören musste, sich aber nicht scheute, den Jargon der Gosse in den Mund zu nehmen.

»Das ist doch dieser Niggeranwalt!«, rief eine wütende Männerstimme.

»Kein Wunder, dass er bei diesen Yankeeschweinen willkommen ist!«

»Ein Strick und ein starker Ast!«

»Eines Tages rechnen wir mit euch Yankeefreunden ab!«

»Hören Sie nicht hin«, sagte Travis zu Valerie, jedoch so laut und deutlich, dass die Leute ihn sehr gut verstehen konnten. »Und lassen Sie sich von der ordentlichen Kleidung dieser Gaffer nicht täuschen. Wer sich wie Pöbel benimmt, gehört auch dazu, und wenn er in Samt und Seide gekleidet geht. Und wer gibt schon etwas auf die Stimme des Pöbels, nicht wahr?«

Plötzlich drängte sich eine Gestalt nach vorn und stellte sich ihnen in den Weg.

Valerie erschrak, als sie das hassverzerrte Gesicht ihres Halbbruders Stephen vor sich sah, und blieb unwillkürlich stehen.

333

»Schau an, der Niggeranwalt und sein Liebchen, der Niggerbastard Valerie, wollen zu ihren Niggerfreunden!«, rief er höhnisch. »Wenn das nicht prächtig zusammenpasst!« Sein Atem roch deutlich nach Alkohol. In der rechten Hand hielt er einen silbernen Flakon.

»Geben Sie den Weg frei!«, forderte Travis ihn kühl auf.

»Blas dich bloß nicht so auf, du Rattengesicht! ... Du und deinesgleichen, ihr glaubt jetzt, Oberwasser zu haben. Aber die Zeiten werden sich auch wieder ändern, verlass dich drauf! Wir werden die Yankees zum Teufel jagen! Und dann machen wir mit Verrätern wie euch kurzen Prozess!«

»Aus dem Weg!«, verlangte Travis noch einmal.

Stephen lachte nur. »Aber bevor wir euch aufknüpfen, werdet ihr die Peitsche zu schmecken bekommen. Dein Niggerliebchen kennt das ja schon, wie es ist, ausgepeitscht und geteert und gefedert zu werden.«

Höhnisches Gelächter erhob sich.

»Du feiges Miststück!«, stieß Valerie hervor, ganz weiß im Gesicht vor Abscheu und wilder Wut, die sich nun Bahn brach. »Dad hat nur zu gut gewusst, warum er nicht dir, sondern mir COTTON FIELDS vererbt hat! Du bist ein Scheusal! An dir klebt das Blut eines Mörders!«

»Halt den Mund, du Bastard!«, schrie Stephen sie an und schüttete ihr den Brandy aus seinem Flachmann ins Gesicht. Der Alkohol biss ihr in die Augen, tropfte auf ihren Busen und nässte ihr Oberteil. »Noch hat kein Nigger ungestraft gewagt, mich zu beleidigen!«

Travis schlug ihm blitzschnell mit der flachen Hand links und rechts ins Gesicht, dass Stephen aufschreiend zurücktaumelte. »Du mieser Frauenschänder!«, fauchte er ihn an.

»Du bist schlimmer als der Abschaum im Hafen! Über hilflose Frauen und Sklaven in der Übermacht herfallen und sie quälen und ermorden, das kannst du!«

Aus dem Hotel kamen zwei Lieutenants in den blauen Uniformen der Union gerannt und wollten eingreifen. Doch Travis hob abwehrend die Hand und schüttelte den Kopf. Sie erkannten ihn und blieben zwei Schritte hinter Stephen stehen, mit grimmigen Mienen und sichtlich bereit, jeden Moment einzuschreiten. Die unflätigen Bemerkungen aus der Menge verstummten. Die Leute rückten ein wenig zurück.

»Dafür verlange ich Satisfaktion!«, schrie Stephen, Tränen der Wut und des Schmerzes in den Augen. Sein Gesicht brannte wie mit heißem Öl übergossen.

»Ein Lump wie du ist gar nicht satisfaktionsfähig«, erwiderte Travis eisig. »Aber dennoch nehme ich deine Herausforderung zum Duell an.«

»Um Gottes willen, tun Sie das nicht!«, beschwor Valerie ihn entsetzt. »Ihm gegenüber müssen Sie Ihre Ehre doch nicht verteidigen! Das ist er nicht wert. Das haben Sie doch gerade selber gesagt!«

»Richtig, ihm fehlt alles, was einen Gentleman ausmacht. Er hat noch nicht einmal als Verbrecher Format. Aber ich werde mir die Gelegenheit nicht entgehen lassen, endlich mit ihm abzurechnen!«

»Ich werde dich töten!«, rief Stephen mit wildem Blick.

Travis wandte sich an den blonden der beiden Offiziere. »Lieutenant Greystone, wären Sie bereit, bei diesem Duell als mein Sekundant zu fungieren?«

»Es wäre mir eine Ehre, Sir!«

»Verbindlichsten Dank, Lieutenant. Dann bitte ich Sie, sich den Sekundanten meines Herausforderers nennen zu lassen und mit diesem alle Einzelheiten abzusprechen«, trug Travis ihm auf. »Ich werde die Dame nach Hause begleiten und dann wieder zurückkommen. Sie werden mich bei Ihrer Rückkehr im Andrew-Jackson-Salon finden.«

Der Offizier deutete eine militärische Verbeugung an. »Ich werde Ihnen so schnell wie möglich über Ort und Zeit des Duells Bericht erstatten, Sir.« Dann wandte er sich mit ausdruckslosem Gesicht Stephen Duvall zu, um ihn nach seinem Sekundanten zu fragen.

»Sie hätten seine Herausforderung zum Duell nicht annehmen dürfen, Travis!«, sagte Valerie bestürzt, als sie mit ihm in der Kutsche saß und in die Monroe Street zurückfuhr. »Er ist es doch nicht wert, dass Sie Ihr Leben deswegen aufs Spiel setzen!«

»Ihre Besorgnis schmeichelt mir.«

»Herrgott, ich will Ihnen nicht schmeicheln! Hier geht es um Ihr Leben!«, rief Valerie gereizt und fühlte sich ganz elend. Sie roch, als hätte sie in einem Brandyfass gebadet, und der Stoff ihres Kleides klebte ihr unangenehm feucht am Busen. »Ich habe Angst um Sie – so wie ich um jeden Menschen Angst haben würde, an dessen Wohlergehen mir viel liegt! Was Sie da tun, ist geradezu lächerlich ...«

»Das trifft wohl auf die meisten Duelle zu«, meinte er trocken.

»... weil Sie Stephen damit bloß noch aufwerten!«, fuhr sie unbeirrt fort. »Dass Sie ihn geohrfeigt haben, war richtig. Aber dabei hätte es auch bleiben müssen. Wie können Sie Ihr Leben wegen eines solchen ... Verbrechers in Gefahr bringen?«

»Ich denke weniger daran, dass ich mein Leben in Gefahr bringe, sondern mehr an sein Leben, das ich auszulöschen entschlossen bin«, antwortete er mit fester Stimme. »Es ist an der Zeit, den abscheulichen Taten dieses Mannes ein für alle Mal ein Ende zu bereiten. Und seien Sie unbesorgt: Ich werde morgen nicht zum ersten Mal eine Pistole in der Hand halten.«

Danach schwiegen sie für den Rest der Fahrt. Travis brachte sie noch ins Haus. »Erlauben Sie, dass ich Ihnen einen Kuss gebe?«, fragte er.

Es durchlief Valerie heiß und kalt, doch sie ließ es sich nicht anmerken. »Das ist mehr als nur Ihr gutes Recht, Travis.«

»In Zusammenhang mit Ihnen interessiert mich das Recht nicht im Geringsten«, erwiderte er leise und gab ihr einen Kuss auf den Mund. Für ein, zwei Sekunden verweilten seine Lippen auf den ihren. Dann löste er sich von ihr.

»Ich werde ganz fest an Sie denken«, versprach Valerie, um den Augenblick beidseitiger Verlegenheit zu überbrücken, der diesem Kuss folgte. »Und kommen Sie bloß gesund zurück, Travis. Das sind Sie mir schuldig!«

Er lächelte. »Machen Sie sich um mich keine Sorgen, Valerie. Sie wissen doch, dass meine Gegner stets den fatalen Fehler begehen, mich nach meinem Äußeren zu beurteilen und daher zu unterschätzen. Und Sie wissen doch auch, dass ich mich per se auf nichts einlasse, wo ich mir nicht sicher bin, dass ich gewinnen werde. Wie könnte ich mir da ausgerechnet bei einem Duell gegen Stephen Duvall untreu werden?«

Valerie fand in dieser Nacht keinen Schlaf. Sie hatte Angst um Travis. Doch immer wieder schlich sich der Gedanke in ihr Bewusstsein, dass sie frei war, frei für Matthew und das Glück mit ihm, sollte Travis bei diesem Duell den Tod finden. Sie schämte sich dieses Gedankens, doch sie wurde ihn nicht los.

25

Travis legte die Feder aus der Hand, gab der Tinte hinreichend Zeit zu trocknen, faltete den schweren Bogen in exakt drei gleich große Drittel und schob den Brief schließlich in den Umschlag, der Valeries Namen und ihre Adresse in der Monroe Street trug. Als er ihn versiegelt und zu seinem Testament gelegt hatte, war es erst zwanzig nach vier. Bis um fünf blieb ihm also noch viel Zeit, um seinen Gedanken nachzuhängen.

Er rückte die kolorierte Zeichnung, die Valerie im Profil zeigte, in den gelben Lichtkreis der Schreibtischlampe und lehnte sich in seinem Armstuhl zurück. Obwohl er sich nach der Besprechung mit Lieutenant Dorian Greystone nur für vier Stunden aufs Bett gelegt hatte, fühlte er sich so frisch und ausgeruht, als hätte er einen tiefen und langen Nachtschlaf hinter sich.

Seine Gedanken beschäftigten sich kaum mit dem bevorstehenden Duell und der Möglichkeit, dass die Kugel aus Stephen Duvalls Pistole seinem Leben schon in wenigen Stunden ein jähes Ende bereiten konnte. Er ging davon aus, dass Stephen ein lausiger Schütze war und vielmehr das Opfer seiner Kugel sein würde. Sein Selbstwertgefühl ließ die Möglichkeit, einem verabscheuungswürdigen Mann wie Stephen Duvall unterlegen zu sein, überhaupt nicht zu. Das Schlimmste, was er sich vorstellen konnte, war, dass auch er seinen Gegner verfehlte. Dabei lag die Betonung auf dem »auch«.

Valerie.

Sie war es, die in dieser frühmorgendlichen Stunde seine Gedanken beherrschte. Er erinnerte sich an den Tag, als sie ihm das erste Mal in diesem Raum gegenübergestanden hatte. Lag das erst knappe zwei Jahre zurück? Ihm erschien die Zeit im Rückblick wie der größere Teil seines Lebens. So lebendig, als wäre es erst gestern gewesen, war auch seine Erinnerung an jenen Tag im November, als das Gericht im Erbschaftsprozess sein Urteil verkündete, Valerie COTTON FIELDS zusprach und er damit den sensationellsten Erfolg seiner Anwaltskarriere erzielte. Ja, sein Gedächtnis war angefüllt mit ungewöhnlich lebendigen Erinnerungen an so viele Begebenheiten, in deren Mittelpunkt stets Valerie stand. Und willig versank er im Strom dieser Bilder.

Um Punkt fünf Uhr traf Lieutenant Greystone ein. »Sind Sie bereit, Sir?«, erkundigte er sich und warf dem Anwalt einen prüfenden Blick zu, ohne jedoch ein Anzeichen von Anspannung, geschweige denn Angst bei ihm finden zu können.

»Für diesen Lumpen jederzeit«, antwortete Travis. In der Kutsche übergab er dem Offizier das Testament und den für Valerie bestimmten Brief – sollte er das Duell nicht überleben.

Sie sprachen wenig auf der Fahrt zum Audubon Park, der sich südlich der 1847 gegründeten Universität von Louisiana erstreckte und bis ans Ufer des Mississippi führte. Dort am Fluss sollte das Duell stattfinden.

Sie trafen als Erste bei den Platanen ein, unter denen der Ehre der Kontrahenten mit einem Schusswechsel Genüge getan werden sollte. Als Travis aus der Kutsche stieg, dämmerte der Tag herauf. Die Dunkelheit der Nacht wich dem grauen Licht des Morgens. Auf dem Gras lag der Tau und über dem Fluss schwebten Nebelbänke wie Schleier aus grauer Gaze.

Major Milton Cumming, der sich bereit erklärt hatte, diesem Duell in seiner Eigenschaft als Arzt beizuwohnen, traf kurz nach ihnen ein. Er war ein frühzeitig ergrauter Mann von stämmiger Statur, der den Anwalt mit den trockenen Worten begrüßte: »Wenn Sie sich dafür, dass Sie mich um meinen Schlaf gebracht haben, entsprechend revanchieren wollen, dann tun Sie mir den Gefallen und schießen entweder daneben – oder treffen Ihren Gegner sofort tödlich. Damit ersparen Sie mir viel Arbeit.«

»Ich werde mich bemühen, Ihr ärztliches Geschick nicht auf die Probe zu stellen«, erwiderte Travis.

»Dafür wäre ich Ihnen zu dieser frühen Morgenstunde überaus dankbar.«

Es war kurz vor sechs, als die Kutsche zwischen den Bäumen erschien, die Stephen und seinen Sekundanten James Tanglewood an den Ort des Duells brachte. Major Cumming ließ es sich nicht nehmen, auch Stephen Duvall ans Herz zu legen, entweder sein Ziel glatt zu verfehlen oder tödlich zu treffen.

Dieser bedachte den Offizier mit einem verächtlichen Blick und den dazu passenden Worten: »Ich wüsste nicht, dass ich Sie um Ihre unmaßgebliche Meinung gebeten hätte, wie ich von der Waffe Gebrauch zu machen habe!« Damit drehte er ihm auf fast schon beleidigende Weise den Rücken zu und forderte seinen Freund für alle gut verständlich auf: »James, überzeug dich, dass sie nicht an den Pistolen manipuliert haben. Ich will sicher sein, dass die Waffen in Ordnung sind, damit ich diesem Niggeranwalt die Kugel zwischen die Augen setzen kann!«

Travis verzog nur geringschätzig den Mund, während James Tanglewood nun zu Lieutenant Greystone trat und die Duellpistolen einer sorgfältigen Prüfung unterzog. Er fand nichts, was zu beanstanden gewesen wäre. Mit Argusaugen sah er zu, wie der Lieutenant beide Pistolen lud und wieder in den mit rotem Samt ausgeschlagenen Lederkoffer zurücklegte.

»Gentlemen, darf ich Sie zu mir bitten?«, forderte er die Duellanten schließlich auf, nachdem James Tanglewood festgestellt hatte, dass beide Pistolen mit derselben Menge Pulver und einwandfreien Kugeln geladen worden waren. »Mister Kendrik, Sie als der Herausgeforderte haben die Wahl.«

»Die überlasse ich gern meinem Herausforderer, der offenbar fürchtet, jemand könnte sich an den Waffen zu schaffen gemacht haben. Mir ist es egal, mit welcher Pistole ich ihn niederstrecke«, sagte Travis.

»Ich werde dir das Gehirn aus deinem Schädel schießen!« erwiderte Stephen hasserfüllt und griff sich eine Pistole.

»Du wirst zittern und vorbeischießen, weil du ein hinterhältiger Feigling bist, der den fairen Kampf Mann gegen Mann fürchtet!«, antwortete Travis mit eisiger Geringschätzung.

»Gentlemen, bitte!«, griff Major Cumming ein. »Nehmen Sie Aufstellung. Zehn Schritte jeder, dann drehen Sie sich um und feuern Ihre Waffe ab, wenn ich das Kommando ›Feuer frei!‹ gegeben habe.«

Sie stellten sich Rücken an Rücken.

»Wenn ich mit dir fertig bin, werde ich mir Valerie vorknöpfen und sie dir nachschicken, Rattengesicht!«, zischte Stephen ihm über die Schulter zu. »Nachdem ich natürlich vorher meinen Spaß mit ihr gehabt habe, ich und meine Freunde!«

»Der einzige Spaß, der dir noch bleibt, wird darin bestehen, dass du gleich dein eigenes Blut schmecken wirst, du Versager!«, konterte Travis.

Dann gingen sie los. Der Major zählte ihre Schritte laut mit.

Als sie die vereinbarte Distanz erreicht hatten, befahl er: »Drehen Sie sich um und nehmen Sie Ihre Position ein. Danach rühren Sie sich nicht mehr von der Stelle, bis beide Schüsse gefallen sind! ... Sind Sie bereit?« Und als sie ihm ihre Bereitschaft mit einem Nicken anzeigten, gab er das Kommando: »Feuer frei!«

Stephen schoß augenblicklich, um seinem Gegner zuvorzukommen. Die Detonation zerriss die friedliche Stille des Morgens.

Die Kugel sirrte mehr als eine Handbreit an Travis Kendriks linkem Ohr vorbei. Dieser lächelte. »Man zielt bei einem Duell niemals auf den Kopf seines Gegners, sosehr man ihm auch den Tod wünscht!«, rief er ihm zu. »Man zielt mitten auf seine Brust. Das erhöht die Chancen um ein Mehrfaches, auch wirklich zu treffen. Ich werde es dir jetzt gleich beweisen.«

Stephen war totenbleich geworden, als seine Kugel den Anwalt verfehlt hatte – und er nun dem Tod ins Auge sah. Deutlich trat die Angst auf sein Gesicht. Die Pistole entglitt seiner plötzlich kraftlosen Hand und er machte einen Schritt zurück.

»Bleiben Sie stehen, Mann!«, gellte die scharfe Stimme von Major Cumming über die Wiese.

»Nein!«, keuchte Stephen und hob beide Hände, als wollte er mit ihnen die Kugel abwehren.

»Stephen! Um Gottes willen, bleib stehen! Du verlierst deine Ehre, wenn du wegläufst!«, schrie James mit schriller Stimme.

Doch Stephen hörte nicht. Von panischer Angst gepackt, ergriff er die Flucht. Er wollte in den Schutz der Platanen. Travis dachte nicht daran, ihn entkommen zu lassen. Er ließ ihn nicht aus dem Visier, schwenkte die Pistole herum und drückte dann ab.

Die Kugel traf Stephen oberhalb der Hüfte in den Rücken, so wie es ein Feigling wie Stephen Duvall nicht anders verdient hatte, wie Travis fand. Mit einem markerschütternden Schrei ging er zu Boden.

Major Cumming ließ sich Zeit, nach dem Verwundeten zu sehen. Sogar James Tanglewoods Gesicht verriet die Scham, die er über die Feigheit seines Freundes empfand, der in diesem Augenblick aufgehört hatte, sein Freund zu sein.

Travis reichte Lieutenant Greystone seine Pistole, nahm dessen Glückwunsch mit einem knappen Nicken entgegen und begab sich dann zu der Stelle, wo Major Cumming neben Stephen Duvall am Boden kniete, dessen Schreie in ein Wimmern übergegangen waren. Der Militärarzt hatte ihm Hemd und Hose aufgeschnitten. Alles war voller Blut.

»Wie gut habe ich getroffen?«, fragte Travis kühl.

»Nicht gut genug!«, knurrte der Major. »Ich wünschte, ich könnte es mit meiner Ehre als Arzt vereinbaren, ihn hier verbluten zu lassen!«

»Wird er überleben?«

»Schwer zu sagen, aber wenn er es übersteht, wird er wohl für den Rest seines Lebens an einen Rollstuhl gefesselt sein«, mutmaßte der Major. »Sie haben ihn an der Wirbelsäule getroffen.«

»Ich hoffe, er stirbt«, sagte Travis ohne jedes Mitleid und kehrte mit Lieutenant Greystone in die Stadt zurück. Er hätte von einem Gefühl des Triumphes erfüllt sein müssen. Doch das war nicht der Fall. Er fühlte sich vielmehr ernüchtert, und es fiel ihm schwer, vor sich selbst einzugestehen, dass nicht einmal er immer siegen konnte, denn den wichtigsten Kampf hatte er verloren – den um Valerie.

26

Die Sonne stand schon tief im Westen, und die Schatten wurden dunkler und länger, als Matthew sein Pferd von der Landstraße lenkte und in das kühle Dämmerlicht der Allee eintauchte. Die Blätter hatten auch in diesem Jahr wieder ein dichtes grünes Dach gebildet.

Er hatte den Rotfuchs auf dem Ritt von New Orleans nach COTTON FIELDS nicht geschont, wovon die schweißnassen Flanken des Tieres ein deutliches Zeugnis ablegten. Nun aber ließ er sein Pferd in eine gemächliche Gangart fallen.

Langsam ritt er die herrliche Allee hinauf, an deren Ende er schon das weiße Herrenhaus schimmern sah. Es kam ihm noch immer wie ein Traum vor, dass er frei war und Valerie gleich in seine Arme schließen konnte. Ihm war, als hätte man ihm zum zweiten Mal das Leben geschenkt. Denn mit seinem ersten Leben hatte er schon im Kerker abgeschlossen und sich darauf eingestellt, hingerichtet zu werden.

Eine Gestalt stand plötzlich auf dem Vorplatz im Sonnenlicht. Eine Frau in einem lindgrünen Kleid und mit schwarzem Haar.

Valerie!

Matthew trieb sein Pferd noch einmal an. Und so schnell, wie die Hufe des Rotfuchses über die Erde trommelten, so schnell schien auch sein Herz zu schlagen.

Valerie wollte ihm entgegenlaufen, doch sie fühlte sich plötzlich ganz schwach vor Freude. Endlich kehrte Matthew zu ihr zurück – und dass ihr Glück eine neue Chance bekam, verdankten sie einzig und allein Travis Kendrik.

Valerie dachte an den Brief, den sie am Abend des Duells vor zwei Tagen von ihm erhalten hatte. Sie hatte ihn mittlerweile so oft gelesen, dass sie ihn auswendig kannte.

Liebe Valerie,

von Lieutenant Greystone, den ich heute Morgen gleich zu Ihnen geschickt habe, wissen Sie ja schon, wie das Duell ausgegangen ist. Soeben habe ich von Major Cumming zu meinem größten Bedauern erfahren, dass Stephen Duvall an der Schussverletzung nicht sterben, dafür aber bis ans Ende seiner Tage gelähmt sein wird. Damit werde ich mich wohl begnügen müssen – wie ich auch mit der Erkenntnis leben muss, dass ich nie das Glück erfahren werde, von Ihnen geliebt zu werden.

Als Sie mich vor wenigen Tagen aufsuchten und mir sagten, dass Sie bereit wären, meine Frau zu werden, wenn es mir nur gelänge, Captain Melvilles Begnadigung zu erreichen, da zerstörten Sie meinen Traum endgültig. An diesem Nachmittag hatte ich die Gewissheit, Sie für mich verloren zu haben. Das habe ich mit Ihnen beim Abendessen im Hotel Royal besprechen wollen.

Wie haben Sie glauben können, ich würde ein solches Opfer von Ihnen annehmen? Sie hätten wissen müssen, dass ich Ihre »Heiratsbereitschaft« unter diesen Umständen niemals akzeptieren würde. Erinnern Sie sich noch, dass Sie mich fragten: »Gelten noch Ihre Worte von damals, als ich Ihr Haus verließ?« und dass ich Ihnen darauf antwortete: »Jedes meiner Worte hat noch dieselbe Geltung wie an jenem Abend?« Ja, damit war es mir ernst, denn als Sie vor einigen Monaten zu Captain Melville zurückkehrten, sagte ich Ihnen, dass ich Ihren *Wunsch*, meine Frau zu werden, für ein Wiedersehen voraussetzen würde. Von einer bloßen *Bereitschaft* ist nicht die Rede gewesen. Schon mein Stolz würde es mir nicht erlauben, unter solchen Voraussetzungen eine Ehe einzugehen. Nicht einmal als Anwalt habe ich mich jemals auf einen Vergleich eingelassen, denn ein solcher ist nur die beschönigende Bezeichnung für eine halbe Niederlage. Und halbe Niederlagen sind genauso wenig meine Sache wie halbe Siege.

Vermutlich möchten Sie jetzt wissen, weshalb ich Ihnen dennoch nicht die Tür gewiesen, sondern Captain Melvilles Begnadigung erwirkt habe. Dafür gibt es zwei Gründe. Erstens empfand auch ich das Urteil als in höchstem Maß ungerecht. Zweitens beschämte mich das Opfer, das Sie aus Liebe zu bringen bereit waren – und zwang mich, im Geiste die Waffen zu strecken, aber zu meinen ganz eigenen Bedingungen.

Bitte ersparen Sie mir tränenreiche Dankbarkeitsbezeugungen, verschonen Sie mich auch mit derartigen Briefen. Ich weiß auch so, dass Sie mir dankbar sind und Sie ewig in meiner Schuld stehen, was immerhin ein tröstlicher Gedanke ist. Wenn Sie mir jedoch einen Gefallen tun möchten, so kehren Sie morgen früh nach COTTON FIELDS zurück und warten dort auf die Rückkehr von Captain Melville, dessen Entlassung übrigens übermorgen im Laufe des Tages stattfinden wird. Das enthebt uns der Peinlichkeit, dass der Zufall uns in der Stadt zur selben Zeit an denselben Ort führt. Zu Ihrer Information: Ich habe mich entschlossen, der un-

348

freundlichen Atmosphäre dieser besetzten Stadt für eine geraume Zeit zu entfliehen und eine Reise nach England anzutreten.

Damit wäre gesagt, was zu sagen war. Mir bleibt nur noch, Ihnen zu wünschen, dass sich Ihre Erwartungen erfüllen und Captain Melville Ihnen auch das Glück bringt, das Sie verdient haben.

In unverbrüchlicher Freundschaft

Ihr Travis Kendrik

PS: Wenn ich nächstes Jahr nach New Orleans zurückkehre, erwarte ich, ein blühendes COTTON FIELDS vorzufinden, wenn ich Sie besuchen komme! Aber was schreibe ich da. Natürlich schaffen Sie das. Sie schaffen alles, was Sie sich einmal fest vorgenommen haben.

Ein Schatten fiel für einen Augenblick auf Valeries Glück und entrang ihr einen schweren Seufzer, als sie an Travis dachte, an seinen Brief und an das, was sie und Matthew ihm alles schuldeten. Der Großmut, den er bewiesen hatte, hatte sie geradezu beschämt, und als sie seinen Brief das erste Mal gelesen hatte, war sie in Tränen ausgebrochen – vor Glück, dass ihr die Ehe mit ihm erspart blieb, aber auch vor Scham. Denn sie hatte nicht vergessen, welch hässlicher Gedanke sie in der Nacht vor dem Duell immer wieder heimgesucht hatte.

All dies war jedoch wie ausgelöscht, als Matthew wenige Augenblicke später den Rotfuchs vor ihr zügelte und so ungestüm aus dem Sattel sprang, dass er fast gestürzt wäre. Lachend und weinend zugleich fielen sie sich in die Arme.

Valerie wusste, dass die Zeit der Prüfungen erst noch vor ihnen lag und dass es schwer sein würde, ihre Vorstellungen von einem glücklichen Zusammenleben mit den seinen zu vereinbaren, COTTON FIELDS und die See. Und es war noch Krieg. Sie wusste jedoch auch, dass sie es schaffen konnten, wenn sie es nur wollten und ihre Liebe stark genug war.

Für sie gab es keine Zweifel. Die Zukunft gehörte ihnen und ihrem Glück.